을유세계문학전집 · 125

점원

을유세계문학전집 · 125

점원

THE ASSISTANT

버나드 맬러머드 지음 · 이동신 옮김

❖ 을유문화사

옮긴이 이동신

한국외국어대학교와 미국 Texas A&M 대학교에서 영문학 석 · 박사를 취득한 후 2010년부터 서울대학교 영어영문학과 교수로 재직하고 있다. 포스트휴머니즘을 연구하고 미국 현대 소설과 SF 소설을 주로 가르친다. 2019년부터는 '인간-동물연구 네트워크'를 구성하여 사회학자, 수의학자, 인류학자 등과 함께 인간-동물 관계를 연구하고 있다. 저서로 『A Genealogy of Cyborgothic: Aesthetics and Ethics in the Age of Posthumanism』 『포스트휴머니즘의 세 흐름: 캐서린 헤일스, 캐리 울프, 그레이엄 하먼』 『SF, 시대정신이 되다: 낯선 세계를 상상하고 현실의 답을 찾는 문학의 힘』 『다르게 함께 살기: 인간과 동물』, 공저로 『동물의 품 안에서: 인간-동물 관계 연구』 『포스트휴머니즘의 쟁점들』 『관계와 경계: 코로나 시대의 인간과 동물』 『21세기 사상의 최전선: 전 지구적 공존을 위한 사유의 대전환』, 역서로는 『샌트 카운티 연감』, 『갈라테아 2.2』 등이 있다.

을유세계문학전집 125
점원

발행일 · 2023년 3월 15일 초판 1쇄
지은이 · 버나드 맬러머드 | 옮긴이 · 이동신
펴낸이 · 정무영, 정상준 | 펴낸곳 · (주)을유문화사
창립일 · 1945년 12월 1일 | 주소 · 서울시 마포구 서교동 469-48
전화 · 02 -733-8153 | FAX · 02 -732-9154 | 홈페이지 · www.eulyoo.co.kr
ISBN 978-89-324-0518-6 04840   978 -89 -324 -0330-4(세트)

차례

*

이른 11월의 거리는 밤이 끝났음에도 어둑했고, 식료품점 주인이 놀랄 만큼 바람이 벌써 날을 세웠다. 길가에 놓인 우유 상자 두 개를 옮기려고 몸을 숙이자, 바람에 앞치마가 날려 그의 얼굴을 가렸다. 모리스 보버는 무거운 상자들을 문으로 끌며 거친 숨을 쉬었다. 딱딱한 롤빵이 담긴 커다란 갈색 봉지가 문가에 서 있었고, 그 옆에는 백발의 폴란드인이 불만에 찬 표정으로 쪼그려 앉아 빵을 기다리고 있었다.

"무슨 일인데 이리 늦어?"

"6시 10분입니다." 식료품점 주인이 말했다.

"춥다고." 여자가 불평했다.

그가 열쇠로 문을 열고 여자를 안으로 들였다. 평상시엔 우유를 들이고 가스 라디에이터를 켰지만, 폴란드인 여자는 초조해했다. 모리스는 봉투의 빵을 카운터 위 철망 바구니에 쏟아붓고 여자에게 줄 씨앗 없는 빵을 골랐다. 빵을 반으로 자르고 하얀 포장용 종이로 쌌다. 그녀는 빵을 노끈으로 만든 시장 가방에 넣고 카운터에 3페니를 내려놨다. 그는 낡고 시끄러운 금전등록기 종을 울려 매상을 기록하고, 빵이 담겼던 봉투를 평평하게 펴서 치우고, 우유를 마저 끌고 와서 냉장고 제일 아래 칸에 넣었다. 가게 입구에 있는 가스 라디에이터에 불을 켠 다음에 뒤편으로 가서 거기의 라디에이터도 켰다.

그는 시커메진 에나멜 냄비에 커피를 끓여 홀짝이며, 아무 맛도 느끼지 못한 채 빵을 씹었다. 정리를 마치고 나서 그는 기다렸다. 그는 동네 정비소에서 일하는 젊은 수리공인 위층 세입자 닉 푸소를 기다렸다. 닉은 매일 아침 7시경에 와서 20센트어치의 햄과 빵을 사 갔다.

하지만 앞문이 열리고 열 살 먹은 소녀가 나타났다. 얼굴은 여위었지만 눈은 반짝였다. 마음속으로 그는 소녀가 반갑지 않았다.

소녀가 빠르게 말했다. "엄마가 그러는데요, 내일 갚을 테니 외상으로 버터 1파운드*하고 귀리 빵이랑 사과 식초 작은 병 하나 주실 수 있으세요?"

그는 아이 엄마를 잘 알았다. "외상은 이제 안 된다."

소녀가 울음을 터뜨렸다.

모리스는 소녀에게 버터 사분의 일 파운드와 빵과 식초를 주었다. 금전등록기 옆 낡은 카운터 위에 연필로 적은 곳을 찾아서 "술주정뱅이 여자" 아래 액수를 기록했다. 총액은 이제 2달러 3센트가 되었고, 그건 그가 절대로 다시 보지 못할 돈이었다.

하지만 새로 적힌 숫자를 보면 이다가 잔소리할 거였다. 그래서 그는 총액을 1달러 61센트로 줄였다. 마음의 평화는, 아무리 조금이어도 42센트 가치가 있었다.

그는 가게 뒤편 둥근 나무 탁자 옆 의자에 앉아, 인상을 쓰며 이미 꼼꼼히 읽었던 어제 자 유대인 신문을 훑어봤다. 이따금 벽에 뚫린 유리 없는 네모난 창 너머로 눈길을 돌려, 혹시라도 누가 가게로 들어오는지 멍하니 봤다. 가끔 신문을 읽다 고개를 들고, 손님이 아무 말 없이 카운터에 서 있는 걸 보고 놀라기도 했다.

지금, 가게는 길고 어두운 터널처럼 보였다.

식료품점 주인은 한숨을 쉬고 기다렸다. 자신이 기다리는 일을 잘 못한다고 생각했다. 시절이 안 좋으면 시간이 안 좋았다. 기다리는 동안 시간은 콧속에 썩은 냄새만 남기고 사라져 갔다.

막일꾼 한 명이 들어와 15센트짜리 킹오스카 노르웨이산 정어리 캔을 사 갔다.

모리스는 기다리는 일로 되돌아갔다. 21년 동안 가게는 그다지 변한 게 없었다. 두 번 정도 전체를 페인트칠했고, 한 번은 선반을 새로 했다. 앞쪽 두 개의 창틀로 된 구식 창문은 목수가 큰 창문 하나로 바꿨다. 10년 전 밖에 걸린 가게 간판이 떨어졌지만, 그는 아예 건드리지도 않았다. 한때 장사가 꽤 오래 잘되던 때, 사람을 불러 나무로 된 얼음 상자를 뜯어내고 하얀색의 최신식 냉장 진열장을 설치했다. 진열장은 앞쪽의 오래된 카운터와 나란히 서 있었고, 그는 가끔 거기 기대서 창밖을 내다봤다. 그것 말고는 가게는 똑같았다. 오래전에는 간이음식점에 가까웠고, 여전히 만든 음식을 조금 팔기는 하지만, 이젠 그저 허름한 식료품점에 가까웠다.

30분이 지났다. 결국 닉 푸소가 오지 않자, 모리스는 일어나 앞쪽 창가로 가서, 맥주 회사 사람들이 아무것도 없는 창문에 기대어 놓은 커다란 널빤지 광고판 뒤에 섰다. 얼마 후에 거실 문이 열리고, 닉이 손으로 짠 두꺼운 녹색 스웨터를 입고 나왔다. 그는 살금살금 코너를 지나가더니, 얼마 뒤에 식료품이 담긴 봉투를 들고 왔다. 이제는 창문에서 모리스가 보였다. 닉이 그의 표정을 봤지만, 길게 보지는 않았다. 그는 자신을 쫓는 게 바람인 것처럼 보이려 애를 쓰면서 집 안으로 뛰어 들어갔다. 그가 들어가고 문이 쿵 하고 닫혔다. 시끄러운 문이었다.

식료품점 주인은 거리를 바라봤다. 절대 집 안에 있지 않았던 어릴 적처럼, 탁 트인 야외에 있었으면 하고 잠시 바랐다. 하지만 거센 바람 소리에 그는 겁이 났다. 가게를 팔 생각을 다시 했지만, 누가 사겠는가? 이다는 여전히 팔고 싶어 했다. 아내는 매일 그랬다. 그 생각만 하면 그는 웃을 마음이 없으면서도 우울하게 웃었다. 불가능한 일이었기에 머릿속에서 지우고자 했다. 그럼에도 가끔, 가게 뒤편으로 가서 커피를 따른 후에 가게를 파는 상상을 즐겼다. 하지만 기적적으로 팔게 된다고 해도 어디로 갈 수 있을까? 어디로? 살 집이 없는 자신을 상상하면서, 그는 순간 긴장했다. 상상 속에서 그는 비에 흠뻑 젖고 눈이 머리 위에 얼어붙은 채로 온갖 날씨에 서 있었다. 아니, 하루 종일 야외에서 지낸 일이 한참 동안 없었다. 어릴 때는 마차 자국이 난 진흙투성이의 동네 거리를 마냥 뛰어다녔고, 밭을 가로질러 갔고, 강에서 다른 아이들과 멱을 감았다. 하지만 어른이 돼서 미국에서는 하늘을 본 적이 드물었다. 그런 적이 있기는 했다, 초반에 마차를 몰 때. 첫 번째 가게를 가진 이후론 없었다. 난 가게에 묻혀 버린 거야.

황소처럼 힘센 우유 배달원이 문 앞까지 트럭을 대고, 빈 병을 가져가려고 서둘러 들어왔다. 빈 병이 가득한 상자를 끌어내더니 반 파인트'짜리 저지방 크림을 두 개 들고 돌아왔다. 그다음엔 육류 제품 공급자인 오토 보겔이 나타났다. 수염이 덥수룩한 독일인은 기름에 전 고기 바구니에 훈제된 간 소시지와 프랑크푸르트 소시지를 한 줄씩 담아서 가져왔다. 모리스는 간 소시지를 현금으로 샀다. 독일인에게 빚지기 싫었다. 오토는 프랑크푸르트 소시지를 도로 가지고 사라졌다. 새로 시작한 빵 배달원이 오래된 빵 세 개를 새 걸로 바꾸고는 한마디 말도 없이 걸어 나갔다. 케이크 배달원인 레오는 냉장고 위의 포장된 케이크를 힐끔 보더니 말했다. "월요일에 봐요, 모리스."

모리스는 대답하지 않았다.

레오가 서성였다. "다들 상황이 안 좋아요, 모리스."

"여기가 최악이지."

"월요일에 봬요."

근처에 사는 젊은 부인이 63센트어치를 샀다. 또 한 사람이 41센트어치를 사러 왔다. 그는 그날의 첫 1달러를 벌었다.

전구 행상인 브레이바트가 전구가 담긴 커다란 상자 두 개를 내려놓고는 머뭇거리며 뒤편으로 왔다.

"들어가게." 모리스가 권했다. 차를 끓여서 두꺼운 잔에 붓고 레몬 한 조각이랑 같이 줬다. 행상은 의자에 몸을 편히 기대고, 중산모와 코트는 벗지 않은 채, 목젖을 움직이며 뜨거운 차를 마셨다.

"그래서 요새 어떤가?" 식료품점 주인이 물었다.

"별로지." 브레이바트가 어깨를 으쓱댔다.

모리스가 한숨지었다. "자네 아이는 어때?"

브레이바트는 멍한 표정으로 고개를 끄떡이고는 유대인 신문을 집어 들고 읽었다. 10분 후에 일어나서 온몸을 긁더니, 빨랫줄로 묶은 두 개의 커다란 상자를 가냘픈 어깨에 둘러메고는 떠났다.

모리스는 그가 가는 걸 지켜봤다.

세상이 고통받는군. 슈멀츠* 하나하나가 전부 느껴졌다.

점심시간에 이다가 집 안 청소를 다 끝내고 내려왔다.

모리스는 색이 바랜 소파 앞에 서서 뒤편 창문 밖 뒷마당을 바라보고 있었다. 그는 에프라임을 생각했다.

아내가 그의 촉촉한 눈을 보았다.

"그러게 이제 그만해요, 제발." 아내의 눈도 촉촉해졌다.

그는 개수대로 가서 동그랗게 모은 손안의 찬물에 얼굴을 담갔다.

물기를 닦아 내면서 그가 말했다. "이탈리아인이 오늘 아침에 길 건너가서 사더군."

그녀가 짜증을 냈다. "29달러에 방 다섯 개를 주니 당신 얼굴에 침을 뱉는군요."

"찬물만 나오는 방이잖아." 그가 그녀에게 상기시켰다.

"당신이 가스 라디에이터를 설치해 줬잖아요."

"그 사람이 침 뱉는다고 누가 그래? 그런 말, 난 안 했어."

"당신이 그 사람에게 기분 나쁜 말을 했어요?"

"내가?"

"그러면 왜 길 건너로 가죠?"

"왜라니? 가서 그 사람한테 물어봐." 그가 화난 목소리로 말했다.

"지금까지 얼마 번 거예요?"

"푼돈이야."

그녀가 고개를 돌렸다.

그가 아무 생각 없이 성냥으로 담뱃불을 붙였다.

"담배 좀 그만해요." 아내가 잔소리했다.

재빨리 한 모금 빨아들인 후에 그는 엄지손톱으로 꽁초 끝을 잘라 내고, 서둘러 앞치마 아래 바지 주머니로 집어넣었다. 담배 연기 때문에 기침이 났다. 심하게 기침을 했고, 얼굴은 토마토처럼 붉어졌다. 이다가 손으로 귀를 막았다. 마침내 가래 덩어리를 뱉고 나서 그는 손수건으로 입을 닦고, 눈도 닦았다.

아내가 신경질적으로 말했다. "담배라니, 당신 왜 의사 말을 듣지 않는 거예요?"

"의사들이 뭐." 그가 대꾸했다.

그러고는 아내가 차려입은 걸 눈치챘다. "어디 놀러 가?"

이다가 부끄러워하며 말했다. "생각해 봤는데 어쩌면 가게 살 사람이 오늘 올지 모르잖아요."

그녀는 쉰한 살이었다. 그보다 아홉 살 어렸고, 풍성한 머리는 여전히 거의 검었다. 하지만 얼굴에는 주름이 생겼고, 이제는 발바닥 보호 신발을 신어도 오래 서 있으면 다리가 아팠다. 그 날 아침 그녀는 아주 오래전에 자신을 유대인 지역에서 이곳으로 데리고 온 식료품점 주인에게 화가 난 채 잠에서 깼다. 지금도 그녀는 옛 친구들과 란츠라이트*들을 그리워했다. 이루지 못한 파르누세*를 위해 잃어버린 이들을. 그것만으로도 힘들었는데, 홀로 떨어진 것도 모자라 끝없는 돈 걱정에 마음이 쓰라렸다. 내키지 않았지만 식료품점 주인의 운명을 함께했고, 그러면서도 겉으로 드러내거나 잔소리 이상으로 불만을 내비치진 않았다. 야간 고등학교 1학년이던 그를 설득해서 식료품점을 하게 만든 죄가 있었기 때문이다. 그는 약사가 되려고 준비한다고 했었다. 긴 세월 동안 그는 마음을 바꾸기 힘든 사람이었다. 예전에는 가끔 그를 참을 수 있었지만, 이제 그의 인내의 무게를 견디기 힘들었다.

"살 사람은 다음번 퓨림 축일*에나 오겠지." 그가 툴툴거렸다.

"그렇게 잘난 척하지 말아요. 카프가 그 사람한테 전화했어요."

"카프라." 그가 상대하기도 싫다는 듯이 말했다. "어디서 전화했는데, 그 구두쇠가?"

"여기요."

"언제?"

"어제. 당신 잘 때요."

"살 사람한테 뭐라고 했는데?"

"가게를 판다고요. 당신 가게 말이에요. 싸게."

"싸게라니 무슨 말이야?"

"이제 가게는 아무 가치도 없어요. 상품이랑 가구도 마찬가지고요. 아마 3천 달러나 그 아래겠죠."

"난 4천 달러를 냈어."

"21년 전이잖아요." 아내가 짜증 내며 말했다. "그럴 거면 팔지 말아요. 경매에 부치라고요."

"그 사람이 집도 원한대?"

"카프는 몰라요. 어쩌면요."

"입만 살아서. 생각해 봐, 지난 3년간 네 번이나 강도를 당했는데 아직도 전화를 놓지 않은 인간이라고. 그 작자가 말하는 건 한 푼 가치도 없어. 코너에 식료품점이 생기지 않을 거라고 나한테 말했지. 그러고는 뭐가 생겼지? 식료품점이 생겼잖아. 그 작자가 왜 나한테 살 사람을 데려오는 거야? 왜 코너에 독일인이 오는 걸 막지 않았지?"

그녀가 한숨지었다. "이제 당신한테 미안해서 도우려는 거잖아요."

"누가 그 인간의 슬픔이 필요하대?" 모리스가 말했다. "누가 그 작자가 필요하대?"

"그러면 당신은 왜 식료품점 대신에 주류 판매점을 할 생각을 못 했어요? 면허가 나왔을 때."

"누가 물건 살 돈이 있었나?"

"그러니 돈이 없으면 말도 꺼내지 마세요."

"술 취한 부랑자들을 상대하는 장사라니."

"장사는 장사죠. 바로 옆에서 줄리어스 카프가 하루에 버는 돈을 당신은 두 주가 지나도 못 벌면서."

하지만 이다는 남편의 화가 차오르는 걸 느끼고 다른 얘기를 꺼냈다.

"바닥에 기름칠하라고 했었잖아요."

"까먹었어."

"특별히 해 달라고 했는데. 이제 다 말라 버렸겠네."

"나중에 할게."

"나중엔 손님들이 기름 묻히고 돌아다니면서, 온통 지저분하게 만들 거라고요."

"무슨 손님?" 그가 소리 질렀다. "손님 누구? 누가 여기에 와?"

"가세요." 그녀가 조용히 말했다. "올라가서 자요. 기름칠은 내가 할게요."

하지만 그는 기름통과 대걸레를 꺼내 나무가 검게 빛날 때까지 바닥에 기름칠을 했다. 아무도 오지 않았다.

아내가 그에게 수프를 차려 줬다. "헬렌이 아침에 밥도 안 먹고 갔어요."

"배가 안 고팠나 보지."

"무언가 걱정되는 일이 있나 봐요."

그가 비웃었다. "뭐가 애를 걱정시킨다고?" 그 말은 바로 이런 뜻이었다. 가게, 그의 건강, 딸의 몇 푼 안 되는 봉급 대부분이 대출 이자를 갚는 데 쓰인다는 사실, 딸은 대학을 가고 싶었지만 그 대신 좋아하지도 않는 직장에 다닌다는 사실 등등. 그 아버지에 그 딸이니, 식욕이 없는 게 놀랍지 않았다.

"애가 결혼만 하면." 이다가 중얼거렸다.

"그럴 거야."

"빨리." 아내는 울기 직전이었다.

그가 끙 소리를 내며 신음했다.

"그 애가 왜 내 펄을 더 만나지 않는지 모르겠어요. 여름 내내 둘이 연인처럼 붙어 다녔는데."

"겉만 번지르르한 놈."

"언젠가는 부자 변호사가 될 애예요."

"난 그 애가 싫어."

"루이스 카프도 헬렌을 좋아해요. 그 애한테 한번 기회를 줬으면 좋겠어요."

"멍청이 같은 놈." 모리스가 말했다. "제 아버지같이."

"모리스 보버 빼고는 세상 사람 전부가 멍청이지."

그는 뒷마당을 바라보고 있었다.

"빨리 먹고 가서 자요." 아내가 재촉했다.

그는 수프를 다 먹고 위로 올라갔다. 올라가는 게 내려오는 것보다 쉬웠다. 침실에서 한숨을 쉬며 암막 커튼을 쳤다. 반쯤 졸린 상태였고, 기대감에 기분이 좋았다. 잠은 그가 가진 진정 유일한 휴식이었다. 잠을 잘 거라는 기대만으로도 흥분되었다. 모리스는 앞치마와 넥타이와 바지를 벗어서 의자에 포개 놓았다. 꺼져 가는 넓은 침대 끝에 앉아서 쭈그러진 신발을 벗고 셔츠랑 겨울 속옷이랑 하얀 양말 차림으로 차가운 이불 속으로 들어갔다. 그런 다음 눈을 베개에 묻고 따뜻해지기를 기다렸다. 그는 잠을 향해 기어갔다. 하지만 위층에서 테시 푸소가 진공청소기를 돌리는 소리가 들리자 식료품점 주인은 머릿속에서 지우려고 애썼음에도 독일인 가게로 간 닉이 생각났고, 잠이 들려는 찰나에 기분이 나빠졌다.

  그는 자신이 겪었던 힘든 시간을 떠올렸지만, 지금이 예전보다 더 안 좋았다. 이젠 회복이 불가능했다. 가게는 항상 경계선에 있었다. 하루는 좀 낫고, 다음 날은 안 좋고. 바람이 부는 것처럼. 하룻밤 사이에 몸이 아플 정도로 가게가 나빠질 수도 있었다. 하지만 보통 천천히 회복했다. 가끔은 끝도 없을 것처럼 보였지만, 결국 나아졌고, 진짜로 **나아졌다고** 할 정도로 좋아지진 않았지만, 그래도 안 좋아지는 건 아니었다. 처음에 식료품점을 샀을 때만 해도 동네를 감안하면 괜찮았다. 동네가 안 좋아지면서 가게도 점차 안 좋아졌다. 하지만 1년 전만 해도 일주일에 7일, 하루에 16시간 장사를 하면 그럭저럭 생계를 유지할 수 있었다. 어떻게 유지했지? 그냥 생계지. 살아 있었으니까. 지금은, 똑같은 시간을 힘들게 일했지만, 그는 파산 직전이었고, 참을성은 갈기갈기 찢겼다. 예전에 상황이 좋지 않았을 때는, 어떻게든 그 고비를 넘겼다, 그러곤 상황이 좀 나아지고, 그럭저럭 살 만했다. 하지만 이제, 10개월 전에 H. 슈미츠가 길 건너편에 생기고 나서는, 항상 좋지 않았다.

작년에 아픈 아내와 살던 가난한 재단사가 파산한 후에 가게를 닫고 사라졌다. 그의 가게가 비자마자 모리스는 걱정으로 가슴이 쓰렸다. 주저하다가 건물을 소유한 카프에게 가서, 제발 또 다른 식료품점을 들이지 말아 달라고 부탁했다. 이런 동네엔 하나로도 충분하고 남았다. 만일 다른 가게가 비집고 들어오면 둘 다 굶게 될 거였다. 카프는 모리스가 생각하는 것보다 동네가 괜찮다고 답했지만(술주정뱅이한테는 그렇겠지, 식료품점 주인은 생각했다), 세를 줄 만한 다른 양복점이나 구두 가게를 찾아보겠다고 약속했다. 그가 그렇게 말했지만, 식료품점 주인은 믿지 않았다. 하지만 몇 주가 지나도 가게는 그대로 비어 있었다. 이다가 그의 걱정을 웃어넘겼지만, 모리스는 웅크려 있는 두려움을 극복할 수가 없었다. 그러던 어느 날, 그가 매일 걱정했던 것처럼, 빈 가게 창문에 광고문이 등장해서 깔끔하고 새로운 간이음식점 겸 식료품점이 열린다고 알렸다.

모리스는 카프에게 달려갔다. "나한테 무슨 짓을 한 거야?"

주류 판매상은 한쪽 어깨를 으쓱이며 말했다. "가게가 얼마나 오래 비어 있었는지 자네도 봤잖아. 누가 내 세금을 내 주겠어? 그렇지만 걱정 말아." 그가 한마디 덧붙였다. "그 사람은 간편한 음식을 더 팔 거고, 자넨 식료품을 더 팔게 될 거야. 기다려 보게, 그 사람 덕분에 자네 손님이 더 늘어날 거야."

모리스는 신음했다. 자신의 운명을 알았기 때문이다.

하지만 며칠이 지나도 가게가 여전히 빈 채로 남아 있고 더 비어 있을 듯이 보이자, 그는 어쩌면 새 가게가 영원히 들어오지 않을 수도 있다고 생각했다. 혹시 구매자가 마음을 바꿨을지도 몰랐다. 동네가 얼마나 가난한지 보고 새 가게를 열 생각을 거두었을 수도 있었다. 모리스는 자기 생각이 맞았는지 카프에게 물어보고 싶었지만, 더 부끄러워질 용기가 없었다.

가끔 밤에 가게를 닫고서, 몰래 코너를 돌아 아무도 없는 길을 건넜다. 텅 빈 가게는 컴컴하게 버려진 채 골목 끝 약국 왼편에 있었다. 그리고 아무도 보는 사람이 없으면 식료품점 주인은 먼지 낀 창문을 통해 그림자 너머 텅 빈 내부가 바뀌었는지 확인했다. 두 달 동안 그 상태였고, 매일 밤 그는 걱정을 덜어 버리고 돌아왔다. 그러다 한번은 카프가 처음으로 자신을 피해 다니는 걸 본 다음에 뒤편 벽에 선반이 세워지는 걸 발견했고, 그걸로 그가 쌓아 올린 희망은 무너졌다.

며칠 만에 선반은 다른 벽을 따라 여러 갈래로 이어졌고, 얼마 지나지 않아 층층이 겹겹으로 선반으로 설치된 공간 전부가 새 페인트칠로 빛이 났다. 모리스는 가지 않겠다고 되뇌었다. 하지만 매일 밤 가서 조사하고, 평가하고, 그러고는 자신에게 손해가 얼마일지 추측하는 일을 멈출 수가 없었다. 매일 밤 들여다보면서, 머릿속으로는 설치된 걸 완전히 때려 부쉈다. 그렇지만 가게는 너무도 빨리 커 나갔다. 매일매일 가게는 길게 뻗은 카운터, 최신 냉장고, 형광등, 과일 진열대, 크롬 도금된 금전등록기 등의 새로운 물건들로 넘쳐났다. 그러고는 도매상들이 크고 작은 종이 상자와 나무 상자를 산더미처럼 들고 나타났고, 어느 날 밤에 형광등 아래 한 낯선 사람, 독일식 올백 머리를 한 빼쩍 마른 독일인이 등장했다. 그는 불도 안 붙인 시가를 물고, 상표가 환하게 붙은 캔과 단지들, 반짝거리는 병들을 줄 맞춰서 정리하며 고요한 심야 시간을 보냈다. 모리스는 비록 새 가게가 싫었지만, 이상하게 좋기도 했다. 그래서 가끔 자신의 낡은 가게에 들어서면 차마 눈 뜨고 볼 수가 없었다. 이제야 그는 닉 푸소가 그날 아침 왜 코너를 돌아 길을 건넜는지 이해할 수 있었다. 그곳의 새로움을 맛보고 하인리히 슈미츠에게, 의사처럼 하얀 즈크 재킷을 입은 활달한 그 독일인에게, 서비스를 받기 위해서였다. 그 가게는 바로 자신의 다른 손님들이 가서 머문 곳이었다. 결국 얼마 안 되는 그의 매출은 말도 안 되지만 절반으로 줄었다.

모리스는 자려고 애썼지만 잘 수가 없었고, 누워서 불안감만 키웠다. 15분이 지난 후에 옷을 입고 내려가기로 결심했다. 하지만 갑자기 슬픔 없는 평온함 속에, 오래전 그의 곁을 떠난 아들 에프라임의 몸과 얼굴이 떠올랐고, 어느새 그는 고요히 깊은 잠에 빠져들었다.

헬렌 보버가 지하철에서 두 여자 사이에 끼어 앉아 장의 마지막 쪽을 읽고 있을 때 앞의 남자가 사라지고 다른 남자가 등장했다. 보지 않아도 냇 펄이 거기 서 있는 걸 알았다. 그녀는 계속 읽을까 생각했지만 그럴 수 없어서 책을 덮었다.

"안녕, 헬렌." 냇이 장갑 낀 손으로 새로 산 모자를 건드리며 인사했다. 정중했지만 항상 그렇듯이 무언가를 숨겼다. 바로 그의 미래였다. 그는 두꺼운 법전을 들고 있었고, 그녀는 자신도 책으로 보호받고 있어 다행이라 생각했다. 하지만 충분히 보호받는 건 아니었다. 갑자기 자신의 모자랑 코트가 낡게 느껴졌기 때문이다. 사실 입는 내내 이미 낡아 있었으므로 그저 착각이었지만.

"『돈키호테』?"

그녀가 고개를 끄덕였다.

그는 예의를 갖추는 듯이 보였지만, 바로 나지막이 말했다. "너 본 지가 꽤 오래됐네. 어디서 뭐 하고 있었어?"

그녀의 몸이 옷 아래서 달아올랐다.

"내가 뭐 기분 나쁘게 한 거 있었어?"

옆자리의 두 여자는 완전히 귀가 먹은 것처럼 보였다. 한 명은 두꺼운 손에 묵주를 들고 있었다.

"아니." 나쁜 기분은 그저 그녀가 스스로 자신을 보며 느낀 거였다.

"그러면 우린 뭐지?" 냇의 목소리는 낮았고, 회색 눈에는 짜증이 어렸다.

"아무것도 아니지." 그녀가 중얼거렸다.

"어떻다고?"

"너는 너고, 나는 나라고."

그녀의 말을 잠시 생각해 보더니 그가 한마디 했다. "내가 어려운 말을 알아듣는 재주가 없어."

하지만 그녀는 자신이 충분히 얘기했다고 생각했다.

그는 다른 방식을 택했다. "베티가 너 어떻게 지내는지 궁금하대."

"안부 전해 줘." 의도한 건 아니었지만, 웃기는 말이었다. 그들 모두 같은 골목에서 한 집 건너 떨어져 살기 때문이었다.

그가 입을 굳게 닫고서 책을 폈다. 그녀도 책으로 돌아가 광인의 별난 행동 뒤에 자기 생각을 숨겼다. 그러다 기억이 광인을 물리치고, 그녀는 좋아하는 계절임에도 지난 여름의 잊고만 싶은 몇 장면에 갇힌 자신을 발견했다. 하지만 원했든 아니든, 가을에 또 저지른 일을 어떻게 없앨 수 있을까? 처녀성은 아무런 슬픔 없이 떠나보냈지만, 양심의 고통에 놀랐다. 아니면 기대에 못 미치는 취급을 받아서 실망한 거였을까? 냇 펄은 잘 생겼고, 갈라진 턱에, 재능과 야망이 있었지만, 별 노력도 없이 잠자리를 원했고, 그녀는 반쯤 사랑에 빠져 응하고는 후회했다. 사랑했던 걸 후회한 건 아니었다. 그가 원하는 게 별로 없다는 걸 깨닫는 데 그처럼 오래 걸렸다는 사실이 후회됐다. 헬렌 보버, 그녀가 아니었다는 걸.

그로서는 당연하지 않나? 수석 졸업, 컬럼비아대학, 이제 법대 2학년. 반면 그녀는 그저 문학 과목으로 대부분의 학점을 채운 야간 대학 1학년 고졸자였다. 그는 성공할 가능성이 매우 높았고, 거기다 그녀에게는 소개할 생각도 없는 부자 친구들이 있었다. 그녀는 성관계로 그와의 관계를 발전시키려고 했던 건지, 스스로에게 한 번 이상 물어봤다. 항상 그렇지 않다고 답했다.

솔직히 만족을 원했지만, 그보다는 더 원했다—그녀가 줘야만 했던 것을 주는 사람에 대한 존중 말이다. 욕망이 그 이상의 무언가가 되기를 바랐다. 단순히 말해, 그녀는 미래가 있는 사랑을 바랐다. 어찌 됐든 생겨 버린 즐거움, 남자와의 근본적인 친밀감으로 생긴 자유에 매우 감동했다. 비록 같은 걸 더 바랐지만, 그녀는 양심이나 자존심의 찌꺼기, 혹은 헛된 일을 했다는 감정이 없길 바랐다. 그래서 다음엔 반대로 할 거라고 다짐했다. 서로에 대한 사랑이 먼저고, 그다음에 사랑을 나누는 걸로. 아마도 정신적으로 더 피곤하겠지만, 기억하기엔 더 편할 거라고 생각했었다. 그러던 9월 어느 날 저녁에 그의 여동생인 베티를 보러 갔다가 냇과 둘만 있는 상황이 되었고, 하지 않겠다고 스스로 다짐했던 일을 다시 하고 말았다. 그 후론 자기혐오를 느끼지 않으려고 애썼다. 그때부터 줄곧 아무런 설명 없이 냇펄을 피해 다녔다.

두 사람의 집 두 정거장 전에 헬렌은 책을 덮고, 말없이 일어나서 전철에서 내렸다. 플랫폼에서 전철이 움직이는 사이로, 그녀는 자신이 앉았던 텅 빈 좌석 앞에 서서 평온히 책을 읽고 있는 냇의 모습을 봤다. 그녀는 길을 걸었다. 허전했고, 원했고, 원하지 않았고, 행복하지 않았다.

지하철 계단을 올라 그녀는 옆문을 지나 공원으로 들어갔고, 날 선 바람과 해진 코트에도 불구하고 일부러 멀리 돌아가는 길을 택했다. 잎이 다 떨어진 나무를 보며 까닭 없는 슬픔에 잠겼다. 봄까지의 긴 시간을 애도하며 겨울의 외로움에 떨었다. 오지 말아야 했다고 생각하며 공원을 나섰고, 낯선 이들의 눈길을 견디지 못하면서도 그들의 얼굴을 쳐다봤다. 재빠르게 파크웨이를 따라 걸으며, 환하게 불 밝힌 주택 내부를 부러운 눈초리로 훑어보았다. 경험이 아니라면 그럴 이유가 없음에도, 그녀의 것이 될 수 없다고 확신한 주택들을. 아낄 수 있는 대로 아껴서 내년 가을엔 뉴욕대학교 정규 야간 과정에 등록할 거라고 다짐했다.

그녀가 오래된 가게를 아래층에 둔 이층 건물들, 색이 바랜 노란 벽돌집들이 열 지어 서 있는 동네에 들어섰을 때, 샘 펄은 하품을 참으며 골목 끝 과자 가게의 열린 창문으로 손을 넣어 전등을 켜려고 했다. 그가 줄을 당기자 파리 자국이 난 전구의 불투명한 불빛이 그녀를 비췄다. 헬렌은 발걸음을 재촉했다. 언제나 친절하고 몸집이 큰 전직 택시 운전사 샘은 껌을 씹다가 다초점 안경 너머로 그녀를 뚫어지게 봤지만, 그녀는 못 본 척했다. 보통 그는 하루 종일 소다수 판매대 위에 펼쳐진 경마 신문을 보며 앉아 있었다. 껌을 씹으며 담배를 피우면서, 경주마 이름 아래 몽당연필로 지저분한 표시를 했다. 그는 가게를 돌보지 않았다. 아내인 골디가 궂은일을 다 했지만 크게 불평은 하지 않았다. 경주마에 관해서 샘의 운은 특별했고, 장학금을 받을 때까지 냇의 대학 자금을 확실히 대 주었기 때문이다.

코너를 돌아, "카프 주류 가게" 네온사인이 반짝이고 술병이 가득한 창문 너머로, 그녀는 무성한 눈썹과 야망에 찬 입을 가진 배불뚝이 줄리어스 카프를 봤다. 그는 작은 술병을 능숙하게 종이봉투에 넣으며 보이지도 않는 먼지를 입으로 불어 털어 냈다. 그러자 눈이 살짝 튀어나온 아들이자 후계자인 루이스는 불쌍한 손톱을 속살까지 잘라 내다가 눈을 들어, 다정하게 웃었다. 카프네 가족과 펄네 가족, 보버네 가족은 집과 가게로 이어졌지만 그 외에는 서로 왕래가 없었고, 함께 이 기독교 공동체 내에 작은 유대인 구역을 형성했다. 이유는 모르겠지만 그들은 그녀의 아버지가 처음에 그리고 카프, 나중에 펄, 그렇게 동네 언저리가 아니면 유대인이 전혀 살지 않았던 이곳으로 이사를 왔다. 그 누구도 성공하지 못했고, 너무 가난해서 이사를 할 수도 없었다. 그러다 신발 가게로 근근이 생계만 유지했던 카프가 금주령이 끝나면서 주류 면허가 일반인에게 주어질 때 노년의 부자 삼촌에게 현금을 빌려 면허를 신청하는 기발한 생각을 해 냈다. 놀랍게도 그는 면허를 받았다. 어떻게 된 건지 물어보면, 카프는 두꺼운 눈꺼풀로 윙크를 하며 말이 없었지만. 얼마 지나지 않아 싸구려 신발들이 비싼 술병이 되었고, 가난한 동네였음에도—헬렌이 생각하기엔, 바로 그런 동네였기 때문에—그는 엄청나게 성공했고, 기찻길 옆 가게 위 초라한 집에서 파크웨이의 커다란 집으로 이사하면서 비만인 그의 아내는 더 이상 일하지 않아도 되었다—좀처럼 밖으로 나오지도 않았다. 차 두 대가 들어가는 차고에다 머큐리 자동차로 완벽해진 집이었다. 그리고 카프는 운이 바뀌면서 동시에 똑똑하지 않은데 영리해졌다—이건 그녀의 아버지가 한 말이다.

한편 식료품점 주인은, 가난의 정도가 변한 걸 빼고는 운이 변한 적이 전혀 없었다. 운과 그는 천적은 아니었다 해도 친구도 아니었다. 그는 종일 일했고, 양심적인 사람이었다—양심에서 벗어날 수 없었다, 그게 기반이었기에. 남을 속인다면 무너져버릴 사람이었지만, 그럼에도 사기꾼을 믿었다—가진 게 없는 사람을 아무것도 가진 게 없다고 부러워했고, 항상 더 가난해졌다. 더 열심히 일할수록—그의 노동은 시간이 시간을 잡아먹는 형국이었다—그는 더 적게 가지는 듯했다. 그는 모리스 보버였고, 운이 좀 더 있었다면 아무것도 아닌 사람이었을 거다. 그 이름을 가진 이상, 재산에 대한 확실한 개념을 가질 수 없었다. 마치 자신의 피와 역사에 소유하지 말라고 쓰여 있는 듯이, 혹은 기적적으로 뭔가 소유한다면 곧바로 잃어버릴 것이기 때문이라는 듯이. 결국 이제 예순 살이고, 서른 살 때보다 가진 게 없었다. 그건 정말 재능이야, 그녀는 그렇게 생각했다.

헬렌은 식료품점에 들어가서 모자를 벗었다. "저예요." 어릴 적부터 그랬던 것처럼 소리쳤다. 그 말은 뒤편에 앉아 있는 사람에게 그대로 앉아 있으라고, 갑자기 부자가 될 거라고 생각하지 말라는 뜻이었다.

모리스는 긴 낮잠에 기분이 상한 채 잠에서 깼다. 옷을 입고, 이가 빠진 빗으로 머리를 빗고, 터벅터벅 아래층으로 내려갔다. 처진 어깨와 이발할 때가 된 덥수룩한 백발의 몸집이 큰 남자. 그는 앞치마를 하고 내려왔다. 쌀쌀했지만, 차가운 커피 한 잔 따르고 라디에이터에 등을 기댄 채 천천히 마셨다. 이다는 탁자에 앉아서 뭔가를 읽고 있었다.

"왜 나를 오래 자게 놔뒀어?" 식료품점 주인이 불평했다.

아내는 대답이 없었다.

"어제 신문이야, 아니면 오늘 거야?"

"어제요."

그는 컵을 씻고 가스레인지 위에 올려놓았다. 가게에서 '매상 없음' 벨을 울리고 서랍에서 10센트를 꺼냈다. 모리스는 금전등 록기의 뚜껑을 들어 올리고, 카운터 밑을 긁어 성냥을 켜고, 손을 모아 성냥불을 감싼 다음에 매상을 살펴봤다. 이다가 3달러를 벌었다. 누가 신문 살 돈이 있겠는가?

그럼에도 그는 덕분에 얻을 작은 기쁨을 기대하지도 않으면서 신문을 사러 나갔다. 세상에 읽을 만한 일이 뭐가 있겠는가? 지나가면서 그는 카프의 창문 사이로, 루이스가 손님을 상대하는 동안 네 명이 더 카운터 주위로 몰려드는 걸 봤다. 데어 오일렘 이즈 고일렘.' 모리스는 「포워드」를 신문 가판대에서 꺼내고 담배 상자에 10센트를 떨어뜨렸다. 샘 펄이 녹색 경마 책자를 살펴보다가 두꺼운 손으로 인사했다. 두 사람은 대화를 하려고 전혀 애쓰지 않았다. 자신이 경마에 대해 뭘 알겠는가? 저 인간이 삶의 비극성에 대해 뭘 알겠는가? 지혜는 멍청한 인간으로부터 멀찍이 날아갔다.

식료품점 주인은 가게 뒤편으로 돌아와 소파에 앉아서, 마당에서 사그라져 가는 빛으로 신문을 비췄다. 근시가 있는 사람처럼 가까이서 두 눈을 넓게 펼쳐서 읽었다. 하지만 다른 생각에 오래 읽지 못했다. 그가 신문을 내려놓았다.

"그래서 가게 산다는 사람은 어디 있어?" 그가 이다에게 물었다.

멍하니 가게를 쳐다보면서 아내는 답이 없었다.

"당신이 오래전에 가게를 팔아야 했어요." 그녀가 잠시 후에 말했다.

"가게가 괜찮을 때 누가 팔고 싶겠어? 안 좋은 때가 오고 나서는 누가 사고 싶겠어?"

"우린 모든 일에 너무 늦었죠. 우린 가게를 제때 팔지 않았죠. 내가 말했잖아요, '모리스, 이제 가게를 팔아요.' 당신이 말했죠, '기다려 봐.' 뭘 기다린 거죠? 우리는 집을 너무 늦게 샀죠. 그래서 아직도 매달 내기도 힘든 대출금이 많이 남았죠. '사지 말아요.' 내가 말했죠. '상황이 안 좋아요.' 그러자 당신이 말했죠. '사자. 괜찮아질 거야. 월세를 아낄 거야.'"

그는 아무 대답도 안 했다. 옳은 일을 하지 못했을 경우에, 말은 아무짝에도 쓸모가 없는 법이었다.

헬렌이 들어와서는 구매자가 왔는지 물었다. 그녀는 구매자에 대해 잊고 있었지만 엄마가 차려입은 옷을 보고 기억이 났다.

그녀는 지갑을 열고, 봉급을 꺼내 아버지에게 건넸다. 식료품점 주인은 한마디도 하지 않고 돈을 앞치마 아래 바지 주머니에 넣었다.

"아직." 이다가 대답하고는 부끄러워했다. "어쩌면 나중에."

"아무도 밤에 가게를 사러 가진 않아." 모리스가 말했다.

"낮에 가야 손님이 얼마나 많은지 볼 수 있지. 그 사람이 여기 오면 한눈에 가게가 죽은 걸 알게 되겠지. 그러곤 집으로 도망치겠지."

"점심 먹었니?" 이다가 헬렌에게 물었다.

"네."

"뭘 먹었니?"

"그런 걸 기억하진 않아요, 엄마."

"저녁은 다 됐다." 이다가 냄비가 놓인 가스레인지에 불을 켰다.

"왜 그 사람이 오늘 올 거라고 생각하셨어요?" 헬렌이 엄마에게 물었다.

"카프가 어제 나한테 말했거든. 식료품점을 사려는 이민자를 한 명 안다고. 브롱크스에 직장이 있어서 여기 늦게 올 거라고 했어."

모리스가 고개를 저었다.

"젊은 남자래." 이다가 말을 이었다. "아마도 서른이나 서른 둘. 카프 말로는 그 사람이 돈을 좀 모았대. 좀 수리하고, 새 상품을 사고, 현대식으로 고치고, 홍보를 좀 하면 여기서 괜찮은 사업을 할 수 있을 거야."

"카프는 오래 살 거야." 식료품점 주인이 말했다.

"저녁 먹죠." 헬렌이 식탁에 앉았다.

이다는 나중에 먹을 거라고 했다.

"아빠는요?"

"배 안 고프다." 그는 신문을 집어 들었다.

그녀는 혼자 먹었다. 가게를 팔고 이사한다면 좋겠지만, 그럴 가능성은 그녀가 보기에 희박했다. 두 해를 뺀 평생을 한 군데에 살다가 하룻밤 새에 이사 나가는 법은 없었다.

저녁을 먹고 설거지를 하러 일어났지만 이다가 그녀를 말렸다. "가서 쉬렴." 엄마가 말했다.

헬렌은 자기 짐을 챙겨 위층으로 갔다.

그녀는 방 다섯 개짜리 칙칙한 집이 싫었다. 이른 아침 직장에 빨리 가려고 아침을 먹는 부엌은 우중충했고, 무채색 거실은 집기로 가득했다. 빽빽이 들어선 20년 된 가구에도 불구하고 거실은 텅 빈 것만 같았다. 부모님이 한 주에 7일을 가게에 계셨기에, 사람 손길이 거의 닿지 않은 탓이었다. 드물게 찾아온 손님들도 위층으로 모시면 뒤편에 있으려고 했다. 가끔 헬렌이 친구를 부르기도 했지만, 할 수만 있다면 친구 집으로 갔다. 그녀의 침실도 마찬가지로 볼품없었다. 작고 어두웠다. 거실 창문이 보이는 세로 3피트*, 가로 2피트짜리 창이 있어도 마찬가지였다. 게다가 밤에 모리스와 이다가 침실로 가려면, 그녀 방을 지나야 했다. 침실에서 화장실을 가야 할 때도 마찬가지였다. 여러 번 부모님은 집 안에서 유일하게 편안한 방인 큰 방을 그녀에게 내주려고 했지만, 두 분의 더블베드가 들어갈 공간이 없었다. 다섯 번째 방은 위층 계단 옆에 있는 작은 냉동고였다. 거기에 이다는 가구나 옷가지를 모아 두었다. 그게 집이었다. 헬렌은 한때 여기가 살기에 끔찍한 곳이라고 화를 내며 소리 질렀지만, 아버지가 너무도 미안해하는 걸 보고는 마음이 편칠 않았다.

그녀는 계단을 오르는 모리스의 느린 발걸음 소리를 들었다.

아버지는 방황하듯 거실로 들어와 딱딱한 안락의자에서 좀 쉬려고 했다. 모리스는 슬픈 눈을 하고 앉아서 아무 말도 하지 않았다. 뭔가 하고 싶은 얘기가 있을 때 운을 떼는 방식이었다.

모리스는 그녀와 남동생이 어렸을 때, 적어도 유대인 명절에는 가게 문을 닫고 2번가로 가서 이디시어 연극을 보거나 가족을 데리고 놀러 갔다. 하지만 에프라임이 죽은 후에는 골목 너머로 간 적이 거의 없었다. 아버지의 인생을 생각하면 항상 그녀 자신의 허무한 인생이 떠올랐다.

아이가 작은 새처럼 보이는군, 모리스가 생각했다. 왜 외로운 거지? 얼마나 예쁜 아이인데. 저런 파란 눈이 어디 있을까?

"이거 받아라." 그가 일어나서 부끄러워하며 딸에게 돈을 건넸다. "신발 사는 데 써라."

"방금 아래층에서 5달러 주셨잖아요."

"여기 5달러 더 있단다."

"수요일이 이번 달 첫날이었잖아요, 아빠."

"네 봉급을 다 가져갈 수는 없지."

"가져가는 게 아니에요. 제가 드리는 거죠."

그녀는 아버지가 5달러를 다시 가져가도록 했다. 아버지는 다시 부끄러워하며 그렇게 했다. "내가 너한테 무얼 준 게 있지? 심지어 네 대학 교육도 내가 뺏어 갔잖아."

"그건 제가 결정한 거잖아요. 하지만 어쩌면 갈지 몰라요. 누가 알겠어요."

"어떻게 갈 수 있겠냐? 넌 스물세 살이잖아."

"배움에 늦은 나이는 없다고, 항상 그러시지 않았나요?"

"얘야." 그가 한숨을 쉬었다. "날 위해선 난 상관없단다. 널 위해선 최고를 원하지. 하지만 내가 너한테 준 게 뭐가 있니?"

"저 스스로 저한테 줄 거예요." 그녀가 미소 지었다. "그런 희망이 있죠."

그 말에 그는 만족해야만 했다. 아직도 그는 그녀에게 미래가 있다고 믿었다.

아래로 내려가기 전에 그가 다정히 말했다. "요새 왜 이리 집에 많이 있는 거냐? 냇이랑 싸웠어?"

"아뇨." 얼굴을 붉히며 그녀가 대답했다. "제 생각에는 우리가 같은 걸 원하는 게 아닌 듯해요."

그는 더 이상 물어볼 자신이 없었다.

아래로 가면서 그는 계단에서 이다를 만났고, 아내가 똑같은 얘기를 하리라는 걸 알았다.

저녁이 되자 장사가 좀 괜찮아졌다. 모리스는 기분이 나아져서 손님들과 인사를 주고받았다. 몇 주 동안 안 보이던 스웨덴인 화가 칼 욘센이 술에 취해 웃으며 나타나서 맥주와 얇게 썬 고기와 스위스 치즈 등 2달러어치를 사 갔다. 식료품점 주인은 처음엔 그가 외상을 할까 봐 걱정했지만—그는 장부에 적힌 외상을 한 번도 갚은 적이 없었고, 모리스는 결국 외상을 주지 않게 되었다—화가는 현금이 있었다. 단골손님인 앤더슨 부인이 1달러어치를 사 갔다. 그러고는 모르는 사람이 와서 88센트를 남겼다. 그가 간 후에 손님이 두 명 더 왔다. 모리스는 작은 희망이 솟는 걸 느꼈다. 어쩌면 상황이 나아지고 있는 건지 몰라. 하지만 8시 반 이후, 할 일 없는 두 손이 무거워졌다. 몇 년 동안 그는 몇 마일 근방에서 가게를 야간에 연 유일한 사람이었고, 덕분에 간신히 생계를 유지했다. 하지만 이제 슈미츠가 그와 똑같은 시간에 일했다. 모리스는 몰래 담배를 피웠고, 곧바로 기침을 하기 시작했다. 이다가 위층에서 바닥을 두드렸고, 그는 꽁초를 잘라 숨겨 두었다. 그는 불안해하며, 앞쪽 창가에 서서 거리를 내다봤다. 전차가 지나가는 걸 보았다. 예전에 금요일 밤이면 적어도 5달러를 썼던 손님인 롤러 씨가 가게를 지나갔다. 모리스는 몇 달 동안 그를 보지 못했지만 어디 가는지 알았다. 롤러 씨는 그의 눈을 피하며 서둘러 지나갔다. 모리스는 그가 골목 끝에서 사라지는 걸 봤다. 성냥을 켜고 금전등록기를 다시 확인했다─9달러 50센트, 본전도 채 못 됐다.

줄리어스 카프가 앞문을 열고 바보 같은 얼굴을 들이밀었다.

"포돌스키 왔었어?"

"누가 포돌스키야?"

"그 이민자."

모리스가 짜증 냈다. "무슨 이민자?"

투덜거리며 카프가 문을 닫고 들어왔다. 키가 작고, 뚱뚱했고, 나이가 들어서도 말끔하게 옷을 입었다. 예전엔 그도 모리스처럼 신발 가게에서 종일 고생했지만, 이제는 저녁 식사 전에 루이스랑 교대할 때까지 하루 종일 비단 파자마를 입고 지냈다. 몸집이 작은 이자는 동정심도 없고 실수투성이였지만, 그래도 모리스와는 꽤 잘 지냈었다. 하지만 카프가 양복점 자리에 또 다른 식료품점 업자에게 세를 준 후로, 두 사람은 이따금 대화를 안 했다. 오래전에 카프는 식료품점 뒤편에서 시간을 많이 보냈다. 가난이 마치 새롭게 생긴 거고, 자신이 그 첫 번째 희생자라는 듯이 불평했다. 주류업으로 성공하고 나서는 찾아오는 횟수가 줄었지만, 여전히 환영받는 것보다는 더 자주 모리스를 찾아왔다. 대부분 식료품점으로 달려와 원치 않는 조언을 하려는 거였다. 그에게는 행운이라는 입장권이 있었다. 어딜 가나 그에겐 운이 따랐고, 모리스 생각엔 다른 사람이 손해를 봤다. 한번은 주정뱅이가 카프 가게 창문을 향해 돌을 던졌지만, 대신 모리스 가게 창문이 깨졌다. 또 한번은 샘 펄이 주류업자에게 경마 정보를 주고, 자기는 깜박하고 돈을 걸지 않았다. 카프는 10달러를 투자해 500달러를 벌었다. 오랫동안 식료품점 주인은 그의 행운에 분개하지 않으려 했지만, 최근엔 자신도 모르게 그에게 불행이 닥치길 바라곤 했다.

"포돌스키가 내가 전화해서 자네 게쉐프트*를 보라고 한 사람이야." 카프가 대답했다.

"이 이민자는 누구야, 말해 봐, 자네 적이야?"

카프가 기분 나쁘게 그를 째려봤다.

모리스는 계속 말했다. "어떤 인간이 자기가 최고의 사업 기회를 빼앗아 버린 가게를 사라고 친구를 보내지?"

"포돌스키는 자네랑 달라." 주류업자가 대답했다. "이 가게에 대해 그 사람한테 얘기했어. 내가 그랬지, '동네가 나아지고 있네. 가게를 싸게 사서 키울 수 있을 거야. 몇 년 동안 장사가 안됐지, 20년 동안 아무도 뭘 바꾼 적이 없는 가게야.'"

"내가 얼마나 변했는지 알 정도로 자네가 그리 오래 살다니……." 모리스는 말을 끝내지 못했다. 카프가 창가에서 어두운 거리를 초조하게 살펴보고 있었기 때문이다.

"방금 지나간 회색 차 자네도 봤지." 주류업자가 말했다. "이번이 20분 동안 그 차를 세 번째 본 거였어." 그는 눈초리가 불안해졌다.

모리스는 뭐가 그를 불안하게 만드는지 알았다. "가게에 전화를 놓으라고, 그러면 기분이 나아질 거야." 그가 조언했다.

카프는 1분 더 거리를 내다보고 걱정하며 대꾸했다. "이런 동네의 주류 가게에는 그럴 수 없어. 만일 내가 전화를 놓으면, 술 취한 놈들이 전부 나한테 전화해서 배달해 달라고 할 거고, 그래서 거기 가면 그놈들은 한 푼도 없겠지."

그가 문을 열었다가 무슨 생각이 났는지 다시 닫았다. "이봐, 모리스." 그가 작은 목소리로 말했다. "혹시 저자들이 다시 오면, 내가 앞문을 닫고 불을 끌 거야. 그리고 뒤편 창문에서 자넬 부를 테니, 자네가 경찰에 전화해."

"그러려면 자네 5센트를 내야 해." 모리스가 어두운 표정을 지으며 말했다.

"내 신용은 최상급이잖아."

카프가 불안해하며 식료품 가게를 나갔다.

줄리어스 카프를 주신 신께 감사드립니다, 식료품점 주인은 생각했다. 그가 없었다면 내 삶이 너무 편했을 거다. 신이 카프를 만들어서 불쌍한 식료품점 주인에게 인생이 힘들다는 걸 잊지 말라고 하셨다. 카프에겐 기적처럼 삶이 힘들지 않았다. 그가 생각했다. 하지만 부러워할 게 뭐 있겠는가? 그 인간처럼 되지 않는 거라면, 기꺼이 주류업자에게 술병과 돈을 내주었을 거다. 인생은 이미 충분히 힘들었다.

9시 반에 못 보던 사람이 성냥 한 통을 사러 왔다. 15분 후에 모리스는 창문의 불을 껐다. 거리는 건너편 세탁소 앞에 주차된 차를 빼고는 텅 비어 있었다. 모리스가 차를 자세히 살펴봤지만 안에 사람이 보이진 않았다. 그는 문을 닫고 자러 갈까 하다가, 마지막으로 5분만 더 있기로 결심했다. 가끔은 10시 1분 전에 손님이 오기도 했다. 10센트도 돈은 돈이었다.

가게 안으로 연결되는 옆문 소리에 그가 소스라치게 놀랐다.

"이다?"

문이 천천히 열렸다. 테시 푸소가 집에서 입는 가운을 입고서 들어왔다. 크고 못생긴 얼굴을 한 이탈리아인 여자.

"가게 닫으신 건가요, 보버 아저씨?" 그녀가 부끄러워하며 물었다.

"들어와." 모리스가 말했다.

"뒤로 들어와서 죄송해요, 하지만 외출복을 안 입어서 길거리로 나가기 싫었거든요."

"괜찮다."

점원 37

"닉 점심 만드는 데 쓰게 20센트짜리 햄을 주세요."

이해가 됐다. 그녀는 아침에 닉이 코너로 간 것에 대해 용서를 구하는 거였다. 그는 햄을 한 조각 더 주었다.

테시는 우유 한 병이랑 종이 냅킨과 빵도 샀다. 그녀가 간 후에 그는 금전등록기 덮개를 들어 올렸다. 10달러. 오래전에 바닥을 쳤다고 생각했지만, 이제 그는 바닥이 없다는 걸 깨달았다.

내 평생을 허비해서 얻은 게 하나도 없군, 그가 생각했다.

그 순간 카프가 가게 뒤에서 그를 부르는 걸 들었다. 식료품점 주인은 피곤해하며 안으로 들어갔다.

창문을 올리면서 화난 목소리로 말했다. "거기 무슨 일이야?"

"경찰한테 전화해." 카프가 소리쳤다. "길 건너에 차가 서 있어."

"무슨 차?"

"강도 놈들."

"차 안에 아무도 없어, 내가 확인했다고."

"제발, 부탁하는데 경찰에 전화하라고. 전화 요금은 줄게."

모리스는 창문을 닫았다. 그는 전화번호를 확인하고 경찰에 전화하려고 했지만, 그 순간 가게 문이 열렸기에 서둘러 가게 안으로 돌아갔다.

두 남자가 카운터 반대쪽에 서 있었다. 얼굴은 손수건으로 가린 채였다. 한 명은 더럽고 누런 콧물이 엉긴 손수건을 쓰고 있었고, 다른 한 명의 손수건은 하얀색이었다. 하얀 손수건을 한 남자가 가게 불을 끄고 있었다. 식료품점 주인은 30초가 지나서야 카프가 아니라 자신이 피해자라는 사실을 깨달았다.

모리스는 탁자에 앉아서 앞에 놓인, 헬렌의 봉급까지 포함된 구겨진 지폐 몇 장과 동전 더미를 멍하니 바라보았다. 먼지 긴 전구의 어두운 불빛이 그의 머리를 비추고 있었다. 더러운 손수건을 두른 권총 강도는 살이 좀 있었고, 보풀이 많은 검은 모자를 쓰고서 식료품점 주인 머리 근처에서 총을 휘둘러 댔다. 그의 오돌토돌한 이마에는 잔뜩 땀이 차 있었고, 가끔 의심에 찬 눈으로 어두운 가게를 쳐다보았다. 다른 남자는 낡은 야구 모자를 쓰고 찢어진 운동화를 신었고, 떨리는 걸 참으려고 개수대에 기대서는 성냥으로 손톱 밑을 팠다. 그의 뒤로 개수대 위의 벽에는 깨진 거울이 걸려 있었다. 그는 자주 고개를 돌려 거울을 들여다봤다.

"당신이 번 게 이게 전부가 아니라는 걸 다 알아." 뚱뚱한 남자가 부자연스럽고 쉰 목소리로 모리스에게 말했다. "나머지는 어디 숨겼어?"

모리스는 토할 것만 같아 말이 나오지 않았다.

"젠장 사실을 말하라고." 그가 식료품점 주인의 입에 총을 겨누었다.

"상황이 좋지 않네." 모리스가 겨우 말했다.

"넌 거짓말쟁이 유대인이야."

개수대에 있던 남자가 손을 들어 다른 남자를 불렀다. 그들은 구석에 모였고, 야구 모자를 쓴 남자가 보풀이 난 모자를 쓴 남자 쪽으로 어색하게 몸을 숙이고 귀에다 뭐라 속삭였다.

"안 돼." 뚱뚱한 남자가 무뚝뚝하게 말을 끊었다.

그의 공범은 몸을 더 숙여서, 손수건 사이로 심각하게 속삭였다.

"저자가 숨겼다니까." 뚱뚱한 남자가 씩씩거렸다. "저 인간 머리를 부숴서라도 가져가고 말 거야."

탁자에 와서 그가 식료품점 주인의 얼굴을 내리쳤다.

모리스는 신음했다.

개수대에 있던 남자가 급하게 컵을 씻어 물을 따랐다. 컵을 식료품점 주인에게 가져왔고, 그의 입술에 컵을 가져가면서 앞치마에 물을 조금 흘렸다.

모리스는 물을 마시려고 했지만 결국 홀짝거리는 시늉만 했다. 두려움에 찬 눈으로 남자의 눈과 마주치려 했지만, 그는 다른 데를 바라보고 있었다.

"제발." 식료품점 주인이 중얼거렸다.

"서둘러." 총을 가진 남자가 경고했다.

키 큰 남자가 몸을 세우더니 물을 다 마셨다. 그는 컵을 씻은 후에 찬장에 놓았다.

그러고는 컵과 접시 사이를 뒤지더니 바닥에 있는 단지를 꺼냈다. 다음으로 방 안에 있는 오래된 책상 서랍을 빠르게 뒤졌다. 그리고 엎드려 소파 밑을 봤다. 가게 안으로 들어가 금전등록기에서 텅 빈 현금 서랍을 빼낸 후에, 그 안으로 손을 집어넣어 봤지만 아무것도 찾지 못했다.

주방으로 돌아와 그는 다른 남자의 팔을 잡고 다급하게 속삭였다.

뚱뚱한 남자가 팔꿈치로 그를 밀쳤다.

"여기서 빨리 나가는 게 좋겠어."

"지금 겁내는 거야?"

"그게 저 사람이 가진 돈 전부야, 여길 뜨자고."

"장사가 엉망이야." 모리스가 내뱉었다.

"너희 유대인 놈들이 엉망이지, 알아들어?"

"날 해치지 말게."

"마지막으로 기회를 준다. 어디에 돈을 숨긴 거야?"

"난 가난한 사람이네." 그가 찢어진 입술로 말했다.

더러운 손수건을 한 남자가 총을 들었다. 거울을 보고 있던 다른 남자가 검은 눈을 크게 뜨며 맹렬히 손을 흔들었다. 하지만 모리스는 권총이 내려오는 걸 보면서 자기 자신이 한심하게 느껴졌다. 엇나간 기대, 끝없는 실패, 허망하게 사라져 버린 시간, 얼마나 많은지 차마 셀 수조차 없는 이 모든 것이 한심하게만 느껴졌다. 미국에서 많은 걸 바랐지만 거의 얻은 게 없었다. 그리고 자기 때문에 헬렌과 이다는 그보다 더 가진 게 없었다. 그가 두 사람을 속인 거였다. 그와 이 피를 빨아먹는 가게가.

비명도 없이 그는 쓰러졌다. 그날에 딱 맞는 결말이었다. 그게 바로 그의 운이었고, 다른 사람들은 더 좋은 운을 가지고 있었다.

*

모리스가 머리에 두꺼운 붕대를 두르고 침대에 누워 있던 한 주 동안, 이다는 불규칙하게 가게를 지켰다. 하루에 스무 번은 계단을 오르내렸고, 결국 뼈가 저리고 머리는 걱정으로 지끈거렸다. 헬렌이 토요일에 집에 있으면서 반나절 이다를 대신했고, 월요일에도 엄마를 도우려고 했다. 하지만 그 이상은 쉴 수가 없었다. 그래서 이다는 잠깐씩 짬을 내어 식사를 하다 심각한 불안감에 휩싸였고, 결국 모리스가 화를 내며 반대했지만 가게 문을 하루 닫아야만 했다. 자기한테 신경 쓸 필요 없다고 주장하면서 그는 아내에게 가게를 반나절이라도 열라고 했다. 아니면 몇 안 되는 남은 손님들도 잃을 거라고. 하지만 이다는 숨을 헐떡거리며 자신이 그럴 힘이 없고 다리도 아프다고 말했다. 식료품점 주인은 일어나서 바지를 입으려고 했지만 극심한 두통이 왔고, 힘겹게 침대로 돌아가야만 했다.

가게를 닫은 화요일에 한 남자가 동네에 나타났다. 낯선 남자는 이쑤시개를 입에 물고, 샘 펄의 가게에서 대부분의 시간을 보내면서 지나가는 사람들을 유심히 쳐다봤다. 아니면 중간중간 빈 곳이 있지만 골목에 길게 이어진 가게들을 따라, 펄의 가게에서 거리 끝의 술집까지 걸어갔다. 그 너머로는 야적장이 있었고, 그 뒤에는 큼지막한 창고가 있었다. 술집에서 맥주를 천천히 조금씩 마신 후에, 낯선 남자는 골목 어귀를 돌아 담이 높은 저탄장을 지나 어슬렁거렸다. 남자는 동네를 한 바퀴 돌아다닌 후에, 다시 샘의 과자 가게로 돌아오곤 했다. 가끔 남자는 문이 닫힌 모리스의 가게로 걸어가서, 두 손으로 이마 양옆을 가리고 창문 너머 가게 안을 들여다봤다. 그러고는 한숨을 쉬고 다시 샘의 가게로 왔다. 남자는 코너에 있을 수 있는 만큼 머문 후에 동네를 다시 한 바퀴 돌거나 근처 다른 곳에 다녀왔다.

헬렌이 가게 앞 창문에 종이를 붙였다. 아버지가 아프지만 수요일에는 가게를 열 거라고 적혀 있었다. 남자는 꽤 오랫동안 공지를 읽었다. 그는 젊고, 검은 턱수염이 났고, 빗물 자국이 있는 낡은 갈색 모자와 갈라진 에나멜 구두에 마치 입고 잔 것처럼 보이는 검은색 롱코트를 입고 있었다. 키가 컸고 못생기지는 않았다. 다만 부러진 후에 잘못 세운 코가 얼굴의 균형을 깼다. 눈은 우수에 젖었다. 그는 가끔 샘 펄과 소다수 판매대 옆에 앉아서 생각에 깊게 잠긴 채, 몇 센트를 주고 산 구겨진 담뱃갑에서 담배를 꺼내 피웠다. 샘은 온갖 종류의 사람들에 익숙했고, 살면서 낯선 사람들이 동네에 나타났다 빠르게 사라지는 걸 봤기 때문에, 남자에게 특별한 관심을 갖지 않았다. 골디는 자릿

세를 낸 것도 아닌데, 남자가 하루 종일 그 자리에 있는 걸 보고
는 너무한다고 불평했다. 샘은 낯선 남자가 스트레스를 받는 듯
한숨을 자주 쉬고 아무도 알아듣지 못하게 혼자 중얼거리는 모
습을 가끔 목격하기는 했다. 하지만 별 관심을 두지 않았다. 누
구나 자기 나름의 고민이 있는 법이다. 그러다 어떨 때는 마치
스스로 답을 찾았다는 듯이 남자가 긴장을 푸는 것처럼 보였고,
심지어는 자신의 삶에 만족하는 듯했다. 그는 샘의 잡지를 읽고
동네를 한 바퀴 산책하고 돌아와서는, 가게의 진열대에서 보급
판 책을 집어 들고 새 담배를 피웠다. 샘은 남자가 주문하면 커
피를 내왔고, 낯선 남자는 입가의 담배 연기 사이로 눈을 찡그
리며 조심스럽게 5페니를 세어 계산했다. 아무도 묻지 않았지
만 그는 자신의 이름이 프랭크 알파인이라고 알렸고, 최근에 좀
더 나은 기회를 찾아 서부에서 왔다고 말했다. 샘은 그가 운전
기사 자격증이 있으면 택시 운전사로 일하는 게 어떠냐고 조언
했다. 나쁘지 않은 직업이었다. 남자는 동의했지만 마치 뭔가
다른 게 나타날 거라고 기대하는 듯이 떠나지 않았다. 샘은 남
자를 우울한 놈이라고 단정했다.

이다가 식료품점을 다시 개장한 날에 낯선 남자는 사라졌지
만, 다음 날 과자 가게로 돌아왔다. 그리고 소다 판매대에 자리
를 잡고 커피를 시켰다. 그는 지치고 불행해 보였고, 두껍고 어
두운 수염이 얼굴의 창백함과 대조를 이루었다. 그의 콧구멍은
부어 있었고 목에서는 쉰 소리가 났다. 절반은 무덤에 들어간
것 같군, 샘이 생각했다. 간밤에 그가 얼마나 험한 데서 잤는지

상상하기조차 힘들었다.

프랭크 알파인은 커피를 수저로 저으면서, 다른 손으로는 카운터에 놓인 잡지를 펼쳤다. 그러다 그의 시선이 어느 수도사의 유채색 그림에 꽂혔다. 그는 커피를 마시려고 잔을 들었지만 내려놓아야만 했다. 그러고는 그림을 5분간 뚫어지게 쳐다봤다.

샘이 궁금한 마음에 빗자루를 들고 남자 뒤로 가서 뭘 보고 있는지 확인했다. 그림에는 마른 얼굴에 검은 수염을 하고 투박한 갈색 복장을 한 수도사가 햇살 가득한 시골길에 맨발로 서 있었다. 마르고 털이 수북한 두 팔은 머리 위로 내려오는 새 떼를 향했다. 배경엔 잎이 무성한 나무들이 있었다. 그리고 멀리에는 햇살이 비추는 교회가 있었다.

"그 사람 신부처럼 보이네요." 샘이 조심스럽게 말했다.

"아뇨, 이분은 아시시의 성 프란체스코입니다. 이분이 입고 있는 갈색 예복과 하늘의 새 떼를 보면 알 수 있죠. 이건 이분이 새들에게 설교를 하는 장면입니다. 어렸을 때, 나이 든 신부님이 제가 자란 보육원에 오곤 했는데, 그때마다 신부님은 성 프란체스코에 대해 새로운 이야기를 해 주셨죠. 그 이야기가 아직도 그대로 머릿속에 생생해요."

"이야기는 그저 이야기죠." 샘이 말했다.

"왜 그 이야기를 전혀 까먹지 않았는지 모르겠어요."

샘이 좀 더 가까이서 그림을 쳐다봤다. "새한테 얘기한다고요? 뭐죠, 이 사람 미친 건가요? 뭐 흉보려고 하는 말은 아닙니다만."

낯선 남자가 유대인을 보고 웃었다. "이분은 성인이셨죠. 제 생각엔, 특별한 용기가 있어야 새한테 설교할 수 있으니까요."

"그것 때문에 그 사람이 위대하다고요, 새한테 얘기했다고?"

"또 다른 이유도 있죠. 예를 들어 자기가 가진 걸 다 주셨죠, 돈하고 옷도 모두. 가난함을 즐기셨고요. 가난은 여왕이고, 그래서 가난이 아름다운 여인인 것처럼 사랑한다고 말씀하셨죠."

샘이 고개를 저었다. "아름답지는 않아요, 젊은 양반. 가난한 건 더러운 일이지."

"그분은 세상을 새로운 시각으로 보셨죠."

과자 가게 주인은 성 프란체스코를 다시 한 번 쳐다보고는 빗자루로 지저분한 구석을 쓸었다. 프랭크는 커피를 마시면서, 계속 그림을 꼼꼼히 봤다. 그가 샘에게 말했다. "이분 같은 사람에 대한 글을 읽을 때마다 가슴속에 어떤 감정이 생기는데, 울지 않으려고 그걸 참아 내곤 해요. 이분은 선하게 태어났어요. 그렇게 태어나는 건 바로 재능이죠."

그는 말하면서 어색해했고, 샘도 어색해졌다.

프랭크는 잔을 비우고 자리를 떴다.

그는 그날 밤 모리스의 가게를 지나 돌아다니다 문틈으로 어머니를 대신해 가게에 앉아 있는 헬렌을 봤다. 그녀는 고개를 들어 판유리 너머로 그가 자신을 보고 있는 걸 알아챘다. 그의 행색에 그녀가 놀랐다. 그의 눈길은 무언가에 사로잡히고, 갈구하는 듯하고, 슬퍼 보였다. 그가 가게 안으로 와서 돈을 구걸할 거라는 인상을 받았고, 10센트를 주려고 준비했다. 하지만 그는 들어오는 대신 사라져 버렸다.

금요일이 되자 모리스는 오전 6시에 힘겹게 계단을 내려왔고, 이다가 잔소리를 하며 그를 뒤쫓았다. 자신이 가게를 8시에 열어 왔으니, 그때까지 누워 있으라고 남편에게 애청했다. 하지만 그는 폴란드인에게 빵을 줘야 한다면서 말을 듣지 않았다.

"빵으로 번 그따위 3센트가 잠을 한 시간 더 자는 것보다 왜 더 중요해요?" 이다가 불평했다.

"누가 잠을 잘 수 있겠어?"

"당신 쉬어야 해요, 의사가 그랬잖아요."

"쉬는 건 무덤에서 할 거야."

그녀가 몸서리를 쳤다. 모리스가 말했다. "15년 동안 그 여자는 여기서 빵을 샀어, 그러니 빵을 주자고."

"좋아요, 그렇지만 내가 문을 열게요. 내가 그 여자에게 빵을 줄 테니 당신은 침대로 돌아가라고요."

"침대에 너무 오래 누워 있었어. 몸이 약해진 기분이라고."

하지만 여자는 나타나지 않았고, 모리스는 독일인에게 여자를 빼앗긴 게 아닌가 걱정했다. 이다가 우유 상자를 끌고 들어오겠다고 말하면서, 그가 상자를 향해 움직이기만 해도 소리를 지르겠다고 위협했다. 그녀가 우유병을 냉장고에 집어넣었다. 닉 푸소 이후에 두 사람은 몇 시간 동안 다른 손님을 기다렸다. 모리스는 탁자에 앉아 신문을 읽었고, 이따금 천천히 손을 들어 머리의 붕대를 만졌다. 눈을 감으면 여전히 종종 몸에서 힘이 빠지는 기분이었다. 정오가 되자 그는 주저 없이 계단을 올라가 침대에 누웠고, 헬렌이 집에 올 때까지 일어나지 않았다.

다음 날 아침, 그는 혼자 문을 열겠다고 고집을 부렸다. 폴란드인이 나타났다. 그는 그녀의 이름을 알지 못했다. 그녀는 근처 세탁소에서 일했고 폴라샤야라는 작은 강아지를 키웠다. 저녁에 집에 오면 그녀는 골목에서 그 작은 폴란드 개를 산책시켰다. 강아지는 저탄장에서 뛰어다니는 걸 좋아했다. 그녀는 모르타르 외벽을 한 근방의 집에서 살았다. 이다는 그녀를 유대인 혐오자라고 불렀지만, 모리스에게 그건 별문제가 아니었다. 그녀는 유럽에서 그 혐오를 가져온 거였고, 그건 미국의 유대인 혐오주의와는 달랐다. 가끔 그는 그녀가 "유대인 빵"을 달라고 하면서 자기를 자극하는 게 아닌가 의심했다. 한두 번 그녀는 묘한 웃음을 지으며 "유대인 피클"을 달라고 했다. 보통은 아무 말도 하지 않았다. 오늘 아침 모리스가 빵을 건네줄 때도 그녀는 아무 말도 안 했다. 비록 순간 반짝이는 눈으로 쳐다보기는 했지만, 붕대에 싸인 그의 머리에 대해 묻지 않았다. 그가 왜 일주일 동안 가게에 없었는지도 묻지 않았다. 하지만 카운터에 3센트 대신에 6센트를 놓았다. 그는 가게를 열지 않은 날에 그녀가 봉투에서 빵을 하나 가져갔을 거라 생각했다. 그는 6센트 매상을 올렸다고 기록했다.

모리스는 두 개의 우유 상자를 가지고 오려고 밖으로 나갔다. 두 개 다 꽉 잡았지만, 상자는 돌덩이처럼 느껴졌다. 그래서 하나를 놓고 다른 하나만 끌었다. 머리가 멍해지는 기분이 들더니 앞이 완전히 깜깜해졌다. 모리스는 휘청거리다 하수구로 떨어질 뻔했지만, 긴 코트를 입은 프랭크 알파인이 그를 붙잡아 안정시킨 후에 가게 안으로 이끌었다. 그리고 프랭크는 우유 상자를 끌고 들어와 냉장고에 우유병을 정리했다. 그는 카운터 뒤편을 재빠르게 빗자루로 쓴 다음 가게 뒤로 왔다. 모리스는 정신을 차리고 그에게 진심으로 고맙다고 했다.

프랭크는 흉터가 난 두꺼운 손을 바라보면서 쉰 목소리로 동네에 새로 왔고 결혼한 누이랑 여기서 살고 있다고 말했다. 최근에 서부에서 왔고, 좀 더 나은 일자리를 찾고 있다고도 했다.

식료품점 주인은 남자에게 커피 한 잔을 권했고, 그는 곧바로 좋다고 했다. 자리에 앉으면서 프랭크는 모자를 바닥의 발 옆에 내려놓았다. 그는 세 숟갈 가득 설탕을 넣어 커피를 마시면서, 빨리 몸을 데우려고 그런다고 설명했다. 모리스가 딱딱한 곡물 빵을 건네자, 그는 허기진 듯이 입에 물었다. "세상에, 정말 좋은 빵이네요." 다 먹은 후에 그는 손수건으로 입가를 닦고, 한 손으로 탁자 위의 빵 부스러기를 다른 손안에 쓸어 넣었다. 그리고 모리스가 말렸는데도 개수대에서 잔과 접시를 씻고 말린 다음 가스레인지 위에 올려놨다. 식료품점 주인이 거기서 꺼내 왔다.

"신세 많았습니다." 그가 모자를 집어 들었지만 자리에서 일어나려고 하지는 않았다.

"예전에 샌프란시스코에서 두 달 동안 식료품점에서 일한 적이 있어요." 그가 잠시 뒤에 말했다. "다만 거긴 슈퍼마켓 체인점이긴 했지만요."

"체인점은 가난한 사람을 죽이지."

"개인적으로 저는 작은 가게가 좋습니다. 언젠가 하나 차릴까 해요."

"가게는 감옥이라네. 좀 더 나은 걸 찾아보게."

"적어도 가게 주인이 되는 거잖아요."

"아무것도 아닌 것의 주인이 된다는 건 아무것도 아닌 게 되는 거지."

"그렇다고 해도, 생각만으로 뭔가 끌리는 게 있어요. 문제는 무슨 상품을 주문해야 하는지 경험이 필요하다는 거죠. 상표나 뭐 그런 거 말이죠. 아무래도 가게에 취직해서 경험을 더 쌓아야 할 것 같아요."

"A&P'에 가 보게." 식료품점 주인이 조언했다.

"아마도요."

모리스가 대화를 중단했다. 남자는 모자를 썼다.

"무슨 일이죠?" 그가 식료품점 주인의 붕대를 보며 말했다. "무슨 사고로 머리를 다친 건가요?"

모리스가 고개를 끄덕였다. 그는 거기에 대해 얘기하고 싶지 않았고, 결국 낯선 남자는 실망한 채 떠났다.

남자는 월요일 아침 일찍 모리스가 우유 상자랑 다시 씨름하고 있을 때 거리에 있었다. 그 낯선 사람은 모자를 건드리며 인사하더니, 시내로 일자리를 구하러 가는 길이지만 우유를 들여놓는 걸 도울 시간이 있다고 했다. 그러고는 곧바로 떠났다. 하지만 식료품점 주인은 한 시간 후에 남자가 반대 방향으로 지나가는 걸 봤다고 생각했다. 그날 오후 「포워드」를 가지러 갔을 때, 그는 남자가 샘 펄과 소다 판매대에 앉아 있는 걸 봤다. 다음 날 아침 6시가 지나자마자 프랭크가 나타나 우유 상자 옮기는 걸 도와주었고, 가난한 사람을 알아볼 줄 아는 모리스는 커피를 대접하겠다며 그를 가게 안으로 불렀다.

"일자리는 지금 어떻게 되어 가고 있나?" 같이 커피를 마시면서 모리스가 물었다.

"그저 그렇습니다." 프랭크가 시선을 피하며 대답했다. 그는 뭔가에 정신이 빠져 긴장한 듯이 보였다. 몇 분마다 잔을 내려놓고는, 불안한 듯 주위를 둘러봤다. 그의 입술은 뭔가 말하려는 듯 벌어졌고, 눈은 고통을 드러내는 듯했다. 하지만 곧바로 하려던 말을 절대 하지 않는 게 좋겠다고 결정했다는 듯이 입을 굳게 다물었다. 그는 말할 필요가 있어 보였고, 땀을 흘렸고—이마가 땀으로 번득거렸다—뭔가에 허덕이며 동공이 커졌다. 모리스가 보기에는 곧 토할 사람 같았다—그게 어디든지 간에. 하지만 치열한 순간이 지나자 그의 눈이 흐릿해졌다. 그는 크게 한숨을 쉬고 커피를 마저 꿀꺽 삼켰다. 그러고는 트림을 했다. 그는 트림했다는 것에 잠시 만족해했다.

무슨 말을 하고 싶든 다른 사람에게 말하게 놔두자, 모리스가 생각했다. 난 그저 식료품점 주인일 뿐이니. 그는 뭔가 병이 옮을까 봐 걱정스러워 의자에서 자세를 고쳐 앉았다.

다시 한번 키 큰 남자가 몸을 앞으로 숙이고 숨을 다시 들이마시며 뭔가 말하려고 했다. 하지만 몸서리를 치더니, 바로 발작하듯이 몸을 떨었다.

식료품점 주인은 서둘러 난로로 가서 뜨거운 김이 나는 커피를 한 잔 따랐다. 프랭크는 끔찍한 두 모금으로 커피를 다 삼켰다. 떨림은 곧바로 멈췄지만, 좌절하고 굴욕당한 사람처럼 보였다. 모리스가 느끼기엔, 마치 엄청나게 원했던 걸 완전히 잃어버린 사람 같았다.

"자네 감기 걸린 거야?" 그가 동정심에 물었다.

낯선 남자는 고개를 끄덕이고, 금이 간 신발 밑창에 성냥을 대고 켠 다음 담뱃불을 붙이고, 맥이 풀린 채 그 자리에 앉아 있었다.

"전 힘든 삶을 살았어요." 그렇게 중얼거리고 그는 침묵에 빠졌다.

두 사람 모두 아무 말도 하지 않았다. 그러다 식료품점 주인이 상대의 기분을 풀어 주려고 가볍게 질문했다. "동네 어디에 누나가 사는 건가? 어쩌면 내가 알 수도 있을걸."

프랭크가 건조한 목소리로 대답했다. "정확한 주소는 까먹었어요. 공원 근처 어딘가입니다."

"이름이 뭔데?"

"가리발디 부인입니다."

"무슨 이름이지, 그게?"

"무슨 뜻이죠?" 프랭크가 그를 째려봤다.

"내 말은 국적이 뭐냐고?"

"이탈리아요. 전 이탈리아계입니다. 제 이름은 프랭크 알파인이죠. 이탈리아 말로는 알피노죠."

프랭크 알파인의 담배 냄새에 모리스는 자기도 꽁초에 불을 붙였다. 기침을 참을 수 있을 거라 생각했지만 그러지 못했다. 머리가 터질까 걱정될 정도로 기침을 했다. 프랭크가 걱정스레 쳐다봤다. 이다가 위층에서 바닥을 두들겼고, 식료품점 주인은 부끄러움에 담배를 끄고 쓰레기통에 떨어뜨렸다.

"내가 담배 피우는 걸 싫어하지." 그가 기침을 하다 설명했다. "폐가 그리 건강하진 못하거든."

"누가 싫어한다고요?"

"내 아내 말이야. 일종의 점막 염증이라네. 어머니가 평생 그걸로 앓으면서도 여든넷까지 사셨어. 하지만 작년에 내가 가슴 사진을 찍었는데 두 군데 마른 부분을 발견했거든. 그래서 아내가 겁을 먹었고."

프랭크가 천천히 담배를 껐다. "제 인생에 대해 아까 하려던 말은요." 그가 힘겹게 말했다. "제가 재미있는 인생을 살았다는 겁니다. 그냥 재미만 있었다는 뜻은 아니고요. 제 말은 여러 가지 일을 겪었다는 뜻이죠. 대단한 것들에 근접한 적도 있었죠. 예를 들어 일자리, 교육, 여자 같은 거요. 하지만 가까이 간 게 전부예요." 그는 무릎으로 양손을 꽉 쥐고 있었다. "이유는 묻지 마세요, 하지만 언제나 가질 만하다고 생각한 것이 전부 이런저런 일로 제게서 떠나 버리죠. 전 원하는 걸 위해서 노새처럼 일하고, 막 제가 그걸 가질 것만 같을 때 멍청한 행동을 해요. 확실하게 얻을 것만 같던 것들이 그렇게 전부 제 앞에서 사라지고 마는 거죠."

"배울 기회를 버리지는 말게." 모리스가 조언했다. "그게 젊은 사람들한테는 최고니까."

"전 지금쯤 대학 졸업자가 될 수도 있었는데, 때가 되었을 때 다른 일이 생겨 그걸 선택하는 바람에 기회를 놓쳤죠. 저한테는, 안 좋은 일이 다른 일로 이어지고 결국 덫이 되어 버리죠. 달을 원했지만 가진 건 치즈밖에 없어요."

"자넨 아직 젊잖아."

"스물다섯입니다." 그가 비통하게 말했다.

"나이가 더 들어 보이는데."

"나이가 든 것처럼 느껴져요, 더럽게 많이."

모리스가 고개를 저었다.

"가끔 인생이 처음 시작한 그대로 진행한다는 생각이 들어요." 프랭크가 이어 말했다. "제가 태어나고 한 주 뒤에 어머니가 돌아가시고 무덤에 묻혔죠. 전 어머니 얼굴을 본 적도 없어요. 사진도 없죠. 제가 다섯 살 때, 하루는 아버지가 우리가 살던 방에서 담배 한 갑을 산다고 나갔어요. 그렇게 떠나고 그게 마지막으로 아버지 얼굴을 본 거였죠. 사람들이 몇 년 후에 아버지를 찾았지만, 이미 돌아가신 후였어요. 전 보육원에서 자랐고, 여덟 살 때 보육원에서 절 어려운 가정에 보냈습니다. 열번 도망쳤죠. 그다음에 같이 살았던 가족한테서도 마찬가지였고요. 전 제 인생에 대해 많이 생각합니다. 저 자신에게 말하죠. '이 모든 게 끝나면 무슨 일이 생기기를 기대하는 거야?' 물론 이따금, 아시겠지만 간간이 괜찮은 때가 있기는 하지만, 너무 가끔이죠. 그래서 보통은 시작했을 때와 같은 상태로 끝나게 됩니다. 아무것도 없는 상태로 말이에요."

식료품점 주인의 마음이 움직였다. 불쌍한 아이.

"종종 저한테 일이 벌어지는 방식을 바꾸려고 애쓰지만, 어떻게 할지를 몰라요. 안다고 생각할 때조차도 말이죠. 제가 기억하는 것보다 더 많이 하려고 정말 노력합니다." 그가 멈추고, 목을 가다듬은 다음에 말했다. "제 행동이 멍청해 보이겠지만, 그게 그렇게 쉬운 일은 아닙니다. 제가 말하려는 건, 무언가를 정말 원할 때 그 무엇이 제 안에서 혹은 저 때문에 사라진다는 겁니다. 항상 이런 꿈을 꿔요. 꿈에서 전 누군가에게 전화로 무언가를 정말 말하고 싶어서 몸이 아플 정도인데, 정작 전화 부스에 들어가면 전화 대신에 바나나가 고리에 걸려 있는 거예요."

그는 식료품점 주인을 쳐다본 후에 바닥을 봤다. "살면서 내내 무언가 가치 있는 걸 성취하고 싶었습니다—사람들이 말하길 노력이 좀 필요하다고 하는 거 말이에요. 하지만 전 그러지 않아요. 너무 불안해지거든요—저에겐 한 군데서 6개월이면 너무 긴 시간이죠. 또 전 모든 걸 너무 빨리 얻으려 하죠—참을성이 정말 없습니다. 제가 해야 할 걸 안 한다는 겁니다—그게 제가 말하려는 겁니다. 결국 저는 아무것도 없이 어딘가를 가고, 아무것도 없이 나오게 되죠. 이해하시겠어요?"

"그래." 모리스가 말했다.

프랭크가 조용해졌다. 잠시 뒤에 그가 말했다. "저 자신을 이

56

해 못 하겠어요. 정말로 아저씨에게 무슨 말을 하는 건지, 왜 하는 건지 모르겠어요."

"좀 쉬지 그래." 모리스가 말했다.

"그게 제 나이 또래의 남자한테 맞는 삶일까요?"

그는 식료품점 주인이 대답하기를 기다렸다. 인생을 어떻게 살아야 할지 말해 주기를. 하지만 모리스는 생각했다, 난 예순 살인데 이 청년은 나처럼 말하는군.

"커피 좀 더 마시게."

"아닙니다. 감사합니다." 프랭크가 새 담배에 불을 붙이더니 끝까지 피웠다. 그는 편안해 보였지만 편안하지 않았다. 마치 무언가를 (그게 뭐지? 식료품점 주인은 생각해 봤다) 이룬 것 같았지만 그렇지 않은 듯이. 그의 얼굴에서 긴장이 풀렸고 거의 졸린 듯이 보였다. 하지만 그는 양 손가락 관절을 꺾더니 한숨을 쉬었다.

왜 집에 가지 않는 거지? 식료품점 주인이 생각했다. 난 할 일이 있는 사람인데.

"저 갑니다." 프랭크가 일어났지만 움직이지 않았다.

"머리는 무슨 일이에요?" 그가 다시 물었다.

모리스가 붕대를 만졌다. "지지난 주 금요일에 여기 강도가 들었네."

"그러니까 강도들이 아저씨를 때렸다는 말이에요?"

식료품점 주인이 고개를 끄덕였다.

"그런 놈들은 죽어도 싸요." 프랭크가 열을 냈다.

모리스가 그를 뚫어지게 쳐다봤다.

프랭크가 옷깃의 먼지를 털어 냈다. "아저씨네 사람들은 유대인이죠, 아닌가요?"

"그렇지." 식료품점 주인이 계속 그를 쳐다보며 답했다.

"전 항상 유대인이 좋았어요." 그의 눈은 낙담한 듯이 보였다.

모리스는 아무 말도 안 했다.

"자녀분들은 있으시겠죠?" 프랭크가 물었다.

"내가?"

"자꾸 물어봐서 죄송해요."

"딸이 있지." 모리스가 한숨을 지었다. "한때 예쁜 아들이 있었지만 귓병으로 죽었고. 당시에 그게 유행이었거든."

"안됐네요." 프랭크가 코를 풀었다.

신사답네, 모리스가 눈에 눈물이 고인 채 생각했다.

"따님이 지난주에 이틀 밤을 카운터 뒤에 서 있던 분인가요?"

"맞네." 식료품점 주인이 다소 불편해하며 답했다.

"어쨌든, 커피 잘 마셨습니다."

"샌드위치 만들어 줄게. 자네 어쩌면 나중에 배고플 수도 있잖아."

"아니 괜찮습니다."

유대인은 더 권했지만, 프랭크는 당장은 그에게 바라는 건 다 받았다고 생각했다.

혼자 남게 되자 모리스는 자신의 건강을 걱정하기 시작했다. 가끔 어지럽고, 종종 머리가 아팠다. 살인자 놈들, 그가 생각했다. 개수대 위의 금이 간 흐릿한 거울 앞에 서서 그는 머리의 붕대를 풀었다. 벗어 버리고 싶었지만 흉터가 여전히 흉했다. 손님들에게 보이기에는 좋지 않았기에 머리에 새 붕대를 감았다. 그러면서 그는 씁쓸한 기분으로 그날 밤을 떠올렸다. 그날 오지 않았고, 그 이후에도 오지 않았고, 앞으로도 오지 않을 가게 살 사람을 생각했다. 회복한 후에 모리스는 카프에게 말을 걸지 않았다. 주류업자는 그 어떤 말이라도 받아칠 말이 있었지만, 침묵은 그를 침묵시켰다.

얼마 후에 식료품점 주인은 신문을 읽다 고개를 들어 누군가 솔이 달린 막대로 유리창을 청소하는 걸 보고 깜짝 놀랐다. 그는 침입자를 쫓아내려고 소리를 지르며 나갔다. 허락도 받지 않고 일을 하고는 돈을 달라고 손을 벌리는 뻔뻔한 창문 청소부가 있었기 때문이다. 하지만 모리스가 가게 밖으로 나와서 보니 창문 청소부는 프랭크 알파인이었다.

"그냥 감사의 마음을 보여 드리고 싶어서요." 프랭크는 샘 펄한테 물통을, 그리고 그 옆의 정육점 주인에게 솔과 고무 롤러를 빌렸다고 설명했다.

이다가 안쪽 문을 통해 가게에 들어왔고, 창문이 닦이는 걸 보고 서둘러 밖으로 나왔다.

"당신 갑자기 부자가 됐어요?" 그녀가 잔뜩 화난 얼굴로 모리스에게 물었다

"이 사람이 고맙다고 이러는 거야." 식료품점 주인이 대답했다.

"맞습니다." 프랭크가 고무 롤러를 힘껏 누르며 말했다.

"안으로 들어와요, 날이 추워요." 가게 안에서 이다가 말했다.
"저 이교도는 누구예요?"

"불쌍한 아이야, 일자리를 찾는 이탈리아인이지. 저 친구가
아침에 우유 상자 나르는 걸 도와줘."

"내가 천 번은 말한 것처럼, 종이 팩 우유를 팔기만 했으면 도
움도 필요 없었을걸요."

"종이 팩은 우유가 새. 난 병이 좋다고."

"허공에 대고 얘기하는 게 낫지." 이다가 말했다.

프랭크가 찬물로 빨개진 주먹에 입김을 불며 들어왔다. "어때
보이세요, 여러분. 뭐 제가 안쪽을 청소하기 전에 진짜로 알아
보기는 어렵겠지만."

이다가 낮은 목소리로 부추겼다. "돈을 줘 버리세요."

"좋아." 모리스가 프랭크에게 말했다. 그는 금전등록기로 가
서 '매상 없음'을 눌렀다.

"고맙지만 안 받겠습니다." 프랭크가 손사래를 치면서 말했
다. "이미 받은 은혜에 보답한 겁니다."

이다의 얼굴이 빨개졌다.

"커피 한 잔 더 하겠나?" 모리스가 물었다.

"고맙습니다. 지금은 괜찮아요."

"샌드위치 만들어 줄까?"

"방금 먹었어요."

그는 걸어 나가서 더러운 물을 하수도에 붓고, 물통과 솔을 되
돌려준 다음, 식료품점으로 돌아왔다. 그는 카운터 뒤로 가서,

잠시 멈춰 문설주를 톡톡 두들기고 가게 뒤편으로 갔다.

"깨끗한 창문 좋아 보이시나요?" 그가 이다에게 물었다.

"깨끗한 건 깨끗한 거죠." 이다는 냉정했다.

"제가 나서고 싶지는 않았지만 남편분이 제게 잘해 주셨어요. 그래서 그냥 사소한 부탁을 하나 더 해 볼까 생각이 들었습니다. 제가 일자리를 구하고 있는데, 그냥 어떤 건지 알아보려고 식료품점에서 일해 볼까 해요. 어쩌면 제가 좋아할 수도 있죠. 누가 알겠어요? 그런데 자르고, 무게 재고, 뭐 그런 것들을 좀 까먹었더라고요. 그래서 궁금한데, 제가 여기서 2~3주 동안 무보수로 일하면서 그걸 다시 좀 배울 수 있을까요? 두 분에게 돈 한 푼 안 들 겁니다. 제가 낯선 사람인 걸 알지만, 전 착한 놈입니다. 저를 지켜본 사람이라면 그 사실을 바로 깨달을 겁니다. 손해 볼 일은 아니죠, 그렇죠?"

이다가 말했다. "여봐요, 여긴 학교가 아니에요."

"어떻게 생각하세요, 아저씨?" 프랭크가 모리스에게 물었다.

"낯선 사람이라고 그 사람이 착하지 않다는 건 아니지." 식료품점 주인이 대답했다. "그 문제에 대해서 난 관심이 없네. 내가 관심 있는 건 자네가 여기서 뭘 배울 건가라네. 단 하나뿐이야." 그가 손으로 가슴을 눌렀다. "가슴앓이지."

"두 분은 제 제안으로 잃을 게 없습니다. 아주머니? 아저씨가 지금 말이죠." 프랭크가 말했다. "제가 보기에는 아저씨가 아직 온전치 않으신 것 같은데요. 만일 제가 짧게 한 주나 두 주 도와드린다면 아저씨 건강에도 좋을 겁니다. 아닌가요?"

이다는 아무 말도 하지 않았다.

하지만 모리스가 딱 잘라 말했다. "안 돼. 여기는 작고 가난한 가게네. 세 명은 너무 많을 거야."

프랭크가 문 뒤의 고리에 걸린 앞치마를 벗겨 내, 두 사람이 한마디도 하기 전에 모자를 벗고 앞치마 목 끈을 머리 위로 넘겨 걸었다. 허리에도 끈을 둘러맸다.

"어째 어울려 보이나요?"

이다가 얼굴을 붉혔고, 모리스는 프랭크에게 앞치마를 벗고 다시 고리에 걸어 놓으라고 명령했다.

"기분 나빠 하지 마세요, 제발." 프랭크가 나가면서 말했다.

헬렌 보버와 루이스 카프는 손을 잡지 않은 채 바람 부는 저녁에 코니아일랜드 산책로를 걸었다.

루이스가 그날 밤 저녁을 먹으러 집으로 가는 중에, 직장에서 집으로 가는 그녀를 주류 판매점 앞에서 붙잡았다.

"머큐리를 타고 드라이브 좀 할까, 헬렌? 이젠 널 통 못 보네. 예전에 고등학교 시절에는 사이가 좋았는데."

헬렌이 미소 지었다. "솔직히 루이스, 그건 정말 오래전이야." 애석한 마음이 갑자기 그녀를 짓눌렀고, 다시 한번 무승부가 날 때까지 그 감정과 싸웠다.

"최근이든 예전이든, 나한테는 다 똑같아." 그는 넓은 어깨에 머리가 작았고, 눈이 튀어나왔어도 볼 만했다. 고등학교 시절 학교를 그만두기 전에 그는 젖은 머리를 매끈하게 뒤로 쭉 넘겼다. 그러던 어느 날 「데일리 뉴스」에서 영화배우 사진을 열심히 바라보고는 길게 가르마를 탔다. 그녀가 아는 한 그에게는 그게 유일한 변화였다. 냇 펄이 야망에 넘쳤다면, 루이스는 아버지의 투자 결실을 자연스럽게 누리며 편안한 삶을 살았다.

"어쨌거나." 그가 말했다. "옛정을 생각해서 드라이브 한번 하는 거 어때?"

그녀는 장갑 낀 손가락으로 볼을 누르며 잠시 생각했다. 하지만 그런 척하는 행동이었을 뿐이다. 실은 외로웠다.

"옛정을 생각해서, 어디?"

"원하는 곳을 골라 봐, 예전에 갔던 곳으로."

"아일랜드?"

그가 코트 깃을 세웠다. "으, 춥고 바람 센 저녁인데, 얼어 죽고 싶어?"

그녀가 망설이는 걸 보고는 그가 말했다. "하지만 죽더라도 가 보지. 언제 데리러 갈까?"

"8시 후에 벨을 누르면 내려갈게."

"좋아." 그가 말했다. "종이 여덟 번 울리면."

두 사람은 산책로가 끝나는 시게이트로 걸어갔다. 그녀는 철망 사이로 환하게 불이 켜진 커다란 바닷가 집들을 부러운 듯이 쳐다봤다. 아일랜드는 군데군데 있는 햄버거 가게나 핀볼 오락실을 제외하고는, 텅 비어 있었다. 여름에 이곳을 환하게 비추던 우산 모양의 장밋빛 등은 하늘에서 사라져 버렸다. 차가운 별 몇 개만이 빛을 내릴 뿐이었다. 저 멀리 컴컴한 관람차는 멈취 선 시계처럼 보였다. 그들은 산책로 난간에 서서, 검게 출렁이는 바다를 바라보았다.

그들이 산책하는 내내 그녀는 자신의 인생을 생각했다. 현재의 외로움과 어렸을 때 해변의 활기 넘치는 아이들 사이에서 여름을 보내며 느꼈던 즐거움 사이의 차이를 떠올렸다. 고등학교 친구들은 결혼을 했고, 그녀는 한 명씩 친구를 잃었다. 그리고 다른 애들이 대학에서 졸업하자, 부럽기도 하고 자신이 이룬 것이 거의 없다는 사실에 부끄럽기도 하여, 그들도 그만 만났다. 처음엔 사람들을 잃는 것이 가슴 아팠지만, 얼마 지나지 않아 그다지 힘들지 않은 습관이 되었다. 이제 그녀는 거의 아무도 보지 않았다. 그녀를 이해했지만 그만큼 크게 차이 날 정도로 역시 이해하지도 못하는 베티 펄만 빼고는.

루이스가 바람에 빨개진 얼굴로 그녀의 우울함을 눈치챘다.

"무슨 일이야, 헬렌?" 손으로 그녀 허리를 감싸면서 그가 물었다.

"정말 뭐라 설명할 수가 없어. 난 오늘 밤 내내 우리가 어렸을 때 여기 해변에서 보냈던 즐거운 시간에 대해 생각했어. 너, 그 파티들 기억나? 아마 내가 이젠 열일곱 살이 아니라서 우울한 거 같아."

"스물세 살이 뭐가 어때서?"

"나이가 든 거지, 루이스. 우리 인생은 너무 빨리 변해. 너는 젊음이 무슨 뜻인지 알아?"

"물론 알지. 난 절대 소득 없이 뭘 내주지 않아. 난 아직 젊은 거라고."

"젊은 사람은 특권을 가진 거야." 헬렌이 말했다. "갖가지 가능성을 가졌거든. 엄청난 일들이 생길 수도 있고, 아침에 일어나면 그럴 거라는 느낌이 들지. 그게 바로 젊음이 의미하는 바야, 그리고 그게 바로 내가 잃어버린 거고. 요즘엔 매일이 그저 전날처럼 느껴지고, 더 심각한 건 다음 날처럼 느껴지기도 한다는 거야."

"그럼 이제 네가 할머니 같다는 거야?"

"세상이 내게는 너무 좁아졌어."

"넌 뭐가 되고 싶은데, 라인골드 양?"

"난 좀 더 크고 나은 삶을 원해. 내 가능성을 되찾고 싶다고."

"예를 들어 어떤 거?"

그녀가 난간을 꽉 쥐었다. 장갑으로 냉기가 전해졌다. "교육." 그녀가 말했다. "장래, 내가 원했지만 한 번도 갖지 못한 것들."

"남자도?"

"남자도."

그의 팔이 그녀의 허리를 더 꽉 감았다. "대화하기엔 너무 추위, 자기야. 키스할까?"

그의 차가운 입술이 스쳤지만, 그녀는 바로 고개를 돌렸다. 그는 강요하지 않았다.

"루이스." 그녀가 바다 멀리 불빛을 보며 말했다. "넌 인생에서 뭘 바라는데?"

그는 계속해서 그녀의 허리를 팔로 안았다. "지금 가진 거랑 똑같은 거지. 거기다가."

"거기다가 뭐?"

"거기다가 더. 그래서 아내랑 가족들도 가질 수 있게."

"아내가 너랑 다른 걸 원하면 어쩔 건데?"

"아내가 뭘 원하든 기꺼이 내가 해 줄 거야."

"하지만 그녀가 좀 더 나은 사람이 되고 싶으면, 좀 더 큰 생각을 하고 좀 더 가치 있는 삶을 살고 싶으면? 우린 정말 빨리, 정말 맥없이 죽어 가. 인생은 정말 뭔가 의미가 있어야만 해."

"난 다른 사람이 더 나은 사람이 되는 걸 막지 않을 거야." 루이스가 말했다. "그거야 그 사람이 알아서 해야지."

"그렇겠지." 그녀가 말했다.

"자, 자기야, 이런 철학적인 얘기는 그만두고 햄버거나 먹으러 가자. 내 뱃속이 난리야."

"좀 더 있다가. 1년 중 이렇게 늦게 여기 온 거 정말 오랜만이거든."

그가 팔을 두들겨 피를 통하게 했다. "세상에, 바람이 정말. 바지가 다 말려 올라가네. 그럼 키스라도 한 번 더해 줘." 그가 코트 단추를 풀었다.

그녀는 그가 키스하도록 놔두었다. 그는 그녀의 가슴을 만졌다. 헬렌은 그의 품 안에서 한 걸음 물러났다. "그러지 마, 루이스."

"왜 안 되는데?" 그가 어색하게 서서 짜증을 냈다.

"그게 난 전혀 즐겁지 않아."

"그럼 내가 가슴을 만진 첫 번째 남자라는 거야?"

"너 지금 몇 명인지 세는 거야?"

"좋아." 그가 말했다. "미안해. 너도 알지만 나 나쁜 놈은 아니야, 헬렌."

"아닌 거 나도 알아. 하지만 제발 내가 원하지 않는 건 하지 말아 줘."

"예전엔 네가 날 훨씬 잘 대해 줄 때가 있었는데."

"그거 옛날이잖아. 우린 꼬마였어."

우스운 일이군, 그녀가 기억했다. 키스하는 게 찬란한 꿈이 되었다니.

"그보다는 나이가 더 있었어. 냇 펄이 대학에 갈 때까지. 그러곤 네가 걔한테 관심을 가졌고. 내가 보니까, 너 그 애랑 미래를 꿈꾸었던 거지?"

"내가 지금 사귄다고 해도, 그건 모르는 거야."

"하지만 걔가 네가 원하는 사람이잖아, 아니야? 내가 궁금한 건, 그 건방진 놈이 대학 교육 말고 가진 게 뭐야? 난 먹고살 돈을 번다고."

"아냐, 걔를 원하는 게 아냐, 루이스." 하지만 그녀는 생각했다. 만일 냇이 날 사랑한다고 말하면? 놀라운 말에 여자는 놀라운 일을 할 수도 있다.

"그래서 만일 그렇다면, 난 뭐가 문제인데?"

"문제는 없어. 우린 그냥 친구야."

"친구라면 충분히 있어."

"넌 뭘 원해, 루이스?"

"쓸데없는 말 하지 말고, 헬렌. 내가 정말로 너랑 결혼하고 싶다면 관심이 생길까?" 그가 용기를 내고는 얼굴이 하얘졌다.

그녀는 놀랐고, 감동했다.

"고마워." 그녀가 중얼거렸다.

"고맙다는 말로는 부족해. 예, 아니요로 답해 줘."

"아니야, 루이스."

"내 그럴 줄 알았지." 그가 멍하니 바다를 쳐다봤다.

"네가 조금이라도 관심이 있을 거란 생각은 한 번도 못 했어. 넌 나랑 정말 다른 여자애들이랑 다녔잖아."

"정말, 내가 걔들이랑 다닐 때 무슨 생각을 하는지 모르잖아."

"그렇지." 그녀가 인정했다.

"지금 네가 가진 것보다 훨씬 나은 걸 내가 줄 수 있어."

"그럴 수 있다는 거 나도 알아. 하지만 난 지금의 내 삶과는 다른 삶을 원해, 너의 삶과도. 난 가게 주인을 남편으로 두기는 싫어."

"주류 가게는 조그만 식료품점하고는 완전히 달라."

"나도 알아."

"네 아버지가 우리 아버지를 싫어해서 그러는 건 아니야?"

"아니야."

그녀는 파도가 바람에 밀려 우는 소리를 들었다. 루이스가 말했다. "가서 햄버거나 먹자."

"기꺼이." 그녀가 팔짱을 꼈지만 그가 어색하게 걷는 걸 보고 마음이 상했다는 걸 알았다.

그들이 파크웨이를 타고 집에 오는 길에 루이스가 말했다. "만일 네가 원하는 걸 전부 가질 수 없다고 해도, 적어도 뭔가를 좀 받아들여. 그렇게 뻣뻣하게 굴지 말라고."

맞는 얘기군. "뭘 받아들일까, 루이스?"

그가 고민했다. "좀 덜 받아들일려고 해 봐."

"지금보다 더 적게는 절대 안 돼."

"누구나 다 타협을 해야만 해."

"내 꿈에 있어선 절대 타협 안 해."

"그럼 너 뭐가 되려고. 말라비틀어진 노처녀? 그렇게 될 가능성이 얼마나 돼?"

"하나도 없어."

"그러면 너 뭘 하려고?"

"난 기다릴 거야, 계속 꿈꾸면서. 무슨 일이 생길 거야."

"미쳤군." 그가 말했다.

그가 식료품점 앞에서 그녀를 내려 주었다.

"이래저래 다 고마워."

"너 정말 웃긴다." 루이스는 차를 몰고 사라졌다.

가게는 닫혀 있었고, 2층엔 불이 꺼져 있었다. 그녀는 아버지가 긴 하루 후에 주무시면서 에프라임 꿈을 꾸는 상상을 했다. 뭣 때문에 내가 버티고 있는 거지? 그녀 자신에게 물었다. 무슨 불행한 보버가의 운명을 기다리는 거지?

다음 날 눈이 살짝 내렸다. 너무 이르다고 이다가 불평했고,

눈이 녹자 다시 눈이 왔다. 식료품점 주인은 어둠 속에서 옷을 입으면서 가게 문을 연 다음에 눈을 치우겠다고 알렸다. 그는 삽으로 눈 치우는 걸 좋아했다. 눈을 치우면 자신이 어릴 적에 거의 눈에 둘러싸여 살았다는 사실이 떠올랐다. 하지만 이다가 그에게 힘쓰지 말라고 말렸다. 그가 여전히 어지러움을 호소했기 때문이다. 나중에 눈발을 헤치고 우유 상자를 끌고 오려다가 그는 그게 거의 불가능하다는 걸 깨달았다. 그리고 그를 도와줄 프랭크 알파인은 보이지 않았다. 창문을 닦은 후에 그는 사라져 버렸다.

이다가 얼마 안 있어 남편을 따라 내려왔다. 두꺼운 코트를 입고, 머리에는 울 스카프를 두르고, 고무장화를 신고서. 그녀가 눈을 치워 길을 냈고, 두 사람은 같이 우유를 끌고 들어왔다. 그러고 나서야 모리스는 상자 하나에 우유 한 병이 빠져 있는 걸 보았다.

"누가 그걸 가져간 거지?" 이다가 소리 질렀다.

"내가 어떻게 알겠어?"

"빵은 세어 봤어요?"

"아니."

"바로 확인하라고 항상 얘기했잖아요."

"빵 장수가 나를 속일 거라는 거야? 그 사람을 20년간이나 알고 지냈어."

"사람들이 배달하는 건 전부 세라고 했잖아요. 천 번은 넘게 얘기했잖아요."

그는 바구니의 빵을 쏟아 내어서 개수를 확인했다. 세 개가 없었다. 그가 폴란드인 여자한테 판 건 하나뿐이었다. 이다를 안심시키려고 그는 빠진 게 없다고 말했다.

다음 날 아침 우유 한 병과 빵 두 개가 또 사라졌다. 걱정이 됐지만, 이다가 없어진 거 없냐고 물었을 때 그는 사실대로 얘기하지 않았다. 그는 종종 좋지 않은 소식을 그녀에게 숨겼다. 그녀가 상황을 더 안 좋게 만들었기 때문이다. 병이 하나 없어졌다고 우유 배달원에게 말하자, 그가 말했다. "모리스, 맹세하는데 상자에 병을 다 채워서 뒀어요. 제가 이 엉망인 동네까지 책임져야 하나요?"

그는 며칠 동안 우유 상자를 현관 안으로 밀어 넣겠다고 약속했다. 어쩌면 우유를 훔치는 사람이 누구든지, 안으로 들어오기를 꺼릴 거라고 생각했다. 모리스는 우유 회사에 보관 상자를 달라고 할까 생각했다. 몇 년 전에 그는 도로변에 보관 상자 하나를 갖고 있었다. 커다란 나무 상자로 우유를 안에 넣고 자물쇠로 잠그는 거였다. 하지만 무거운 상자를 거기서 들어 올리면서 허리를 다친 후에는 그만두었고, 그러고는 상자를 두지 않기로 결심했다.

세 번째 날에 우유랑 빵 두 개가 다시 사라지자 식료품점 주인은 너무 불안한 나머지 경찰을 부르려고 했다. 이 동네에서 우유랑 빵을 도둑맞은 게 처음은 아니었다. 한 번 이상 그런 적이 있었다—보통은 어느 가난한 사람이 아침으로 훔친 거였다. 그 때문에 모리스는 경찰을 부르지 않고 자신이 도둑을 없애는 방식을 선호했다. 그래서 보통 아주 일찍 일어나서 어두운 침실 창가에 서서 기다렸다. 그러다 남자가—가끔 여자인 적도 있었다—나타나서 우유를 가져가려고 하면 모리스는 재빨리 창문을 올리고 "당장 꺼져, 이 도둑놈아."라고 소리 질렀다. 도둑은—가끔은 자기가 훔치는 우유를 살 돈이 있는 손님인 적도 있었다—놀라서 병을 떨어뜨리고 도망쳤다. 대부분 도둑은 절대 다시 나타나지 않았다. 또 다른 이유로 손님을 잃은 거였다. 그리고 다음 도둑은 또 다른 사람이었다.

그래서 그날 아침 모리스는 우유가 배달되기 직전인 4시 반에 일어났다. 그러고는 추위에 겨울 속옷을 입고 앉아 기다렸다. 그가 내려다보는 거리는 어둠으로 무거웠다. 곧 우유 트럭이 왔고, 우유 배달원이 입김을 내쉬며 현관 안으로 우유 상자 두 개를 들여놓았다. 그러고는 거리가 다시 조용해졌다. 밤은 검었고, 눈은 하얗게 쌓였다. 한두 사람이 터벅터벅 걸어 지나갔다. 한 시간 후에 빵장수 위트지크가 빵을 배달했지만, 아무도 문 앞에서 멈추지 않았다. 6시 직전에 모리스는 서둘러 옷을 입고 아래층으로 내려갔다. 우유 한 병이 사라져 있었고, 그가 빵을 세자 또다시 두 개가 없었다.

그는 여전히 이다에게 이 사실을 숨겼다. 다음 날 저녁에 그녀가 잠에서 깨어 어둠 속 창가에 서 있는 그를 봤다.

"무슨 일이에요?" 그녀가 침대 위에 앉아 물었다.

"잠이 안 와."

"그렇다고 추운데 속옷만 입고 앉아 있지 말아요. 다시 주무세요."

그는 아내 말을 따랐다. 나중에 보니 우유와 빵이 역시 사라졌다.

가게에서 그는 폴란드 여자에게 누가 현관으로 들어와 우유를 훔치는 걸 봤느냐고 물었다. 그녀는 조그마한 눈으로 그를 쳐다본 후에 잘린 빵을 집어 들고는 문을 세차게 닫고 나갔다.

모리스가 짐작하건대 도둑은 근처에 살았다. 닉 푸소는 그런 일을 하지 않을 거다. 그가 했다면 모리스는 그가 계단을 내려갔다가 다시 올라오는 걸 들었을 거다. 도둑은 집 밖의 누군가였다. 그는 동네 집들에 인접한 길을 따라 몰래 온 거였다. 그렇게 오면 가게 위의 처마 때문에 볼 수가 없었다. 그러곤 조용히 문을 열고 우유와 봉투에 담긴 빵 두 개를 갖고 몰래 달아난 거였다. 도로변 집들 앞쪽으로.

식료품점 주인은 마이크 파파도폴루스를 의심했다. 카프의 가게 위층에 사는 그리스인 소년이었다. 아이는 열여덟 살에 소년원에 들어갔다. 1년 후에는 한밤중에 카프의 뒷마당 위쪽으로 이어지는 비상계단을 타고 내려와, 울타리를 넘어 창문으로 식료품점에 들어왔다. 그러곤 담배 세 갑하고 금전등록기에 모리스가 남겨 둔 10센트 뭉치를 훔쳐 갔다. 아침에 식료품점 주인이 가게 문을 열려고 할 때, 마르고 나이 들어 보이는 마이크의 엄마가 담배와 10센트 뭉치를 그에게 돌려주었다. 그녀는 아들이 그것들을 갖고 들어오는 걸 발견하고 신발로 머리를 내려쳤다. 그러고는 얼굴을 할퀴며 자신이 한 짓을 털어놓게 만들었다. 담배와 돈을 돌려주며 그녀는 모리스에게 경찰을 부르지 말라고 애원했고, 다시는 그런 짓을 안 하겠다고 아들이 자신에게 맹세했다고 말했다.

마이크가 우유와 빵을 가져갔을 거라고 생각한 날, 모리스는 아침 8시가 지나자마자 계단을 올라가 내키지 않았지만 파파도폴루스 부인의 문을 두드렸다.

"귀찮게 해서 죄송합니다."라고 말하고, 그는 우유와 빵에 무슨 일이 일어났는지 그녀에게 설명했다.

"마이크는 식당에서 밤새 일해요." 그녀가 말했다. "아침 9시까지 집에 안 와요. 낮엔 내내 자고." 그녀의 눈에 눈물이 고였다. 식료품점 주인은 자리를 떴다.

이제 그는 크게 걱정했다. 이다에게 얘기해서 그녀가 경찰을 부르게 할까? 경찰은 강도당한 일 때문에 적어도 한 주에 한 번은 그를 귀찮게 했지만, 아무도 찾지 못했다. 그럼에도 도둑질이 거의 일주일간 계속되었으니 경찰을 부르는 게 나을지도 몰랐다. 누가 버텨 낼 수 있겠는가? 하지만 그는 기다렸다. 그리고 그날 밤, 앞문을 안에서 잠근 후에 항상 자물쇠를 채우던 옆문을 통해 가게를 나가다가 지하실 불을 켜고 계단 아래를 봤다. 매일 밤 그가 하던 일이었지만, 누군가 그 아래 있다는 느낌이 들어 가슴이 철렁했다. 모리스는 자물쇠를 열고 가게 안으로 다시 들어가 손도끼를 들고나왔다. 용기를 내며 천천히 나무 계단을 내려갔다. 지하실은 텅 비어 있었다. 먼지가 내려앉은 저장 용기 사이를 살피고, 이리저리 둘러보았지만 누가 있었던 흔적은 없었다.

아침에 그는 이다에게 무슨 일이 일어났는지 말했고, 아내는 그를 정말 바보라고 부르며 경찰에 전화했다. 뚱뚱하고 얼굴이 벌건 형사가 왔다. 근처 경찰서 소속의 미노그 씨로 모리스의 강도 사건을 책임졌던 사람이었다. 그는 나긋하게 말하면서 웃지 않는 남자였고, 대머리였고, 한때 이 동네에 살던 홀아비였다. 그에게는 워드라는 아들이 있었다. 아들은 헬렌과 같은 중학교를 다녔는데, 항상 여자애들을 못살게 구는 문제아였다. 아는 여자아이가 집 앞이나 계단에서 놀고 있는 걸 보면, 당장 뛰어 내려와 복도로 여자아이를 쫓아갔다. 거기서 여자아이가 얼마나 필사적으로 저항을 하든 말든, 혹은 그만하라고 간절히 부탁을 하든 말든, 워드는 여자아이 옷 속으로 손을 집어넣어, 그애가 소리 지를 때까지 가슴을 움켜쥐었다. 그러고는 여자아이 엄마가 계단을 달려 내려올 때쯤엔, 울고 있는 애를 내버려 두고 복도에서 도망쳤다. 형사는 이런 문제가 들리면 어김없이 아들을 팼지만, 별 소용이 없었다. 그러던 8년 전 어느 날 워드는 다니던 직장에서 돈을 훔치다 해고됐다. 아이의 아버지는 곤봉으로 애가 피투성이가 될 때까지 때린 후에 동네에서 내쫓았다. 그후 워드는 사라졌고 아무도 그가 어디로 갔는지 몰랐다. 사람들은 형사가 안됐다고 생각했다. 왜냐하면 그는 엄격한 사람이었고, 사람들은 그에게 그런 아들이 있는 게 어떤 의미인지 알았기 때문이다.

미노그는 뒤편의 탁자에 앉아서 이다의 불평을 들었다. 그는 안경을 쓰고, 작은 검은색 공책에 무언가를 적었다. 형사는 우유가 배달되는 아침에 순경을 배치해 가게를 감시하게 하고, 무슨 문제가 있으면 그에게 보고하라고 하겠다고 말했다.

그가 자리를 뜨면서 말했다. "모리스, 만일 워드 미노그를 다시 보면 알아볼 수 있을까? 내가 듣기로 애가 돌아왔다고 하는데, 어디에 있는지 나도 모르거든."

"나도 모르겠네." 모리스가 말했다. "알아볼 수도 있고 아닐 수도 있고. 걔를 본 게 몇 년 전이라."

"만일 내가 애랑 마주치게 되면." 형사가 말했다. "확인을 위해서 자네한테 데려올지도 몰라."

"무슨 일로?"

"나도 잘 몰라. 그냥 확인이 필요할 수도 있으니까."

이다가 나중에 만일 모리스가 처음부터 경찰을 불렀다면 우유 몇 병은 도둑맞지 않았을 거라고, 그렇게 잃어버릴 형편이 안 된다고 투덜댔다.

그날 밤 식료품점 주인은 충동적으로 가게를 평소보다 한 시간 늦게 닫았다. 그는 지하실 불을 켜고 조심스럽게 계단을 내려갔다. 손도끼를 손에 꽉 쥐고. 계단 아래에서 그는 비명을 질렀고, 손도끼를 놓쳤다. 어떤 남자의 마르고 초췌한 얼굴이 놀라서 그를 올려다봤다. 창백하고 면도를 못 한 프랭크 알파인이었다. 그는 모자를 쓰고 코트를 입은 채 상자 위에 앉아 벽에 기대어 잠을 자고 있었다. 전등불이 그를 깨운 거였다.

"너 여기서 뭘 원하는 거냐?" 모리스가 소리쳤다.

"아무것도요." 프랭크가 천천히 답했다. "전 그냥 지하실에서 자고 있던 것뿐입니다. 피해를 드린 건 아닙니다."

"네가 내 빵이랑 우유를 훔친 거야?"

"네." 그가 고백했다. "배가 고파서 그랬습니다."

"왜 나한테 얘기 안 했어?"

프랭크가 일어났다. "저 자신을 빼고는 그 누구도 저를 돌볼 책임이 없습니다. 일자리를 찾을 수가 없었어요. 가진 돈을 다 써 버렸고요. 코트는 이렇게 춥고 끔찍한 날씨엔 너무 얇고요. 눈하고 비가 신발에 스며들어 항상 오한이 나죠. 게다가 전 잘 곳도 없었습니다. 그래서 이 아래로 내려왔던 겁니다."

"누나하고 더 이상 같이 안 사는 거야?"

"전 누나가 없어요. 그건 제가 거짓말한 겁니다. 아무도 없이 혼자예요."

"그럼 왜 나한테 누나가 있다고 말했어?"

"아저씨가 저를 부랑자라고 생각하지 않았으면 해서요."

모리스가 남자를 조용히 지켜봤다. "자네, 이전에 한 번이라도 감옥에 간 적이 있어?"

"전혀요, 예수님께 맹세합니다."

"어떻게 내 지하실로 오게 된 거야?"

"우연히요. 하루는 저녁에 눈 속을 걸어 다니고 있었죠. 그리다 지하실 문을 한번 열어 봤는데 아저씨가 잠그지 않고 놔둔 걸 발견했죠. 그래서 밤에 아저씨가 가게를 닫으면 한 시간 후에 여기로 내려왔어요. 아침에 우유랑 빵이 배달되면 복도를 통해 몰래 올라와서 문을 열고, 아침으로 필요한 만큼 가져왔습니다. 대체로 하루 종일 먹은 건 그게 전부였죠. 아저씨가 내려와서 손님이나 판매원을 상대하고 있으면, 코트 속에 빈 우유병을 감추고 복도로 빠져나왔고요. 나중에 전 그걸 주차장에 버렸습니다. 그게 전부예요. 오늘 저녁엔 기회를 봐서 아저씨가 아직 가게 뒤편에 있을 때 들어왔어요. 감기에 걸려서 몸이 안 좋거든요."

"어떻게 이렇게 춥고 바람이 통하는 지하실에서 잘 수 있니?"

"전 더 안 좋은 데서도 잤습니다."

"지금 배고파?"

"배야 항상 고프죠."

"위로 올라오게."

모리스는 손도끼를 집어 들었고, 프랭크는 젖은 손수건에 코를 풀면서 그를 따라 계단을 올라왔다.

모리스가 가게 불을 켜고 머스터드를 얹은 소시지 샌드위치 두 개를 만들었고, 가게 뒤에서 콩 수프 한 캔을 데웠다. 프랭크는 코트를 입은 채 탁자에 앉았고, 모자는 발 옆에 두었다. 그는 허겁지겁 먹었고, 숟가락을 입에 가져갈 때 손이 떨렸다. 식료품점 주인은 고개를 돌려야만 했다.

남자가 커피와 컵케이크를 먹으며 식사를 끝낼 즘에, 이다가 펠트 슬리퍼와 목욕 가운을 걸치고 내려왔다.

"무슨 일이에요?" 그녀는 프랭크 알파인을 보고는 겁에 질려 물었다.

"배가 고프대." 모리스가 말했다.

그녀는 곧장 알아챘다. "이 사람이 우유를 훔쳤군요!"

"배가 고팠대." 모리스가 설명했다. "지하실에서 잠을 잤다네."

"저는 쫄쫄 굶고 있었어요." 프랭크가 말했다.

"왜 일자리를 찾아보지 않았어요?" 이다가 물었다.

"온 데 다 알아봤어요."

조금 있다가, 이다가 프랭크에게 말했다. "다 먹은 후엔 제발 다른 데로 가요." 그녀가 남편에게 몸을 돌렸다. "모리스, 저 사람에게 딴 데 가라고 말해요. 우린 가난한 사람들이잖아요."

"그건 이 친구도 알지."

"갈게요." 프랭크가 말했다. "아주머님이 원하시는 대로요."

"오늘 밤은 이미 너무 늦었어." 모리스가 말했다. "저 사람이 밤새 거리를 걸어 다니는 걸 누가 원하겠어?"

"저 사람이 여기 있는 걸 원하지 않아요." 그녀는 긴장했다.

"저 사람이 어디로 갔으면 좋겠어?"

프랭크는 커피 잔을 접시에 받치고 주의 깊게 경청했다.

"그건 내가 알 바 아니죠." 이다가 대답했다.

"다들 걱정 마세요." 프랭크가 말했다. "전 10분 후면 나갈 겁니다. 담배 있어요, 모리스 씨?"

식료품점 주인은 책상으로 가서 서랍을 열고 구겨진 담배 한 갑을 꺼냈다.

"오래된 거야." 그가 미안해했다.

"전혀 상관없습니다." 프랭크가 오래된 담배에 불을 붙이고, 즐기는 듯이 들이마셨다.

"조금만 있다 갈 겁니다." 그가 이다에게 말했다.

"문제가 생기는 걸 원하지 않아요." 이다가 설명했다.

"아무런 문제도 일으키지 않을게요. 이런 옷을 입고 있어서 부랑자처럼 보이겠지만, 전 부랑자가 아닙니다. 평생 선한 사람들과 살았어요."

"오늘 밤엔 저 사람 소파에서 자게 놔두자고." 모리스가 이다에게 말했다.

"안 돼요. 저 사람한테 차라리 1달러를 줘서 다른 데 가라고 하세요."

"지하실도 괜찮습니다." 프랭크가 끼어들었다.

"거긴 너무 습해. 쥐도 있고."

"만일 하룻밤만 더 머물게 해 주시면 아침이 되자마자 바로 나갈 거라고 약속해요. 저를 믿어야 할지 걱정 안 하셔도 돼요. 전 정직한 사람이에요."

"자네 여기서 자면 돼." 모리스가 말했다.

"모리스, 당신 미쳤군요." 이다가 소리 질렀다.

"제가 일해서 갚을게요." 프랭크가 말했다. "저 때문에 손해 보신 건 얼마든지 다 갚겠습니다. 무슨 일이든 제가 했으면 하는 게 있으시면 다 할게요."

"두고 보자고." 모리스가 말했다.

"안 돼요." 이다가 단호히 말했다.

하지만 모리스가 말싸움에서 이겼고, 두 사람은 프랭크를 뒤에 남기고, 가스 라디에이터를 켜 놓은 채로 위로 올라갔다.

"저 사람이 가게를 다 털어 버릴걸요." 이다가 화가 나서 말했다.

"저 사람 트럭은 어디 있는데?" 모리스가 웃으며 물었다. 심각한 표정으로 그가 말했다. "가난한 아이야. 불쌍하잖아."

그들은 잠자리에 들었다. 이다는 잠을 설쳤다. 가끔 그녀는 끔찍한 꿈으로 고통받았다. 그러다 잠에서 깨어 침대 위에 앉아 가게 안의 소리를 들으려고 귀를 기울였다. 프랭크가 커다란 가방 가득 식료품을 훔치는 소리를 들으려고 했다. 하지만 아무 소리도 나지 않았다. 그녀는 아침에 내려갔을 때 상품이 다 사라진 꿈을 꾸었다. 살이 발린 죽은 새의 뼈처럼 선반이 텅 비어 있는 꿈이었다. 그녀는 또 이탈리아인이 집으로 몰래 들어와 열쇠 구멍으로 헬렌의 방을 엿보는 꿈을 꾸었다. 모리스가 가게 문을 열려고 일어나서야 이다는 선잠이 들었다.

식료품점 주인은 머리에 둔통을 느끼며 계단을 천천히 내려갔다. 다리에 힘이 하나도 없었다. 잠을 잤는데도 상쾌하지 않았다.

눈은 거리에서 사라졌고, 우유 상자는 다시 도로변 인도에 놓여 있었다. 없어진 병은 없었다. 식료품점 주인이 우유 상자를 끌어오려고 할 때 폴란드인 여자가 왔다. 그녀는 가게 안으로 들어가서 3페니를 카운터에 놓았다. 그는 갈색 봉투에 담긴 빵을 들고 들어가서, 하나를 자른 다음 포장했다. 그녀는 한마디 말도 없이 빵을 들고 사라졌다.

모리스는 벽의 창문을 통해 안을 살폈다. 프랭크는 옷을 입고 침대에서 자고 있었고, 코트를 위에 덮고 있었다. 그의 수염은 검은색이었고, 입은 힘없이 벌어져 있었다.

식료품점 주인은 거리에 나가서, 우유 상자를 둘 다 잡고 힘을 주었다. 검은 모자와 같은 것이 머릿속에서 부풀어 오르고, 쉿 소리를 내는 빛으로 타오르더니 터져 버렸다. 그는 자신이 일어 난다고 생각했지만 쓰러지는 걸 느꼈다.

프랭크가 그를 안으로 끌어올려서 소파 위에 눕혔다. 그는 2층 으로 올라가서 문을 두들겼다. 헬렌이 잠옷 위에 실내복을 걸치 고 문을 열었다. 그녀는 비명을 지르려다 참았다.

"어머니한테 아버지가 방금 기절했다고 알리세요. 내가 구급 차를 불렀어요."

그녀가 비명을 질렀다. 그는 계단을 내려가면서 이다가 신음 하는 걸 들었다. 프랭크는 가게 뒤편으로 서둘러 갔다. 유대인 은 창백한 얼굴을 하고 가만히 소파에 누워 있었다. 프랭크는 천천히 그의 앞치마를 풀었다. 그런 다음 자기 목 뒤에 끈을 두 르고, 허리끈을 묶었다.

"저는 경험이 필요합니다." 그가 중얼거렸다.

*

모리스는 머리의 상처가 다시 터졌다. 응급실 의사는 강도 사건 후에 그를 치료했던 바로 그 의사였는데, 지난번에 일을 너무 일찍 재개해서 몸이 상한 거라고 설명했다. 그는 식료품점 주인의 머리에 다시 붕대를 감으며 이다에게 말했다. "이번엔 기력이 회복될 때까지 적어도 두 주는 푹 누워 계셔야 합니다." "선생님이 말해 주세요." 이다가 간청했다. "이 사람 제 말은 듣지 않아요." 그래서 의사가 모리스에게 말했고, 모리스는 힘없이 고개를 끄덕였다. 이다는 쓰러지기 직전의 상태로 환자와 하루 종일 같이 있었다. 헬렌도 그랬다. 헬렌도 자신이 일하는 여성 속옷 회사에 전화한 후에 곁에 있었다. 프랭크 알파인은 아래층 가게에서 당당하게 머물렀다. 정오에 이다가 그를 기억해 내고 내려가서 나가라고 했다. 꿈을 떠올리면서 그녀는 그와 자신들의 새로운 불행을 연결시켰다. 만일 그가 그날 밤에 머무르지만 않았다면 아무 일도 일어나지 않았을 거라고 생각했다.

프랭크는 모리스의 면도기로 면도를 하고 숱이 많은 머리는 깔끔하게 뒤로 넘긴 채 뒤편에 있었다. 그녀가 나타나자 그는 뛰쳐나와 금전등록기를 열고 그녀에게 구겨진 지폐 뭉치를 보여 주었다.

"15달러예요." 그가 말했다. "한 장씩 세어 보세요."

그녀는 놀랐다. "어떻게 이렇게 많죠?"

그가 설명했다. "아침에 바빴어요. 많은 사람이 모리스 씨의 사고에 대해 물어보려고 들렀거든요."

그녀는 자기가 맡을 수 있을 때까지 당분간은 남자 대신 헬렌을 시키려고 했지만, 이제 다른 생각이 들었다.

"더 있어도 돼요." 그녀의 마음이 흔들렸다. "원한다면, 내일까지는."

"지하실에서 잘게요, 아주머니. 제 걱정은 하지 마세요. 저 정말로 착한 사람입니다."

"지하실에서 잘 필요는 없어요." 그녀가 떨리는 목소리로 말했다. "남편이 소파에서 자라고 했잖아요. 여기서 누가 뭘 훔치겠어요. 우린 아무것도 없는데."

"아저씨는 좀 어떠세요?" 프랭크가 나지막한 목소리로 물었다.

그녀가 코를 풀었다.

다음 날 아침 헬렌은 내키지 않았지만 일하러 갔다. 이다는 10시에 내려와 분위기가 어떤지 살폈다. 이번엔 서랍에 고작 8달러만 있었지만, 여전히 최근보다는 나았다. 그가 미안해했다. "오늘은 아주 좋지는 않았어요. 하지만 판매한 것들을 전부

다 적었으니, 제가 아무것도 안 훔쳤다는 걸 확인하실 수 있습니다." 그가 판매한 상품 목록이 적힌 포장지를 내주었다. 그녀는 목록이 3센트짜리 빵으로 시작하는 걸 슬쩍 보았다. 주위를 둘러보며 그녀는 그가 어제 배달된 상자 내용물을 꺼내 정리하고, 바닥을 쓸고, 창문을 가게 안쪽에서 닦고, 선반의 캔을 정리한 걸 보았다. 가게는 조금 덜 우울해 보였다.

낮에도 그는 사소한 일들로 바쁘게 보냈다. 물이 천천히 내려가는 부엌 개수대의 파이프를 청소했고, 가게 안에서는 줄이 당기지 않아 전구가 켜지지 않던 등을 고쳤다. 두 사람 중 누구도 떠나는 것에 대해 얘기하지 않았다. 이다는 여전히 불안한 마음에 그에게 떠나라고 하고 싶었지만, 헬렌에게 더 이상 집에 있어 달라고 부탁할 수가 없었다. 거기에 두 주 동안 가게를 혼자 봐야 했다. 게다가 다리도 불편하고 2층에서 돌봐야 할 환자까지. 도저히 그녀가 감당할 수 없는 일이었다. 어쩌면 이탈리아인을 열흘 정도 더 둬야 할지 몰랐다. 모리스가 충분히 잘 회복한다면, 그 후엔 더 둘 필요가 없을 터였다. 그사이 그는 매일 경비를 보는 정도의 일로 든든한 세 끼와 잠자리를 얻게 될 것이다. 사실 여기에 장사라고 할 게 뭐가 있겠는가? 그리고 모리스가 없는 동안 그녀는 한두 가지 진즉에 바꿨어야 할 것을 바꿀 거였다. 그래서 전날 우유 배달원이 빈 병을 가지러 왔을 때 그녀는 이제부터 종이 팩 우유를 달라고 주문했다. 프랭크 알파인도 적극 동의했다. "병 때문에 고생할 필요가 뭐 있겠어요?" 그가 말했다.

위층에서 해야 할 일들이 있고 최근에 그의 인상이 좋아졌지만, 이다는 여전히 가게에 들락거리며 그의 일거수일투족을 감시했다. 그녀는 이제 모리스가 아니라 자신이 가게 안 남자의 존재에 대해 책임져야 한다는 이유로 걱정했다. 만일 안 좋은 일이 생기면, 그건 그녀 탓이었다. 그래서 남편을 돌봐야 하기에 자주 계단을 올라가야 했음에도, 그녀는 서둘러 내려와 숨이 차고 창백한 얼굴로 프랭크가 뭘 하는지 확인했다. 하지만 무슨 일이든지 그는 도움이 되는 일만 하고 있었다. 그녀의 의심은 완전히 없어지지는 않았지만 천천히 사라져 갔다.

그녀는 그와 너무 친해지지 않으려고 했다(서먹한 관계는 짧은 관계를 의미한다는 사실을 그가 깨닫도록). 그들이 뒤편에 있거나 혹은 카운터 뒤에서 몇 분간 같이 있을 때면 그녀는 대화를 피했다. 무슨 일을 하거나 청소하거나 신문을 읽었다. 그리고 그에게 장사를 가르치는 일에서도 별로 할 말이 없었다. 모리스는 선반의 모든 상품 아래 가격표가 보이도록 표시했고, 이다는 고기와 샐러드 그리고 포장을 푼 커피나 쌀 혹은 콩처럼 표시가 없는 자잘한 것들의 가격표를 프랭크에게 주었다. 그녀는 깔끔하고 효율적으로 포장하는 법을 가르쳐 주었다. 그리고 모리스가 오래전에 자신에게 가르쳐 준 것처럼, 저울질과 전기 고기 절단기를 조정하고 다루는 법을 알려 주었다. 그는 금방 배웠다. 그녀는 그가 말하는 것보다 더 많이 알고 있다고 의심했다. 그는 빠르고 정확하게 셈을 했고, 그녀가 하지 말라고 한 것처럼 고기를 너무 많이 자르지 않았고, 묶음 상품으로 무게를 과하게 만들지 않았다. 그리고 포장에 필요한 종이 길이와 상품을 담을 봉투의 크기를 잘 가늠했기에, 비용이 더 들어가는 큰 봉투를 아꼈다. 그가 매우 빨리 배웠고, 그녀는 그가 정직하지 않다는 증거를 전혀 찾지 못했기에(우유와 빵을 훔친 배고픈 사람은 비록 의심에서 벗어날 수는 없다 해도 도둑과 같은 건 아니었다), 이다는 좀 더 마음을 놓고 위층에 머물러 모리스에게 약을 먹이고, 족욕으로 아픈 발을 달래고, 석탄 야적장 때문에 항상 먼지가 쌓인 집 안을 청소했다. 하지만 낯선 사람, 어쨌거나 유대인이 아닌 사람이 아래층에 있다고 생각할 때마다, 항상 조금은 불안한 느낌이 들었다. 그래서 그녀는 그가 가 버릴 때가 오기를 간절히 바랐다.

비록 오랜 시간—6시부터 6시까지, 그녀가 저녁을 주는 그 시간까지—을 일했지만, 프랭크는 만족했다. 가게 안에 있으면 추위와 배고픔과 축축한 잠자리를 피할 수 있었기에, 그는 바깥 세상에서 필요한 것이 없었다. 원할 때 담배를 피울 수 있었고, 모리스가 준 깨끗한 옷은 편안했다. 심지어는 이다가 기장을 늘리고 접단을 다림질해 준 덕분에 딱 맞는 바지도 있었다. 가게는 그대로였다. 동굴이었고, 움직임이 없었다. 어디에 있든지 간에 그는 평생을 옮겨 다니며 살았다. 여기서는 왜인지 그럴 수가 없었다. 여기서 그는 창가에 서서 세상이 움직이는 걸 바라보며 이곳에 있는 것에 만족했다.

그렇게 힘든 일은 아니었다. 그는 새벽이 오기 전에 일어났다. 폴란드 여자는 문 앞에서 동상처럼 움직이지 않고 서 있었고,

점원 **87**

자기가 일하러 갈 수 있도록 그가 제때 문을 열 건지 구슬 같은 눈으로 의심했다. 그는 그녀를 좋아하지 않았다. 차라리 잠을 더 자고 싶었다. 한밤중에 3센트를 벌려고 일어난다는 게 말도 안 됐지만, 그는 유대인을 위해 일어났다. 우유 상자를 정리하면서 가끔 우유가 새면 거꾸로 해 놓고, 빗자루로 가게를 청소하고, 그다음에 길가를 청소했다. 뒤편에서 그는 씻고, 면도하고, 커피와 샌드위치를 먹었다. 샌드위치 안에 처음에는 햄이나 구운 돼지 어깨살을 넣다가, 며칠 후부터는 고급 부위를 먹었다. 커피를 마신 다음에 담배를 피우면서 그는 이 허름한 가게가 만일 자기 거라면 어떻게 더 좋게 만들지 고민했다. 누군가 가게로 들어오면 그는 풀쩍 뛰어 일어나서 미소를 지으며 응대했다. 프랭크가 일하는 첫날, 닉 푸소는 모리스가 점원을 둘 형편이 안 된다는 걸 알기에 그를 보고 놀랐다. 하지만 프랭크는 돈은 별로지만 다른 혜택이 좀 있다고 말했다. 그들은 이런저런 일을 얘기했고, 프랭크가 동포라는 걸 깨달은 후에 위층 세입자는 그를 데리고 올라가 테시와 인사시켰다. 그녀는 정중하게 그날 저녁 마카로니를 먹으러 오라고 그를 초대했고, 그는 치즈를 가져오게만 해 준다면 초대에 응하겠다고 대답했다.

이다는 초반 며칠이 지난 후에는, 집 안일을 마치고 보통 일하던 시간인 10시에 내려오기 시작했다. 그러고는 공책에 그들이 지불해야 할 돈과 지불한 돈을 적느라 바빴다. 또한 배달원들에게 바로 현금으로 지불할 수 없는 돈은, 떨리는 손으로 얼마 없는 은행 계좌의 수표를 몇 장 써서 대신했다. 부엌 바닥을 대걸레질하고, 쓰레기통을 가게 밖 도로변에 있는 금속 통에 비우고, 샐러드가 필요하면 더 만들었다. 프랭크는 그녀가 코울슬로를 만들려고 고기 절단 기계로 양배추를 자르는 걸 바라보았다. 그녀는 조심스럽게 양을 조절했는데, 양배추가 상하면 쓰레기통에 버려야 했기 때문이다. 감자 샐러드는 더 손이 가는 일이었다. 그녀는 새로 산 감자를 큰 들통에 삶았다. 그리고 프랭크는 그녀를 도와 김이 솔솔 나는 뜨거운 감자의 껍질을 벗겼다. 매주 금요일 그녀는 어묵과 가정식 구운 콩을 냄비 한 통 가득 만들었다. 우선 작은 콩을 밤새 물에 담근 다음에 물을 쏟아내고, 굽기 전에 흑설탕을 위에 뿌렸다. 젖은 콩에 돼지 어깨살에서 잘라 낸 햄 조각들을 집어넣을 때 그녀의 표정이 그의 눈에 들어왔다. 햄을 만지기 싫어하는 그녀의 혐오감을 느낄 수 있었다. 그리고 한 번도 유대인들하고 이렇게 가까이 살아 본 적이 없었기에 자신에 대한 혐오감도 느꼈다. 점심때는 잠시 '바쁜 시간'이 있었다. 그건 석탄 야적장에서 더러운 얼굴을 한 일꾼 몇 명이랑 근처의 가게 점원 두어 명이 샌드위치랑 뜨거운 커피를 원한다는 뜻이었다. 하지만 두 사람 모두 카운터 뒤에서 일하는 '바쁜 시간'은 몇 분 지나지 않아 사라지고, 죽은 듯이 조용한 오후 시간이 찾아왔다. 이다는 그에게 좀 쉬라고 말했지만, 그는 특별히 갈 만한 곳이 없다고 대답하고는 뒤에 머물렀다. 거기서 소파에 앉아 「데일리 뉴스」를 읽거나, 동네를 홀로 걷다가 발견한 공공 도서관에서 빌린 잡지를 뒤적였다.

3시가 되면 이다는 모리스에게 필요한 게 있는지 보면서 쉬기도 할 겸, 한 시간 정도 자리를 떴다. 그제야 프랭크는 숨을 쉴 것만 같았다. 혼자 있으며 그는 아무거나 많이 먹었고, 가끔은 예기치 않은 즐거움을 경험했다. 견과류와 건포도와 작은 상자에 들어 있는 오래된 대추나 마른 무화과를 맛봤다. 오래되었건 말랐건 상관없이 다 좋아했다. 그는 또 크래커와 마카롱, 컵케이크, 도넛 포장을 뜯었다. 포장지는 잘게 잘라서 변기에 내려보냈다. 가끔 단것을 먹는 와중에 갑자기 무언가 더 든든한 것이 강하게 당기곤 했다. 그러면 두꺼운 고기와 스위스 치즈가 들어간 샌드위치를 만들었다. 씨앗이 박힌 딱딱한 빵에 머스터드를 바르고 차가운 맥주 한 병을 마시며 먹었다. 만족감에 그는 가게를 그만 돌아다녔다.

이따금 갑자기 예상치 못한 손님들이 찾아왔다. 대부분 여자였고, 그는 이런저런 일을 얘기하며, 신경 써서 그들을 대했다. 배달원들도 그의 사교성과 쾌활한 태도를 좋아했기에 잡담을 하러 머물렀다. 한번은 오토 보겔이 그가 햄의 무게를 재고 있을 때, 낮은 목소리로 경고했다. "이봐, 유대인 밑에서 일하지 마. 이자들은 네가 앉아 있는 동안에도 엉덩이를 훔쳐 갈 놈들이야." 오래 있을 생각은 없다고 말했지만, 그는 거기 있는 것만으로 창피한 느낌이 들었다. 그러곤 놀랍게도 항상 미안해하는 종이 제품 판매원인 유대인에게 또 다른 경고를 들었다. 부자였지만 심하게 아프면서도 일하는 걸 멈추지 않는 신실한 사람인 알 마커스였다. "이런 가게는 죽음의 무덤이야, 분명해." 알 마커스가 말했다. "할 수 있을 때 도망치게. 내 말을 믿어. 만일 6개월 동안 있게 되면, 자넨 영원히 여기 있게 될 거야."

"그건 걱정 마세요." 프랭크가 답했다.

나중에 혼자 있을 때 그는 창가에 서서 과거와 자신이 원하는 새로운 삶을 생각했다. 그가 원하는 걸 언젠가는 얻을 수 있을까? 가끔 그는 뒷마당 쪽 창문 밖을 멍하니 쳐다보거나, 그 위의 빨랫줄을 봤다. 바람에 천천히 움직이며 펄럭거리는 모리스의 아래위 하나인 파자마, 얌전하게 가로로 걸린 이다의 커다란 속바지, 딸의 꽃무늬 팬티와 와이어 없는 브래지어를 가리는 이다의 가정복을 바라봤다.

밤이면 그가 원하든 말든 상관없이 '휴식' 시간이었다. 이다가 공평하게 일해야 한다고 강조했다. 그녀는 그에게 간단한 저녁을 만들어 주고, 더 줄 수 없어서 미안하다고 하면서 용돈으로 50센트를 주었다. 그는 이따금 위층에 가서 푸소 부부랑 시간을 보내거나 두 사람과 함께 동네 영화관에 갔다. 가끔은 추위에도 산책을 했고, 식료품점에서 1.5마일* 정도 떨어진 곳에 있는 아는 당구장에 들렀다. 이다가 그에게 가게 열쇠를 맡기지 않았기에, 그는 항상 가게 문을 닫기 전에 돌아왔다. 그러면 이다는 그날의 영수증을 세어 보고, 대부분의 현금을 작은 종이봉투에 넣은 후에, 프랭크에게는 아침에 필요한 5달러만 남겨 주었다. 그녀가 가면 그는 앞문을 잠그고, 그녀가 지나간 옆문을 걸어 잠그고, 가게 불을 끈 다음 뒤쪽에서 내의만 입고 앉아서, 집에 오며 샘 펄의 가게에서 가져온 다음 날 주식 신문을 읽었다. 그러고는 옷을 벗고, 거의 사용하지 않은 모리스의 큰 플란넬 파자마를 입고 뒤척이며 잠을 청했다.

그는 넌더리를 치며 생각했다. 할망구, 딸이 저녁 먹으러 내려오기 전에 항상 서둘러 가게에서 내보내는군.

그 여자에 대해 그는 자주 생각했다. 어쩔 수가 없었다. 빨랫줄에 걸려 있는 것을 입고 있는 그녀를 상상했다―그는 항상 상상력이 풍부했다. 그녀가 아침에 계단을 내려오는 모습을 상상했다. 또한 그녀가 집에 온 후에 계단을 올라갈 때 치마가 흔들리는 걸 복도에 서서 쳐다보는 자신을 상상했다. 그는 그녀를 좀처럼 보지 못했다. 그녀의 아버지가 기절한 날 두어 번 얘기한 걸 빼고는 말을 건넨 적도 없다. 그녀는 그를 멀리했다. 누가 뭐라 할 수 있을까? 당시 그의 옷이나 얼굴을 보면 당연했다. 그는 그녀에게 몇 마디 서둘러 말하면서, 그 누가 인정하는 것보다 자신이 그녀에 대해 더 많이 알고 있다는 느낌이 들었다. 식료품점 창문 너머로 처음 그녀를 봤던 날에 그런 생각이 들었다. 그녀가 그를 쳐다봤을 때, 그는 곧바로 그녀가 무언가를 갈구하고 있음을 알았다. 그녀의 눈에 비친 그 갈구를 잊을 수가 없었다. 왜냐하면 자신의 갈구를 떠오르게 했기 때문이다. 그렇기에 그는 그녀가 얼마나 마음이 열려 있는지 알았다. 하지만 억지로 무언가를 할 생각은 없었다. 유대인 여자들이 골칫거리라는 얘기를 들었고, 지금 그런 골칫거리를 바라지 않기 때문이다―적어도 평상시보다 더 바라는 건 아니었다. 게다가 시작하기도 전에 일을 망치고 싶지 않았다. 어떤 여자들은 기다려야만 한다—그 여자들이 나한테 올 때까지.

  그녀를 더 알고자 하는 욕망이 커졌다. 아마도 밤에 나갈 때를 빼고 그가 가게에 있는 내내 그녀가 한 번도 내려온 적이 없어서 그렇다고 생각했다. 그녀 얼굴을 보면서 말할 기회가 전혀 없었고, 그래서 그의 궁금증은 더 커졌다. 그는 그녀와 자신이 외로워한다고 느꼈지만, 그녀 어머니는 마치 지저분한 병이라도 되는 듯 그를 그녀에게서 격리했다. 그 결과 그는 그녀가 어떤 사람인지 알아내고, 무슨 이득이 되든 말든 그녀와 친구가 되고 싶어 견딜 수가 없었다. 그녀가 절대 가까이 오지 않았기에, 그는 그녀의 목소리에 귀 기울이고 그녀의 모습을 찾았다. 계단을 내려오는 소리가 들리면, 앞쪽 창문으로 가서 그녀가 나오기를 기다렸다. 만일에 그녀가 되돌아서 그를 보기라도 한다면, 자신이 쳐다보고 있지 않았던 것처럼 평소처럼 보이려고 했다. 하지만 마치 되돌아볼 정도로 좋아하는 것이 가게에 전혀 없다는 듯이, 그녀는 한 번도 돌아보지 않았다. 그녀는 예쁘게 생겼고, 몸매도 좋았고, 작은 가슴에 깔끔했다. 마치 그렇게 보이도록 스스로 의도한 것만 같았다. 그녀가 코너를 돌 때까지 재빠르면서도 어색하게 걷는 모습을 보는 게 좋았다. 그건 약간의 비틀거림이 있는 섹시한 걸음이었다. 비록 앞으로 걷고 있지만 마치 옆으로 뛰어갈 것만 같은, 그런 이상한 움직임이었다. 그녀의 다리는 조금 안으로 굽었고, 어쩌면 그게 바로 섹시한 이유인지도 몰랐다. 그녀가 코너를 지나 사라진 후에도 그녀는 그의 머릿속에 머물렀다. 그녀의 다리와 작은 가슴과 그 가슴을 가린 분홍색 브래지어. 무언가를 읽거나 소파에 누워 담배를 피우면서 그는 코너로 걸어가는 그녀를 머릿속에 떠올렸다. 그녀를 보기 위해 눈을 감을 필요가 없었다. 되돌아보세요, 그가 크게 말했다. 하지만 그의 머릿속에서 그녀는 뒤돌아보지 않았다.

그녀가 자기 쪽으로 오는 걸 보려고 그는 밤에 불 켜진 식료품점 창가에 서 있었다. 하지만 그가 보기도 전에 그녀는 종종 위층으로 올라가거나 이미 방에서 옷을 갈아입고 있었고, 그렇게 그날의 기회는 사라졌다. 그녀는 6시 15분 전이나 가끔은 좀 더 일찍 집에 왔다. 그래서 그는 그때쯤에 창가에 있으려고 했지만, 그때가 바로 몇 안 되는 모리스의 저녁 손님들이 오는 때라 그다지 쉽지 않았다. 비록 그녀가 계단을 오르는 소리를 항상 듣기는 했지만, 집에 오는 모습은 좀처럼 보지 못했다. 하루는 가게 장사가 평소보다 안됐고, 5시 반에는 완전히 끊겼다. 프랭크는 혼잣말했다. 오늘은 그녀를 볼 수 있겠네. 그는 이다가 눈치 못 채게 화장실에서 머리를 빗고, 깨끗한 앞치마로 갈아입고, 담뱃불을 붙이고, 눈에 띄게 불빛 아래 창가에 자리 잡았다. 6시 20분 전에, 전차에서 내려 우연히 걸어 들어온 한 여자를 가게에서 내쫓다시피 보낸 직후에, 그는 헬렌이 샘 펄의 가게를 지나는 걸 봤다. 그녀의 얼굴은 그가 기억하는 것보다 예뻤고, 그녀가 몇 피트 앞으로 걸어오자 목이 메었다. 눈은 푸른색이었고, 별생각 없이 귀 뒤로 넘겨 정리한 머리는 꽤 길었고 갈색이었다. 그는 그녀가 유대인처럼 보이지 않는다고 생각했고, 그건 매우 좋은 일이었다. 하지만 그녀는 불만스러운 표정을 하고, 입을 살짝 다문 모습이었다. 그녀는 결코 가질 희망이 없는 무언가를 생각하는 것처럼 보였다. 그로 인해 그의 가슴이 울컥했고, 그녀가 고개를 들어 자신을 쳐다보는 그의 눈을 봤을 때, 그녀 얼굴에는 또렷이 그의 감정이 드러났다. 그게 그녀 마음에 걸린 게 분명했다. 그녀는 더 이상 그를 쳐다보지 않고, 복도로 재빨리 걸어 들어가 사라졌기 때문이다.

다음 날 아침에는 그녀를 보지 못했다—마치 몰래 빠져나간 것만 같았다. 그리고 저녁에 그녀가 돌아올 때 그는 손님을 받고 있었다. 아쉽게도 그는 그녀가 문 닫는 소리를 들었다. 그러고는 기분이 우울해졌다. 두 눈을 뜨고도 못 본 건 영원히 잃어버린 거나 마찬가지였기 때문이다. 그녀와 마주쳐 몇 마디 건넬 몇 가지 방법을 고민해 봤다. 자신에 대해 그녀에게 하고 싶은 말이, 그게 무슨 말일지 정확히 알지도 못하면서 그의 머리를 점점 짓누르기 시작했다. 한번은 그녀가 저녁을 먹을 때 갑작스럽게 다가갈까 생각했다. 하지만 그러려면 이다를 거쳐야만 했다. 또한 다음번에 그녀를 보면, 문을 열고 그녀를 가게로 부르는 생각도 해 봤다. 어떤 사내가 그녀에게 전화했다고 알리고, 다른 일에 대해 얘기할 수도 있었다. 하지만 아무도 그녀에게 전화를 하지 않았다. 그녀는 그녀만의 방식으로 외로운 새였고, 그건 그에게 괜찮았다. 하지만 그런 얼굴을 하고 왜 그러는지, 그는 이해할 수가 없었다. 그녀가 인생에서 뭔가 큰일을 기대한다는 느낌을 받았고, 그는 겁이 났다. 그럼에도 그는 그녀를 가게로 부를 계획을 여러 번 짰고, 심지어는 그녀 아버지가 톱을 어디에 뒀는지 같은 질문을 할 생각도 했다. 하지만 그녀는 그런 질문을 좋아하지 않을 거였다. 어머니가 종일 가게에 있으면서 알려 줄 만한 거니까. 그는 할망구가 이미 겁준 것보다 더 그녀가 겁내지 않도록 조심해야만 했다.

그는 이틀 동안 저녁에 일을 마치고, 그녀가 심부름하러 나오지 않을까 하는 기대에 길 건너 세탁소 옆집 복도에 서 있었다. 길을 건너가 모자를 약간 올리며 인사하고, 그녀가 가는 데까지 동행해도 될지 물어보려고 했다. 하지만 그녀가 집에서 나온 적이 없었기에 소용없었다. 둘째 날 밤에는 이다가 식료품점 창문의 불을 끌 때까지 아무런 소득 없이 기다렸다.

모리스에게 일이 생긴 후 두 주가 되어 가는 어느 날 밤, 프랭크는 외로움에 짜증 날 정도로 괴로웠다. 그는 헬렌이 직장에서 돌아온 지 몇 분 후에 저녁을 먹고 있었고, 이다는 모리스와 위층에 있었다. 바로 전에 헬렌이 코너를 돌아 집에 오는 걸 봤었고, 그녀가 가까이 오자 고개를 끄덕여 인사했었다. 갑작스레 놀랐는지 그녀는 반쯤 미소를 지었고, 그러고는 복도로 들어갔다. 그 순간 외로움이 그를 쥐어뜯었다. 그는 저녁을 먹으면서 생각했다, 아주머니가 내려와 가게를 나가야 할 때가 되기 전에 그녀를 가게로 불러야만 한다고. 유일하게 생각나는 구실은 전화 받으라고 헬렌을 부르는 거였다. 그러곤 그 남자가 전화를 끊은 게 분명하다고 말할 거였다. 속임수였지만 그렇게 할 수밖에 없었다. 그러면 안 된다고 스스로에게 경고했다. 그렇게 하면 잘못된 방식으로 그녀와 시작한다는 뜻이었고, 언젠가는 자신이 후회할 것이기 때문이다. 좀 더 나은 방법을 생각해 보려고 했지만, 시간은 촉박했고 아무런 생각이 나지 않았다.

프랭크는 일어나 책상으로 가서 수화기를 들었다. 그러고는 복도로 걸어가 현관문을 열고, 숨을 고른 후에 보버네 벨을 눌렀다.

이다가 난간 너머로 쳐다봤다. "무슨 일이에요?"

"헬렌 전화요."

그녀가 망설이는 걸 봤기에, 그는 재빨리 가게 안으로 돌아왔다. 자리에 앉아 저녁을 먹는 척했지만, 가슴이 너무 두근거려서 아플 정도였다. 스스로를 다독였다. 내가 바라는 건 그저 1분 정도 얘기하는 거야, 그러고 나면 다음에 좀 더 편할 거야.

헬렌이 기대에 차서 부엌으로 들어왔다. 계단에서 그녀는 흥분에 몸이 전율하는 느낌이었다. 세상에, 이젠 전화 한 통이 엄청난 일이 되는 지경까지 왔군.

그녀는 만일 냇이라면 기회를 한 번 더 줘야겠다고 생각했다.

프랭크는 그녀가 들어오자 반쯤 일어났다 다시 앉았다.

"고마워요." 그녀가 전화를 받으며 그에게 말했다.

"여보세요." 그녀가 기다리는 동안 그는 수화기에서 나오는 웅 소리를 들었다.

"아무도 없는데요?" 그녀가 의아해하며 물었다.

그가 포크를 내려놓았다. "어떤 여자가 전화했어요." 그가 상냥하게 말했다.

하지만 그녀 눈에서 실망감을 보고서, 얼마나 마음이 상했는지를 알아차리고 마음이 편치 않았다.

"아마도 전화가 끊겼나 봐요."

그녀가 의심스럽다는 듯이 그를 쳐다봤다. 그녀는 작은 가슴의 단단함이 드러나는 하얀 블라우스를 입고 있었다. 그는 마른 입술을 다시며, 재빨리 자신을 변호할 방법을 찾으려 했다. 하지만 평소에는 온갖 종류의 계획으로 가득했던 머릿속이 하얘졌다. 자신이 이런 일을 벌였다는 사실에 기분이 좋지 않았고, 그럴 거라는 걸 이미 알고 있었다. 만일 다시 한번 기회가 있다면 이런 방식을 택하지는 않을 거였다.

"그 여자가 이름은 남겼어요?" 헬렌이 물었다.

"아니요."

"베티 펄 아니었어요?"

"아니요."

그녀가 별생각 없이 머리를 뒤로 넘겼다. "그쪽한테 무슨 얘기를 하던가요?"

"그냥 바꿔 달라고 했죠." 그가 잠시 말을 멈췄다. "목소리가 좋았어요. 그쪽 목소리처럼. 어쩌면 내가 그쪽이 2층에 있어서 벨을 눌러야 한다고 말할 때 제대로 못 들었나 봐요. 그래서 전화를 끊었겠죠."

"누가 왜 그런 짓을 하는지 모르겠네요."

그도 알지 못했다. 자신이 한 일을 수습하고 싶었지만, 계속해서 거짓말하는 것 빼고는 어찌할지 몰랐다. 하지만 거짓말은 그들의 대화를 쓸모없게 만들었다. 거짓말을 할 때면, 그는 다른 사람이 되어 또 다른 사람에게 거짓말했다. 그런 식으로 거짓말 하는 두 사람은 본인들이 아니다. 그 점을 정말 유념했어야만 했다.

그녀는 책상 옆에 서서 전화기를 손에 들고 있었다. 마치 웅 하는 소리가 사람 목소리로 바뀌리라 기대하는 것처럼. 그래서 그는 같은 걸 기다렸다. 목소리가 들리고 그가 진실을 말한 거 라고 말해 주기를, 그가 괜찮은 사람이라는 걸 말해 주기를. 그 렇지만 그런 일은 일어나지 않았다.

그는 당당하게 그녀를 마주 보면서 정확한 진실을 고백하고, 무슨 일이 벌어지든 거기서부터 시작할까 생각했다. 하지만 자 신이 한 일을 고백한다는 생각에 공포에 사로잡힐 지경이었다.

"안됐네요." 그가 힘없이 말했다. 하지만 그녀는 이미 사라져 버렸고, 그는 그처럼 가까이에서 그녀가 어떻게 생겼는지를 기 억 속에 담으려고 했다.

헬렌도 머리가 복잡했다. 왜 그를 믿으면서도 완전히 믿지 못 하는지 설명할 수 없었다. 그가 절대로 가게를 떠나지 않는데 도, 최근 들어 그녀 가족과 같이 사는 그의 존재가 왜 그리 신경 쓰이는지 이해할 수 없었다. 또한 그를 그녀에게서 떼어 놓으려 는 어머니의 노력 때문에도 기분이 상했다. 이다가 말했다. "그 남자가 나가면 먹어." "비유대인이 내 집에 있는 게 편하지 않 네." 어머니의 말에 헬렌은 짜증이 났다. 단지 남자가 유대인이 아니라는 이유로 자신이 넘어갈 거라고 전제하는 말이었기 때 문이다. 그 말은 확실히 어머니가 자신을 믿지 않는다는 뜻이었다. 만일 어머니가 그에 대해 아무렇지도 않게 행동했다면, 헬렌은 그에게 전혀 관심을 가지지 않았을 것이다. 물론 관심이 갈 만한 용모이긴 했지만, 가난한 식료품점의 사환일 뿐이었다. 이다는 아무것도 아닌 일을 크게 만들고 있었다.

이다는 비록 젊은 이탈리아인을 가까이 두는 게 여전히 마음에 걸렸지만, 그가 나타난 날부터 가게가 얼마나 나아졌는지를 보고 놀랐고 기분이 정말 좋았다. 첫 주에는, 여름 이후 몇 달 동안 매일 평균적으로 버는 것보다 5달러에서 7달러 정도를 더 버는 날이 며칠 있었다. 그리고 같은 일이 그다음 주에도 일어났다. 물론 여전히 가난한 가게였지만, 일주일에 40달러에서 50달러를 더 벌기만 한다면 구매자가 나타날 때까지 간신히 버틸 가능성이 있었다. 처음엔 왜 더 많은 사람이 오고 상품이 더 팔리는지 이해하기 힘들었다. 사실 이전에도 똑같은 일이 있긴 했다. 예고도 없이 장기간 동안 장사가 안되다가 하루에 서너 명의 손님이, 잊어버렸던 얼굴들이 띄엄띄엄 돌아왔다. 마치 주머니에 몇 페니를 갖고 허름한 방에서 이제 막 풀려난 듯이. 그리고 먹는 걸 아끼던 사람들이 더 많이 사기 시작했다. 가게 주인이라면 상황이 좋아지는 때를 거의 바로 알아보는 법이다. 사람들이 걱정을 덜 하고, 짜증도 덜 내며, 세상의 작은 햇빛을 위해 덜 경쟁하는 듯이 보인다. 하지만 신기한 건, 대부분의 배달원에 따르면 경기가 나아진 곳이 그 어디에도 없다는 사실이었다. 그중 한 사람이 코너의 슈미츠 가게도 좋지 않다고 알렸다. 게

다가 그는 건강도 좋지 않았다고. 이다는 생각했다, 역시, 프랭크 알파인이 아니었다면 장사가 갑자기 잘될 리가 없었구나. 시간이 좀 지난 후에야 그녀는 그 사실을 인정했다.

손님들은 그를 좋아하는 것처럼 보였다. 그는 손님들을 대하며 말을 많이 했다. 가끔 이다를 당황하게 했지만 비유대인 주부 손님들을 웃게 했다. 어떤 이유에선지 그는 그녀가 동네에서 한 번도 본 적이 없는 사람들도 오게 만들었다. 여자들뿐만 아니라 남자들까지. 프랭크는 모리스와 그녀가 절대로 못 할 일을 했다. 예를 들어 사람들이 원하는 것보다 더 많이 팔려 했고, 대체로 성공했다. 그가 말했다. "사분의 일 파운드로 뭘 하겠다는 거죠?" "사분의 일 파운드는 새 모이나 다름없어요. 새 모이로도 부족하죠. 이분의 일 파운드로 하세요." 그러면 사람들이 이분의 일 파운드를 샀다. 아니면 이렇게 말했다. "이게 오늘 들어온 머스터드 신상품이에요. 슈퍼마켓에서 같은 가격으로 파는 것보다 2온스'나 더 추가됐어요. 한번 드셔 보는 게 어때요? 맘에 안 들면 다시 가져오세요. 그럼 제가 그걸로 양치질이나 하죠." 그러면 사람들은 웃으면서 머스터드를 샀다. 프랭크를 보면서 이다는 모리스하고 자신이 정말로 식료품점 장사에 맞는 사람인지 의문이 들었다. 그들은 한 번도 세일즈맨인 적이 없었다.

어느 여자 손님이 프랭크를 슈퍼 세일즈맨이라고 불렀다. 그 말에 그의 입가에 기쁨의 미소가 지어졌다. 그는 영리했고 근면했다. 내키지 않으면서도 이다는 그를 더 존중하기 시작했다. 점차 그의 옆에서 마음이 더 놓였다. 그가 부랑자가 아니라 안 좋은 시간을 보낸 소년이라고 생각한 모리스가 옳았다. 그녀는 그가 보육원에서 자란 것이 불쌍했다. 일을 빨리 했고, 절대 불평하지 않았으며, 이제 비누와 물이 있으니 깔끔하고 깨끗했고, 그녀에게 예의 바르게 대답했다. 아주 최근에 자신이 보는 앞에서 헬렌과 한두 번 잠깐 얘기했는데, 그때마다 신사처럼 말했고, 쓸데없이 말을 길게 하지 않았다. 이다는 모리스와 상의해 그의 '용돈'을 하루 50센트에서 매주 5달러로 올렸다. 그를 좋게 봤음에도 이다는 그들의 결정이 걱정스러웠다. 하지만 그는 실제로 가게에 돈을 더 많이 끌어왔고, 가게는 아주 말끔해 보였다. 그러니 그들의 초라한 수입에서 그가 5달러를 가져가도록 하자. 상황이 여전히 좋지 않지만, 그는 기꺼이 가게를 위해 초과 근무를 했다—어떻게 그에게 조금 더 주지 않을 수 있지? 게다가 그녀는 생각했다, 그는 곧 떠날 거였다.

프랭크는 어색한 웃음으로 소폭의 인상분을 받았다. "저한테 뭘 더 주실 필요는 없어요, 아주머니. 말씀드렸듯이 남편분이 예전에 베푼 은혜를 갚기 위해 공짜로 일할 생각이었어요. 그리고 장사도 배우고요. 그것 말고도 잠자리하고 밥도 주시잖아요. 그러니까 저한테 빚진 게 없으세요."

"가져가요." 그녀가 구겨진 5달러 지폐를 그에게 건네며 말했다. 그녀가 주머니에 넣으라고 애청할 때까지 그는 카운터 위에 돈을 그대로 두었다. 프랭크는 인상분이 마음에 걸렸다. 왜냐하면 이다가 전혀 눈치 못 채는 동안, 자신의 노동의 대가를 조금씩 얻고 있었기 때문이다. 이다가 생각하는 것보다 장사는 더 잘되고 있었다. 낮에 그녀가 없으면 그는 적어도 1달러나 1달러 50센트 정도의 돈을 등록기에 넣지 않았다. 이다는 아무것도 몰랐다. 처음엔 그녀에게 매출 목록을 주었지만, 이후에 실용적이지 않다는 이유로 그만두었다. 여기저기서 잔돈을 끌어모으기는 어렵지 않았다. 두 주가 지나자 주머니에는 10달러가 모였다. 이 돈과 그녀가 준 5달러를 더해서 그는 면도 도구, 싸구려 가죽 신발 한 켤레, 셔츠 두 벌, 넥타이 두어 개를 샀다. 두 주 더 있게 되면 싸구려 양복 한 벌을 살 수 있지 않을까 기대했다. 죄의식을 가질 필요는 없어, 그가 생각했다. 실제로 그가 가져가는 건 그의 돈이나 다름없었다. 식료품점 주인하고 그의 아내는 자신들의 돈인지 몰랐고, 그 돈을 찾지 않을 거였다. 게다가 그의 힘든 노동이 아니었다면 그 돈을 가지지도 못했을 게 뻔했다. 만일 그가 여기서 일하지 않았다면, 그가 가져가고 남은 돈만큼 못 가졌을 터였다.

머리로는 그렇게 계산했지만, 그는 결국 후회로 가득 차고 말았다. 그는 신음했고, 두꺼운 손톱으로 손등을 긁었다. 가끔 숨이 찼고, 땀이 많이 났다. 화장실에 가거나 면도할 때처럼 혼자 있을 때 큰 소리로 자기 자신에게 말했다. 제발 솔직해지라고. 하지만 그는 자신의 불행에 묘한 즐거움을 느꼈다. 과거에 하지 말아야 하는 일이라는 걸 알면서도 그 일을 하며 즐거움을 느꼈던 것처럼. 그래서 그는 계속해서 바지 주머니에 25센트 동전을 넣었다.

어느 날 밤 그는 지금껏 저지른 잘못으로 기분이 너무 좋지 않았고, 정직하게 살기로 맹세했다. 올바른 일을 한 번만 한다면 바로 시작할 수 있을 것 같았다. 그러고는 권총을 찾아 없애기만 해도 기분이 좀 나아질 것이라고 생각했다. 그는 저녁을 먹은 후에 식료품점에서 나와, 마음을 정리하지 못한 상태로 안개 낀 거리를 돌아다녔다. 오랜 시간 가게에서 일한 탓에, 그리고 이곳에 온 후로 삶이 그다지 변하지 않았기에 가슴이 먹먹했다. 공동묘지를 가로지르며 강도질을 했던 기억을 지우려 했지만, 기억은 계속해서 되돌아왔다. 주차된 차에 워드 미노그랑 앉아서, 카프가 식료품점에서 나오기를 기다리던 자신의 모습이 눈앞에 아른거렸다. 하지만 카프는 식료품점에서 나와 가게 불을 끄고 뒤편에 쌓인 술병 사이로 숨었다. 워드는 차로 재빨리 동네를 한 바퀴 돌아서 그 유대인이 밖으로 나오게 하자고 제안했다. 그러고는 갓길에서 그를 기절시키고, 그의 두툼한 지갑을 뺏을 거라고 말했다. 하지만 그들이 돌아왔을 때 카프의 차는 그와 함께 사라졌고, 워드는 그가 당장 죽어 마땅하다고 욕했다. 카프가 내뺐으니 자기들도 뜨자고 프랭크가 말했지만, 워드는 쓰린 배를 안고 앉아서 작은 눈으로 식료품점을 바라봤다. 구석의 과자 가게를 제외하고는 동네에서 유일하게 불 켜진 곳이었다.

"안 돼." 프랭크가 단호히 말했다. "저긴 별 볼 일 없는 곳이야. 오늘 30달러도 못 벌었을걸."

"30이면 30인 거지." 워드가 말했다. "카프든 보버든 난 상관

없어. 유대인은 다 똑같아."

"과자 가게는 어때?"

워드가 인상을 썼다. "싸구려 과자는 쳐다보기도 싫어."

"저 사람 이름은 어떻게 아는 거야?" 프랭크가 물었다.

"누구?"

"유대인 식료품점 주인."

"딸이랑 같은 학교에 다녔거든. 엉덩이가 예쁜 애지."

"그렇다면 널 알아볼 거야."

"얼굴을 천으로 가리면 못 알아볼 거야. 거기다 거친 목소리를 쓸 거라고. 8년인가 9년 동안 날 본 적이 없어. 그땐 난 비쩍 마른 애였고."

"맘대로 해. 난 차에 시동이나 걸고 있을 테니."

"나랑 같이 가." 워드가 말했다. "이 동네에는 아무것도 없어. 이런 쓰레기 같은 곳에 강도가 올 거라고 생각하는 사람은 없을 거야."

하지만 프랭크는 망설였다. "원하는 게 카프라고 하지 않았어?"

"카프는 다음에 털지. 가자."

프랭크는 모자를 쓰고 워드 미노그와 도로를 건넜다. "네 무덤을 파는 거지."라고 말했지만, 실제로는 자신의 무덤이었다.

가게 안으로 들어가면서 했던 생각이 기억났다. 유대인은 다 똑같지. 무슨 차이가 있겠어? 이제 그는 생각했다. 가게 주인이 유대인이라서 강도질을 한 것이었다. 그자들이 나한테 도대체 뭔데 내가 신경을 써야 하는 거지?

하지만 그는 답을 몰랐다. 그래서 가끔 뾰족한 철심 울타리 사이로 숨겨진 묘비를 바라보면서 더 빨리 걸었다. 누군가 쫓아온다는 기분이 들자 심장이 더 빠르게 뛰었다. 그는 서둘러 묘지를 벗어나 첫 번째 교차로에서 오른쪽으로 틀었다. 석조 건물의 계단을 끼고 어두운 거리를 재빨리 걸어 내려갔다. 당구장에 도착해서야 마음이 놓였다.

팝스 당구장은 당구대 네 개가 있는 음침한 가게였고, 대머리에 파란 핏줄이 보이고 손이 축 늘어진 우울해 보이는 늙은 이탈리아인 주인이 금전등록기 가까이에 앉아 있었다.

"워드 봤어요?" 프랭크가 물었다.

팝은 가게 뒤편을 가리켰고, 거기엔 워드가 보풀이 많은 모자를 쓰고 두툼한 코트를 입은 채, 혼자 당구공을 치고 있었다. 프랭크는 그가 검은 공을 구석 포켓에 두고 흰 공으로 맞추려는 걸 지켜봤다. 워드는 뻣뻣하게 몸을 앞으로 기댔고, 지저분한 입에 불 꺼진 꽁초를 물고 잔뜩 인상을 썼다. 공을 쳤지만 맞추지는 못했다. 그가 당구대로 바닥을 쳤다.

프랭크는 옆 당구대에서 당구 치는 사람들을 피해 갔다. 고개를 들어 그를 보는 워드의 눈이 두려움으로 번뜩였다. 두려움은 그가 누구인지 알아보고는 사라졌다. 하지만 여드름 난 얼굴은 땀범벅이었다.

그가 바닥에 꽁초를 뱉었다. "발에 뭐 껌이라도 붙은 거야, 이 새끼야?"

"당구 치는 걸 방해하지 않으려고 그런 거야."

"그래 봤자 방해가 됐어."

"일주일 내내 널 찾아다녔어."

"좀 놀러 갔지." 워드가 기분 나쁘게 웃었다.

"술 먹고?"

워드가 가슴에 손을 대고 트림을 했다. "젠장 그랬으면 좋겠네. 어떤 놈이 우리 아버지한테 내가 근처에 있다고 고자질했어. 그래서 잠시 숨어 있었지. 좀 힘들게 지냈다고. 속 쓰림이 다시 시작이야." 그가 당구대를 자리에 넣고 더러운 손수건으로 얼굴을 닦았다.

"의사한테 가 보는 게 어때?" 프랭크가 말했다.

"의사는 무슨."

"도움이 될 만한 약이 있을지 모르잖아."

"나한테 도움이 되는 건 아버지란 새끼가 뒈지는 거야."

"워드, 너한테 할 얘기가 있어." 프랭크가 낮은 목소리로 말했다.

"얘기해 봐."

프랭크가 옆 당구대의 사람들을 슬쩍 쳐다봤다.

"뒷마당으로 나가자." 워드가 말했다. "나도 너한테 할 얘기가 있어."

프랭크는 그를 따라 뒷문을 통해 뒷마당으로 나갔다. 울타리가 쳐진 작은 마당이었고, 건물 옆에 작은 벤치가 있었다. 문설주 위의 침침한 전구가 그들을 비췄다.

워드가 벤치에 앉아 담뱃불을 붙였다. 프랭크도 자기 담배를 꺼내 똑같이 했다. 한 모금 피웠지만 기분이 나아지지 않아 그는 담배를 내던졌다.

"앉아." 워드가 말했다.

프랭크는 벤치에 앉았다. 안개 속에서도 냄새가 나는군, 그런 생각이 들었다.

"나를 왜 찾았는데?" 워드가 물었다. 그의 작은 눈은 불안해 보였다.

"총을 돌려줘, 워드. 총 어디 있어?"

"무슨 일로?"

"바다에 던져 버릴 거야."

워드가 킬킬댔다. "뭐가 불안한 거야?"

"모르는 놈이 와서 총이 내 거냐고 묻는 게 싫다고."

"너 그 총 장물아비한테서 샀다고 했던 것 같은데."

"맞아."

"그럼 아무런 기록도 없는 총이잖아, 그러니 뭐가 걱정이야?"

"만약 네가 잃어버리면, 기록 없이도 누구 총인지 알아낼 수 있어." 프랭크가 말했다.

"잃어버릴 일 없어." 워드가 말했다. 잠시 후에 그는 담배를 땅바닥에 눌러 껐다. "내가 계획하는 일 한 건 같이 한 다음에 돌려줄게."

프랭크가 그를 쳐다봤다. "무슨 일인데?"

"카프 말이야. 그놈을 털 거야."

"카프는 왜? 더 큰 주류 가게도 있잖아."

"그 유대인 새끼하고 눈알이 튀어나온 루이스가 싫거든. 내가 어렸을 때 그냥 그 왕눈이 옆에 가기만 해도 그놈들이 우리 아빠한테 불평했어. 그러곤 두들겨 맞았지."

"거기 가면 널 알아볼 거야."

"보버는 못 알아봤어. 손수건으로 가리고 다른 옷을 입을 거야. 내일 가서 차를 고를 거고. 넌 그냥 운전만 하면 돼. 강도질은 내가 다 할 테니."

"너 그 동네 멀리하는 게 좋을 거야." 프랭크가 경고했다. "누가 널 알아볼 수도 있잖아."

워드가 기분 나쁜 듯이 가슴을 문질렀다. "좋아, 무슨 말인지 알겠어. 그럼 우리 다른 데로 가자고."

"나랑은 아냐." 프랭크가 말했다.

"다시 생각해 봐."

"필요한 건 다 있어."

워드가 역겹다는 표정을 지었다. "처음 만났을 때부터 결국 네가 내뺄 줄 알았지."

프랭크는 아무 말도 하지 않았다.

"깨끗한 척하지 마." 워드가 화를 냈다. "너도 잘못했잖아. 나랑 똑같이."

"나도 알아." 프랭크가 말했다.

"그자가 나머지 돈을 어디에 숨겼는지 말 안 하고 거짓말했으니까 때린 거잖아." 워드가 주장했다.

"숨겼던 게 아니야. 아무것도 없는 보잘것없는 가게였다고."

"하긴 넌 다 알겠지."

"무슨 소리야?"

"잡소리 집어치워. 너 거기서 일하는 거 다 알아."

프랭크가 숨을 몰아쉬었다. "너 또 날 따라다니는 거야, 워드?"

워드가 웃었다. "하루는 밤에 당구장에서 나오는 널 따라갔지. 네가 유대인을 위해 일하면서 새 모이 같은 푼돈을 받고 사는 걸 알아냈고."

프랭크가 천천히 일어났다. "네가 그 사람 때린 게 마음에 걸려서, 그 사람이 아픈 동안만 도와주려고 다시 간 거야. 그렇지만 오래 있을 생각은 아냐."

"너 정말 착하구나. 그럼 네 몫으로 받은 빌어먹을 7달러 50센트도 다시 돌려줬어?"

"금전등록기에 다시 넣었어. 아주머니한테는 장사가 잘된다고 말했고."

"젠장, 구세군이랑 만날지는 정말 생각도 못 했네."

"양심을 달래려고 한 일이야." 프랭크가 말했다.

워드가 일어났다. "네가 신경 쓰는 건 양심이 아냐."

"그럼?"

"뭔가 다른 게 있지. 내가 듣기론 유대인 여자들이 잠자리에서 죽인다던데."

프랭크는 총 없이 돌아갔다.

헬렌은 이다가 돈을 세는 동안 같이 있었다.

프랭크는 카운터 뒤에 서서, 잭나이프 칼날로 손톱을 정리하며 두 사람이 가기를 기다렸다. 그러면 가게 문을 닫을 참이었다.

"자기 전에 뜨거운 물로 샤워할까 해요." 헬렌이 엄마에게 말했다. "밤새 몸이 으슬으슬했어요."

"잘 자요." 이다가 프랭크에게 말했다. "내일 아침에 쓸 5달러를 남겨 두었어요."

"주무세요." 프랭크가 말했다.

두 사람은 뒷문으로 나갔고, 프랭크는 그들이 계단을 올라가는 소리를 들었다. 그는 가게를 닫고 뒤편으로 갔다. 내일 신문을 뒤적거렸지만, 이내 마음이 어지러워졌다.

잠시 후에 그는 가게로 들어가서 옆문에 귀를 대고 들었다. 그런 다음 자물쇠를 열고, 지하실 불을 켜고 들어간 다음에 불이 새어 나가지 않도록 문을 닫고, 조용히 계단을 내려갔다.

그는 이젠 사용하지 않는 낡은 덤웨이터'가 있던 환풍구를 찾았다. 먼지 낀 상자를 밀어내고 수직으로 뻗은 기둥을 올려다봤다. 기둥 안은 아주 깜깜했다. 보버네나 푸소네의 욕실 창문에서는 아무런 빛도 새어 나오지 않았다.

프랭크는 참으려고 했지만 오래가지는 못했다. 덤웨이터를 최대한 뒤로 밀고서 그는 기둥 안으로 끼어 들어가 상자를 밟고 몸을 세웠다. 심장이 뛸 때마다 몸이 흔들렸다.

어둠에 눈이 익숙해지자 그녀의 욕실 창문이 자신의 머리에서 불과 몇 피트 정도 떨어진 것을 확인했다. 벽을 더듬어 가장 높이 닿을 수 있는 곳까지 손을 뻗쳐서 환풍구 주위의 좁은 턱을 잡았다. 그 턱을 잡고 버틸 수만 있다면 욕실을 들여다볼 수 있을 것이라고 생각했다.

하지만 그렇게 하면 넌 고통받을 거야, 자신에게 말했다.

목구멍이 타들어 가고 옷은 땀에 푹 젖었지만, 자신이 볼 수 있는 것에 대한 기대감에 밀려 그는 올라섰다.

가슴에 십자를 긋고 프랭크는 덤웨이터의 두 줄을 잡고 조금씩 몸을 끌어올렸다. 채광창에 달린 도르래에서 너무 큰 소리가 나지 않기를 간절히 바라면서.

그의 머리 위로 불빛이 지나갔다.

숨을 참으며 그는 가만히 웅크려 흔들리는 줄에 매달렸다. 욕실 창문이 쿵 소리를 내며 닫혔다. 잠시 동안 그는 움직일 수가 없었다. 힘이 쑥 빠졌다. 손에 힘이 빠져 아래로 떨어질지 모른다는 생각이 들었다. 그리고 그녀가 욕실 창문을 열고 뼈가 부러진 더러운 덩어리로 환풍구 바닥에 누워 있는 자신을 보는 상상을 했다.

그는 이런 짓은 하지 말아야 했다고 생각했다.

하지만 그가 보기 전에 그녀가 샤워 부스에 들어갈 수도 있었다. 그래서 그는 떨면서 다시 위로 올라갔다. 몇 분 후에 난간에 두 발을 걸치고 줄에 매달려 몸을 고정하면서도 나무 난간에 체중을 싣지 않으려고 했다.

몸을 앞으로 기댔지만 너무 가까이 가지는 않은 채, 그는 커튼이 없는 십자 모양의 창틀로 구석 욕실을 훔쳐볼 수 있었다. 헬렌은 거기서 슬픈 눈으로 거울에 비친 자신의 모습을 보고 있었다. 그녀가 영원히 서 있지 않을까 하는 생각이 들었다. 하지만 마침내 그녀는 실내복 지퍼를 내리고 옷을 벗었다.

그녀의 벗은 몸에 그는 떨리는 고통을, 그녀를 사랑하고 싶다는 숨 막히는 욕망을 느꼈다. 동시에 자신이 가장 원하던 것을 한 번도 가지지 못했다는 상실감이, 그리고 되새기고 싶지도 않은 비슷한 기억들이, 머릿속에 떠올랐다.

그녀의 몸은 젊고, 부드럽고, 사랑스러웠다. 날아가는 작은 새 같은 가슴, 꽃 같은 엉덩이. 하지만 그 사랑스러운 외양에도 외로운, 그래서 더 외로운 몸이었다. 몸은 언제나 외롭지, 그가 생각했다. 하지만 몸을 섞게 되면 외롭지 않을 거다. 그에게 그녀는 이전보다 지금이 더 진짜처럼 느껴졌다. 벌거벗은 채, 알듯이, 닿을 듯이 보였다. 지켜보면서, 그는 풍성한 음식을 보고만 있어야 하기에 더 허기가 지는 것처럼 더욱더 갈구하게 되었다. 하지만 지켜보기 때문에 그는 그녀를 닿을 수 없는 곳으로 밀어내고 있었다. 그녀를 자신이 보기만 해야 하는 것으로 만든 것이었다. 그녀의 눈에 그의 죄가, 썩어 빠진 과거가, 실패한 꿈이, 부끄러움으로 더럽혀진 욕망이 비쳤기 때문이다.

프랭크의 눈이 촉촉해졌고, 그는 한 손으로 눈물을 닦았다. 다시 올려다봤을 때, 끔찍하게도 그녀가 창문 너머로 자신을 쳐다보고 있는 것만 같았다. 입가의 비웃음과 가차 없는 경멸감으로 가득 찬 눈으로. 뛰어내려 뼈가 부러진 채로 집 밖으로 도망쳐야겠다는 생각이 갑자기 들었다. 하지만 그녀는 샤워기를 틀고 욕조에 들어간 후에, 꽃무늬가 있는 욕실 커튼을 쳤다.

창문은 빠르게 수증기로 흐릿해졌다. 그러자 긴장이 풀렸고,

감사한 마음이 들었다. 그는 조용히 아래로 내려왔다. 지하실에서 그는 고통을 가져올 것이라 예상했던 쓰라린 후회 대신 감동의 기쁨을 느꼈다.

*

　12월 어느 토요일 아침, 두 주 조금 지난 시간을 위층에서 초
조하게 머물렀던 모리스는 머리가 나아졌기에 내려왔다. 전날
밤에 이다는 프랭크에게 아침에 떠나야 할 거라고 알렸다. 하지
만 나중에 모리스가 그 사실을 알고, 두 사람은 말다툼을 했다.
비록 이다에게 말하지 않았지만, 식료품점 주인은 오랜 휴식 뒤
에 가게의 음울한 자리를 채워야 한다는 생각에 우울했다. 시간
의 힘겨운 무게가, 사라진 젊은 시절의 대체로 슬픈 기억의 무
게가 두려웠다. 장사가 조금 나아졌다는 소식에 다소 안심이 되
었지만, 충분치는 않았다. 이다의 얘기를 다 듣고서, 장사가 잘
된 유일한 이유는 점원이라는 걸 확신했기 때문이다. 자신이 기
억하는 바로는, 그는 갈망하는 눈을 가진 낯선 사람, 동정을 받
아야 할 사람이었다. 하지만 이유는 아주 간단했다. 가게가 나
아진 건 그의 지하실 거주자가 마술사라서가 아니었다. 그건 그
가 유대인이 아니었기 때문이다. 동네의 비유대인들은 자기들

과 같은 사람하고 있는 걸 더 좋아했다. 유대인은 목에 가시 같은 존재였다. 물론 이따금 그 사람들은 가게에서 물건을 샀다. 친근하게 이름으로 그를 부르고는, 마치 그가 그럴 의무가 있다는 듯이 외상을 요구했다. 과거에는 종종 바보처럼 그 요구를 들어주었다. 하지만 가슴 깊이 그들은 그를 싫어했다. 그런 이유가 아니라면 프랭크의 존재로 그처럼 순식간에 수입이 변할리가 없었다. 이탈리아인이 떠나자마자 매주 45달러가 되는 추가 수입이 하룻밤 사이에 사라질까 봐 걱정됐고, 이다에게 그렇게 될 거라고 강하게 우겼다. 그녀는 남편 말이 맞을까 봐 걱정하면서도, 그럼에도 프랭크를 내보내야 한다고 주장했다. 그녀가 물었다. 그 사람한테 고작 5달러만 주면서 어떻게 일주일에 7일, 매일 열두 시간 동안 일을 시킬 수 있겠어요? 부당한 일이었다. 식료품점 주인도 동의했다. 하지만 애가 더 있고 싶어 하는데, 굳이 왜 거리로 내모는 거야? 5달러가 너무 적다는 점은 그도 인정했다. 하지만 잠자리와 식사, 공짜 담배, 그리고 아내가 말했듯이 그가 마셔 대는 가게 맥주도 있지 않은가? 만일 사정이 계속 나아지면, 그에게 조금 더 줄 거고, 어쩌면 배당금 조로 조금, 아주 조금 줄 수도 있을 거다 — 아마도 한 주에 150달러 넘게 벌게 되면 가능할 것이다. 그건 코너에 슈미츠가 가게를 연 이후에 한 번도 번 적이 없던 액수였다. 그때까진 일요일에 쉬게 하고 일하는 시간도 줄이면 됐다. 이제 모리스가 가게를 열 수 있으니, 프랭크는 9시까지 자도 되고. 그다지 좋은 제안은 아니었지만, 식료품점 주인은 프랭크가 받아들이거나 거절할 기회를 가져야만 한다고 주장했다.

목 주변이 점점 벌겋게 달아오르던 이다가 말했다. "모리스, 당신 미쳤어요? 40달러 더 들어온다고 해도, 그 얼마 되지 않는 수입에서 5달러를 저 사람한테 줘 버리면, 무슨 돈으로 그 사람을 데리고 있겠어요? 그 사람 먹는 거 보라고요. 불가능해요."

"그 사람을 고용할 여유는 없지만, 그 사람 없이 버틸 수도 없잖아. 그가 있으면 장사가 더 나아질 수도 있다고." 모리스가 대답했다.

"이렇게 작은 가게에서 어떻게 세 사람이나 일할 수 있겠어요?" 그녀가 소리 질렀다.

"당신 아픈 다리를 좀 쉬게 하자고." 모리스가 대답했다. "아침에 더 자고 2층에 좀 더 있으면 되잖아. 매일 밤 당신이 그렇게 힘들어할 필요가 어디 있어?"

"게다가." 이다가 주장했다. "밤새 그 사람이 가게 뒤에 있는 바람에, 가게 닫은 후에 뭐 잊은 게 있어도 못 들어가잖아요?"

"거기에 대해 나도 생각을 해 봤는데, 2층의 닉의 월세를 몇 달러 빼 주고 대신 프랭크에게 작은 방에서 자라고 할 생각이야. 창고로만 쓰지, 다른 용도로 그 방을 쓰지 않잖아. 거기서 담요만 충분하다면 편하게 지낼 수 있을 거야. 복도로 바로 이어지는 문이 있으니 자기 열쇠로 다른 사람 방해하지 않고 왔다 갔다 할 수 있을 거고. 씻는 건 여기 가게에서 하면 되고."

"월세 몇 달러도 가난한 우리 주머니에서 나가는 거잖아요." 이다가 손을 모아 가슴을 누르며 대답했다. "하지만 그 사람을 내보내려는 진짜 이유는 헬렌이에요. 헬렌을 쳐다보는 게 마음에 들지 않아요."

모리스가 그녀를 쳐다봤다. "그러면 냇이 보는 건 괜찮고? 루이스 카프는? 남자애들이 다 그런 식으로 쳐다보지. 아니 이 질문에 답해 봐, 헬렌은 그 사람을 어떻게 보는데?"

그녀가 뻣뻣하게 어깨를 으쓱거렸다.

"그게 바로 내 말이야. 당신도 잘 알다시피 헬렌은 그런 사람한테 관심이 없어. 식료품점 점원은 그 애의 관심을 끌지 않는다고. 직장에서 세일즈맨이 데이트하자고 해서 애가 그러자고 하나? 아니. 애는 더 나은 걸 원한다고. 그러니 더 나은 걸 갖게 해 주자고."

"뭔가 잘못될 거에요." 그녀가 웅얼거렸다.

그는 그녀의 걱정을 무시했다. 그리고 토요일 아침에 내려와 프랭크에게 좀 더 머무는 것에 대해 얘기했다. 프랭크는 6시 전에 일어나서, 식료품점 주인이 들어왔을 때 상심한 채 소파에 앉아 있었다. 그는 모리스가 제시한 조건으로 가게에 있겠다고 곧바로 동의했다.

이제 좀 더 힘이 난 점원은 위층에서 닉과 테시 옆에 사는 게 좋다고 했다. 그리고 당일, 이다의 걱정을 무시하고 모리스는 월세에서 3달러를 뺄 거라고 약속하고 일을 성사시켰다. 테시가 방에서 여행 가방, 옷 가방, 가구 등을 뺐다. 그러고는 먼지를 털고 진공청소기를 돌렸다. 그녀가 준 것과 모리스가 지하실 상자에서 가져온 것들을 합치니, 꽤 괜찮은 매트리스가 있는 침대와 쓸 만한 서랍장, 의자, 작은 탁자, 전기 히터, 심지어는 닉이 가지고 있던 라디오까지 그에게 줄 수 있었다. 라디에이터도 없고, 가스 난방이 되는 푸소의 침실과 분리되었기 때문에 방은 추웠다. 하지만 프랭크는 만족했다. 테시는 만약 밤에 그가 화장실에 가야 하면 어쩌나 걱정했고, 닉은 거기에 대해 프랭크와 얘기했다. 자기들 침실을 그가 지나가야 하기 때문에 테시가 부끄러워한다고 미안해하며 설명했다. 하지만 프랭크는 자기는 밤에 절대 일어나지 않는다고 답했다. 어쨌거나 닉은 앞문 자물쇠와 열쇠 한 벌을 만들었다. 만일 프랭크가 일어나야 할 일이 생기면 복도를 가로질러 가서, 그들을 깨우지 않고 앞문으로 들어올 수 있을 거라고 말했다. 그리고 언제인지 미리 알려 주기만 하면 자기들 욕조도 쓸 수 있을 거라 했다.

테시는 이 절충안에 만족했다. 이다만 빼고 모두가 만족했다. 그녀만 프랭크를 계속 두는 결정을 좋아하지 않았다. 그녀는 식료품점 주인에게 여름 전에 프랭크를 내보낼 거라는 약속을 받아 냈다. 장사가 항상 여름엔 더 잘됐기에, 모리스도 그렇게 하겠다고 했다. 그녀는 그에게 곧바로 프랭크에게 그때가 되면 가야 한다고 말하라고 시켰다. 그리고 식료품점 주인이 그렇게 말하자, 점원은 다정히 웃으며 여름은 한참 멀었지만 어쨌거나 자기는 괜찮다고 말했다.

식료품점 주인은 기분이 달라진다고 느꼈다. 기대했던 것보다 더 나은 기분이었다. 옛 손님 몇 명이 돌아왔다. 한 여자는 슈미츠가 예전보다 서비스가 좋지 않아졌다고 말했다. 건강에 문제가 있어서 가게를 팔 생각을 한다고 했다. 모리스는 팔게 놔두자고 생각했다. 죽게 놔두자. 그러자 매섭게 가슴을 내리치는 기분이었다.

이다는 낮 시간을 대부분 위층에 머물렀다. 처음엔 내키지 않았지만 점차 덜 그랬다. 점심하고 저녁을 준비하거나—프랭크는 여전히 헬렌 전에 먹었다—필요한 경우에 샐러드를 만들기 위해 내려왔다. 가게에서 그녀는 다른 일에 거의 손을 대지 않았다. 프랭크가 쓸고 닦았다. 위층에서 이다는 집 안을 정리하고, 책을 좀 읽고, 라디오로 유대인 방송을 들으며 뜨개질을 했다. 헬렌이 양모를 사 왔고, 이다는 스웨터를 만들어 주었다. 밤에 프랭크가 나간 후에 이다는 가게에서 시간을 보내며 공책에 수입을 계산해 적고, 모리스가 가게 문을 닫은 후에 같이 나왔다.

식료품점 주인은 점원하고 잘 지냈다. 두 사람은 할 일을 나누고 교대로 손님을 상대했다. 비록 교대하기를 기다리는 시간이 여전히 너무도 길었지만. 모리스는 가게를 잊기 위해 2층에 올라가 낮잠을 잤다. 프랭크에게도 오후에 좀 쉬라고 권했다. 단조로운 하루 일상에 변화를 주라고 얘기했다. 프랭크는 다소 안절부절못했지만 결국 그렇게 했다. 가끔은 자기 방으로 올라가서 침대에 누워 라디오를 들었다. 보통은 앞치마 위에 코트를 걸치고 주변의 다른 가게를 방문했다. 그는 길 건너의 이탈리아인 이발사인 지아놀라를 좋아했다. 최근 아내를 잃은 후에 집에 갈 시간이 한참 지난 후에도 종일 가게에 앉아 있는 노인이었다. 늙은 이발사는 머리를 잘 잘랐다. 가끔 프랭크는 루이스 카 프한테 가서 잡담을 했다. 하지만 대체로 루이스는 그를 지루하 게 만들었다. 또 가끔 루이스 옆집의 정육점에 들어가, 뒷방에서 정육점 주인 아들인 아티와 얘기했다. 아티는 혈색이 좋지 않은 금발의 청년으로 승마에 관심이 있었다. 프랭크는 나중에 그와 같이 말을 타러 가겠다고 약속했다. 하지만 아티가 초대했음에 도 한 번도 가지 않았다. 아주 가끔 동네 어귀에 있는 술집에서 맥주를 한잔했다. 바텐더인 얼이 마음에 들었다. 하지만 식료품 점에 돌아왔을 때, 점원은 기쁜 마음으로 가게에 들어왔다.

뒤쪽에 같이 있을 때, 그와 모리스는 긴 얘기를 나눴다. 모리 스는 프랭크와 얘기하는 게 좋았다. 낯선 곳에 대해 얘기 듣는 게 좋았고, 그래서 프랭크는 오랜 방황 중에 들렀던 도시들과 자신이 했던 이런저런 일에 대해 조금 얘기했다. 그는 어린 시 절을 캘리포니아의 오클랜드에서 보냈지만, 대부분은 건너편 샌프란시스코의 보육원에서 지냈다. 그는 모리스에게 힘들게 지낸 어린 시절에 대해 얘기했다. 그가 두 번째로 가게 된 집의 남자는 자신의 기계 공장에서 힘든 일을 시켰다. "열두 살도 아 니었죠." 프랭크가 말했다. "근데 그 사람은 문제가 되지 않는다 면 최대한 저를 학교에 안 보내려고 했어요."

그 가족과 3년을 보낸 후에 그는 도망쳤다. "그러고는 긴 여행 의 시기가 시작되었어요." 점원은 침묵했고, 싱크대 위 찬장에 있는 시계 소리는 느리고 무겁게 느껴졌다. "전 대부분 독학으 로 배웠습니다"라는 말로 이야기를 끝냈다.

모리스는 고향에서의 삶에 대해 프랭크에게 얘기해 줬다. 그들은 가난했고 포그롬*이 있었다. 그래서 그가 차르의 군대에 징집될 찰나에 아버지는 "미국으로 도망쳐."라고 말했다. 아버지 친구분인 동향인 유대인이 여행 경비를 보내 주었다. 하지만 그는 러시아인들이 소집할 때까지 기다렸다. 만일 그들이 징병하기 전에 고향을 떠나면 아버지가 체포되어 벌금을 내고 감옥에 가기 때문이었다. 만일 소집 후에 아들이 도망치면 아버지에게 죄를 물을 수가 없었다. 그건 군대의 책임이었다. 버터와 달걀 장수였던 아버지와 모리스는 군부대에서의 첫날에 모리스가 도망칠 계획을 세웠다.

그래서, 모리스가 말했다, 그날이 되자 그는 충혈된 눈에 담배 냄새가 나는 두꺼운 수염을 가진 농부였던 상사에게 담배를 사러 마을에 가고 싶다고 말했다. 겁이 났지만 아버지가 시키는 대로 했다. 반쯤 취한 상사는 가도 된다고 말했지만, 모리스가 아직 제복을 입지 않았기에 자기가 따라갈 거라고 했다. 9월 어느 날이었고 직전에 비가 왔었다. 두 사람은 마을에 도달할 때까지 진흙탕 길을 걸었다. 마을 여관에서 모리스는 자신과 상사를 위해 담배를 샀다. 그러고는 아버지와 계획한 것처럼 상사에게 같이 보드카를 마시자고 권했다. 계획한 일 때문에 뱃속이 꼬이는 것만 같았다. 한 번도 여관에서 술을 마셔 본 적이 없었고, 한 번도 다른 사람을 그렇게까지 속이려고 한 적도 없었다. 상사는 자주 술잔을 채우며 모리스에게 자기 얘기를 했고, 깜박 잊어버리고 어머니의 장례식에 참석하지 못한 대목에서 울었다. 그러고는 코를 풀고 모리스의 면전에 두꺼운 손가락을 흔들며, 만일 그가 도망갈 계획이 있다고 해도 살고 싶으면 포기하라고 경고했다. 죽은 유대인은 살아 있는 유대인보다 덜 중요하다고. 모리스는 우울함의 무게에 짓눌리는 것만 같았다. 마음으로는 앞으로 몇 년간의 자유를 포기했다. 하지만 그들이 여관을 떠나 진흙탕 길을 따라 부대로 가는 중에 희망이 생겼다. 상사가 졸려서 계속 뒤처졌기 때문이다. 모리스는 계속 천천히 걸었고, 그러면 상사는 양손을 입에 모으고 그에게 기다리라고 소리쳤다. 모리스는 기다렸다. 같이 갈 거라고 상사가 혼잣말을 했고, 모리스는 다음에 무슨 일이 일어날지 몰랐다. 그때 상사는 길가 도랑에 오줌을 누려고 멈췄다. 모리스는 기다리는 척하며 계속 걸으면서, 매 순간 총알이 어깨를 관통해 자신이 흙바닥에 쓰러지고 벌레에 먹히는 미래를 상상했다. 하지만 바로 그때, 마치 운명에 사로잡힌 듯 그가 달리기 시작했다. 얼굴이 벌건 상사가 권총을 흔들어 대며 비틀거리며 쫓아왔고, 고함과 욕하는 소리가 점점 더 커졌다. 하지만 그가 마지막으로 모리스를 봤던 굽은 가로수 길에 다다르자, 짚단을 짊어진 노새를 끄는 노란 수염의 농부를 제외하고는 아무도 없었다.

이야기를 하면서 식료품점 주인은 흥분했다. 그는 담뱃불을 붙이고 기침을 참으며 담배를 피웠다. 하지만 이야기를 끝내고 더 이상 할 말이 없게 되자, 슬픔이 그를 덮쳤다. 의자에 앉은 그는 작고 외로운 사람처럼 보였다. 위층에 있던 동안 머리가 더 무성해졌고, 목 뒤에 털이 두껍게 자랐다. 얼굴은 그전보다 더

야위었다.

프랭크는 모리스가 방금 했던 이야기를 생각했다. 그의 인생에서 엄청난 일이었지만 그래서 그는 어떻게 되었는가? 러시아 군대를 피해 미국으로 왔지만, 가게에 들어서자마자 그는 뜨거운 기름에 튀겨진 물고기나 다름없었다.

"여기 온 이후로 난 약사가 되려고 했지." 모리스가 말했다. "1년 동안 야간 학교에 다녔어. 수학이랑 독일어와 영어도 배웠고. '이리 와.' 하루는 바람이 나뭇잎에게 말했다, '평원으로 나랑 가서 놀자.' 이게 내가 배운 시였다네. 하지만 계속 야간 학교에 다닐 참을성이 없었어. 그래서 아내를 만났을 때 기회를 던져 버렸지." 한숨을 쉬며 그가 말했다. "교육을 받지 않으면 할 수 있는 일이 없어."

프랭크가 고개를 끄덕였다.

"자네는 아직 젊잖아." 모리스가 말했다. "가족이 없는 젊은 사람은 자유롭지. 나처럼 되지 말게나."

"안 그럴 겁니다." 프랭크가 답했다.

하지만 식료품점 주인은 그를 믿지 않는 것처럼 보였다. 노인이 눈물을 글썽이며 자신을 걱정하자 점원은 마음이 불편했다. 그가 생각했다, 동정심이 줄줄 흘러나오는군. 하지만 그는 그런 일에 익숙해질 터였다.

카운터 뒤에 같이 있을 때 모리스는 프랭크를 지켜봤고, 이다가 가르쳐 준 일들에 더해 몇 가지를 더 가르쳐 주려고 했다. 점원은 해야 할 일을 매우 잘했다. 모리스는 그가 장사하는 법을 그렇게 쉽게 배운다는 사실이 창피하다는 듯이, 몇 년 전만 해도 식료품점 일이 얼마나 달랐는지 설명했다. 당시에는 장사를 하려면 전문가, 장인이 되어야만 했다. 요새 누가 손님한테 빵을 잘라 주거나 우유를 병에 담아야 하겠는가?

"이제는 모든 게 컨테이너나 병이나 포장지에 담겨 있어. 심지어는 수백 년 동안 손으로 잘라 온 딱딱한 치즈조차도 잘려져 셀로판 포장이 되어 있잖아. 지금은 그 누구도 뭘 알아야 할 필요가 없어."

"가족용 우유 깡통이 기억나요." 프랭크가 말했다. "하지만 우리 가족은 저한테 거기에 맥주를 담아 오라고 심부름시켰죠."

하지만 모리스는 더 이상 우유를 제멋대로 팔지 않는 건 좋은 생각이라고 했다. "내가 알기론, 깡통 위의 크림을 한두 쿼트' 걷어 내고 대신 물을 집어넣는 식료품점 주인들이 있었어. 이렇게 물을 섞은 우유를 그 작자들이 정상가로 팔았고."

그는 프랭크에게 자기가 봤던 다른 속임수들을 얘기했다. "몇몇 가게에서는 개별 포장이 안 된 두 종류의 커피와 버터를 샀어. 하나는 최하급이었고, 다른 하나는 중간이었지. 하지만 그 사람들은 중간 걸 반으로 잘라서 한쪽은 중간급 상자에 넣고, 다른 한쪽은 최상급 상자에 넣었어. 그러니까 만일 최상급 커피나 최상급 버터를 사면, 중간급을 받는 거야—그뿐인 거지."

프랭크가 웃었다. "장담하는데, 손님 중 일부는 다시 와서 최상급 버터가 중간급보다 더 좋다고 했을걸요."

"사람들을 속이는 건 쉬운 일이야." 모리스가 말했다.

"모리스 씨, 아저씨도 속임수 몇 가지를 해 보는 게 어때요? 수입이 별로 없잖아요."

모리스가 놀라서 그를 쳐다봤다. "왜 내가 손님들한테 도둑질을 해야 하지? 그 사람들이 나한테 훔쳤나?"

"할 수만 있다면 그럴걸요."

"정직한 사람은 잘 때 걱정이 없지. 푼돈을 훔치는 것보다는 그게 더 중요한 일이야."

프랭크가 고개를 끄떡였다.

하지만 그는 계속해서 훔쳤다. 며칠간 멈췄다가도, 다시 시작하면 안도감 같은 것이 생겼다. 도둑질이 좋았던 때가 있었다. 주머니에 잔돈이 있는 게 기분 좋았고, 유대인이 보는 앞에서 1달러를 훔치면 기분 좋았다. 돈을 주머니에 매우 능숙하게 집어넣고는 웃음이 나오는 걸 참아야만 했다. 그 돈하고 그가 번 돈을 합쳐서 양복하고 모자를 사고, 닉의 라디오에 필요한 새 진공관을 구했다. 이따금 샘 펄을 통해서 전화로 경마 도박에 2달러를 걸었다. 하지만 대체로 조심해서 돈을 썼다. 도서관 근처의 은행에다 작은 저축 계좌를 열었고, 통장은 매트리스 밑에 숨겼다. 미래를 위한 돈이었다.

도둑질을 당당하게 느끼는 순간은 그가 그들에게 행운을 가져왔다고 생각하는 때이기도 했다. 만일 도둑질을 멈춘다면 장사가 다시 안될 거라 확신했다. 이 사람들에게 좋은 일을 해 주면서, 동시에 좀 더 있으며 그들에게 도움을 주는 동안 자신도 조금 이익을 보는 거라고. 이렇게 자기 몫을 조금 떼어 내는 식으로 자신이 무언가 줄 게 있다고 스스로 확인했다. 게다가 언젠가는 전부 돌려줄 계획이었다. 그게 아니라면 뭣 때문에 가져간 액수를 다 적어 놓겠는가? 언젠가는 승산이 없는 경주마에 10달러 정도를 걸어 큰돈을 벌 수도 있고, 그러면 자기가 가져간 돈을 잔돈까지 모두 돌려줄 만큼 충분할 터였다.

그 때문에 하루하루가 지날수록 모리스로부터 훔치는 게 기분 나쁜 이유를 설명할 수가 없었다. 하지만 기분이 나빴다. 가끔 그는 가슴속에 침묵의 고뇌를 안고 돌아다녔다, 마치 방금 친구를 묻고 난 후에 가슴속에 새로운 무덤을 담아 둔 것 같았다. 그가 오래전에 느꼈던 감정이었다. 몇 년 전에 비슷한 감정을 가졌던 경험이 떠올랐다. 이런 기분이 드는 날에는 머리가 아팠고, 혼자서 투덜거리며 왔다 갔다 했다. 거울을 볼 수가 없었다. 거울이 반으로 쪼개져 개수대에 떨어질까 두려웠다. 극도로 긴장했기에, 만일 스프링이 풀리면 일주일 동안 빙빙 돌 정도였다. 갑작스럽게 자신에 대한 분노가 차올랐다. 그에게는 이때가 최악의 날이었고, 힘들게 감정을 숨겨야만 했다. 하지만 이 모든 게 신기한 방식으로 마무리되었다. 그의 분노는 지쳐 버린 폭풍처럼 고요히 사라졌고, 온화함이 조금씩 스며드는 걸 느꼈다. 가게에 오는 사람들에게 친절해졌고, 특히 아이들한테는 공짜로 싸구려 크래커를 주었다. 모리스에게도 친절해졌고, 유대인도 그에게 친절했다. 그리고 헬렌에 대한 고요한 친절함이 차올랐고, 더 이상 욕실에서 나체로 있는 그녀를 훔쳐보려고 환풍구에 올라가지 않았다.

그러다가도 모든 게 죽도록 지긋지긋한 날들이 있었다. 참을 만큼 참았고, 더 이상 참을 수가 없었다. 아침에 아래층으로 내려가면서 그런 생각이 들었다. 만약에 가게에 불이 나면 다 타도록 나서서 도울 거라고. 몇 년 동안 모리스가 형편없는 똑같은 손님들을 접대했을 걸 생각하면, 자신들의 초라한 인생에서 매일매일 먹는 똑같은 상품들을 더러운 손가락으로 고르는 이들을 상대했을 모습을 생각하면, 난간에 기대어 토할 것만 같았다. 도대체 어떤 인간으로 태어나야 그처럼 커다란 관에 갇혀 사는 인생을 살게 되는 걸까? 어떻게 이디시어 신문을 사러 나가는 때를 빼고는, 낮 동안 단 한 번도 문밖으로 얼굴을 내밀어 코로 바깥 공기를 들이마시지도 않는 삶을 사는 거지? 대답은 어렵지 않았다. 유대인이어야만 했다. 그들은 날 때부터 수감자들이었다. 그게 바로 모리스였다. 치명적인 참을성, 혹은 인내심 아니면 뭐 그따위 걸 갖고 태어난 사람. 같은 대답이 종이 제품 판매원인 알 마커스의 삶을 설명했고, 전구가 가득 담긴 무거운 상자 두 개를 이 가게 저 가게 끌고 다니는 삐쩍 마르고 점잔 빼는 브레이바트의 삶을 설명했다.

알 마커스는 딱 한 번, 미안하다는 미소를 지으며 점원에게 식료품점에 잡히지 말라고 경고했던 마흔여섯 살의 잘 차려입은 남자였다. 하지만 볼 때마다 그는 마치 방금 청산가리를 마신 사람처럼 보였다. 얼굴은 프랭크가 본 사람 중에 가장 창백했고, 그의 눈을 자세히 들여다본 사람은 밥맛을 떨어지게 할 무언가를 찾을 정도였다. 식료품점 주인이 프랭크에게 몰래 말했듯이, 사실을 말하자면 알은 암에 걸렸고, 1년 전에 죽었어야만 했다. 하지만 의사들이 틀린 거였다. 그는 살아남았다. 그게 사는 거라고 한다면 말이다. 비록 충분히 저축을 해 두었지만 그는 일을 멈추지 않고, 한 달에 한 번씩 정기적으로 와서 종이봉투, 포장지, 상자 주문을 받았다. 아무리 장사가 좋지 않아도 모리스는 그를 위해 조금이나마 주문할 것을 마련해 두려 했다. 알은 불도 붙이지 않은 시가를 빨아대며, 금속 표지로 된 장부의 분홍색 종이에 상품을 한두 개 적었다. 몇 분 더 머물면서 잡담을 했지만, 눈은 말하는 것에서 멀리 떨어져 있었다. 그러고는 모자를 집어 들고 인사한 후에 다음 장소로 떠났다. 사람들모두 그가 얼마나 아픈지를 알았고, 가게 주인들 두어 명은 그에게 일을 그만두라고 심각하게 조언했다. 하지만 알은 미안하다는 미소를 짓고, 입에서 시가를 빼내며 말했다. "내가 집에 있으면 저승사자가 계단으로 걸어 올라와 문을 두드릴 거야. 이렇게 일하면 적어도 그 작자가 나를 찾으러 돌아다니게 하잖아."

브라이바트의 경우, 모리스에 따르면 9년 전 그는 괜찮은 사업을 하고 있었다. 하지만 동생이 도박으로 망쳤고, 그러고는 은행에 남은 얼마 안 되는 돈을 갖고 도망치며 브라이바트의 아내를 꼬드겨 같이 떠났다. 그래서 서랍 한가득 고지서들과 땅에 떨어진 신용만 그에게 남았다. 거기다 그다지 똑똑하지 못한 다섯 살짜리 아들도 있었다. 브라이바트는 파산했다. 채권자들이 남은 걸 다 뺏어 갔다. 몇 달간 그와 아들은 가구가 딸린 작고 더러운 방에서 살았고, 브라이바트는 나가서 일자리를 찾을 엄두도 내지 못했다. 상황이 안 좋았다. 그는 실업 수당을 받았고, 나중엔 행상을 했다. 이제 50대였지만 머리는 하얗게 셌고 노인처럼 행동했다. 그는 도매점에서 전구를 사서 두 상자에 담아 빨랫줄로 어깨에 메고 돌아다녔다. 매일 구겨진 신발을 신고 몇 마일을 걸었고, 가게 안을 쳐다보며 "전구 팝니다."라고 구슬픈 목소리로 외쳤다. 밤이 되면 집에 돌아가 유대인 아들에게, 자기를 신발 수선공으로 만들려는 직업 학교에서 기회만 되면 내빼는 그 아들에게, 저녁을 지어 주었다.

브라이바트가 처음으로 모리스 동네에 와서 가게에 들어왔을 때, 식료품점 주인은 그의 지친 모습을 보고 레몬을 넣은 차를 대접했다. 행상은 어깨에서 줄을 풀고 상자를 바닥에 내려놓았다. 뒤편에서 그는 아무 말 없이 뜨거운 차를 들이켜면서, 잔을 쥐고 두 손을 데웠다. 갖가지 문제에 더해, 가려움증으로 밤을 반쯤 지새우기도 했지만, 그는 한 번도 불평하지 않았다. 10분이 지난 후에 그는 일어나서 식료품점 주인에게 고맙다고 말하고, 가렵고 가냘픈 어깨에 줄을 고정하고 떠났다. 어느 날 그가 모리스에게 자기 인생 이야기를 해 주었고, 두 사람은 함께 울었다.

그게 바로 이 사람들이 사는 목표지, 프랭크가 생각했다. 고통을 받으려고 사는 거야. 그리고 뱃속의 가장 큰 고통을 변기로 내려보내지 않으면서, 가장 오래된 그 고통을 안고 사는 사람이 최고의 유대인인 거지. 이 사람들이 그의 신경에 거슬리는 게 놀랍지 않았다.

겨울은 헬렌을 고통스럽게 만들었다. 그녀는 겨울로부터 도망쳐 집 안에 숨었다. 집 안에서 그녀는 12월에 복수하기 위해 그달의 날짜를 전부 지워 버렸다. 냇이 전화하기만 한다면, 그녀는 한없이 생각했다. 하지만 전화는 들리지도 말하지도 않았다. 밤마다 그의 꿈을 꾸고, 깊이 사랑에 빠진 것만 같았고, 그를 갈구했다. 그저 그가 고개만 끄덕이면, 아니면 그에게 자기를 불러달라고 말할 용기만 있다면, 기꺼이 그의 하얗고 따뜻한 침대로 춤추듯이 갈 생각이었다. 하지만 냇은 단 한 번도 전화하지 않았다. 11월 초에 지하철에서 마주친 이후론 잠깐이라도 그의 모습을 본 적이 없었다. 그는 바로 골목 어귀에 살고 있었지만 천국에 있는 거나 다름없었다. 그래서 뾰족한 연필로 그녀는 아직도 살아 있는 날 하나하나를 죽은 날로 지워 갔다.

프랭크는 그녀와 함께 있고 싶었지만 거의 말을 건네지 못했다. 이따금 그는 거리에서 그녀를 지나쳤다. 그녀는 안녕이라는 말을 중얼거리고, 그의 눈이 쫓는 걸 느끼면서 책을 들고 계속 걸어갔다. 가끔 가게에서 엄마에 대한 반항으로, 가던 길을 멈춰 점원과 잠시 얘기했다. 한번은 그가 읽던 책을 갑자기 언급하면서 그녀를 놀라게 했다. 그는 그녀에게 데이트를 신청하고 싶었지만, 전혀 용기가 나지 않았다. 아주머니의 눈은 자기 앞에서 벌어지는 일에 대한 불신을 드러냈다. 그래서 그는 기다렸다. 보통은 창문에서 그녀를 쳐다봤다. 그녀의 숨겨진 얼굴을 관찰하며 그녀의 상실감을 느꼈고 그로 인해 자신의 상실감도 깊어졌지만, 어찌할지를 몰랐다.

12월은 봄을 조금도 허용하지 않았다. 그녀는 무뎌진 감정으로 매번 얼어붙고 외로운 날을 마주하고 잠에서 깨었다. 그러던 어느 일요일 저녁, 겨울이 한 시간 동안 여유를 부렸기에 산책을 나섰다. 갑자기 그녀는 모든 사람을 용서했다. 따스함이 느껴지는 공기만으로 삶의 영감을 받았다. 다시 한번 살고 있음에 감사했다. 하지만 곧바로 해가 지고 눈발이 날리기 시작했다. 그녀는 활기를 잃고 집으로 돌아왔다. 프랭크가 아무도 없는 샘플 가게 앞에 서 있었지만, 그녀는 지나가면서 그를 보지 못한 듯했다. 그는 기분이 매우 좋지 않았다. 그녀를 원했지만 현실은 참담한 상황이었다. 그들은 유대인이고 그는 아니었다. 그가 헬렌과 사귀기 시작한다면 그녀 어머니가 배로 발작을 일으킬 테고, 모리스도 그럴 터였다. 더구나 헬렌은, 평소에 다니는 모습을 보면 심하게 외로워 보이는 때조차도 인생에서 뭔가 큰일을 계획하는 듯했다—F. 알파인같이 하잘것없는 사람은 아니었다. 그는 고생한 과거 말고는 아무것도 없었고, 그녀 아버지에게 범죄를 저질렀고, 양심에 걸리면서도 그에게서 돈을 훔치고 있었다. 불가능이 얼마나 더 복잡해질 수 있을까?

이 돌덩이 같은 난제를 뚫고 나갈 방법은 오직 하나뿐임을 그는 알았다. 모리스에게 자신이 강도였음을 고백함으로써, 머릿속에 지고 다니던 짐을 들어내는 데서 시작하는 거였다. 여기엔 뭔가 웃기는 구석이 있었다. 그는 유대인에게 강도 짓을 한

게 미안하진 않았다. 하지만 특별히 이 사람, 보버를 선택했다는 것 때문에 미안해할지는 몰랐다. 하지만 지금 그는 그랬다. 그는 신경 쓰지 않았었다. 신경 쓴다는 말이 기대했다는 의미라면 말이다. 하지만 그가 신경 쓰지 않았던 것은 더 이상 중요해 보이지 않았다. 문제는 지금 그가 어떻게 느끼는가였다. 그리고 지금 그 일을 했다는 사실 때문에 기분이 좋지 않았다. 헬렌이 주변에 있을 때는 더 그랬다.

그러니 고백하는 일이 먼저였다─그 일이 목에 가시처럼 걸렸다. 그날 밤 워드 미노그를 따라 식료품점에 들어왔던 순간부터 그는 언젠가는 그 말을, 그때 자신이 했던 일을, 그게 얼마나 어렵고 역겨운 것이라고 하더라도 토해 내야만 한다는 나쁜 기분이 들었다. 가게를 들어가기 오래전에, 미노그를 만나기 전이나 심지어는 동부로 오기 전에, 그는 무언가 무시무시한 방식으로 이 사실을 알고 있었다. 정말로 언젠가는 부끄러움으로 물집이 난 목소리로, 눈은 땅을 향하며 어떤 불쌍한 놈에게 자기가 그를 다치게 하거나 배신했다고 말해야만 할 때가 오리라는 것을 평생 알고 있었다. 그 생각은 날카로운 발톱을 하고 그를 따라다녔다. 그가 절대로 내뱉을 수 없는 갈증처럼, 그전에 일어난 모든 일을 몸속에서 빼내야 한다는 역겨운 욕구였다─왜냐하면 이미 일어난 일은 그게 무엇이었는지 상관없이 잘못된 거였기 때문이다. 자신에게서 그걸 걷어 내어 작은 평화, 작은 질서를 가져오기 위해서, 시작을 바꾸기 위해서, 지금까지 항상 말하기도 힘들 정도로 냄새났던 과거에서 시작하기 위해

점원 **133**

서―그 냄새로 숨이 막히기 전에 자신의 인생을 바꾸기 위해서.

하지만 말할 기회가 왔을 때, 11월 아침 가게 뒤편에서 모리스와 단둘이 있었을 때, 유대인이 만들어 준 커피를 둘이 마시면서, 지금, 바로 지금 모든 걸 털어놓을 충동이 생겼을 때, 그는 말을 꺼내려고 힘을 냈지만 그건 마치 인생 전부를 찢어발기는, 뿌리는 잘리고 피투성이가 되는, 그런 기분이었다. 게다가 자신이 잘못한 일을 말하기 시작하면 새까맣게 탈 때까지 멈출 수 없을 거라는 두려움이 뱃속에서 끓어올랐다. 그래서 대신에 자신의 삶이 얼마나 바라던 것과 다른 방향으로 흘렀는지 짧게 몇 마디 했다. 그건 자신이 말하려던 것이 전혀 아니었다. 그는 모리스의 동정심을 불러일으켰고, 반쯤 만족했지만 오래가지는 않았다. 고백의 욕구가 돌아왔고, 그는 자신이 신음하는 걸 들었다. 하지만 신음은 말이 아니었다.

그는 식료품점 주인에게 더 고백하지 않은 게 영리한 행동이라고 자신을 설득했다. 그 정도면 충분했다. 게다가 이 유대인이 고백받을 자격이 얼마나 있지? 자신이 훔쳤다가 금전등록기 서랍에 다시 넣은 7달러 50센트나, 자신이 원하지 않으면서도 워드를 따라왔고 워드에게 유대인이 머리를 맞았다는 걸로 얼마나? 어쩌면 원했을 수도 있지만, 결국 벌어진 일을 하려는 의지는 없었다. 그 사실은 참작되어야 했다. 그렇지 않은가? 더구나 그 자식에게 아무도 해치지 말라고 애청했었다. 그리고 나중에 워드가 카프에게 강도 짓을 할 또 다른 계획을 세웠을 때, 원래 그들이 계획했던 것이지만 그는 거절했다. 그가 미래에 대한 좋은 의도가 있다는 뜻이 아닌가, 그렇지 않나? 그리고 이 모든 걸 차치하고라도, 어둡고 추운 곳에서 다리를 덜덜 떨며 기다렸다가 모리스의 우유 상자를 끌고 들어온 사람이 누군가? 그 유대인이 위층에서 쉬면서 누워 있을 때 열두 시간 동안 녹초가 되도록 일했던 사람이 누군가? 지금도 이 쥐구멍 같은 곳에서 그가 굶어 죽지 않게 해 주는 사람이 누군가? 이 모든 걸 합치면 무언가 의미가 있을 법도 했다.

이런 식으로 자신과 씨름했지만, 오래가지는 못했다. 곧바로 그는 자신이 한 일에서 어떻게 하면 벗어날 수 있을지 다시 고민했다. 언젠가는 다 고백해야지, 그는 자기 자신과 약속했다. 만일 모리스가 그의 설명과 신실한 사과를 받아 준다면, 다음 행보의 장애물을 없앨 수 있다. 지금 금전등록기에서 훔치는 일에 관해서는, 일단 식료품점 주인에게 강도 짓에 대해 얘기를 다 하자마자 다시 돈을 갚기 시작하겠다고 결심했다. 얼마 안 되는 그의 봉급과 은행에 넣어 둔 돈 몇 푼, 그가 가져갔던 돈을 써서 갚는다면 그 문제도 해결될 거다. 그렇다고 헬렌이 바로 그 자리에서 그를 좋아하게 될 거라는 말은 절대 아니다—정반대의 일이 일어날 수도 있다—하지만 만일 그녀가 좋아하지 **않더라도** 기분이 나쁘진 않을 거였다.

만일 말하게 될 경우 식료품점 주인에게 뭐라고 할지 그는 다 암기했다. 어느 날 두 사람이 뒤편에서 얘기하는 동안, 예전에 한 번 그랬던 것처럼, 그는 자신의 인생이 어떻게 놓쳐 버린 기회들로, 몇몇은 너무도 괜찮은 기회여서 기억하는 것만으로도 여전히 힘든, 그런 기회들로 채워져 있는지 말하기 시작할 거다. 그저 여러 가지 이유로, 대부분은 자신의 실수였던 이유로, 안 좋은 상황을 겪은 후에—그에게는 후회만 한가득 남았다—그런 실패 뒤에 그가 그런 상황에서 벗어나려고 아무리 갖은 애를 쓴다 해도 보통은 실패했다. 그래서 얼마 후에 그는 포기했고, 부랑자가 되었다. 그는 도랑에서, 운이 좋으면 지하실에서 살았고, 공터에서 자고, 개들이 먹지 않거나 혹은 먹지 못하는 것과 쓰레기통에서 찾아낸 것을 먹었다. 찾아낸 것을 입고, 넘어진 곳에서 자고, 아무거나 먹었다.

이렇게 살면서 죽었어야 했지만, 그는 계속 살았다. 덥수룩한 수염에, 냄새를 풍기며, 살아남으리라는 기대도 없이 여러 계절을 겨우 지냈다. 이런 식으로 몇 달을 지냈는지, 그는 절대 모를 거였다. 누가 기록한 것도 아니었으니까. 하지만 어느 날 구멍에 기어 들어가 누워서, 그는 자신이 정말로 중요한 사람일지 모른다는 엄청난 상상을 했다. 그러고는 단지 자신이 뭔가 훨씬 더 나은 일을 할 사람이라는 사실을, 뭔가 크고 다른 일을 할 사람이라는 사실을 몰랐기에 이런 삶을 사는 거라고 생각하며 망상에서 깨어났다. 그때까지 그는 이 사실을 이해하지 못했었다. 과거에는 자신이 평범한 사람이라고 종종 생각했었다. 하지만 그 지하실에서 자신이 틀렸다는 사실을 깨달았다. 그게 바로 운이 종종 꽉 막혔던 이유였다. 자신이 정말 누구인지에 대해 틀린 생각을 하고서, 틀린 일을 하려고 했기 때문이다. 그러고는 자신이 무엇을 해야 할지에 대해 스스로에게 물어보는 순간, 그에게 또 다른 엄청난 생각이 떠올랐다. 범죄를 저지를 운명이었다는 생각이. 가끔 같은 생각을 재미로 하곤 했지만, 이제 그 생각이 그를 떠나지 않았다. 범죄를 저질러서 자신의 운을 바꾸고, 모험을 하고, 왕자처럼 살 거였다. 강도질, 폭행—필요하다면 살인까지—을 생각하면서 그는 기쁨에 몸을 떨었다. 폭력적인 행위 하나하나로 인해, 자신의 운이 나아지면서 누군가가 고통받을 거라는 욕망이 채워질 터였다. 그는 한없이 마음이 놓였다. 자신을 위해서 인생에서 무언가 큰일, 무언가 다른 일을 알아낸 사람이라면 그렇게 크게 생각하지 못한 불쌍한 놈보다 그 무언가를 얻을 확률이 높다고 믿었다.

그렇게 그는 쓰레기 같은 삶을 그만두었다. 다시 일을 시작했고, 방을 얻었고, 돈을 모아서 총을 샀다. 그러고는 자신이 원하는 방식대로 살 수 있을 거라고 생각했던 동부로 향했다. 그곳에는 돈과 나이트클럽과 여자가 있었기 때문이다. 보스턴에서 한 주 정도 돌아다닌 후에, 어디서부터 시작할지 불확실했기에 브루클린으로 가는 기차에 올랐고, 도착한 지 이틀 후에 워드 미노그를 만났다. 어느 날 저녁 둘이 당구를 치는 동안, 워드가 교묘하게 그의 총을 발견했고, 같이 강도질을 하자는 제안을 했다. 프랭크는 무언가를 시작한다는 아이디어가 좋았지만 좀 더 생각해 보고 싶다고 말했다. 그는 코니아일랜드에 가서 산책로에 앉아 무엇을 해야만 할지 고민하다, 그가 감시당하고 있다는 기분에 숨이 막혔다. 뒤를 돌아봤을 때, 거기엔 워드 미노그가 있었다. 워드는 앉아서 그가 강도질하려는 건 유대인이라고 말했고, 프랭크는 같이 하겠다고 동의했다.

하지만 강도질을 벌이기로 한 날 밤에 그는 긴장했다. 차 안에서 워드가 알아차리고 욕을 해 댔다. 프랭크는 일을 완수해야한다고 생각했지만, 식료품점에 둘이 들어가서 입가에 손수건을 두르는 순간, 그 모든 생각이 전부 무의미하게 보였다. 그 생각이 머릿속에서 빠져나가는 기분이었다. 자신의 범죄 계획들이 무너지고 사라졌다. 불행에 거의 숨 쉴 수가 없었고, 거리로 뛰쳐나가 흔적도 없이 사라지고 싶었다. 하지만 워드를 혼자 놔둘 수는 없었다. 뒤편에서 유대인의 피투성이 머리를 보고 토가 나올 것만 같았고, 그는 자신이 최악의 실수를, 지우기 가장 힘든 실수를 저질렀음을 깨달았다. 그렇게 잔인한 범죄자로서의 그의 짧은 인생, 또 하나의 망상이 끝났고, 그는 실패의 굴레에 더 단단히 갇혀 버렸다. 언젠가는 이 모든 걸 모리스에게 얘기할 거라고 생각했다. 이 유대인을 잘 알고 있기에 용서를 받을 거라 확신했다.

하지만 가끔은 대신 헬렌에게 그 얘기를 하는 상상을 했다. 자신의 진정한 모습을 그녀에게 보여 주고 싶었다. 하지만 식료품점에서 누가 영웅이 될 수 있겠는가? 그녀에게 얘기하려면 용기가 필요했고, 용기는 특별한 것이었다. 그는 계속해서 자신이 더 나은 운명을 가질 만하다고 생각했고, 그저 한 번만—**딱 한 번만**—옳은 일을 한다면 그 운명을 찾을 거라고 기대했다—적절한 때에 할 만한 일을 하면 되었다. 둘이 오랜 시간을 같이 있기만 한다면, 그녀에게 얘기를 들어 달라고 물어볼 수 있을 거다. 처음엔 그녀가 당황하겠지만, 그가 자기 인생에 대해 얘기하기 시작하면, 그녀가 끝까지 들을 거라는 걸 알았다. 그다음엔―누가 알겠나? 여자하고는 시작만 잘하면 되는 법이다.

하지만 점원이 멈춰서 자신의 생각이 얼마나 감상적인지를 냉정하게 판단했을 때―그는 가슴속 깊이 감상적인 이탈리아인이었다―자신이 또다시 과한 꿈을 꾸고 있음을 깨달았다. 그녀 아버지에게 강도 짓을 했다는 것을 인정한 후에 그녀와 도대체 무슨 기회가 있겠는가? 그래서 그는 조용히 있는 게 최선이라는 결론을 내렸다. 동시에 지금 아무 말도 안 한다면, 조만간 어느 날 고백해야 할 더 지저분한 과거가 생길 거라는 걱정이 조금씩 들었다.

크리스마스가 지나고 며칠 후, 보름달이 뜬 밤에 프랭크는 새 옷을 입고 식료품점에서 열두 블록 떨어진 도서관으로 서둘러 갔다. 도서관은 큰 건물로 불이 훤했고, 겨울밤에는 따스한 냄새가 나는 책으로 꽉 찬 책장으로 가득했다. 뒤편에는 큰 독서 탁자가 몇 개 있었다. 추위를 피해 오기에 괜찮은 장소였다. 그의 추측처럼, 얼마 지나지 않아 헬렌이 들어왔다. 그녀는 한쪽 끝을 어깨 너머로 넘긴 빨간 울 스카프를 머리에 두르고 있었다. 그는 탁자에서 책을 읽고 있었다. 그녀는 들어와서 문을 닫으며 그를 발견했다. 두 사람은 이전에도 여기서 잠깐 만난 적이 있었다. 그녀는 그가 탁자에서 뭘 읽는지 궁금해했고, 한번은 지나가면서 그의 어깨너머로 재빨리 훔쳐봤다. 그녀는 『파퓰러 메커닉스』를 예상했지만, 누군가의 전기였다. 오늘 밤에도 그녀는 예전처럼 책장 사이를 돌아다니면서 그의 눈이 자신을 따르는 걸 느꼈다. 한 시간 후에 그녀가 일어날 때, 그는 자신을 향한 단단하면서 은밀한 눈길을 느꼈다. 프랭크는 일어나서 책을 대출했다. 그녀가 거리를 절반쯤 내려갔을 때 그가 따라잡았다.

"달이 크네요." 그는 모자를 향해 손을 올렸지만 모자를 쓰고 있지 않다는 사실을 발견하고 어색해했다.

"눈이 올 것 같아요." 헬렌이 대답했다.

그녀가 농담하는 건지 쳐다본 후에, 그는 하늘을 보았다. 구름 하나 없는, 달빛 가득한 하늘이었다.

"어쩌면요." 두 사람이 거리 모퉁이에 다다르자, 그가 제안했다. "그쪽만 괜찮으면 공원을 지나서 갈 수도 있어요."

그녀는 그의 제안에 몸을 떨었지만, 모퉁이에서 긴장한 듯 웃음을 짓고, 그의 옆에서 걸었다. 그가 신호가 없는 전화를 받으라고 불렀던 밤부터 지금까지, 그녀는 그에게 거의 아무 말도 하지 않았다. 그게 누구였는지 그녀는 절대 알 수 없었고, 여전히 그 일이 의아했다.

같이 걸으면서 헬렌은 그로 인해 짜증보다 더 심각한 무언가가 느껴졌다. 뭐가 이유인지 알았다―비유대인이라면 무조건 위험하다고 하는 어머니 때문이었다. 따라서 그와 그녀는 둘이 함께, 무언가 잠재적인 악을 재현했다. 그녀는 그의 갈구하는 눈이 항상 자신을 향해 있어서 짜증이 났다. 왜냐하면 가끔 들킨 그의 시선은 보이는 것보다 더 많은 걸 보고 있는 것만 같았기 때문이다. 그녀는 그를 싫어하는 감정과 싸웠다. 어머니가 그를 적으로 만들었지만 그건 그의 잘못이 아니라고 합리적으로 생각했다. 그리고 그가 항상 자신을 보고 있다면, 그건 적어도 무언가 매력적인 걸 봤다는 뜻이었다. 아니면 왜 쳐다보겠는가? 자신의 외로운 삶을 생각하면, 그에게 고맙다고 해야 마땅했다.

불쾌한 감정이 사라지자 그녀는 조심스럽게 그를 쳐다보았다. 그는 자신에 대한 그녀의 반응을 모른 채, 달빛 아래서 눈에 띄지 않게 걸었다. 그 순간—이전에도 같은 생각을 한 적이 있다—그녀는 자신이 상상한 것 이상의 무언가가 그에게 있을지 모른다는 느낌이 들었다. 그가 아버지를 도와준 것에 대해 한 번도 고맙다고 하지 않았다는 사실이 부끄러웠다.

공원에서의 달은 좀 더 작았다. 하늘의 하얀 유랑자. 그는 겨울에 대해 얘기하고 있었다. "방금 눈 얘기를 꺼내다니 신기하네요." 프랭크가 말했다. "도서관에서 성 프란체스코의 삶에 대해 읽고 있었는데, 그쪽의 눈 얘기를 듣고 이야기가 하나 생각났어요. 어느 겨울밤에 성 프란체스코가 일어나서 수도사가 된 것이 옳은 결정이었는지 자신에게 물었죠. 그가 생각했죠. 세상에, 만일 내가 괜찮은 어린 소녀를 만나 결혼해서 지금 아내와 가족이 있다면 어땠을까? 그런 생각을 하자 기분이 나빠져서 잠을 잘 수가 없었죠. 그는 지푸라기 침대에서 나와 교회 밖으로 나갔어요. 수도원일 수도 있겠네요. 아무튼 그가 머물던 곳에서 나왔죠. 대지는 완전히 눈으로 덮여 있었어요. 눈으로 여자를 만들고 그가 말했어요. '자, 이게 내 아내군.' 또 눈으로 아이 두세 명을 만들었어요. 그러고는 이들에게 입맞춤을 한 후에 들어가 지푸라기 침대에 누웠죠. 기분이 한결 나아져서 잠이 들었고요."

이야기에 그녀는 놀랐고 감동했다.

"방금 그걸 읽었어요?"

"아니요. 어릴 적부터 기억하던 겁니다. 제 머릿속엔 그런 이야기로 가득해요. 왜 그런지는 저도 모르겠어요. 제가 있던 보육원에서 신부님이 아이들에게 이야기를 읽어 주셨는데, 한 번도 잊어버린 적이 없었던 것 같아요. 정말 아무런 이유 없이 생각나곤 하죠."

그는 새로 이발을 했고, 새 옷을 입으니 자기 집 지하실에서 일주일간 잤던, 지금은 헐렁한 바지를 입고 아버지를 위해 일하는 점원이라고 생각하기 힘들었다. 오늘 밤 그는 그녀가 한 번도 보지 못했던 사람 같았다. 옷을 보니 취향이 있는 듯했고, 나름대로 관심이 갈 만한 얼굴이었다. 앞치마가 없으니 더 어려 보였다.

두 사람은 빈 벤치 앞을 지나갔다. "여기 앉을래요?" 프랭크가 말했다.

"걷는 게 더 좋아요."

"담배 피울래요?"

"아니요."

그는 담뱃불을 붙인 다음 그녀를 따라잡았다.

"정말 좋은 밤이네요."

"아버지를 도와줘서 고맙다는 말을 하고 싶어요." 헬렌이 말했다. "정말 도움이 됐어요. 진즉 인사해야 했는데."

"아무도 고마워할 필요는 없어요. 그쪽 아버지가 저한테 도움을 주셨거든요." 그는 마음이 불편해졌다.

"어쨌거나, 식료품점에서 평생 일하지 마세요." 그녀가 말했다. "미래가 없는 일이에요."

그가 웃으면서 담배를 피웠다. "모두가 저한테 경고하네요. 걱정 마세요. 제 상상력은 식료품점에 있기에는 너무 크거든요. 그냥 임시로 하는 일이에요."

"그쪽이 평소에 하던 일이 아니에요?"

"아뇨." 그는 솔직해지려고 했다. "그저 잠시 숨을 고르는 중이에요, 말하자면. 시작을 잘못했기에 가던 방향을 바꿔야만 하거든요. 어쩌다 보니 그쪽 아버지 가게로 오게 되었죠. 하지만 다음에 어디로 갈지 알아낼 때까지만 여기 있을 겁니다."

그는 그녀에게 하려 했던 고백을 기억했다. 하지만 아직 때가 아니었다. 낯선 사람으로 고백하는 거랑 친구로 고백하는 건 다르니까.

"할 수 있는 건 다 해 봤죠." 그가 말했다. "이제는 하나를 선택하고 바꾸지 말아야 할 때가 됐어요. 매번 옮겨 다니는 게 이젠 지겹네요."

"뭔가 시작하기에는 좀 늦지 않았나요?"

"전 스물다섯 살이에요. 이렇게 늦게 시작하는 사람들도 많고, 더 늦게 시작했던 사람들에 대한 글을 읽은 적이 있죠. 나이는 아무것도 아니에요. 그 때문에 다른 사람보다 내가 부족해지는 건 아니죠."

"저도 그런 뜻으로 얘기한 건 아니에요." 다음 빈 벤치에서 그녀가 멈췄다. "원하시면 여기 몇 분 정도 앉죠."

"물론이죠." 그녀가 앉기 전에 프랭크는 손수건으로 자리를 닦았다. 그가 담배를 권했다.

"담배 안 피운다고 말했잖아요."

"미안해요, 걸으면서 담배 피우는 걸 안 좋아한다는 말인 줄 알았어요. 어떤 여자들은 그러거든요." 그가 담배를 집어넣었다.

그녀는 그가 갖고 있던 책을 쳐다봤다. "무슨 책을 읽어요?"

그가 그녀에게 책을 보여 주었다.

"『나폴레옹의 인생』?"

"맞아요."

"왜 이 사람이죠?"

"왜 안 되나요? 위대한 사람이었잖아요, 아닌가요?"

"다른 사람들이 좀 더 나은 방식으로 그랬죠."

"그 사람들에 대해서도 읽을 겁니다." 프랭크가 말했다.

"책을 많이 읽나요?"

"물론이죠. 전 궁금한 게 많은 사람이에요. 사람들이 왜 변하는지 알고 싶어요. 그들이 무슨 일을 할 때 어떤 이유로 한 건지 알고 싶은 거죠, 무슨 말인지 그쪽이 이해할까 모르겠네요."

그녀가 이해한다고 말했다.

그는 그녀에게 무슨 책을 읽는지 물었다.

"『백치』. 이 책 알아요?"

"아뇨. 뭐에 관한 건가요?"

"소설이에요."

"전 될 수 있으면 진실을 읽고 싶어요." 그가 말했다.

"소설도 진실이에요."

헬렌이 물었다. "고등학교는 졸업했어요?"

그가 웃었다. "물론 졸업했죠. 이 나라에서 교육은 공짜니까요."

그녀가 얼굴을 붉혔다. "멍청한 질문이었네요."

"빈정거리려고 한 말은 아니에요." 그가 서둘러 말했다.

"그렇게 생각하진 않았어요."

"세 개의 다른 주에서 고등학교를 다녔고, 결국엔 밤에, 그러니까 야간 고등학교에서 끝냈죠. 대학을 가려고 했지만, 거절할 수 없는 일자리가 생겼어요. 그래서 마음을 고쳐먹었고, 그게 바로 실수였죠."

"전 어머니와 아버지를 도와야만 했어요." 헬렌이 말했다. "그 래서 저도 대학에 갈 수 없었어요. 뉴욕대에서 야간 수업을 몇 개 들었지만, 대부분 문학 수업이었어요. 그렇게 1년치 학점을 땄어요. 하지만 밤에 수업 듣는 건 정말 힘들어요. 하는 일은 만족스럽지 못하고요. 아직도 정식으로 주간 과정을 듣고 싶어요."

그가 꽁초를 손가락으로 튕겨서 버렸다. "저도 최근에 대학 가는 걸 생각하고 있었어요. 비록 늦은 나이지만, 그렇게 다녔던 사람을 알거든요."

"야간에 다닐 건가요?" 그녀가 물었다.

"어쩌면요. 혹은 맞는 일자리만 찾는다면 낮에 갈 수도 있어요. 예를 들어 밤새 하는 카페테리아나, 뭐 그런 종류면 되겠죠. 제가 말했던 그 사람이 그렇게 했어요. 부점장인가 그랬는데, 5, 6년 후에 엔지니어가 돼서 졸업했죠. 지금은 전국을 돌아다니며 일하면서 큰돈을 벌어요."

"그런 식으로 공부하는 건 힘들어요—정말 힘들죠."

"시간이 정말 부족하겠지만, 익숙해지겠죠. 뭔가 좋은 걸 하고 있을 때 잠은 시간 낭비예요."

"야간으로는 몇 년이 걸려요."

"시간은 저한테 별 의미가 없어요."

"저한텐 중요해요."

"제 생각엔 모든 게 다 가능해요. 제가 가진 여러 가지 기회에 대해 항상 생각해요. 이런 생각이 머릿속에서 떠나지 않아요—어쩌면 뭔가 다른 일을 훨씬 더 잘할 수도 있으니까 한 가지 일에 빠지지 마라. 아마 그래서 지금껏 한 번도 정착하지 않았던 거겠죠. 여러 가지 조건을 따져 본 거였죠. 괜찮은 계획이 아직 몇 개 있고, 그걸 이루고 싶어요. 그 첫 단계가 바로 좋은 교육을 받는 거라는 사실을 이제 확실하게 깨달았어요. 전에는 그렇게 생각하지 않았거든요. 하지만 나이가 더 들수록 점점 더 그렇게 생각하게 되더군요. 이젠 항상 그 생각을 해요."

"전 항상 그렇게 느꼈어요." 헬렌이 말했다.

그가 새 담배에 불을 붙이고, 타들어 간 성냥개비를 던졌다.

"무슨 일을 하세요?"

"비서예요."

"일은 괜찮아요?" 그는 반쯤 눈을 감고 담배를 피웠다. 그녀는 자신이 일을 좋아하지 않는다는 것을 그가 알고 있다는 느낌을 받았고, 아버지나 어머니가 그렇게 얘기하는 걸 들었을 거라고 추측했다.

잠시 후에 그녀가 대답했다. "아뇨, 좋아하지 않아요. 전혀 변화가 없는 일이거든요. 하루 종일 응대해야 하는 몇몇 사람을 보지 않는다면 정말 행복하게 살 수 있을 텐데. 그러니까 세일즈맨들 말이에요."

"그 작자들이 치근덕대나요?"

"말이 많아요. 쓸모 있다는 기분이 드는 일을 하고 싶어요. 사회사업이나 가르치는 일 같은 거요. 지금 하는 일에는 성취감이란 게 전혀 없거든요. 5시가 되면 마침내 퇴근해요. 그걸 위해 사는 것만 같아요."

그녀가 자신의 일상을 얘기했지만, 잠시 후에 그가 대충 듣고 있는 걸 깨달았다. 그는 저 멀리 달빛에 젖은 나무를 쳐다보고 있었다. 인상을 쓰고, 빛나는 눈은 다른 곳을 향했다.

그녀가 재채기를 하고, 스카프를 풀어 머리 주위에 좀 더 단단히 매었다.

"이제 갈까요?"

"잠깐만, 담배를 다 피울 때까지요."

정말 뻔뻔하군, 그녀가 생각했다.

하지만 그의 얼굴은 코가 삐뚤어졌어도 어두운 불빛에서 예민해 보였다. 내가 왜 짜증을 내는 거지? 그를 잘못 생각하고 있었고, 그건 그녀의 잘못이었다. 사람들로부터 너무 오랫동안 떨어져 있었기에 생긴 결과였다.

그가 길고 거친 숨을 쉬었다.

"무슨 문제 있어요?" 그녀가 물었다.

프랭크가 목을 가다듬었지만 쉰 목소리를 냈다. "아뇨, 그냥 달을 바라보고 있으니 무슨 생각이 들어서요. 생각이라는 게 제멋대로잖아요."

"자연을 보면 무슨 생각이 들어요?"

"멋진 자연 경관을 좋아해요."

"저도 그래서 산책을 자주 해요."

"밤에 하늘 보는 걸 좋아해요, 하지만 서부에서는 더 잘 볼 수가 있어요. 여기는 하늘이 너무 높아요. 높은 건물이 너무 많고요."

그가 뒤꿈치로 담배를 짓이긴 후에 힘없이 일어났다. 이제는 마치 자신의 젊음과 헤어진 사람처럼 보였다.

그녀는 일어나서 그와 함께 걸으며, 그에 대해 궁금해졌다. 달은 두 사람의 머리 위에서 집 없는 하늘을 돌아다녔다.

긴 침묵이 흐른 후에, 두 사람이 걷는 동안 그가 말했다. "제가 무슨 생각을 하고 있었는지 그쪽에게 말하고 싶어요."

"제발, 그럴 필요는 없어요."

"말하고 싶어요." 그가 말했다. "제가 스물한 살 때 잠시 일을 하던 카니발 극단을 생각하고 있었어요. 일을 시작하자마자 곡예 연기를 하던 소녀를 좋아하게 됐죠. 그녀는 그쪽하고 비슷한 체격이었어요—아마도 좀 더 마른 편이었을 겁니다. 제 생각에 처음엔 그녀가 저를 좋아하지 않았던 것 같아요. 저를 신중한 남자가 아니라고 생각했던 것 같아요. 좀 복잡한 여자였어요. 아시잖아요, 우울하고 머릿속엔 남에게 얘기하지 않는 온갖 문제를 담고 있는. 그러다 어느 날 우리는 대화를 했고, 그녀는 수녀가 되고 싶다고 했어요. 제가 그랬죠. '그쪽에게 맞지 않을 것 같은데요.' '나에 대해서 뭘 알죠?' 그녀가 말했죠. 그녀에게 말은 안 했지만, 전 사람들을 꽤 잘 아는 편이에요. 어떻게 그런지 모르겠어요. 아마도 태어날 때 그런 걸 갖고 태어나겠죠. 어쨌든 여름 내내 그녀에게 푹 빠져 있었는데, 그녀는 저한테 눈길도 주지 않았어요. 그녀가 다른 사람하고 사귀는 걸 전혀 보지 못했는데도 말이죠. 제가 물었어요. '내 나이 때문에 그래요?' 그러자 그녀가 그랬어요. '아니요, 하지만 당신은 아직 제대로 산 게 아니에요.' '지금까지 제가 살면서 겪은 일들, 내 가슴속에 묻혀 있는 그 일들을 당신이 볼 수만 있다면'이라고 제가 말했죠. 하지만 그녀가 저를 믿지 않는다는 걸 알았어요. 우리가 한 거라고는 그렇게 얘기한 것뿐이에요. 가끔 그녀에게 데이트 신청을 했어요. 기회가 올 거라고 생각하지도 않으면서. 결국 기회가 오지 않았어요. '포기해.' 저 자신에게 말했죠. '저 여자는 자기 자신밖에 관심이 없어.'

그런데 어느 날 아침이었어요. 가을이 가까워져서 계절이 바뀌는 걸 냄새로 알 수 있는 때였는데, 그녀에게 공연이 끝나면 떠날 거라고 말했어요. '어디로 가는데요?' 그녀가 제게 물었죠. 좀 더 나은 삶을 찾아서 떠날 거라고 대답했죠. 그러자 그녀는 아무런 말도 하지 않았어요. 제가 말했죠. '아직도 수녀가 되고 싶어요?' 그녀는 얼굴을 붉히며, 고개를 돌렸죠. 그러고는 더 이상 확실하지 않다고 답했고요. 그녀가 변한 걸 알아차렸지만, 그게 저 때문이라고 생각할 정도로 바보는 아니었죠. 하지만 정말 그랬었나 봐요. 우연히 우리 손이 닿았으니까요. 그리고 그녀가 절 바라보는 모습을 보았을 때 숨을 쉴 수가 없었어요. 세상에, 우리 둘 다 사랑에 빠져 있구나, 전 그렇게 생각했죠. 그녀에게 말했어요. '자기야, 오늘 밤 공연이 끝난 후에 여기서 만나서 우리끼리만 있을 수 있는 곳으로 가자.' 그녀가 그러자고 했고요. 자리를 뜨기 전에 그녀가 짧은 키스를 해 주었어요.

어쨌거나 그날 오후 그녀는 지난번 마을의 가게 창문에서 본 블라우스를 사려고 자기 아버지의 낡은 차를 타고 나갔어요. 하지만 돌아오는 길에 비가 내리기 시작했죠. 정확히 무슨 일이 일어났는지 전 잘 몰라요. 아마도 그녀가 커브를 잘못 틀어서 길에서 벗어나 떨어졌나 봐요. 자동차가 언덕 아래로 굴렀고, 그녀는 목이 부러졌고요……. 그렇게 모든 게 끝나 버렸죠."

두 사람은 아무 말 없이 걸었다. 헬렌은 감동했다. 하지만 그녀는 생각했다. 왜 이런 슬픈 얘기를?

"정말 안됐네요."

"오래전 일이에요."

"정말 비극적인 일이에요."

"다른 건 기대할 수도 없죠." 그가 말했다.

"삶은 항상 새롭게 변하죠."

"제 운은 그대로인 걸요."

"공부하겠다는 계획을 지키세요."

"맞아요." 프랭크가 말했다. "그게 제가 할 일이죠."

두 사람의 눈이 마주쳤고, 그녀는 머리가 쭈뼛해졌다.

그렇게 두 사람은 공원을 나와 집으로 향했다.

컴컴한 식료품점 가게 앞에서 그녀는 재빨리 잘 자라는 인사를 했다.

"전 좀 더 있다 들어갈게요." 프랭크가 말했다. "달 보는 걸 좋아하거든요."

그녀가 위층으로 올라갔다.

침대에서 그녀는 두 사람의 산책을 떠올리며, 꿈과 대학 계획에 대해 그가 한 얘기를 얼마나 믿어야 할지 고민했다. 자신에게 좋은 인상을 남기기 위해 그런 말을 할 리는 없었다. 게다가 "그쪽하고 체격이 비슷한" 카니발 여자 이야기는 왜 한 거지? 감히 카니발의 여자들이랑 누구를 비교하는 거야? 하지만 그는 별 치장 없이, 그녀의 동정을 얻으려고 눈에 띄게 노력하지도 않고, 이야기를 했다. 어쩌면 그건 그저 외로워서 떠올린 진짜 기억이었는지도. 그녀도 그와 견줄 만한 자신만의 달빛 기억이 있었다. 프랭크에 대해 생각하면서, 제대로 그를 파악해 보려고 했지만, 혼란스러운 이미지만 떠올랐다. 탐욕스러운 눈을 가진 식료품점 점원, 이전에 카니발에서 일했던 사람이자 미래의 진지한 대학생, 많은 가능성을 가진 남자.

잠이 막 들려는 순간, 그가 그녀를 자신의 삶에 얽어매려고 욕망한다는 느낌이 들었다. 그에 대한 이전의 혐오감이 되돌아왔지만, 큰 어려움 없이 그 감정을 물리칠 수 있었다. 이제 완전히 잠에서 깨었기에 그녀는 창문에서 하늘을 올려다볼 수도, 거리를 내려다볼 수도 없어서 아쉬웠다. 눈처럼 내리는 달빛으로 그는 누구를 아내로 만들고 있을까?

*

식료품점의 매상은 특히 크리스마스와 해가 바뀔 때 계속해서 올라갔다. 12월 마지막 두 주 동안 모리스는 전례 없는 190달러의 평균 수입을 기록했다. 이다는 매상이 오르는 것에 대해 새로운 설명을 내놓았다. 몇 블록 건너의 아파트가 새 세입자들을 받았고, 게다가 슈미츠가 예전처럼 손님들에게 신경을 못 쓴다고 그녀는 들었다. 미혼인 가게 주인은 가끔 불안정했다. 모리스는 이런 일들을 부정하지 않았지만, 여전히 그들의 행운이 점원 덕분이라고 말했다. 그에게는 분명한 이유로 손님들은 프랭크를 좋아했고, 그들은 친구들을 데리고 왔다. 결과적으로 식료품점 주인은 지출보다 더 많이 벌었고, 아끼고 아껴서 해묵은 고지서들을 갚기까지 했다. 프랭크는 장사가 잘되는 게 당연하다는 듯이 행동했고, 그런 그가 고마운 나머지 모리스는 염치없이 주던 5달러보다 더 줄 계획을 세웠다. 하지만 늘어난 수입이 1월에도 계속되는지 두고 보기로 조심스레 결심했다. 계속해서 일주일에 200달러를 번다고 해도, 그에게 오는 얼마 안 되는 순이익으로는 점원을 둘 여유가 거의 없었다. 상황이 좀 편해지려면 최소 250달러나 300달러를 벌어야만 했고, 그건 불가능했다.

하지만 모리스는 헬렌에게, 이제 상황이 나아졌으니 힘들게 번 20달러 중에 좀 더 가져가라고 얘기했다. 그녀에게 이제 반드시 15달러를 챙기라고 했고, 만일 장사가 이대로 계속되면 그녀의 도움이 더 이상 필요 없을지 모른다고 했다. 그는 그러길 바랐다. 헬렌은 자기 자신을 위해 일주일에 15달러를 써야만 한다는 사실에 난감해했다. 신발이 정말 필요했고, 새 코트와—그녀의 코트는 천 조각이나 다름없었다—드레스도 한두 벌 있었으면 했다. 그리고 몇 달러를 저축해서 나중에 뉴욕대 수업료로 쓰고 싶었다. 프랭크에 대해 그녀도 아버지와 같은 생각이었다. 그가 자신들에게 행운을 가져다준 거였다. 공원에서 그가 자신의 야망과 교육에 대한 열망에 대해 한 얘기를 기억하면서, 그녀는 그가 원하는 걸 언젠가는 이룰 거라고 생각했다. 분명히 그는 한낱 평범한 사람이 아니었기 때문이다.

그는 종종 도서관에 있었다. 헬렌은 거기 갈 때마다 거의 매번 탁자에 앉아 책을 펼치고 읽는 그를 발견했다. 그녀는 그가 쉴 때마다 여기 와서 책을 읽는 건 아닌지 의아해했다. 그런 그를 존중했다. 그녀 자신은 평균 매주 두 번 방문했고, 매번 책 한두 권만 빌렸다. 왜냐하면 그녀에게 책을 반납하고 빌리러 오는 일은 몇 안 되는 기쁨이었기 때문이다. 비록 아직 읽지 못한 책이 얼마나 많은지를 보고 가끔 우울할 때도 있었지만, 가장 외로운 순간에도 그녀는 책에 둘러싸여 있는 게 좋았다. 프랭크를 그처럼 자주 만나는 게, 처음엔 불편했다. 그는 이곳에서 사는 것만 같군, 왜지? 그렇지만 도서관은 그저 도서관이었다. 자신처럼 여기 와서 특정한 욕구를 충족시키는 거였다. 자신처럼 외로워서 책을 많이 읽는 거라고 생각했다. 그가 카니발 소녀에 대해 얘기한 후에, 그녀는 그런 생각을 했다. 점차 그녀의 불편함이 사라졌다.

보통 그녀가 나올 때 그도 나왔지만, 그녀가 혼자 집에 걸어오고 싶으면 방해하지 않았다. 그녀가 걸을 때 그는 가끔 전차를 타고 돌아갔다. 가끔 그녀가 전차를 탔고, 걸어가는 그의 모습을 보았다. 하지만 날씨가 너무 나쁘지 않으면 대부분 두 사람은 집에 같이 왔고, 두어 번은 공원에 가기도 했다. 그는 자신에 대해 좀 더 얘기했다. 그는 그녀가 알았던 대부분의 사람과 다른 삶을 살았다. 그녀는 그가 다녀 본 곳을 모두 부러워했다. 그녀는 자신의 삶이 아버지의 삶과 매우 비슷하다고 생각했다. 가게와 아버지의 습관, 그녀의 습관으로 제약된 삶이었다. 아주 드문 경우를 제외하고는, 모리스는 골목 너머로 좀처럼 나가지 않았다. 그것도 대부분 손님이 카운터에 두고 간 것을 돌려주려고 간 거였다. 어릴 적 에프라임이 살아 있었을 때, 아버지는 일요일 오후에 수영하러 코니아일랜드로 가는 걸 좋아했다. 그리고 유대교 휴일이 되면 가끔 그들은 이디시어 영화를 보거나 지하철을 타고 브롱크스에 사는 동향인을 방문했다. 하지만 에프라임이 죽고 나서 모리스는 몇 년 동안 아무 데도 가지 않았다. 그녀도 다른 이유로 가지 않았다. 한 푼도 없이 어디를 갈 수 있었겠는가? 그녀는 먼 곳에 대해 열심히 읽었지만 삶은 집 근처에 머물렀다. 찰스턴, 뉴올리언스, 샌프란시스코와 같이 자신이 들어 봤던 도시에 갈 수만 있다면, 많은 걸 포기했을 거다. 하지만 맨해튼 지역을 벗어나 본 적이 거의 없었다. 프랭크가 멕시코, 텍사스, 캘리포니아, 그리고 다른 곳에 대해 얘기하는 걸 들으며 그녀는 자신의 이동 경로가 얼마나 협소한지를 새삼 깨달았다. 일요일을 제외하고 매일 지하철을 타고 34번가로 갔다가 돌아왔다. 그거 말고는 일주일에 두 번, 밤에 도서관에 갔다. 여름에도 이전과 똑같았다. 가끔—보통 그녀의 휴가 때—맨해튼 비치에 몇 번 간 걸 제외하고는. 그 외에는 운이 좋아서 레비손 스타디움에서 하는 콘서트를 한두 번 봤다. 한번은 그녀가 스무살이고 지쳤을 때, 어머니가 뉴저지에서 하는 싸구려 성인 캠프에 가라고 권했다. 그전에는 고등학교 때 미국사 수업에서 주말에 워싱턴 DC로 가서 정부 청사를 견학한 적이 있었다. 이 광활한 세계에서 그만큼만 갔고, 그 이상은 가지 않았다. 평생을 살아온 곳에 그렇게 머물러 있는 건 범죄나 다름없었다. 그의 이야기로 인해 그녀는 조급해졌다. 여행을 하고, 경험을 하고, 제대로 삶을 살고 싶었다.

어느 날 저녁 나무로 둘러싸인 광장 너머의 인적이 드문 공원 벤치에 둘이 같이 앉아 있을 때, 프랭크는 가을에 대학교에 가기로 확실히 결심했다고 말했다. 그 말에 그녀는 흥분했고, 이후 몇 시간 동안 그 생각을 떨쳐 낼 수가 없었다. 그가 수강할 흥미로운 과목들을 상상하고, 수업에서 그가 만날 중요한 사람들과, 공부하면서 그가 느낄 재미를 생각하며 부러워했다. 그녀는 멋진 옷을 입은 그를 상상했다. 머리는 좀 더 짧게 자르고, 어쩌면 코를 바로 세우고, 좀 더 조심스럽게 영어를 하고, 음악과 문학에 흥미를 가지며, 정치학과 심리학과 철학을 배우는 걸 상상했다. 알면 알수록 더 알고 싶어 하고, 자신과 다른 이들에게 좀 더 가치 있는 사람이 되는 그를 상상했다. 그에게 학교 콘서트나 연극에 초대받는 자신을 상상했다. 거기서 그녀는 그의 대학 친구들, 장래가 촉망되는 이들을 만날 터였다. 그리고 두 사람은 어두워진 교정을 지나갈 거고, 프랭크는 자신이 듣는 저명한 교수들의 수업이 열리는 건물들을 알려줄 거다. 그리고 눈을 감으면 그녀는 어쩌면 헬렌 보버가 그곳에 등록되어 있는 때를, 정말 최고의 기적을 볼 수 있었다. 야간에 수업 한두 과목을 듣고, 다음 날 아침엔 레벤스필의 루이빌 팬티와 브래지어 상점으로 가는 분주한 이방인이 아닌 자신을 볼 수 있었다. 적어도 그 사람 덕분에 그녀는 꿈을 꾸었다.

대학에 다닐 준비를 도와주기 위해서 헬렌은 그에게 위대한 소설들은 물론 괜찮은 소설을 읽어야 한다고 강조했다. 그녀는 프랭크가 소설을 좋아하기를, 자기처럼 즐기기를 바랐다. 그래서 그녀는 『마담 보바리』, 『안나 카레니나』, 『죄와 벌』을 대출했다. 그는 그 작가들에 대해 거의 들어 본 적이 없었지만, 그녀는 정말 읽을 만한 책이라고 권했다. 그는 그녀가 노란색 종이의 책 한 권, 한 권을 다루면서, 마치 경건한 손으로 전능하신 신의 작업을 다루듯이 하는 걸 봤다. 마치, 그녀에 따르면, 모르고는 절대 살아갈 수 없는 것, 인생의 진리에 대한 것, 그 모두를 책에서 읽을 수 있는 것처럼. 프랭크는 세 권의 책을 들고 방으로 가서, 느슨한 창문틀 사이로 스며드는 추위를 피하기 위해 담요를 덮고, 힘겹게 읽어 나갔다. 그에게는 낯설기만 한 사람들과 장소들이 등장하는 이야기에 빠져들기 어려웠다. 그들의 터무니없는 이름들은 기억하기 힘들었고, 어떤 문장들은 정말 너무도 복잡해서 끝을 읽기 전에 처음을 까먹곤 했다. 첫 몇 쪽에서 이상한 사실과 사건의 숲을 뚫고 나가야 했기 때문에, 그는 짜증이 났다. 비록 몇 시간 동안 단어들을 쳐다보며 한 권을 시작했다가 다른 책으로 그리고는 세 번째 책으로 바꿔 갔지만, 결국 짜증이 나서 책을 전부 내팽개쳐 버렸다.

하지만 헬렌이 이 책들을 읽고 존중했기에, 자신이 그러지 않는다는 사실이 부끄러워졌다. 그래서 바닥에서 책 한 권을 집어 들고 다시 읽었다. 첫 몇 장을 겨우 지나자 책은 조금 더 쉬워졌고, 그는 인물들에게 관심이 갔다. 그들의 삶은 이런저런 방식으로 상처받았고, 어떤 경우엔 죽기까지 했다. 프랭크는 처음엔 조금씩, 그리고는 알 수 없는 갈구에 차서 읽었고, 오래 지나지 않아 세 권의 책을 끝냈다. 그는 궁금증을 갖고 『마담 보바리』를 시작했지만, 결국 환멸을 느꼈고, 지쳤고, 냉담해졌다. 사람들이 왜 그런 여자에 대해 글을 쓰고 싶어 하는지 이해할 수가 없었다. 하지만 그녀가 불쌍했고, 일이 그렇게 벌어져 결국 죽음 외에는 빠져나갈 방법이 없을 지경이 된 것이 안타까웠다. 『안나 카레니나』는 좀 나았다. 그녀는 좀 더 흥미롭고 매력적이었다. 마지막에 그녀가 열차에 몸을 던져 자살하지 않았으면 했다. 그럼에도 비록 그 책을 좋아할 수도 아닐 수도 있을 거라 생각했지만, 그는 레빈이 목매달아 자살하려고 생각한 직후 숲에서 깊은 변화를 겪는 모습에 감동했다. 적어도 그는 살고 싶어했다. 『죄와 벌』은 거부감이 느껴지면서도, 감옥에 있는 이들 모두가 입을 열 때마다 무언가를—약점이나 병이나 죄를—고백하기에 강하게 끌렸다. 프랭크는 학생인 라스콜니코프의 불행에 가슴 아팠다. 프랭크는 처음에 그가 분명 유대인일 거라고 생각했고, 그게 아니라는 사실에 놀랐다. 책의 곳곳에서 흥분되면서도, 마치 누군가 시궁창에 자신의 얼굴을 꾹 담그는 것만 같았다. 비록 창녀인 소냐를 좋아했고, 책을 읽은 후에 며칠 동안 그녀에 대해 생각했지만 책을 끝내게 돼서 기뻤다.

헬렌은 같은 작가들이 쓴 다른 소설들을, 그들을 더 잘 이해할 수 있을 거라고 하면서 권했다. 하지만 프랭크는 자신이 읽은 소설들도 이해했는지 잘 모르겠다고 말하면서 머뭇거렸다. "그쪽이 이해했을 거라고 믿어요." 그녀가 답했다. "인물들을 알게 되면 말이죠." "인물들은 알아요."라고 프랭크가 투덜거리듯 말했다. 하지만 그녀를 기쁘게 하기 위해 그는 두꺼운 책을 두 권 더 힘겹게 읽었다. 가끔은 혀에 구역질이 느껴지고, 읽으면서 얼굴은 굳어지고, 눈은 검게 빛나고, 인상을 썼다. 하지만 보통은 책을 끝내면서 다행이라고 생각했다. 그는 헬렌이 이 모든 인간의 절망에서 도대체 무엇이 만족스러운 건지 궁금했다. 그러면서 욕실에 있는 그녀를 몰래 본 것을 알고서 책을 이용해 자신을 벌주는 게 아닌지 의심했다. 하지만 곧바로 터무니없는 상상이라고 생각했다. 어쨌거나 그는 사람들이 무슨 일을 할지 결심해야 할 때, 그러지 못하기에 갑자기 인생이 엉망이 된다는 것을 머릿속에서 지울 수 없었다. 그리고 단 한 번의 잘못된 행동으로 얼마나 쉽게 인생 전체를 망칠 수 있는지를 생각하며 마음이 흔들렸다. 그 행동 이후에 영원토록 고통받고, 잘못을 지우려고 무슨 일을 하든 소용없었다. 점원은 가끔 밤늦게 자기 방에 앉아서 빨갛게 된 손으로 책을 뻣뻣하게 들고, 모자를 썼음에도 얼얼해진 머리로, 인쇄된 종이에서 떨어져 나가는 기묘한 느낌을 받으면서 자기 자신에 대해 읽고 있다는 말도 안 되는 생각을 했다. 처음에는 그 생각으로 힘이 났지만 그러고는 깊이 우울해졌다.

비가 내리는 어느 날 밤에, 헬렌이 프랭크의 방으로 올라가 그에게 받았지만 원하지 않는 것을 돌려주려고 하기 직전에 전화가 울렸고, 이다가 복도로 서둘러 나와 그녀를 불렀다. 프랭크는 자기 방 침대에 누워 비가 들이치는 창문을 보고 있다가, 그녀가 아래층으로 내려가는 소리를 들었다. 헬렌이 들어올 때 모리스는 누군가를 응대하고 있었다. 하지만 그녀 어머니는 차를 한 잔 들고 뒤편에 앉았다.

"냇이란다." 이다가 속삭이듯 말하고, 움직이지 않았다.

어머니는 엿듣는 게 아니라고 하시겠지, 헬렌이 생각했다.

그녀의 첫 반응은 그 법학도와 말하고 싶지 않다는 마음이었다. 하지만 그의 목소리는 따뜻했고, 그건 그가 각별히 애쓴다는 의미였다. 그리고 비 오는 밤에 따뜻한 목소리는 정말로 따뜻하게 느껴졌다. 그녀는 전화기에 대고 말하는 그의 모습을 쉽사리 그릴 수 있었다. 하지만 자신이 정말 처절하게 그를 원했던 12월에 전화했더라면 더 좋았을 거라고 생각했다. 이제는 그녀 자신도 설명할 수 없는 거리감이 마음속에 생겼기 때문이다.

"헬렌, 널 봤다는 사람이 아예 없어." 냇이 말문을 열었다. "어디로 사라졌던 거야?"

"어, 그냥 여기저기." 그녀는 목소리가 약간 떨리는 걸 감추려고 애쓰면서 대답했다. "너는?"

"지금 전화 받는 데 누가 있어서 그렇게 목소리가 딱딱한 거야?"

"맞아."

"그런 것 같았어. 그럼 짧게 말할게. 헬렌, 정말 오래 못 봤잖아. 널 보고 싶어. 이번 주 토요일 저녁에 연극 같이 볼래? 내가 내일 시내 가는 길에 잠깐 들러서 표를 사 놓을게."

"고맙지만 냇, 별로 내키지 않아." 그녀는 어머니의 한숨 소리를 들었다.

냇이 목을 가다듬었다. "헬렌, 정말 알고 싶어. 무슨 일로 고발을 당했는지 전혀 모르는 상태에서 어떻게 변호를 하라는 거야? 내가 저지른 죄가 도대체 뭔데? 자세히 좀 말해 줘."

"난 변호사가 아니야, 고발을 하지 않는다고."

"그럼 이유라고 하지. 이유가 뭐야? 하루는 서로 가깝다가 다음 날 갑자기 난 무인도에 혼자 남았어. 손에 모자를 들고 말이야. 내가 뭘 한 건지, 제발 얘기해 줄래?"

"그 얘기는 그만하자."

그 순간 이다가 일어나서 가게로 들어가면서 조심스레 문을 닫았다. 고마워요, 헬렌은 생각했다. 그녀는 어머니가 벽 창문 너머로 자신들의 대화를 듣지 못하도록 낮은 목소리로 말했다.

"넌 정말 이상한 애야." 냇이 여전히 말하고 있었다. "어떤 일에는 고리타분한 가치관을 가지고 있거든. 내가 항상 그랬잖아, 넌 스스로에게 너무 엄격하다고. 요즘 시대에 그렇게 무겁고 뜨거운 양심을 가지는 이유가 도대체 뭐야? 20세기 사람들은 더 자유롭다고. 이런 말 해서 미안한데, 하지만 그건 사실이야."

그녀가 얼굴을 붉혔다. 그가 제대로 본 거였다. "난 나만의 가치관이 있어." 그녀가 대답했다.

냇이 언성을 높였다. "사람들이 자기가 겪은 일에서 아름다운 순간을 하나씩 후회하기 시작하면 삶이 어떨 것 같아? 시적인 삶은 어디 있냐고?"

그녀가 화를 내며 말했다. "거기에 대해서 그렇게 아무렇지 않게 얘기하는 걸 보니 혼자 있나 보네."

그는 마음이 상하고 지친 듯이 들렸다. "물론 혼자 있지. 세상에, 헬렌. 너한테 내가 얼마나 한심한 사람이 된 거야?"

"여기 어떤 상황인지 얘기했잖아. 방금까지도 어머니가 방에 계셨다고."

"미안, 까먹었어."

"이젠 괜찮아."

"그러니까, 헬렌." 그가 다정하게 말했다. "우리 관계가 전화로 얘기할 거는 아니잖아. 내가 지금 바로 널 보러 위층으로 올라갈까? 서로 제대로 이해할 필요가 있잖아. 정말 나 이상한 놈 아니야, 헬렌. 솔직히 말하자면, 지금 유별나게 구는 게 너한테 안 좋아. 아무튼 네가 싫다면, 적어도 친구 사이로 가끔 한 번씩 보자. 지금 너한테 갈 테니 얘기 좀 해."

"지금 말고, 냇. 지금 할 일이 좀 있어."

"예를 들어?"

"나중에." 그녀가 말했다.

"알았어." 냇이 친근하게 답했다.

그가 전화를 끊었을 때 헬렌은 전화기 앞에 서서, 자신이 잘한 건지 생각했다. 그렇지 않다는 기분이 들었다.

이다가 부엌으로 들어왔다. "뭘 원하는 거니, 냇 말이야?"

"그냥 얘기 좀 하려고요."

"데이트 신청하든?"

그녀가 그렇다고 했다.

"뭐라고 얘기했니?"

"나중에 그러겠다고 얘기했어요."

"'나중에'라니, 무슨 뜻이야?" 이다가 날카롭게 말했다. "헬렌, 너 벌써 뭐 아줌마라도 된 거니? 밤마다 위층에 혼자 앉아 있는 게 무슨 소용이 있어? 책 읽는다고 부자가 되는 사람이 어디 있겠니? 너 뭐가 문제인 거니?"

"아무 문제 없어요, 엄마." 그녀는 가게를 나와서 복도로 갔다.

"이제 스물세 살이란 거 까먹지 마라." 이다가 그녀의 등에 대고 말했다.

"그럴게요."

위층에서 그녀는 더 초조해졌다. 무슨 일을 해야 할지 생각하니, 그걸 하고 싶지 않으면서도 그걸 반드시 해야 한다고 느꼈다.

두 사람은, 그녀와 프랭크는 간밤에 도서관에서 만났다. 8일 동안 세 번째였다. 길을 나서면서 그가 꾸러미 하나를 어정쩡하게 들고 다니는 걸 봤고, 그녀는 셔츠나 속옷일 거라고 생각했다. 하지만 집에 오는 길에 프랭크가 담배를 버리고, 가로등 밑에서 그녀에게 꾸러미를 주었다. "여기요, 이건 그쪽한테 주는 겁니다."

"나한테요? 뭔데요?"

"나중에 보세요."

그녀는 반쯤 내키는 마음에 그걸 받았고, 그에게 고맙다고 했다. 집으로 돌아오는 길에 헬렌은 꾸러미를 어색하게 들고 다녔고, 두 사람 모두 별말 안 했다. 그녀는 뜻밖의 일에 놀랐다. 잠깐이라도 생각했었더라면, 그저 친구로 남는 게 현명하다는 이유로 거절했을 거였다. 왜냐하면 둘 다 서로에 대해 제대로 알지 못하니까, 그녀는 그렇게 생각했다. 하지만 꾸러미를 손에 쥐고 난 후에는 그에게 다시 가져가라고 말할 용기가 나지 않았다. 중간 크기의 상자로 안에는 무언가 무거운 것이 들어 있었다―그녀는 책일 거라 추측했지만 그렇다고 하기엔 너무 커 보였다. 가슴에 안고 있으면서 그녀는 프랭크에 대한 욕망이 순간 느껴졌고, 불안해졌다. 식료품점에서 한 블록 떨어진 곳에서, 긴장한 채로 저녁 인사를 하고 그녀가 먼저 들어갔다. 두 사람은 가게 불이 켜져 있으면 그렇게 헤어졌다.

헬렌이 들어왔을 때 이다는 모리스와 아래층에 있었기에 아무것도 묻지 않았다. 침대에서 상자의 포장을 풀 때 그녀의 몸이 살짝 떨렸고, 계단에서 발소리가 들리는 순간 숨길 준비를 했다. 뚜껑을 열고 그녀는 두 개의 물건을 발견했다. 각각 하얀 화장지로 싸여 있었고 길이가 다른, 프랭크가 맨 게 분명한 빨간 리본으로 묶여 있었다. 첫 번째 선물을 풀면서 헬렌은 긴 수제 스카프를 보고 숨이 멎었다―금줄이 섞인 검은색 고급 울 제품이었다. 그녀는 두 번째 선물이 빨간색 가죽 장정으로 된 셰익스피어 희곡집인 걸 발견하고 놀랐다. 카드는 없었다.

그녀는 힘없이 침대에 누웠다. 안 돼, 자신에게 말했다. 이건 비싼 물건들이었다. 아마도 그가 대학에 가려고 힘들게 벌어 둔 돈을 다 쓴 걸 수도 있다. 그가 그 정도로 돈이 충분히 있다고 해도 그의 선물을 받을 수는 없었다. 옳지 않아, 그리고 그가 주는 것이기에, 어떤 의미에서 옳지 않은 것보다 더 좋지 않았다.

그녀는 바로 그때 그 자리에서 그의 방으로 올라가서 쪽지와 함께 선물을 문 앞에 두고 싶었다. 하지만 그가 선물을 준 밤에 바로 그렇게 할 용기가 없었다.

다음 날 저녁, 종일 걱정을 한 그녀는 반드시 선물을 돌려줘야 한다고 생각했다. 그리고 이제는 냇이 전화하기 전에 그랬으면 좋았을 거라는 생각이 들었다. 그랬다면 통화할 때 조금은 덜 긴장했을 것이다.

헬렌은 바닥에 엎드려 프랭크의 스카프와 책이 든 상자를 침대 밑에서 꺼냈다. 그녀는 이처럼 멋진 것을 주었다는 사실에 감동했다. 지금껏 남자들에게 받은 것 중에서 가장 좋은 선물이었다. 냇은 기껏해야 조그마한 분홍색 장미 여섯 송이를 준 게 전부였다.

선물을 받으면 대가를 치러야 해, 헬렌은 그렇게 생각했다. 그녀는 길게 숨을 들이마셨다. 그리고 상자를 들고 재빨리 계단을 올라갔다. 머뭇거리다 프랭크의 방문을 두드렸다. 그는 그녀의 발소리를 들었고 문 뒤에서 기다리고 있었다. 손톱이 손바닥을 파고들 정도로 주먹을 꽉 쥐고 있었다.

문을 열자마자 그의 눈은 그녀가 들고 있는 것을 향했다. 그는 마치 얼굴을 한 대 맞은 것처럼 인상을 썼다.

헬렌은 작은 방으로 어색하게 들어가서, 재빨리 방문을 닫았다. 그녀는 방의 작은 크기와 비루함에 소름이 돋는 걸 참았다. 정리되지 않은 침대 위에는 그가 꿰매고 있던 양말이 놓여 있었다.

"푸소 부부는요?" 그녀가 작은 소리로 물었다.

"나갔어요." 그는 퉁명스럽게 말했고, 자신이 그녀에게 주었던 것들을 희망 없는 눈길로 바라보았다.

헬렌은 선물 상자를 그에게 건넸다. "정말 고마워요, 프랭크."

그녀가 미소를 지으며 말했다. "하지만 정말로 선물을 받으면 안 될 것 같아요. 가을에 대학에 가려면 한 푼이라도 허비하면 안 되잖아요."

"그게 이유가 아니잖아요." 그가 말했다.

그녀의 얼굴이 붉어졌다. 그녀는 어머니가 선물을 본다면 분명 난리를 피울 거라고 설명하려고 했다. 하지만 그 대신에 "받을 수 없어요."라고 말했다.

"왜 안 되죠?"

대답하기 어려운 질문이었고, 그가 더 어렵게 만들었다. 그녀가 거절한 선물을, 마치 살아 있다가 갑자기 죽은 무언가인 듯이 그 커다란 손으로 들고 있었기에.

"안돼요." 그녀가 마침내 말했다. "정말 좋은 거지만, 미안해요."

"알았어요." 그는 지친 듯했다. 상자를 침대 위에 던졌고, 셰익스피어가 바닥에 떨어졌다. 그녀는 재빨리 몸을 숙여 집어 들었고, 『로미오와 줄리엣』 부분이 펼쳐진 걸 보고 놀랐다.

"잘 자요." 그녀는 그의 방을 나와 서둘러 아래층으로 내려갔다. 방 안에서 그녀는 멀리서 한 남자가 우는 소리가 들린다고 생각했다. 그녀는 긴장한 채, 손으로 두근거리는 목을 부여잡고 귀를 기울였다. 하지만 그 소리는 더 이상 들리지 않았다.

헬렌은 긴장을 풀기 위해 샤워를 하고, 잠옷 위에 실내복을 걸쳤다. 책을 집어 들었지만 읽을 수가 없었다. 이전에 그가 자기를 사랑할지 모른다는 신호를 눈치챘다. 하지만 이제는 거의 확신했다. 지난밤 선물을 들고 그녀와 걸으면서 그는 똑같은 모자를 쓰고 코트를 입고 있었지만, 뭔가 다른 사람이었다. 이전에는 보지 못했던 크기와 잠재력이 있는 것처럼 보였다. 그가 사랑이라는 말을 하지 않았지만, 사랑은 그에게 있었다. 이 사실을 깨달은 거의 그 순간 그가 그녀에게 선물을 건넸을 때, 그녀는 소름이 돋았다. 일이 그 지경까지 이른 건 그녀 책임이었다. 그와 가까워지지 말라고 스스로에게 경고했지만, 그 경고를 따르지 않았던 거다. 외로움에 그녀가 그를 부추겼던 거다. 그게 아니라면 뭔가. 그가 도서관에 있을 줄 알면서 그렇게 자주 가놓곤? 더구나 둘이 산책하다 잠시 멈춰 그와 피자를 먹고 커피를 마셨다. 그의 이야기를 들었고, 대학을 가려는 그의 계획을 얘기했고, 그가 읽던 책에 대해 길게 대화했다. 동시에 둘이 만나는 걸 아버지와 어머니에게 숨겨 왔다. 그걸 그도 알았고, 희망을 쌓아 온 것도 무리가 아니었다.

이상했던 건 그녀도 그를 정말 좋아한다고 느꼈던 때가 몇 번 있었다는 거다. 그는 여러 가지 면에서 좋아할 만한 사람이었다. 게다가 남자가 솔직한 감정을 표현하는데, 기계가 아닌 이상 어떻게 감정을 완전히 차단할 수 있겠는가? 하지만 그녀는 그에게 심각한 감정을 가지면 안 된다는 것을 알고 있었다. 그러면 엄청난 문제가 따를 것이기 때문이다. 문제라면, 알다시피 이미 많았다. 이제는 걱정 없는 평화로운 삶을 원했다—더 이상의 걱정이 없는 삶을. 두 사람은 가볍게 친구로 지낼 수 있었다. 달빛이 비치는 밤에는 손을 맞잡을 수도 있겠지만, 그 이상은 없었다. 그녀가 그렇게 말했어야만 했다. 그러면 그는 좀 더 가능성 있는 여자를 위해 선물을 아꼈을 수도 있었을 테고, 그녀는 그의 마음에 상처를 준 것에 대해 지금처럼 죄의식을 느끼지 않았을 것이다. 하지만 한편으로는 그의 애정의 깊이에 놀랐다. 그처럼 빠르게 일이 벌어질 거라고 예상하지 않았다. 왜냐하면 그녀의 경우에 모든 건 반대의 순서로 일어났기 때문이다. 보통은 그녀가 처음에 사랑에 빠지고, 그러고는 냇 펄만 제외하고는 남자가 반응했다. 그래서 반대의 순서로 일어났다는 새로움에 기분이 좋았다. 그리고 같은 일이 좀 더 자주, 하지만 딱 맞는 사람하고 일어났으면 하고 바랐다. 도서관에 가는 걸 줄여야만 해, 그녀는 결심했다. 그러면 그가 이해할 거다, 아직 이해 못 했다 해도. 그러고는 그녀의 사랑을 가질 거라는 기대를 포기할 거다. 그가 상황을 제대로 파악하면 마음의 상처를, 정말로 상처를 입었다면 이겨 낼 거다. 하지만 이런 생각은 그녀에게 마음의 평화를 가져다주지 못했다. 여러 번 노력했지만 그녀는 여전히 책에 집중할 수가 없었다. 모리스와 이다가 그녀의 방을 터벅터벅 지나갈 때, 그녀 방의 불은 꺼져 있었고 그녀는 자는 것처럼 보였다.

다음 날 아침 그녀는 직장에 가려고 집을 나서면서 속이 꽉 찬 길가 쓰레기통 안의 기름 낀 쓰레기봉투 위에 그의 선물이 담긴 상자가 있는 걸 발견하고 놀랐다. 분명히 쓰레기통 뚜껑을 꾹 눌러 상자를 덮었지만, 뚜껑은 떨어져 이제 길가에 널브러져 있었다. 상자를 열고서 헬렌은 화장지로 대충 덮인 두 개의 선물을 보았다. 쓸데없는 낭비에 화가 난 그녀는 구겨진 종이 상자에서 스카프와 책을 꺼냈고, 그걸 들고 재빨리 복도로 들어갔다. 만일 그걸 들고 위층으로 올라간다면 이다가 뭔지 물어볼 게 분명했기에, 그녀는 지하실에 숨기기로 결정했다. 그녀는 불을 켜고, 계단에 하이힐이 닿는 소리가 나지 않도록 조심하면서 조용히 내려갔다. 그리고 화장지를 벗기고 선물을—둘 다 흠이 나지는 않았다—부서진 서랍장 맨 아래에 상자째 숨겼다. 더러워진 화장지와 빨간 리본은 오래된 신문지로 둘둘 만 다음에, 위층으로 올라가 쓰레기통에 쑤셔 넣었다. 헬렌은 아버지가 창가에 서서 멍하니 그녀를 쳐다보고 있는 걸 봤다. 그녀는 가게 안으로 들어가서 아침 인사를 하고, 손을 씻고, 직장으로 갔다. 지하철에서 그녀는 기분이 우울했다.

그날 밤 저녁을 먹은 후에 이다가 설거지하는 동안, 헬렌은 몰래 지하실로 내려가 스카프와 책을 꺼내 프랭크의 방으로 갔다. 노크했지만 답이 없었다. 그녀는 문 앞에 둘까 생각했지만, 그와 먼저 얘기하지 않으면 그걸 다시 버릴 것만 같았다.

테시가 방문을 열었다. "헬렌, 조금 전에 프랭크가 나가는 소리를 들었어요." 그녀의 눈은 헬렌의 손에 들려 있는 물건을 향했다.

헬렌이 얼굴을 붉혔다. "고마워요, 테시."

"전해 줄 말이 있어요?"

"아뇨." 그녀는 자기 층으로 돌아와서 다시 한번 선물을 침대 밑에 밀어 넣었다. 생각을 바꿔서 책과 스카프를 각각 다른 화장대 서랍의 속옷 아래 숨겼다. 어머니가 올라왔을 때 그녀는 라디오를 듣고 있었다.

"헬렌, 오늘 밤에 어디 안 가니?"

"어쩌면요, 모르겠어요. 아마도 도서관에요."

"도서관엔 왜 그리 자주 가니? 이틀 전에도 갔잖아."

"엄마, 클라크 게이블 만나러 가는 거예요."

"헬렌, 농담하지 말고."

한숨을 쉬며, 그녀는 미안하다고 했다.

이다도 한숨을 쉬었다. "어떤 사람은 자식이 책을 더 읽었으면 하지. 난 네가 덜 읽었으면 한단다."

"그렇다고 제가 결혼을 빨리하게 되진 않을 거예요."

이다는 뜨개질을 했지만, 곧 불안해져서 가게로 다시 내려갔다. 헬렌은 프랭크의 선물을 꺼내서, 집에 오면서 샀던 두꺼운 종이로 포장을 하고 노끈으로 한데 묶고, 전차를 타고 도서관으로 갔다. 그는 거기에 없었다.

다음 날 저녁 그녀는 처음엔 그의 방을 찾아갔고, 그러고는 집에서 몰래 나올 수 있게 되자, 다시 도서관으로 갔다. 하지만 두 군데 모두에서 그를 찾지 못했다.

"프랭크, 아직 여기서 일해요?" 그녀가 아침에 모리스에게 물었다.

"물론 일하지."

"한동안 보지를 못했네요." 그녀가 말했다. "그만둔 줄 알았어요."

"여름에 떠날 거야."

"그 사람이 그럴 거라고 해요?"

"네 엄마가 그러지."

"그 사람은 알아요?"

"알지. 왜 묻는데?"

그녀는 그냥 궁금해서 그렇다고 대답했다.

그날 저녁 헬렌은 복도로 들어오면서, 점원이 내려오는 소리를 듣고 계단 아래에서 그를 기다렸다. 그녀가 말을 하려고 하자, 그는 모자를 살짝 올리면서 지나가려고 했다.

"프랭크, 왜 선물을 쓰레기통에 버렸어요?"

"그게 나한테 무슨 쓸모가 있겠어요?"

"정말 낭비잖아요. 환불을 받았어야죠."

그가 씁쓸한 미소를 지었다. "쉽게 벌어서 쉽게 쓰는 거죠."

"농담 말아요. 내가 쓰레기통에서 꺼내서 그쪽한테 주려고 내 방에 가져왔어요. 흠이 가지는 않았어요."

"고마워요."

"제발 그걸 돌려주고 돈을 받아 내세요. 가을에 한 푼이라도 더 필요하잖아요."

"난 어릴 때부터 샀던 물건을 반환하는 게 싫었어요."

"그러면 영수증을 나한테 주세요. 내가 점심시간에 환불해 올게요."

"영수증은 잃어버렸어요." 그가 대답했다.

그녀가 부드럽게 말했다. "프랭크, 가끔은 일이 계획대로 되지 않는 법이에요. 가슴 아파하지 마세요."

"아프지 않을 때가 오면, 그냥 죽게 내버려 두었으면 좋겠네요."

그는 집을 나섰고, 그녀는 계단을 올라갔다.

주말 동안 헬렌은 다시 달력에 날짜를 지우기 시작했다. 새해 첫날부터 한 번도 지운 적이 없었다는 걸 깨달았다. 그래서 다 지웠다. 일요일에 날씨가 좋아졌고, 그녀는 불안해졌다. 냇이 다시 전화했으면 했다. 대신 냇의 여동생이 전화했고, 그들은 이른 오후에 파크웨이를 산책했다.

베티는 스물일곱 살이었고 샘 펄을 닮았다. 골격이 크고 평범한 편이었지만, 빨간색 머리와 좋은 성격이 장점이었다. 생각이 다소 고리타분한 편이라고 헬렌은 생각했다. 두 사람은 공통점이 별로 없었기에 자주 만나지는 않았지만, 가끔은 함께 영화 보러 가거나 얘기하는 걸 좋아했다. 최근에 베티는 자신이 일하는 사무실의 공인중개사와 약혼을 했고, 그와 대부분의 시간을 보냈다. 이제 그녀는 멋진 손가락에 낀 비싼 다이아몬드 반지를 자랑했다. 헬렌은 처음으로 그녀를 부러워했고, 베티는 마치 그걸 안다는 듯이 그녀에게 행운을 빌었다.

"너도 곧 생길 거야." 그녀가 말했다.

"고마워, 베티."

둘이 몇 블록을 간 다음에 베티가 말했다. "헬렌, 남의 개인사에 끼어들기는 싫지만, 오랫동안 너랑 냇 오빠한테 무슨 일이 일어났는지 궁금했어. 오빠한테 한 번 묻긴 했지만, 말을 얼버무리더라고."

"그런 일이 어떤지 잘 알잖아."

"난 네가 오빠를 좋아하는 줄 알았는데."

"그랬지."

"그러면 왜 더 이상 만나지 않는 거야? 둘이 뭐 싸운 거야?"

"싸우지는 않았어. 서로 같은 생각을 하지 않았던 거지."

베티는 더 묻지 않았다. 나중에 그녀가 말했다. "가능하면 오빠에게 기회를 한 번 더 줘, 헬렌. 오빠는 정말로 좋은 사람이 될 자질이 있어. 내 남자 친구인 셰프도 그렇게 생각하거든. 오빠의 가장 큰 문제는 머리가 좋다는 이유로 특권을 가졌다고 생각하는 거지. 너도 두고 봐, 때가 되면 그 문제를 극복할 거야."

"어쩌면." 헬렌이 말했다. "언젠가 다시 만날지도 모르지."

두 사람은 과자 가게로 돌아왔다. 몸집이 크고 안경을 쓴 베티의 미래 신랑 셰프 허시가 자기 폰티악에 그녀를 태우고 드라이브하려고 기다리고 있었다.

"같이 가자, 헬렌." 베티가 말했다.

"전 찬성입니다." 셰프가 모자를 건드리며 인사했다.

"가렴, 헬렌." 골디 펄이 권했다.

"모두 고마워요, 정말로." 헬렌이 말했다. "하지만 다려야 할 옷이 있어서."

위층에 올라가 그녀는 창가에 서서 뒷마당을 바라보았다. 지난주의 더러운 눈의 흔적을. 눈을 즐겁게 하거나 기분을 좋게 할 녹색 잎 한 장이나 꽃 한 송이도 없었다. 그녀는 마치 자신이 꽉 묶인 매듭처럼 느껴졌고, 처절함에 코트를 입고 녹색 스카프를 머리에 두르고, 어디로 갈지 모른 채 다시 집을 나섰다. 그녀는 잎이 다 떨어진 공원을 향해 걸어갔다.

공원 정문 쪽 길에는 작은 섬처럼 된 공간이 있었다. 서로 교차하는 길로 만들어진 삼각형의 콘크리트 공간이었다. 여기서 사람들은 낮에 벤치에 앉아 그곳에 오는 시끄러운 비둘기에게 땅콩이나 빵 조각을 던져 주었다. 블록에서 나오면서 헬렌은 한 남자가 벤치 옆에 쭈그려 앉아서 비둘기에게 먹이를 주는 걸 보았다. 그를 제외하고는 아무도 없었다. 남자가 일어서자 비둘기가 그를 따라 날개를 퍼덕였고, 한 마리가 그의 손가락에 앉아 오그린 손바닥에서 땅콩을 쪼아 먹었다. 남자는 땅콩이 다 떨어지자 손을 털어 댔고, 비둘기들은 날갯짓하면서 흩어졌다.

프랭크 알파인을 알아봤을 때 헬렌은 망설였다. 그를 보고 싶은 기분이 아니었다. 하지만 화장대 서랍에 숨겨 둔 선물을 기억하고는, 이번에 확실히 없애 버리기로 결심했다. 그녀는 코너에 도착해서, 길을 건너 그 섬으로 갔다.

프랭크는 그녀가 오는 걸 봤고, 자신이 바라는 게 무엇인지 확신이 들지 않았다. 되돌아온 선물은 그의 희망을 완전히 무너뜨렸다. 그녀가 자신을 좋아하기만 한다면, 그걸로 인생이 원하는 대로 바뀔 거라고 기대했다―비록 가끔은 또 다른 변화를 생각하는 것만으로도, 심지어 이렇게 좋은 의미임에도, 비참한 기분이 들기는 했지만. 하지만 가령, 그녀 같은 여자랑 결혼해서 평생을 유대인들과 살아야 한다면 뭐가 좋겠는가? 그래서 무슨 일이 일어나든 관심 없다고 스스로를 다독였다.

"안녕." 헬렌이 인사했다.

그가 모자를 건드리며 인사했다. 얼굴은 피곤해 보였지만, 눈은 맑았고 시선은 안정적이었다. 마치 뭔가를 견뎌 내고 극복한 것처럼 보였다. 그녀는 자신이 그를 힘들게 했을까 봐 미안했다.

"감기 걸렸어요." 프랭크가 설명했다.

"해를 좀 더 쬐세요."

헬렌은 벤치 끝에 앉았다. 그에게는 그녀가 마치 거기에서 살라고 할까 봐 걱정하는 것처럼 보였다. 그래서 그는 조금 떨어져서 앉았다. 비둘기 한 마리가 원을 그리며 다른 비둘기를 쫓아다니다가 등에 내려앉았다. 헬렌은 고개를 돌렸지만, 프랭크는 새들이 날아갈 때까지 한가히 쳐다봤다.

"프랭크." 그녀가 말했다. "자꾸 이 얘기를 하고 싶지는 않지만, 세상에서 내가 참지 못하는 게 있다면 그건 낭비하는 거예요. 그쪽이 록펠러 같은 부자가 아닌 걸 알아요. 그러니 내가 반환하게, 제발 그 고마운 선물을 어디서 샀는지 알려 줄래요? 영수증이 없어도 괜찮을 것 같아요."

눈이 짙은 파란색이네, 그가 쳐다봤다. 말도 안 된다고 생각하면서도, 그녀가 조금 무서워졌다. 자신에 비해 너무 과하게 단호하고, 너무 심하게 심각해 보였다. 동시에 여전히 그녀를 좋아하는 것만 같았다. 그렇지 않다고 생각했지만, 이렇게 같이 앉아 있으니 다시 또 그런 생각이 들었다. 어떤 면에서는 실현 불가능한 감정이었지만, 그럼에도 가망이 없다고 확실히 느껴지지 않았기에 뭔가 달라 보였다. 옆에 앉아서 그녀의 지치고 불행한 얼굴을 보고 있으니, 여전히 기회가 있을 것만 같았다.

프랭크가 손마디를 하나씩 꺾었다. 그는 그녀를 향해 몸을 돌렸다. "저기요, 헬렌. 내가 너무 성급했나 봐요. 그랬다면 미안해요. 난 누군가를 좋아하면 그걸 보여 줘야만 하는 사람이거든요. 그쪽이 이해할까 모르겠네요, 하지만 난 여자에게 선물하는 걸 좋아해요. 그 여자들이 항상 받고 싶어 하는 건 아니란 걸 알면서도 그래요. 그거야 그 여자들 문제죠. 주는 건 제 본성이고, 제가 하려고 해도 그걸 바꿀 수는 없어요. 그러니 좋아요, 기분이 상해서 선물을 쓰레기통에 버리는 바람에, 그쪽이 그걸 다시 꺼내게 했네요. 미안해요. 그러면 이렇게 할게요. 그냥 제가 준 것 중에 하나만 가지면 어때요? 그쪽이 좋은 책들을 권해 준 거에 감사하고 싶은, 예전에 알았던 한 남자에 대한 작은 기억이라고 하자고요. 준 걸로 뭘 기대할 거라고 걱정할 필요는 전혀 없어요."

"프랭크……." 그녀가 얼굴을 붉히며 말했다.

"내 말을 끝까지 들어 보세요. 이러면 어때요? 그쪽이 둘 중 하나를 가지면, 내가 다른 하나를 가게로 가져가서 돈을 되돌려 받을게요. 어떻게 생각해요?"

그녀는 무슨 말을 할지 잘 몰랐다. 하지만 일을 마무리하고 싶은 마음에 그의 제안을 받아들였다.

"좋아요." 프랭크가 말했다. "자, 어느 걸 원하나요?"

"글쎄요, 스카프가 정말 좋아 보이지만, 그래도 책을 가질게요."

"그러면 책을 가지세요." 그가 말했다. "그쪽이 편할 때 스카프를 돌려주면 반환하겠다고 약속해요."

그가 담뱃불을 붙이고 길게 한 모금 빨았다.

그녀는 이제 일이 다 정리되었으니 인사를 하고 계속 산책을 할까 고민했다.

"지금 바빠요?" 그가 물었다.

그녀는 짧은 산책을 생각했다. "아뇨."

"영화 볼래요?"

그녀가 답하는 데 시간이 걸렸다. 또다시 시작하는 건가? 빨리 선을 긋고, 그가 다시 너무 가까이 다가오지 못하도록 해야 겠다고 생각했다. 하지만 그가 이미 기분이 상했다는 걸 기억하면서, 정확히 무슨 말을 할지 충분히 생각하고 전략적으로, 조금 있다가 대답하는 게 최선이라고 생각했다.

"금방 돌아가 봐야 해요."

"그러면 그렇게 하죠." 그가 일어나면서 말했다.

헬렌은 천천히 스카프를 풀었다가 다시 매었고, 두 사람은 같이 자리에서 일어났다.

같이 걸으면서 그녀는 계속해서 책을 받은 게 실수가 아닌지 고민했다. 아무것도 기대하지 않는다고 그가 말했음에도 불구하고 선물은 요구처럼 느껴졌고, 자신에게 그 어떤 요구가 생기는 걸 원치 않았다. 하지만 거의 티를 내지 않고, 그를 좋아하는지 다시 한번 자신에게 물었을 때 조금은 그렇다고 인정할 수밖에 없었다. 하지만 걱정할 만큼은 아니었다. 그를 좋아했지만, 더 깊은 감정의 가능성을 바라보는 건 아니었다. 그는 그녀가 사랑하고 싶은 부류의 남자가 아니었다. 그녀는 이 점을 자신에게 분명히 해 두었다. 눈에 보이는 약점에 더해, 그에게는 뭔가 은밀하고 숨겨진 무언가가 있었기 때문이다. 가끔은 보기보다 더 나은 사람처럼 보였고, 또 가끔은 덜한 사람처럼 보였다. 그가 애쓰지 않을 때—대부분 애쓰기는 했지만—보이는 그의 갈망은 평소의 모습과 뭔가 다르다고 느꼈다. 그러니까 그가 애를 덜 쓸 때 그래 보였다. 그녀는 이 점을 제대로 설명할 수가 없었다. 왜냐하면 만일 그가 애써서 자신을 좀 더 괜찮고, 폭넓고, 현명한 사람이 될 수 있다면, 그 말은 그가 그런 장점들을 이미 가지고 있다는 의미였다. 아무것도 없이 그럴 수는 없는 법이었다. 그는 겉모습보다 무언가를 더 지닌 사람이었다. 그렇지만 그는 자신이 가진 걸 숨겼고, 그가 가지지 않은 것도 숨겼다. 마술사는 한 손으로는 카드를 보여 주고, 다른 손으로 그 카드를 연기로 만든다. 그가 자신을 드러내는 바로 그 순간, 자기가 누구인지 말하는 순간, 그 말이 진실인지 궁금해졌다. 거울 속을 들여다보며 거울을 보면, 무엇이 옳은지 진짜인지 혹은 중요한지 알지 못하는 법이다. 그녀는 점점 더 그가 솔직한 척하는 것뿐이라는 느낌이 들었다. 자신의 경험에 대해 그처럼 많이 얘기하면서도, 그의 목적은 자신을 숨기려는 듯했다. 어쩌면 의도적이 아닐지도—어쩌면 자신이 그러는지 전혀 모르고 있는지도 몰랐다. 그녀는 그가 이미 결혼했던 적이 있을지 자문해 봤다. 예전에 그는 전혀 없다고 대답했다. 딱 한 번 키스만 했던 그 비극적인 카니발 소녀 이야기에 무언가 더 있을까? 그는 없다고 말했다. 아니라고 했는데도, 그가 무슨 일을 저질렀을 것만 같은 느낌은 왜 드는 걸까—왜 그녀가 알 수 없는 방식으로 무슨 일을 했을 거란 생각이 드는 걸까?

그들이 영화관에 가까이 왔을 때 어머니 생각이 머릿속에 떠올랐고, 그녀는 자기도 모르게 "잊지 말아요. 난 유대인이에요." 라고 말했다.

"그게 뭐요?" 프랭크가 말했다.

어둠 속에서, 그녀에게 했던 대답을 떠올리면서 그는 우쭐한 기분이 들었다. 마치 머리를 벽에 박았는데도 전혀 다치지 않은 것만 같았다.

그녀는 입술을 꽉 물고 아무 말도 하지 않았다.

어쨌거나, 여름이면 그는 떠날 터였다.

이다는 프랭크를 쉽게 내보낼 수 있었는데도 아직 데리고 있다는 이유로 기분이 좋지 않았다. 그녀 탓이었고, 그녀는 진심으로 걱정했다. 비록 증거는 없지만, 헬렌이 점원에게 관심을 갖고 있다고 의심했다. 두 사람 사이에 **뭔가** 오가고 있었다. 딸이 아니라고 하며 부끄러워할 것이기 때문에, 그게 뭔지 묻지 않았다. 그리고 노력했음에도, 프랭크를 진심으로 믿기 어려웠다. 그가 장사를 도와준 건 맞다, 하지만 거기에 대해 얼마나 보상해야 하지? 가끔 가게에 혼자 있는 그를 보았을 때, 그녀는 그의 표정이 뭔가 숨기는 것만 같다고 혼잣말했다. 그는 자주 한숨을 쉬었고, 혼자서 중얼거렸고, 그러다 누군가 그를 보고 있는 걸 눈치채면 안 그랬던 것처럼 행동했다. 그가 거기서 무슨 일을 했든 간에, 그 이상의 뭔가가 있었다. 그는 머리가 두 개인 사람 같았다. 한쪽 머리는 이곳에 있지만, 다른 한쪽은 다른 곳에 있었다. 심지어 무언가를 읽을 때조차 그는 읽기만 하지 않았다. 그리고 그의 침묵은 그녀가 이해하지 못하는 언어를 말했다. 무언가 그를 고민에 빠지게 했고, 이다는 그게 자기 딸이라고 생각했다. 헬렌이 우연히 가게 안이나 뒤편으로 들어올 때만 그는 긴장을 풀고 한 사람이 되는 것만 같았다. 헬렌이 그에게 반응한다는 증거를 찾을 수 없었음에도, 이다는 불안했다. 그가 있는 자리에서 헬렌은 조용했고, 거리를 두었다. 점원을 무시하는 것 같았다. 그녀는 그의 불안한 눈길에 아무것도 내주지 않았다—그녀의 뒷모습뿐이었다. 하지만 바로 그 이유로, 이다는 또 걱정했다.

어느 날 밤 헬렌이 집을 나선 후에 그녀의 어머니는 점원의 발소리가 계단을 내려가는 걸 듣고는, 재빨리 코트를 입고 숄을 머리에 두르고 흩날리는 눈을 뚫고 무거운 걸음으로 그를 따라갔다. 그는 몇 블록 떨어진 영화관으로 걸어갔고, 돈을 내고 안으로 들어갔다. 그녀는 손톱이 가슴을 후벼 파는 기분으로 집에 돌아와, 딸이 위층에 있는 걸 발견했다. 또 다른 밤에는 헬렌을 몰래 따라 도서관까지 갔다. 이다는 길 건너에서, 추위에 거의 한 시간 동안 떨면서 헬렌이 나오기를 기다렸다. 그러고는 그녀를 쫓아 집에 왔다. 그녀는 의심하는 자신을 나무랐지만, 머릿속에서 의심이 떠나지 않았다. 한번은 뒤편에서 귀를 기울여 딸과 점원이 책에 대해 얘기하는 걸 들었다. 그 때문에 그녀는 기분이 좋지 않았다. 그리고 나중에 프랭크가 가을에 대학을 가려고 계획한다고 헬렌이 말했을 때, 이다는 그가 단지 그녀의 관심을 끌기 위해 그렇게 말한 거라고 생각했다.

그녀가 모리스에게 말했고, 헬렌과 점원 사이에 무슨 일이 있는지 눈치 못 챘는지 조심스럽게 물었다.

"바보처럼 굴지 마." 식료품점 주인이 말했다. 그도 그 가능성을 생각했었고, 가끔 걱정했지만, 두 사람이 얼마나 다른지 따져 보고는 더 이상 그런 생각을 하지 않았다.

"모리스, 걱정돼요."

"당신은 세상일을 다 걱정하는 사람이잖아. 심지어 있지도 않은 일까지."

"그 사람한테 지금 나가라고 하세요. 장사가 잘되잖아요."

"잘되기는 하지." 모리스가 투덜거렸다. "하지만 다음 주에 어떻게 될지 누가 알겠어. 그 사람을 여름까지 두기로 우리 결정했잖아."

"모리스, 그 사람이 문제를 일으킬 거예요."

"무슨 문제를 일으킬 건데?"

"기다려 봐요." 그녀가 두 손을 한데 잡으며 말했다. "끔찍한 일이 생길 거니까."

그는 그녀의 말에 처음엔 짜증이 났고, 나중엔 걱정이 되었다.

다음 날 아침, 식료품점 주인과 점원은 식탁에 앉아 뜨거운 감자 껍질을 벗겼다. 냄비는 물을 비운 다음 옆으로 뉘어 놓았다. 두 사람은 김이 나는 감자 더미에 가까이 앉아, 몸을 숙인 채 작은 칼로 소금을 뿌린 껍질을 깠다. 프랭크는 불안해 보였다. 면도를 안 했고 눈 밑에는 검은 두덩이 생겼다. 모리스는 그가 술을 마시는 게 아닌가 의심했지만, 술 냄새는 전혀 나지 않았다.

그들은 각자 자기 생각에 빠져, 아무 말 없이 일했다.

30분이 지난 후, 프랭크가 의자에서 지겨운 듯 몸을 꼬다 말했다. "저기 모리스 씨, 만일 누군가가 유대인은 뭘 믿는지 묻는다면 뭐라고 답하실 거예요?"

식료품점 주인은 바로 답하지 못하고, 껍질 까는 걸 멈추었다. "제가 궁금한 건 말이죠, 유대인이란 게 도대체 무언가요?"

얼마 배우지 못한 탓에 모리스는 그런 질문에 한 번도 마음이 편한 적이 없었다. 하지만 자신이 답을 해야만 한다고 느꼈다.

"우리 아버지는 유대인이 되기 위해 필요한 건 단지 선한 마음이라고 말씀하시곤 했지."

"아저씨는 뭐라고 하시나요?"

"중요한 건 토라야. 그건 율법이지. 유대인은 반드시 율법을 믿어야 해."

"질문이 또 있어요." 프랭크가 계속해서 말했다. "본인이 진짜 유대인이라고 생각하세요?"

모리스는 깜짝 놀랐다. "내가 진짜 유대인이 맞냐니, 그게 무슨 소리야?"

"기분 나쁘게 듣지 마세요." 프랭크가 말했다. "하지만 아저씨는 아니라고 제가 주장할 수 있어요. 우선, 아저씨는 공회당에 안 가시잖아요. 제가 본 적이 없어요. 부엌에서 유대인식 음식만 만드는 것도 아니고, 유대인 음식을 드시는 것도 아니고요. 심지어는 그 조그마한 검은 모자도 안 쓰시잖아요. 제가 시카고 남부에서 알던 재단사는 그런 모자를 썼거든요. 그 사람은 하루

에 세 번씩 기도했죠. 아주머니가 말하는 걸 들었는데, 아저씨
는 유대교 휴일에도 가게를 열었다고 하시던데요. 아주머니가
머리가 터질 정도로 소리를 질러도 소용없었다고요."

"가끔은." 모리스가 얼굴을 붉히며 대답했다. "먹고살기 위해
선 휴일에도 가게를 열어야 해. 그래도 속죄일에는 가게를 안 열
어. 하지만 유대인식 음식은 별로 신경 안 써, 내 생각엔 그건 구
식일 뿐이야. 내가 신경 쓰는 건 유대 율법을 따르는 거고."

"하지만 그게 다 율법이잖아요, 아닌가요? 그리고 율법에 따
르면 돼지를 먹지 말라고 하지 않나요? 하지만 아저씨가 햄을
드시는 걸 봤는데요?"

"나한테는 돼지를 먹는지 아닌지가 중요하지는 않아. 어떤 유
대인에게는 중요하지만 나한테는 아니지. 가끔 배고플 때 햄 한
조각을 입에 넣었다고, 그 누구도 나를 유대인이 아니라고 할 수
는 없어. 하지만 만일 내가 율법을 잊는다면, 그들은 내가 유대인
이 아니라고 할 거고, 난 그들 말을 믿겠지. 그게 의미하는 바는
옳은 일을 하고, 정직하고, 선하게 사는 거야. 그게 의미하는 바는
다른 사람에게 그렇게 하라는 말이지. 우리 삶은 충분히 힘들어.
왜 다른 사람에게 해를 입혀야만 하지? 자네나 나뿐만 아니라, 모
든 사람이 다 잘돼야 하잖아. 우린 짐승이 아니야. 그게 바로 우리
가 율법이 필요한 이유지. 그게 바로 유대인이 믿는 거고."

"제 생각엔 다른 종교도 그런 생각을 가지고 있는 것 같은데
요." 프랭크가 말했다. "하지만 모리스 씨, 설명해 주세요, 도대
체 유대인은 왜 그리 심하게 고통받아야 하는 거죠? 제가 보기

엔 고통받는 걸 좋아하는 것만 같아요, 그런가요?"

"자네는 고통받는 걸 좋아해? 그 사람들은 유대인이기 때문에 고통받는 거야."

"그게 바로 제 말이라니까요. 그 사람들이 필요 이상으로 고통을 받고 있다고요."

"살아 있다면 고통받을 수밖에 없어. 어떤 사람은 좀 더 고통을 받지만, 그들이 원해서는 아니야. 하지만 내 생각엔, 유대인이 율법을 위해 고통받지 않는다면 그 사람은 쓸데없이 고통받는 거야."

"모리스 씨, 아저씨는 무엇을 위해서 고통을 받으세요?" 프랭크가 말했다.

"난 자네를 위해서 고통을 받지." 모리스가 조용히 말했다.

프랭크가 칼을 탁자에 내려놓았다. 입이 욱신거렸다. "무슨 말씀이세요?"

"내 말은 자네가 나를 위해 고통받는다는 뜻이야."

점원은 그냥 받아들이기로 했다.

"만일 유대인이 율법을 잊는다면." 모리스가 마무리했다. "그는 선한 유대인이 아니야, 선한 사람이 아닌 거지."

프랭크가 칼을 들고 감자 껍질을 까기 시작했다. 식료품점 주인은 아무 말도 하지 않고 자기 몫의 껍질을 깠다. 점원은 더 이상 묻지 않았다.

감자가 식기 시작하자, 모리스는 두 사람의 대화가 신경 쓰여서, 프랭크가 왜 그런 얘기를 꺼냈을지 혼자서 생각해 봤다. 무슨 이유에서인지, 헬렌 생각이 머릿속을 스쳐 갔다.

"솔직하게 말하게." 그가 말했다. "그건 왜 물어본 거야?"

프랭크가 자세를 바꿨다. 그는 천천히 대답했다. "진실을 말하자면요, 모리스 씨, 예전에 저는 유대인을 그다지 좋아하지 않았어요."

모리스는 움직이지 않은 채 그를 바라보았다.

"하지만 그건 오래전이에요." 프랭크가 말했다. "그 사람들이 어떤지 알기 전이였죠. 유대인에 대해 아는 게 별로 없었기 때문이라 생각해요."

그의 이마에 땀이 찼다.

"대체로 그런 법이지." 모리스가 말했다.

하지만 고백하고도 점원은 조금도 행복하지 않았다.

어느 날 오후 점심 먹은 직후에, 모리스는 우연히 거울에 비친 자신을 슬쩍 보면서, 머리가 얼마나 덥수룩하고 목 뒤의 털이 얼마나 두꺼운지 확인하고 부끄러워졌다. 그래서 프랭크에게 길 건너 이발소에 간다고 말했다. 점원은 「미러」지의 경마 부분을 꼼꼼히 보면서 고개를 끄덕였다. 모리스는 앞치마를 벽에 걸고, 금전등록기에서 잔돈을 가지러 가게로 들어갔다. 서랍에서 몇 쿼터를 꺼낸 후에, 그날의 영수증을 확인하고 기분이 좋아졌다. 식료품점을 나와서 길을 건너 이발소로 갔다.

의자가 비었기에 그는 기다릴 필요가 없었다. 올리브유 냄새가 나는 지아놀라 씨가 머리를 잘랐고, 두 사람은 얘기를 나눴다. 그러면서 모리스는 비록 이발사에게 맡겨진 머리 때문에 창피했지만, 자신도 모르게 주로 가게에 대해 생각했다. 만일 이렇게만 유지된다면—카프의 낙원은 아니지만, 적어도 살 만했고, 불과 몇 달 전의 그 끔찍한 상황은 아니었다— 만족할 수 있었다. 이다가 가게를 팔라고 다시 잔소리하기 시작했다. 하지만 상황이 전반적으로 나아져서 믿을 만한 곳을 찾기 전에 가게를 파는 게 무슨 소용이 있겠는가? 알 마커스, 브라이바트, 그가 대화했던 배달원들 전부가, 여전히 경기가 안 좋다고 불평했다. 최선의 선택은 문제를 키우지 않고, 있던 곳에 머무르는 것이었다. 어쩌면 여름에 프랭크가 떠난 후에, 가게를 팔고 새로운 곳을 찾을 수 있을 터였다.

이발소 의자에 앉아 쉬면서 식료품점 주인은 자신의 가게 창문을 통해서, 그가 앉은 후에 적어도 세 명의 손님이 들어간 걸 보며 만족했다. 한 남자는 커다란 울퉁불퉁한 봉투를 들고나왔고, 모리스는 최소한 맥주 여섯 병이 그 안에 있을 거라 상상했다. 그리고 두 명의 여자가 무거운 꾸러미를 들고나왔는데, 그중 한 명은 속이 꽉 찬 시장바구니를 들고 있었다. 그러니 여자들 한 명당 적어도 2달러라고 계산한다면, 쉽사리 5달러 되었기에 이발비를 벌었다고 생각했다. 이발사가 그의 몸에 두른 천을 푼 후에, 모리스는 식료품점으로 돌아왔다. 기대감에 차서 성냥을 켜고 금전등록기 안의 돈을 들여다보았다. 정말 놀랍게도, 자신이 가게를 나서면서 확인했던 액수에 단지 3달러 정도만 더해진 걸 보았다. 봉투마다 식료품으로 꽉 차 있었는데 어떻게 3달러만 있을 수 있지? 거기에 콘플레이크같이 덩치가 큰 상품이 두 상자 들었던 건가? 그래서 돈이 없는 건가? 그는 그런 거라고 믿을 수 없었고, 병이 난 것처럼 기분이 안 좋았다.

뒤편에서 그는 코트를 걸고 떨리는 손으로 앞치마 끈을 묶었다.

프랭크가 경마 뉴스를 보다 미소를 지으며 고개를 들었다. "모리스 씨, 무성한 머리를 자르니 달라 보이시네요. 털을 깎은 양처럼 보여요."

식료품점 주인은 잿빛 표정으로 고개를 끄덕였다.

"무슨 일인데 얼굴이 왜 이리 창백해요?"

"몸이 안 좋네."

"그렇다면 위층으로 올라가서 낮잠을 좀 주무시는 게 어때요?"

"나중에."

그는 떨면서 커피 한 잔을 따랐다.

"장사는 어땠어?" 그가 등을 돌린 채 점원에게 물었다.

"그저 그랬어요." 프랭크가 말했다.

"내가 이발소에 간 후에 손님이 몇 명이나 왔지?"

"두세 명이요."

프랭크의 눈을 쳐다볼 수가 없기에, 모리스는 가게로 들어가 창가에서 이발소를 쳐다봤다. 머릿속이 복잡했고, 걱정에 고통스러웠다. 이탈리아인이 금전등록기에서 돈을 훔치나? 손님들이 꽉 찬 봉투를 들고나왔는데, 그걸 증명할 건 어디 있지? 그가 외상으로 준 걸까? 절대 그러지 말라고 했었다. 그러니 어찌 된 일이지?

남자 한 명이 들어왔고, 모리스가 그를 상대했다. 남자는 41센트를 썼다. 모리스는 매상을 기록했고, 이전 총액에 정확히 더해지는 걸 확인했다. 그렇다면 등록기 고장은 아니었다. 이제 프랭크가 훔친다는 걸 거의 확신했다. 얼마나 오랫동안 그래 왔을지 자신에게 물어보며, 그는 정신이 멍해졌다.

프랭크가 가게로 들어와 식료품점 주인이 멍하게 있는 걸 발견했다.

"좀 괜찮으세요, 모리스 씨?"

"나아질 거야."

"조심하세요. 다시 편찮으시면 안 되죠."

모리스가 입술에 침을 묻혔지만, 답을 하지 않았다. 하루 종일 그는 무거운 마음을 이고 다녔다. 이다에게는 아무 말도 하지 않았다. 도무지 그럴 용기가 나지 않았다.

이후 며칠 동안 그는 조심스럽게 점원을 관찰했다. 의심만으로 그에게 죄가 있다고 생각하지 않으려 했지만, 진실을 알 때까지는 멈추지 않으리라 다짐했다. 가끔 안쪽 탁자에 앉아 읽는 척했다. 하지만 손님들이 주문한 상품을 하나하나 조심스럽게 귀 기울여 들었다. 그는 가격을 기록했고, 프랭크가 식료품을 포장하는 동안 재빨리 대략 총액을 계산했다. 손님이 떠난 후에 그는 아무 일도 아니라는 듯이 등록기에 가서 점원이 기록한 액수를 몰래 확인했다. 액수는 그가 계산했던 것과 항상 비슷했다. 몇 페니 정도 차이였다. 그래서 모리스는 몇 분 동안 위층에 가겠다고 말하고는, 대신 뒷문 뒤 복도에 서 있었다. 나무 벽 사이로 몰래 가게 안을 볼 수 있었다. 거기 서서 그는 머릿속으로 주문된 상품의 가격을 더했고, 한 15분 뒤에 별일 아니라는 듯이 영수증을 확인하고, 자신이 계산한 총액이 거기에 다 있는 걸 확인했다. 그는 자신의 의심을 의심하기 시작했다. 이발소에 있을 때 손님들 봉투의 내용물을 잘못 추측했을 수도 있다. 하지만 그는 여전히 그들이 그저 3달러만 썼다는 걸 믿을 수가 없었다. 어쩌면 프랭크가 눈치를 채고 조심하는 건지도 몰랐다.

그러다 모리스는 생각했다. 그래, 점원이 돈을 훔쳤을 수도 있다. 하지만 만일 그렇다면 그건 프랭크가 아니라 자신의 잘못이었다. 그는 성인이고 성인으로서 필요한 게 있는데, 그가 주는 거라고는, 그가 훔치는 얼마 안 되는 돈을 포함해도, 한 주에 고작 6달러나 7달러 정도였다. 그가 숙소와 식사, 거기다 담배를 공짜로 얻는 건 맞다. 하지만 괜찮은 신발이 8달러에서 10달러 정도 하는 이런 때에, 6달러나 7달러로 누가 버틸 수 있겠는가? 잘못은 그러니까 노동자의 일에 노예의 임금을 준 그에게 있었다. 게다가 프랭크는 시키는 일 이상을 했다. 예를 들어 지난주에 긴 철사로 지하실의 막힌 하수구 파이프를 뚫는 덕분에, 분명 배관공에게 갔을 5달러에서 10달러 정도를 아끼게 해 주었다. 물론 그가 있다는 이유만으로 가게가 더 나아졌다는 점은 말할 필요도 없었다.

그래서 얼마 되지 않는 이윤 폭을 넓히려고 애쓰면서도, 어느 늦은 오후 프랭크가 방금 배달된 상품들을 정리하고 있을 때, 모리스는 사다리에 올라가 있는 점원에게 말했다. "프랭크, 지금부터 여름까지 자네 임금을 가욋돈 없이 바로 15달러로 올려 줄까 생각하네. 더 주고 싶지만, 자네도 여기 장사가 어떤지 알잖아."

프랭크가 식료품점 주인을 내려다보았다. "왜요, 모리스 씨? 제가 지금 받는 것보다 더 줄 여유가 가게엔 없어요. 제가 15달러를 가져가면 순이익이 다 사라져 버린다고요. 지금처럼 계속 그대로 가시죠. 전 만족해요."

"젊은 남자는 더 많은 게 필요하고, 더 많이 써야 해."

"제가 원하는 건 다 있어요."

"내 말대로 하세."

"원하지 않는다고요." 점원이 짜증을 내며 말했다.

"받으라니까." 식료품점 주인이 강요했다.

프랭크가 정리를 끝내고 내려와서, 샘 펄의 가게에 갈 거라고 말했다. 식료품점 주인 앞을 지나가면서 그는 눈길을 피했다.

모리스는 계속해서 통조림을 선반에 정리했다. 프랭크의 임금 인상을 이다에게 알려서 소란을 일으키기보다는, 그에게 줄 돈을 등록기에 기록하지 않기로 결심했다. 매일 조금씩 그렇게 해서 티가 나지 않게 할 생각이었다. 돈은 이다가 평소 임금을 주기 전에 토요일에 몰래 점원에게 줄 작정이었다.

*

 헬렌은 의구심이 아주 강하게 들긴 했지만 프랭크를 사랑하게 되었다고 느꼈다. 어지러운 춤과 같은 경험이었고, 그녀는 원치 않았다. 이번 달에 날씨는 추웠고, 눈도 자주 왔고, 그녀는 힘겨운 시간을 보냈다. 돌이킬 수 없는 실수를 두려워하며, 망설임과 싸웠다. 어느 날 밤 그녀는 집이 불타서 무너지고, 불쌍한 부모님이 갈 데 없게 된 꿈을 꾸었다. 부모님은 길가에 서서, 속옷만 입은 채 큰 소리로 울었다. 꿈에서 깨며 그녀는 부러진 코를 가진 이방인에 대한 오래된 불신과 싸워 댔지만, 이기질 못했다. 이방인은 변했고, 점점 더 이방인이 아닌 듯했다. 그게 바로 자신에게 무슨 일이 일어나는지 알려 주는 신호였다. 예전에 그는 불 꺼진 지하실 저편에 숨어 있는 알 수 없는 존재처럼 보였다. 이제 그는 얼굴에 미소를 띠며, 햇살 아래 서 있었다. 마치 그에 대해 그녀가 알던 것과 알지 못하던 것이 한데 섞여 무언가 치유되고 쉽게 기억나는 완전체가 된 것 같았다. 그가 만일 감추던 게 있었다면, 그건 과거의 고통일 거라고 생각했다. 고아였던 어린 시절과 그로 인한 고통이라고. 그의 눈은 더 고요해졌고, 더 현명해졌다. 그의 굽은 코는 얼굴에 어울렸고, 그의 얼굴은 그에게 어울렸다. 그렇게 계속 이어졌다. 그는 친절했고, 무엇을 기다리든지 의연하게 기다렸고, 그녀는 그 의연함을 존중했다. 그녀는 자신이 그를 변화시켰다고 생각했고, 그 사실에 감동했다. 그를 멀리하겠다는 결심은 이제 아무 의미가 없었다. 그녀는 그에게 다정했고, 그가 곁에 있으면 했다. 그녀 생각엔, 그를 변화시키며 그녀 자신도 변한 거였다.

그녀가 책 선물을 받고 나서 두 사람의 관계는 미세하게 변했다. 셰익스피어를 읽을 때마다, 작품 속에서 프랭크 알파인이 생각나고 심지어 그의 목소리까지 듣게 됐으니 어떻게 그러지 않을 수 있겠는가? 무엇을 읽든 간에 그녀의 머릿속에 그가 몰래 들어왔다. 읽는 책마다 그의 모습이 단어에 어른거리고, 그는 다른 사람이 만들어 낸 이야기 속의 인물이 되었다. 마치 모든 단어가 한 가지 목표만 있는 듯했다. 그는 말 그대로, 어딜 가나 있었다. 그래서 따로 얘기하지 않았음에도 그들은 다시 도서관에서 만났다. 책에 둘러싸여 만난다는 사실이 그녀의 의심을 누그러뜨렸다. 마치 그녀는 이렇게 믿는 듯했다. 책 사이에서 내가 무슨 잘못을 하겠는가, 여기서 무슨 해악이 내게 닥칠까?

도서관에서는 그도 더 자신감을 가진 듯했다. 하지만 그들이 집에 오는 길이면, 그는 거의 다른 곳에 있는 듯했고, 이상하게 주위를 경계하고, 누군가 쫓아온다는 듯이 이따금 뒤를 돌아다봤다. 하지만 누가, 무엇이, 그들을 따라오겠는가? 그는 절대로 그녀와 함께 가게까지 오지 않았다. 예전처럼 서로의 동의 아래 그녀가 먼저 들어갔고, 그는 블록을 돌아 다른 방향으로 복도에 들어왔다. 그러면 식료품점 창문을 지나가지 않아도 됐고, 그녀가 왔던 방향에서 그가 온 것처럼 보이지 않았다. 헬렌은 그가 그렇게 조심하면서 자신이 승리했다고 느낄 거라고 해석했고, 그걸 망치고 싶지 않았다. 그건 그녀가 정말로 확실히 원하는 것보다 더 그녀를 소중히 여긴다는 뜻이었다.

그러던 어느 날 밤, 공원 광장을 지나 걷다가 그들은 서로를 마주 보았다. 그녀는 스스로에게 위험을 상기시키려고 했지만, 그의 품 안에서 위험은 무뎌졌고, 그녀가 어찌할 수 없는 것이 되었다. 그에게 몸을 밀착하고 그의 손길에 반응하며 그녀는 밤의 냉기가 사라지는 느낌을 받았다. 그러고는 온기가 그녀를 덮쳤다. 그녀의 입술이 벌어졌다—그녀는 그의 열정적인 키스에서 오랫동안 열망하던 것을 얻었다. 하지만 최고로 달콤한 기쁨의 순간에 그녀는 또다시 의심을, 거의 몸이 아플 정도로 느꼈다. 그 때문에 그녀는 슬펐다. 잘못은 그녀에게 있었다. 그건 아직도 그를 완전히 받아들이지 못한다는 뜻이었다. 여전히 안 된다고 알리는 신호들이 남았다. 단순히 생각하는 것만으로도 그 신호들은 그녀에게 영향을 주었고, 그녀의 신경을 날카롭게 했다. 집으로 돌아오는 길에 그녀는 그들의 키스가 가져온 첫 행복을 잊을 수가 없었다. 하지만 키스가 왜 걱정으로 변하지? 그러고는 그녀는 그의 눈에서 슬픔을 보았고, 그가 보지 않을 때 눈물을 흘렸다. 봄은 정녕 오지 않을 것인가?

　그녀는 사랑을 반론으로 막았지만, 반론의 빠른 후퇴에 놀랐다. 자신이 정한 이유를, 이전처럼 단단히 못 박아 두기 어렵다는 사실을 깨달았다. 그 이유는 머릿속을 날아다니며 방향을 바꾸고 변화했다. 마치 익숙하던 압박과 가치와 심지어 경험까지를 무언가가 바꿔 놓은 것만 같았다. 예를 들자면 그는 유대인이 아니었다. 얼마 전에만 해도, 이 사실은 가장 힘겨운 장벽이었다. 그를 심각하게 받아들지 않도록 그녀를 보호했다. 이젠 더 이상 엄청나게 중요해 보이지 않았다—요즘 같은 시대에 어떻게 그럴 수 있겠는가? 그 무엇이 사랑과 성취만큼이나 중요할 수 있겠는가? 최근에 그녀가 깨달은 바는, 그가 비유대인이라는 걱정이 그녀 자신이 아니라 어머니와 아버지 때문에 생긴다는 사실이었다. 비록 아주 느슨하게 유대인으로 교육받았지만, 그녀는 유대인이라는 점이 중요하다고 생각했다. 그녀가 아는 유대인의 역사나 신학 때문이 아니라 유대인이 경험했던 것 때문에 그런 생각이 들었다—하나의 민족으로 그들을 사랑했고, 자신이 그들의 일부라는 점이 자랑스러웠다. 그녀는 유대인이 아닌 사람과 결혼할 거라고 생각해 본 적이 없었다. 하지만 최근에 그녀는 이런 생각이 들었다. 그처럼 불행한 시기에—개인의 행복에 대한 가능성이 거의 없을 때—사랑을 찾는다는 건 기적이었고, 두 사람이 그 사랑을 최대로 성취하는 것만이 정말로 중요한 거라고. (만일 종교의 문제가 있다면) 남자의 종교적 신념이 여자와 정확히 맞아야 한다고 우기는 게 진정으로 중요한 일일까? 아니면 두 사람이 공동의 이상을 갖고, 자신들의 인생에서 사랑을 유지하는 가능한 모든 방식으로 자신들에게 가장 소중한 것을 지키려는 갈망을 갖는 게 더 중요할까? 서로의 차이가 적다면 더 좋겠지. 자신을 위해 그렇게 결정했지만, 그 결정과 상관없는 사람들 때문에 만족하지 못했다.

하지만 그녀의 논리는, 정말 그게 논리라면, 무슨 일이 일어나는지 불쌍한 부모님이 알게 되는 순간, 그분들에게 아무런 도움이 되지 않을 거였다. 프랭크가 대학에 등록하면, 그라는 사람의 가치에 대한 이다의 의심이 일부 사라질 터였다. 하지만 대학은 공회당이 아니었고, 학사 학위는 바르미츠바'가 아니었다. 어머니와, 그리고 자유로운 생각을 가진 아버지조차도, 프랭크가 전혀 다른 사람이 되어야 한다고 말할 것이다. 정말로 부모님과 대치하는 상황이 닥치면, 헬렌은 자신이 두 분을 감당할 수 있을지 확신이 안 섰다. 그녀는 논쟁으로, 부모님의 눈물 섞인 호소로, 그리고 이 세상에서 부모님이 가진 작은 평화를 빼앗고 불행의 총량을 늘린다는 이유로 자신이 겪을 고통이 두려웠다. 불행이라면 두 분은 이미 충분히 겪으셨고, 그건 세상이 다 알았다. 그렇지만 아직도 살아야 할 시간이 너무 많았고, 그 시간 속에 젊음은 너무도 적었다. 살다 보면 가슴 아픈 결정을 할 수밖에 없다. 그녀는 자신의 입장을 유지해야 할 필요성을 내다보았다. 고통을 견디고 자신의 결정을 고수해야 할 필요성을. 모리스와 이다는 심하게 상처를 입을 터였다. 하지만 얼마 지나지 않아 그들의 고통은 잦아들 거고, 어쩌면 사라질지 모른다. 그렇지만 그녀는 자신의 아이들이 언젠가 유대인과 결혼하기를 바라는 마음을 거둘 수가 없었다.

그리고 만약에 프랭크와 결혼한다면, 그녀가 첫째로 할 일은 중요한 사람이 되고 싶어 하는 그의 소원이 실현되도록 돕는 것이다. 냇 펄은 '중요한 사람'이 되고 싶었지만, 그건 법대의 잘사는 친구들처럼 살 만큼 돈을 번다는 뜻이었다. 반면에 프랭크는 하나의 인간으로서 자신을 실현하고자, 좀 더 가치 있는 야망을 실현하려고 애썼다. 냇이 우수한 정규 교육을 받기는 했지만, 프랭크는 인생에 대해 더 많이 알았고, 좀 더 심오한 잠재력이 있다는 인상을 주었다. 그녀는 그가 될 수도 있었던 사람이 되길 바랐고, 대학 졸업까지 그를 부양할 계획을 세웠다. 어쩌면 만일 무엇을 하고 싶은지 알게 된다면, 그가 석사까지 마치게 할 수도 있었다. 그건 주간 대학을 가려는 그녀 자신의 모호한 계획이 끝난다는 것을 의미한다는 점도 알았다. 하지만 그 계획은 정말 오래전에 사라졌고, 자신이 가지지 못하는 걸 프랭크가 가지는 순간, 자신이 마침내 그 사실을 받아들이게 될 거라고 생각했다. 어쩌면 그가 엔지니어나 약사가 된 후에, 갈증을 달래기 위해서 1년 정도 대학을 다닐 수도 있었다. 그때쯤이면 그녀는 거의 서른 살이 되었을 것이다. 하지만 그가 제대로 시작하도록 도와주고, 그녀 자신도 항상 원했던 걸 조금 맛보기 위해서라면, 가족을 갖는 건 조금 미뤄도 괜찮다. 또한 그녀는 뉴욕을 벗어나길 바랐다. 이 나라를 좀 더 보고 싶었다. 그리고 마침내 모든 게 성사된다면, 이다와 모리스가 어느 날 가게를 팔고 그들 곁에 와서 지낼 것이다. 그들 모두 캘리포니아에 살면서, 부모님은 조그마한 집에서 따로 사실 거다. 거기서 두 분은 편안히 지내면서 손주들 가까이 계실 거다. 그런 미래가 좀 더 실현 가능성이 높았다. 물론 헬렌이 알다시피 위험을 무릅쓸 용기만 있다면. 문제는 과연 그녀에게 그럴 용기가 있을까?

그녀는 그 어떤 중요한 결정을 내리는 일을 미루었다. 무엇보다도 그녀는 거대한 타협을 두려워했다—그녀가 알던 수많은 사람이 자기가 항상 원하던 것보다 못한 것에 만족하는 모습을 목격했다. 그녀는 어떤 지점 너머를 선택할 수밖에 없게 될까 봐, 자신이 갈구했던 좋은 삶보다 못한 삶, 눈에 띄게 못한 그런 삶을 수용하게 될까 봐 두려웠다—자신의 이상에 한참 못 미치는 운명에 묶일까 봐. 프랭크를 받아들이든 아니면 그를 떠나보내든, 절대로 그럴 수 없었다. 그녀의 다른 모든 두려움의 저변에 있는 변치 않는 두려움은, 인생이 자신이 원했던 것처럼 전개되지 않거나 혹은 너무도 다르게 전개되는 것이었다. 자신이 변하거나 변화를 수용할 의지는 있었지만, 절대 꿈의 본질을 놓치지는 않을 거다. 어쨌거나 여름이 되면 어떻게 될지 알게 되겠지. 그사이에 프랭크는 3일에 한 번씩 도서관에 갔고, 그곳엔 그녀가 있었다. 하지만 노처녀 사서가 그들을 알아보고 인사를 하자 헬렌은 당황했고, 두 사람은 다른 곳, 카페테리아, 영화관, 피자집에서 만났다. 말을 많이 할 수도, 그를 안거나 그에게 안길 수도 없는 곳에서. 얘기하기 위해 그들은 걸었고, 키스하기 위해 그들은 숨었다.

프랭크는 편지를 보냈던 대학에서 안내문들을 받고 있다고 말했다. 그리고 5월이 오면 그가 가기로 그들이 정한 곳에 고등학교 성적표를 보낼 거라고 했다. 그를 위해 그녀가 계획을 세웠다는 사실을 알고 있다고 알렸다. 그 이상 말하지는 않았다. 조금이라도 말을 더 하는 순간, 오래된 징크스가 그를 따라잡을 수도 있다고 변함없이 걱정했기 때문이다.

처음에 그는 참을성 있게 기다렸다. 아니면 어쩌겠는가? 기다렸고 여전히 기다리고 있었다. 그는 태어나면서부터 기다렸다. 하지만 얼마 가지 않아, 드러내지는 않으려고 했지만 육체적 외로움에 짜증이 나기 시작했다. 문가에서의 키스가 만족스럽지 않았고, 공원 벤치의 냉기가 지겨워졌다. 그는 욕실에서 봤던 대로 그녀를 생각했고, 기억은 짐이 되었다. 그는 욕망의 날카로운 칼날의 희생자였다. 그래서 그녀를 자기 방으로 오게 해서 잠자리를 할 계획을 세울 정도로 그녀를 원하게 되었다. 그는 만족과 안정과 미래에 대한 확신을 원했다. 몸을 허락하기 전까지는 그 어떤 여자도 내 여자가 아니지. 그는 그렇게 생각했다. 여자들은 다 그런 식이다. 항상 사실은 아니지만, 충분히 사실이었다. 그는 참을 수 없을 정도가 된 고통이 종식되길 원했다. 그러면 그녀에게 고맙다고, 이제 괜찮다고 할 터였다. 그는 그녀를 완전히 가지고 싶었다.

이제 그들은 더 자주 만났다. 파크웨이의 벤치에서, 거리 코너에서—바람 부는 드넓은 세상에서. 비가 오거나 눈이 올 때면,

그들은 문간으로 들어갔고, 아니면 집에 갔다.

어느 날 밤 그가 불평했다. "말도 안 돼요. 따뜻한 집을 나와서 이 추위에 만나고 있다니."

그녀는 아무 말도 하지 않았다.

"신경 쓰지 마세요." 프랭크가 그녀의 흔들리는 눈을 보며 말했다. "하던 대로 하죠."

"이게 우리의 젊음이죠." 그녀가 힘겹게 말했다.

그는 바로 그때 그녀에게 자기 방으로 오라고 하고 싶었지만, 그녀가 오지 않을 거라는 느낌이 들어 묻지 않았다.

별이 잘 보이는 어느 추운 날 밤에, 그녀가 공원에서 그들이 보통 앉던 곳 주변의 나무들을 지나 여름밤이면 연인들이 잔디에 누워 있는 넓은 평지로 그를 이끌었다.

"이리 와서 잠깐 바닥에 앉아요." 프랭크가 청했다. "지금 여기 아무도 없잖아요."

하지만 헬렌은 반응하지 않았다.

"왜 안 되죠?" 그가 물었다.

"지금은 아니에요." 그녀가 말했다.

비록 나중에 그가 그렇지 않다고 했지만, 그녀는 이 상황으로 인해 그가 초조해졌음을 깨달았다. 가끔 그는 몇 시간 동안 기분이 좋지 않았다. 그녀는 걱정이 되었고, 두 사람의 방황으로 인해 그의 오래된 상처가 열린 게 아닌지 궁금했다.

어느 날 저녁 그들은 파크웨이의 벤치에 앉았다. 프랭크가 그녀의 어깨에 손을 둘렀다. 하지만 집에서 너무 가까운 곳이었기에, 헬렌은 긴장하며 누가 지나갈 때마다 떨어져 앉았다.

세 번째로 그러자 프랭크가 말했다. "저기, 헬렌. 이건 아니에요. 밤엔 실내에 있을 수 있는 곳으로 가야죠."

"어디로요?" 그녀가 물었다.

"어디 생각나는 곳 있어요?"

"프랭크, 난 할 말이 없어요. 모른다고요."

"얼마나 오래 이런 식으로 지낼 건가요?"

"우리가 좋아하는 만큼이요." 그녀가 희미한 미소를 지으며 말했다. "아니면 우리가 서로를 좋아하는 만큼."

"난 그런 뜻으로 말한 게 아니에요. 내 말은 가서 우리끼리만 있을 공간이 없다는 거예요."

그녀는 아무 말도 하지 않았다.

"어쩌면 밤에 내 방으로 몰래 올라갈 수 있을 거예요." 그가 제안했다. "아주 어렵지 않게 할 수 있어요—오늘 밤을 말하는 건 아니고요. 아마도 금요일 정도에 닉이랑 테시가 영화관에 가고 당신 어머니가 가게로 내려가실 때요. 히터를 새로 사서 방은 따뜻해요. 당신이 거기 있는지 아무도 모를 거예요. 단 한 번이라도 우리끼리만 있는 거죠. 그렇게 있어 본 적이 없잖아요."

"그럴 수 없어요." 헬렌이 말했다.

"왜요?"

"프랭크, 난 안 돼요."

"언제쯤 당신이 곡예사처럼 굴지 않으면서 안을 수 있는 때가 올까요?"

"프랭크." 헬렌이 말했다. "한 가지 당신에게 분명히 해 두고 싶은 게 있어요. 지금 당신하고 잠자리를 가지진 않을 거예요. 그게 당신이 원하는 거라면 말이죠. 그건 내가 당신을 정말로 사랑할 때까지 기다려야 할 일이에요. 언제가 될지는 모르겠지만, 어쩌면 우리가 결혼할 때가 되겠죠."

"내가 그러자고 한 적은 없잖아요." 프랭크가 말했다. "내가 바라는 건 그저 당신이 내 방에 올라왔으면 하는 거예요. 그러면 우리가 좀 더 편안하게 같이 있을 수 있을 거잖아요. 사람 그림자가 지나갈 때마다 당신이 나한테서 떨어질 필요도 없고요."

그가 담뱃불을 붙이고 말없이 담배를 피웠다.

"미안해요." 잠시 후에 그녀가 말했다. "거기에 대해 내가 무슨 생각을 하는지 얘기해 줘야 한다고 생각했어요. 어쨌거나 조만간 말하려고 했어요."

그들은 일어나서 걸었고, 프랭크의 상처는 깊어졌다.

차가운 비가 하수구의 누런 찌꺼기를 씻겨 냈다. 이틀 동안 비가 추적추적 내렸다. 헬렌은 금요일 밤에 보겠다고 프랭크에게 약속했지만, 빗속에 밖으로 나가고 싶지 않았다. 직장에서 돌아와 기회가 생겼을 때, 그녀는 그의 방문 아래로 쪽지를 밀어 넣고, 아래층으로 내려갔다. 쪽지에는 닉과 테시가 정말로 영화관에 간다면, 그의 방으로 올라가 잠시 있겠다고 적혀 있었다.

7시 반에 닉이 프랭크의 방문을 두드리고 영화를 보러 가겠느냐고 물었다. 프랭크는 지금 상영하는 영화를 본 것 같아서 안 가겠다고 대답했다. 닉이 인사를 하고, 테시와 함께 비옷을 껴 입고 우산을 들고 집을 나섰다. 헬렌은 어머니가 모리스에게 가기를 기다렸다. 하지만 이다는 발이 아프다고 불평하며 쉰다고 했다. 그래서 헬렌이 아래층으로 내려갔다. 자신의 발소리를 프랭크가 듣고 뭔가 잘못됐다는 걸 짐작할 것이라고 생각했다. 누군가 자신이 올라가는 소리를 들을 수도 있기에 그를 보러 가지 못한다는 걸 이해하리라 믿었다.

하지만 몇 분 후에 이다가 마음이 불안하다며 위층에서 내려왔다. 그러자 헬렌은 베티 펄한테 가서, 결혼식에 필요한 걸 만드는 재봉사를 같이 만나러 갈 거라고 얘기했다.

"비가 오잖아." 이다가 말했다.

"알아요, 엄마." 거짓말하는 게 싫었지만, 헬렌이 대답했다.

그녀는 자기 방으로 올라가서 모자와 코트, 장화와 우산을 꺼냈다. 그러고는 걸어 내려와서 문을 쾅 닫았다. 마치 집에서 나가는 듯이. 그러고는 조용히 문을 열고 들어와, 뒤꿈치를 들고 계단을 올라갔다.

프랭크는 무슨 일이 일어나는지 알아챘고, 그녀가 짧게 문을 두드리자마자 문을 열었다. 그녀는 창백했고, 분명히 기분이 안 좋아 보였지만 정말 예뻤다. 그는 그녀를 꼭 안았고, 가슴으로 그녀의 심장 박동을 느낄 수 있었다.

오늘 밤에 그녀가 날 받아들일 거야, 그가 생각했다.

헬렌은 여전히 긴장했다. 어머니를 속였다는 양심의 가책을 달래는 데 시간이 걸렸다. 프랭크가 불을 끄고 부드러운 댄스 음악이 나오는 라디오 채널을 틀었다. 이제 그는 침대에 누워 담배를 피웠다. 그녀는 잠시 의자에 어색하게 앉아서 담뱃불을 쳐다봤고, 그게 아니면 가로등을 반사하는 창문의 빗방울을 바라보았다. 하지만 그가 담배를 바닥의 재떨이에 비벼 끄자, 그녀는 신발을 벗고 좁은 침대로 올라가 그의 곁에 누웠다. 프랭크가 벽 쪽으로 더 들어갔다.

"바로 이거지." 그가 한숨을 쉬었다.

그녀는 그의 팔에 안겨 눈을 감고 누웠다. 히터의 온기는 등을 감싼 손처럼 느껴졌다. 잠깐 잠이 들었고, 그의 키스에 깼다. 그녀는 움직이지 않고, 조금은 긴장한 채 누워 있었다. 하지만 그가 키스를 멈추자 긴장을 풀었다. 그녀는 거리의 고요한 빗소리를 들었고, 봄은 아직 몇 주 남았지만 머릿속에서 그 비를 봄비로 만들었다. 그러면 빗속에서 온갖 꽃이 자랐다. 그리고 봄꽃 사이에, 꽃이 피는 이 어둠 속에서—달콤한 봄날 밤에—그녀는 새로운 별들 아래 야외에 그와 누워 있었고, 울음이 북받쳤다. 그가 다시 키스하자, 그녀도 열정적으로 반응했다.

"자기야."

"사랑해요, 헬렌. 내 사랑."

두 사람은 숨이 막힐 정도로 키스했고, 그가 그녀의 블라우스 단추를 풀었다. 그녀가 일어나서 브래지어를 풀었다. 하지만 그러는 순간에 치마 아래로 그의 손이 느껴졌다.

헬렌이 그의 손을 잡았다. "제발, 프랭크. 그렇게까지 흥분하지는 말자고요."

"자기야, 뭣 때문에 기다리는 거야?" 그가 손을 움직이려고 했지만, 그녀는 다리에 힘을 주고 침대에서 일어났다.

그가 그녀를 다시 잡아끌어 어깨를 눌렀다. 그녀는 그의 몸이 떠는 것을 느꼈고, 아주 잠깐이지만 자신을 해할 거라고 생각했다. 하지만 그러지 않았다.

그녀는 침대에서 뻣뻣하게, 반응 없이 누워 있었다. 그가 다시 키스했을 때, 움직이지 않았다. 한참 지나서야 그가 바로 누웠다. 그녀는 히터의 반사된 불빛으로 그가 얼마나 불행해 보이는지 확인했다.

헬렌이 침대 구석에 앉아서 블라우스 단추를 잠갔다.

그는 두 손으로 자기 얼굴을 감쌌다. 아무 말도 하지 않았지만, 그녀는 그의 몸이 침대에서 떨고 있음을 느낄 수 있었다.

"젠장." 그가 투덜댔다.

"미안해요." 그녀가 조용히 말했다. "안 한다고 했잖아요."

5분이 지났다. 프랭크가 천천히 일어났다. "처녀라서, 그래서 고민하는 거예요?"

"처음 아니에요." 그녀가 말했다.

"처음일 거라고 생각했는데." 그가 놀라면서 말했다. "그런 것처럼 행동하잖아요."

"아니라고 했잖아요."

"그럼 왜 처음인 것처럼 구는 거죠? 그러면 사람들이 어떤 기분인지 알아요?"

"나도 사람이에요."

"그러면 왜 그러는 거예요?"

"내가 무슨 일을 하는지 믿기 때문이에요."

"처음이 아니라고 하지 않았나요?"

"꼭 처녀여야지만 이상적인 성관계를 꿈꾸는 건 아니잖아요."

"내가 이해할 수 없는 건 말이죠, 이미 해 봤다면 지금 우리가 한다고 뭐가 달라지나요?"

"내가 해 봤다고 해서, 할 수는 없어요." 그녀가 머리를 뒤로 넘기며 말했다. "그게 내 말이에요. 이전에 해 봤고, 그게 바로 당신과 지금 할 수 없는 이유죠. 하지 않겠다고, 파크웨이에서 그날 저녁에 말했잖아요."

"이해가 안 돼요." 프랭크가 말했다.

"사랑을 나누는 일은 사랑에서 시작해야만 해요."

"사랑한다고 말했잖아요, 헬렌. 내 말 들었잖아요."

"내 말은 나도 당신을 사랑해야 한다는 거예요. 그렇다고 생각하지만, 가끔은 잘 모르겠어요."

그는 다시 침묵했다. 그녀는 멍하니 라디오를 들었지만, 지금은 아무도 춤을 추지 않았다.

"프랭크, 상처받지 말아요."

"그 말이 이제 지겨워지네요." 그가 거칠게 말했다.

"프랭크." 헬렌이 말했다. "예전에 다른 사람하고 잠자리를 했는데, 사실을 말하자면, 당신이 알고 싶다면요, 난 그걸 후회해요. 조금은 즐겼다는 걸 인정해요. 하지만 이후에 난 그럴 만한 가치가 없다고 생각했어요. 다만 그때는 내가 그렇게 느낄 거라고 알지 못했죠. 왜냐하면 그때는 나 자신이 뭘 원하는지 몰랐으니까요. 아마도 자유로워지고 싶었던 것 같아요, 그래서 성관계를 택했죠. 하지만 사랑을 하지 않으면 성관계는 자유롭지 않죠. 그래서 나 자신과 약속했어요. 누군가와 사랑에 빠지기 전에는 절대 다시 하지 않겠다고요. 나 자신을 싫어하고 싶지 않아요. 난 절제하고 싶고, 내가 원하면 당신도 그래야만 해요. 당신한테 그걸 원해요. 그러면 언젠가 절대 주저하지 않고 당신을 사랑할 수 있을 테니까요."

"젠장." 프랭크가 말했다. 하지만 그 순간 놀랍게도 새로운 생각이 그를 휘감았다. 그는 자신을 절제된 사람으로 생각했고, 그런 사람이 되기를 바랐다. 그 생각은 아주 오래된 생각처럼 느껴졌고, 그는 후회와 낯선 슬픔 속에 기억해 낸 거였다. 얼마나 자주 자신을 더 잘 절제하기를 바랐고, 얼마나 조금 그 바람을 이루었는지를.

그가 말했다. "방금 그런 말을 하려는 것은 아니었어요, 헬렌."

"알아요." 그녀가 답했다.

"헬렌." 그가 쉰 목소리로 말했다. "내가 바라는 건, 나라는 사람이 내면은 착한 사람이라는 걸 당신이 알게 되는 거예요."

"그렇지 않다고 생각한 적 없어요."

"나쁠 때조차 난 좋은 사람이에요."

그녀는 그의 말이 무슨 뜻인지 알 거 같다고 말했다.

두 사람은 키스했다. 다시 또다시. 그는 갖기만 한다면 좋은 일을 기다리는 것보다 훨씬 좋지 않은 일들이 많다고 생각했다.

헬렌은 침대에 누워 있다 잠이 들었고, 닉과 테시가 침실에 들어와 자기들이 봤던 영화를 얘기하는 걸 듣고 깼다. 사랑 이야기였고, 테시는 영화를 매우 좋아했다. 두 사람이 옷을 벗고 침대에 들어가자 그들의 더블 침대가 삐걱거렸다. 헬렌은 프랭크에게 미안했지만, 프랭크는 기분 나빠하는 것 같지 않았다. 닉과 테시는 곧 잠이 들었다. 헬렌은 낮은 숨을 쉬며 그들의 깊은 숨소리에 귀 기울였고, 어떻게 아래층으로 내려갈지 걱정했다. 만일 이다가 깨어 있으면 계단을 내려가는 소리를 들을 것이기 때문이다. 하지만 프랭크가 낮은 목소리로 자기가 그녀를 현관까지 안고 가겠다고 말했다. 그리고 그녀는 몇 분 후에, 방금 밖에서 집에 온 것처럼 위로 올라갈 수 있을 터였다.

그녀는 코트와 모자와 장화를 걸쳤고, 우산을 까먹지 않으려고 주의했다. 프랭크가 그녀를 안고 계단을 내려갔다. 느리고 무겁게 내려가는 그의 발소리만 들렸다. 그리고 작별 키스를 하고 그가 빗속에 산책을 나간 후에 얼마 지나지 않아, 헬렌이 복도 문을 열고 위로 올라갔다.

그제야 이다는 잠이 들었다.

그 후로는 헬렌과 프랭크는 집 밖에서 만났다.

눈이 내리는 오후에 앞문이 열리고 미노그 형사가 체격이 다부진 남자를 뒤에서 밀며 들어왔다. 남자는 수갑을 찼고, 면도는 하지 않았으며, 다 해진 녹색 바람막이 잠바와 청바지를 입고 있었다. 스물일곱 살 정도였고, 피곤해 보이는 눈매에 모자는 쓰지 않았다. 가게에 들어와 그는 수갑 찬 손을 들어 젖은 머리에서 눈을 털어 냈다.

"모리스는?" 형사가 점원에게 물었다.

"뒤에 계세요."

"들어가." 미노그 형사가 수갑 찬 남자에게 말했다.

두 사람은 뒤로 들어갔다. 모리스는 소파에 앉아서 몰래 담배를 피우고 있었다. 그는 서둘러 담배를 끄고 쓰레기통에 버렸다.

"모리스." 형사가 말했다. "자네 머리를 때린 놈을 잡은 것 같아."

식료품점 주인의 얼굴이 밀가루처럼 하얘졌다. 그는 남자를 뚫어지게 쳐다봤지만 가까이 가지는 않았다.

잠시 후에 그가 중얼거렸다. "이 사람인지 모르겠네. 손수건으로 얼굴을 가리고 있었거든."

"이 새끼는 몸집이 크잖아." 형사가 말했다. "자네 때린 놈이 몸집이 컸지, 아니었나?"

"뚱뚱했지." 모리스가 말했다. "다른 사람은 키가 컸고."

프랭크는 문가에 서서 쳐다봤다.

미노그 형사가 그를 바라봤다. "자넨 누구야?"

"내 점원일세." 모리스가 설명했다.

형사가 코트 단추를 풀고 양복 주머니에서 깨끗한 손수건을 꺼냈다. "좀 도와줘." 그가 프랭크에게 말했다. "이걸 이놈 얼굴에 둘러 봐."

"그러고 싶지 않은데요." 프랭크가 대답했다.

"도와줘. 이놈 수갑에 내가 머리를 맞지 않게 해 달라고."

프랭크는 손수건을 건네받고, 내키지 않았지만 남자의 얼굴에 둘러맸다. 피의자는 뻣뻣하게 몸을 바로 세웠다.

"이제는 어때, 모리스?"

"모르겠다니까." 모리스가 난처해하며 말했다. 그는 앉아야만 했다.

"물 좀 드릴까요, 모리스?" 프랭크가 물었다.

"아니."

"천천히 봐." 미노그 형사가 말했다. "얘를 잘 봐, 보라고."

"그 사람인지 모르겠어. 다른 사람이 더 거칠게 행동했었지. 목소리가 거칠고―듣기 좋지 않았어."

"야, 뭐라고 말해 봐." 형사가 말했다.

"난 이 사람한테 강도 짓을 안 했어요." 피의자는 생기 없는 목소리로 말했다.

"이 목소리야, 모리스?"

"아니."

"이놈이 그 다른 강도 같아 보여? 뚱뚱한 놈의 파트너 같아?"

"아니, 다른 사람이야."

"어떻게 확신해?"

"도와주던 사람은 초조해 보였어. 이 사람보다 더 컸고. 게다가 이 사람 손은 작잖아. 도와주던 사람은 손이 크고 두꺼웠거든."

"확실해? 간밤에 현장에서 이놈을 잡았어. 이놈이 도망간 다른 놈하고 같이 식료품점을 털었지."

형사가 남자 얼굴에서 손수건을 잡아당겼다.

"모르는 사람이야." 모리스가 단호하게 말했다.

미노그 형사는 손수건을 접어서 주머니에 넣고는 안경을 가죽 케이스에 담았다. "모리스, 우리 아들 워드 미노그를 주변에서 봤냐고 이미 물어봤지, 아닌가?"

"못 봤네." 식료품점 주인이 대답했다.

프랭크는 개수대로 가서 컵에 담긴 물로 입을 헹구었다.

"어쩌면 자네는 알까?" 형사가 그에게 물었다.

"아뇨." 점원이 말했다.

"좋아, 그럼." 형사가 코트 단추를 풀었다. "그런데 말이야, 모리스. 지난번에 자네 우유를 훔친 놈을 잡기는 했어?"

"아무도 안 훔쳐, 이제는." 모리스가 말했다.

"야, 가자." 형사가 피의자에게 말했다.

수갑 찬 남자는 가게에서 눈 내리는 밖으로 나갔고, 형사가 그의 뒤를 쫓아갔다.

프랭크는 두 사람이 경찰차에 타는 걸 보면서, 남자가 불쌍해졌다. 그는 생각했다. 만일 사람들이 이제 나를 체포하면 어떡하지? 내가 예전과 다른 사람이 됐는데도?

모리스는 도둑맞은 우유병을 생각하면서 죄를 지은 듯이 점원을 쳐다봤다.

프랭크는 우연히 자신의 손 크기를 보고는 바로 화장실로 들어갔다.

저녁 식사 후에 침대에 누워 자신의 인생을 생각하던 프랭크는 누군가 계단을 올라와서 문을 두드리는 걸 들었다. 잠시 두려움에 심장이 강하게 두근거렸지만, 일어나서 문을 열었다. 작고 혼탁한 눈을 한 워드 미노그가 다 해진 모자 아래로 그에게 웃음을 지으며 서 있었다. 그는 살이 빠졌고, 더 안 좋아 보였다.

프랭크는 그를 데리고 들어온 후에 라디오를 켰다. 워드는 침대 위에 앉았고, 그의 신발에서는 녹은 눈이 뚝뚝 떨어졌다.

"내가 여기 산다고 누가 얘기했어?" 프랭크가 물었다.

"네가 복도로 들어가는 걸 봤어. 그래서 문을 열고 들어와 네가 계단 올라가는 소리를 들었지." 워드가 말했다.

프랭크는 어떻게 이놈을 없애 버릴 수 있을지를 생각했다.

"이 근처에 얼씬거리지 않는 게 좋을걸." 그가 무거운 마음으로 말했다. "모리스가 그 망할 모자를 쓴 너를 알아보면 우리 둘다 감옥에 갈 거야."

"난 내 왕눈이 친구, 루이스 카프를 만나러 왔어." 워드가 말했다. "술 한 병을 원했는데 그놈이 내가 돈이 모자란다고 안 주려는 거야. 그래서 내가 생각했지, 잘생긴 내 친구 프랭크 알파인이 돈을 좀 빌려 주겠지. 그는 착하고 열심히 일하는 놈이거든."

"너 사람을 잘못 골랐어. 난 돈이 없어."

워드가 그를 교활하게 쳐다봤다. "확실히 지금쯤은 돈을 꽤 모았을 것 같은데. 유대인에게 훔치고 있잖아."

프랭크가 그를 째려봤지만 아무 말도 하지 않았다.

워드의 눈길이 흔들렸다. "네가 그 사람 푼돈을 훔치고 있다고 해도, 나하고는 아무 상관 없어. 내가 온 이유는 말이야, 우리둘이 아무런 문제 없이 할 수 있는 일을 찾았거든."

"내가 그런 일에 관심 없다고 말했잖아, 워드."

"난 네가 총을 다시 돌려받기를 원하는 줄 알았지. 아니면 우연하게 네 이름이 딸린 채 사라질지도 몰라."

프랭크가 손을 비볐다.

"넌 그냥 운전만 하면 돼." 워드가 부드럽게 말했다. "쉬운 일이야. 베이리지에 있는 큰 주류 가게인데, 9시 이후엔 한 사람만 가게를 지키거든. 300달러는 족히 벌 수 있어."

"워드, 보니까 너 강도질 할 상태가 아닌 것 같은데. 오히려 병원에 있어야 할 것처럼 보여."

"속 쓰림이 심한 것뿐이야."

"건강에 신경 좀 써라."

"너 때문에 눈물이 나겠네."

"바르게 살아 보는 게 어때?"

"너는 왜 안 그러는데?"

"노력하는 중이야."

"그 유대인 여자가 진짜 영감을 주나 보지."

"그 여자 얘기는 하지 마, 워드."

"지난주에 네가 그 여자를 공원에 데려갈 때 내가 뒤따라가 봤지. 예쁜 년이야. 얼마나 자주 해?"

"당장 나가."

워드가 휘청거리며 일어났다. "50달러를 줘. 아니면 유대인 사장하고 유대인 여자애한테 너에 대해 다 불어 버릴 테니까. 작년 11월에 누가 강도 짓을 했는지 그 사람들한테 편지를 쓸 거라고."

프랭크가 굳은 얼굴을 하고 일어났다. 주머니에서 지갑을 꺼내, 안에 있는 돈을 모두 침대 위에 던져 놓았다. 1달러 지폐가 8장 있었다. "이게 내가 가진 전부야."

워드가 돈을 재빨리 집어 들었다. "나중에 더 받으러 올게."

"워드." 프랭크가 입을 꾹 다물고 말했다. "너 여기 와서 또 문제를 일으키거나, 나랑 내 여자를 또 따라다니거나 모리스한테 무슨 말이라도 하면, 바로 경찰서의 네 아버지한테 전화해서 널 어디서 찾을 수 있는지 말할 거야. 너희 아버지가 너에 대해 물어보려고 오늘 식료품점에 왔었거든. 널 다시 만나기만 하면 머리를 박살 낼 것처럼 보이던데."

워드가 신음하며 점원에게 침을 뱉었지만 맞지는 않았다. 침이 벽에서 흘러내렸다.

"이 냄새나는 유대인 놈." 그가 으르렁댔다. 복도로 뛰쳐나간 그는 2층 계단에서 거의 넘어질 뻔했다.

식료품점 주인과 이다가 무슨 소란인지 확인하려 달려 나왔지만, 워드는 이미 사라지고 난 후였다.

프랭크는 눈을 감고 침대에 누웠다.

바람이 부는 어두운 밤에 헬렌은 늦게 집을 나섰고, 이다는 그녀를 쫓아 차가운 거리를 지나 광장을 건너 아무도 없는 공원 안으로 들어갔다. 그리고 거기서 그녀가 프랭크 알파인을 만나는 것을 보았다. 그곳에는 키 큰 라일락 수풀과 단풍나무 숲 사이 반원 모양의 공간에 벤치 몇 개가 있었다. 조명이 어둡고 인

적이 드문 그곳에 사람들은 단둘이 있고 싶어 찾아왔다. 이다는 두 사람이 벤치에 나란히 앉아 키스하는 모습을 훔쳐봤다. 그녀는 무거운 몸을 끌고 집으로 와서, 반쯤 죽은 듯이 2층으로 올라갔다. 모리스는 자고 있었고, 그녀는 그를 깨우고 싶지 않았다. 그래서 그녀는 부엌에 앉아서 울었다.

돌아온 헬렌은 어머니가 부엌 식탁에서 우는 걸 보고, 이다가 모든 것을 알고 있다는 사실을 눈치챘다. 헬렌은 감동받았음에도 두려웠다.

애석한 마음에 그녀가 물었다. "엄마, 왜 울고 계세요?"

이다가 마침내 눈물 젖은 얼굴을 들고 절망에 차서 말했다. "내가 왜 우냐고? 난 세상 때문에 우는 거란다. 의미 없이 사라져 버린 내 인생 때문에 우는 거지. 난 너 때문에 우는 거야."

"내가 뭘 했는데요?"

"내 심장에 못을 박는구나."

"전 전혀 잘못한 게 없어요, 부끄러울 일은 하지 않았다고요."

"유대인이 아닌 남자하고 키스한 게 부끄럽지 않다고?"

헬렌은 놀랐다. "엄마, 날 미행했어요?"

"그래." 이다가 울었다.

"어떻게 그럴 수가 있어요?"

"넌 어떻게 유대인이 아닌 남자랑 키스할 수 있니?"

"우리가 키스한 게 부끄럽지 않아요."

그녀는 여전히 말다툼을 피하고 싶었다. 모든 게 아직 정해지지 않았고, 너무 초반이었다.

이다가 말했다. "그런 남자랑 결혼하면 네 인생이 완전히 망가질 거야."

"엄마, 지금 제 말 듣고 안심하세요. 전 그 누구하고도 결혼할 계획이 없어요."

"그럼 공원에서 누구도 널 찾지 못하는 곳에서 키스하는 남자하고는 도대체 무슨 계획이 있는 거니?"

"예전에도 다른 남자가 키스했잖아요."

"하지만 유대인이 아니잖아, 이탈리아 사람이야."

"남자예요, 우리와 같은 인간이라고요."

"남자로는 충분하지 않아. 유대인 여자는 유대인하고 결혼해야만 해."

"엄마, 너무 늦었어요. 말싸움하고 싶지 않아요. 아빠를 깨우지 말자고요."

"프랭크는 너랑 어울리지 않아. 난 그 사람이 싫어. 사람들하고 얘기하면서 눈이 상대방을 향하지 않는다고."

"그 사람 눈은 슬퍼요. 힘든 삶을 살았던 거예요."

"그 사람 내보내고, 다른 곳에서 유대인이 아닌 여자로 자기가 좋아하는 사람을 찾으라고 하자. 유대인 여자 말고."

"저 아침에 일하러 가야 해요. 지금 자러 가요."

이다가 조용해졌다. 헬렌이 옷을 벗고 있을 때 그녀가 방에 들어왔다. "헬렌." 그녀가 눈물을 참으며 말했다. "내가 너한테 바라는 건 다 좋은 일뿐이란다. 나처럼 실수하지 마. 가난한 남자 때문에 상황을 악화시켜서 평생을 망치지 말라고. 그 남자는 식료품점 점원일 뿐이고, 우리는 그 사람에 대해 아무것도 모르잖아. 너한테 더 나은 인생을 줄 수 있는 남자랑 결혼해야 해. 대학 교육을 받고 괜찮은 직업을 가진 남자랑. 낯선 사람하고 엮이진 마. 헬렌, 내가 잘 알아. 날 믿어라. 내가 안다고." 그녀는 다시 울기 시작했다.

"최선을 다해 볼게요." 헬렌이 말했다.

이다가 손수건으로 눈물을 닦았다. "헬렌, 애야, 날 위해 한 가지 일을 해 줘."

"무슨 일이요? 저 피곤해요."

"제발 내일 냇에게 전화하렴. 그냥 얘기해 봐. 인사하고, 만일 그 애가 만나자고 하면 그러겠다고 해. 그 애한테 기회를 줘 봐."

"이미 한 번 줬어요."

"작년 여름에 그 애랑 잘 지냈잖아. 바닷가랑 콘서트에 갔고. 무슨 일이 있었던 거니?"

"우리는 좋아하는 게 서로 달랐어요." 헬렌이 힘없이 말했다.

"여름 내내 넌 같은 걸 좋아한다고 했잖아."

"그렇지 않다는 걸 깨달은 거죠."

"그 애는 유대인 남자란다, 헬렌. 대학 졸업자고. 한 번 더 기회를 줘 봐."

"알았어요." 헬렌이 말했다. "그러니 이제 주무세요."

"그리고 프랭크하고는 더 이상 만나지 마라. 그 남자가 너한테 키스하도록 하지 마. 보기 안 좋아."

"장담할 수 없어요."

"헬렌, 제발."

"냇한테 전화한다고 했잖아요. 그만 얘기해요. 주무세요, 엄마."

"잘 자라." 이다가 슬프게 말했다.

어머니의 부탁으로 기분이 우울해졌지만, 헬렌은 다음 날 사무실에서 냇에게 전화했다. 그는 정중했고, 미래의 처남에게 중고차를 샀으니 그녀에게 드라이브를 가자고 했다.

그녀는 조만간 그러겠다고 대답했다.

"금요일 밤 어때?" 냇이 물었다.

그녀는 금요일엔 프랭크를 만났다. "토요일로 할 수 있을까?"

"사실 토요일엔 선약이 있어, 목요일에도. 법대에서 일이 좀 있어서."

"그러면 금요일 좋아." 내키지 않았지만, 어머니를 만족시키기 위해서 프랭크와의 약속을 바꾸는 게 제일 좋겠다고 생각하며, 그녀가 대답했다.

그날 오후 모리스가 낮잠을 자러 올라왔을 때, 이다는 프랭크를 바로 내보내자고 절실하게 애걸했다.

"생각해 볼 테니 10분만 나 좀 내버려 둬."

"모리스." 그녀가 말했다. "간밤에 내가 헬렌을 따라 나갔어요. 걔가 프랭크를 공원에서 만나는 걸 봤는데, 두 사람이 키스를 했다고요."

모리스가 눈살을 찌푸렸다. "프랭크가 키스를 했다고?"

"그래요."

"걔도 키스를 하고?"

"내 두 눈으로 똑똑히 봤다고요."

하지만 식료품점 주인은 거기에 대해 생각해 본 후 맥없이 말했다. "그래서 키스가 뭔데? 키스는 아무것도 아냐."

이다는 화가 막 치밀었다. "당신 미쳤어요?"

"프랭크는 금방 떠날 거야." 그가 그녀에게 다시 말했다. "여름에 말이야."

그녀의 눈에 눈물이 고였다. "여름이면 열 배는 더 안 좋은 일이 일어날 수 있어요."

"무슨 안 좋은 일을 생각하는 거야? 살인?"

"더 안 좋은 일이요." 그녀가 울었다.

그의 가슴이 차가워졌다. 그는 화를 참지 못했다. "혼자 좀 생각하게 해 줘, 제발."

"기다려 보자고요." 이다가 비참한 마음으로 경고했다.

그 주 목요일에 줄리어스 카프는 루이스에게 주류 가게를 맡기고 밖으로 나와, 식료품점 창문 너머로 모리스가 혼자 있는지 살펴봤다. 카프는 강도 사건이 있던 밤 이후로 모리스의 가게에 한 번도 발을 디딘 적이 없었다. 그래서 지금 들어가서 그가 받을 대접을 생각하면 마음이 불편해졌다. 보통은 서로에게 한동안 얘기를 하지 않더라도 성격상 남에게 악의를 가질 수 없는 모리스 보버가 기를 꺾고 카프에게 말을 건넸다. 하지만 이번에 그는 주류 판매업자를 찾아가 그들의 결실 없는 우정을 다시 세울 생각을 머릿속에서 지워 버렸다. 지난번 회복하는 동안 침대에 누워 그는 카프에 대해 많은 생각을—내키지 않는 역겨운 생각을—했다. 그러고는 상상했던 것보다 자신이 그를 더 싫어한다는 사실을 발견했다. 우연하게 운이 좋아 넘치는 부를 누리는 지독한 멍청이인 그를 증오했다. 그의 행운 하나하나가 다른 사람들에게 불행을 가져왔다. 마치 세상에 일정한 양의 행운이 있고, 카프가 남긴 것은 먹지도 못할 정도로 형편없어 보였다. 모리스는 정당한 보상 없이 힘겹게 일했던 긴 세월을 떠올리며 화가 났다. 그게 카프의 잘못은 아니었지만, 길 건너 간이식당이 들어와 가난한 사람을 더 가난하게 만든 건 사실이었다. 게다가 식료품점 주인은 그를 대신해 자신이 머리를 다쳤다는 사실 때문에라도, 그를 용서할 수가 없었다. 재산과 건강을 가진 그는 다쳐도 괜찮았을 것이다. 그렇기 때문에 바로 옆집 사람이지만, 주류 판매업자와 말을 섞지 않는다는 사실에 매일 만족했다.

반면에 카프는 모리스가 먼저 마음이 풀릴 때까지 기다리는 데 만족했다. 그는 식료품점 주인이 잘난 척하는 침묵을 포기하는 동안 그 침묵이 분해되는 신호를 즐기는 자신의 모습을 상상했다. 그러면서도 그 불쌍한 유대인의 불행한 삶—정말 불행한 삶—을 측은히 여겼다. 어떤 사람은 그렇게 태어났다. 카프가 건드리는 건 그게 무엇이든 이제 순금으로 변했지만, 반면에 모리스 보버가 길거리에서 썩은 달걀을 발견하면 이미 껍질이 깨져 속이 흘러내렸다. 그런 사람은 경험이 풍부한 사람이 언제 비를 피할지 알려 줘야만 했다. 하지만 모리스는 카프가 어떻게 느끼는지 아는지 모르는지 단호히 소통을 거부했다—매일「포워드」를 사러 코너로 가는 길에 가게 앞에 서 있거나 가게 창문으로 내부를 들여다보는 주류 판매업자를 보고도 전혀 아는 체하지 않았다. 비록 이다는 여전히 그에게 인사를 했지만, 한 달이 지나고, 이제 곧 넉 달에 가까워져 오자 카프는 이번엔 모리스에게 아무것도 공짜로 얻지 못할 것이라는 불안한 결론을 내렸다. 모리스는 마음을 풀지 않을 터였다. 이를 깨닫고 그는 차갑게 반응했다. 받은 만큼 돌려주려고 했다—그러니 무심하게 지내자. 하지만 무심함은 그가 교환하고 싶은 상품이 아니었다. 자기 자신에게도 분명치 않은 이유에서, 카프는 모리스가 자신을 좋아했으면 했다. 그래서 얼마 지나지 않아 그 가난한 이웃과 계속해서 거리를 둔다는 사실이 마음에 걸렸다. 그러니까 강도 짓을 당하면서 그가 머리를 맞은 건 맞지, 하지만 그게 카프의 잘못인가? **자기가** 조심했어야 하는 거지. 모리스, 그 바보는 왜 안 그런 거지? 거리 반대쪽에 두 명의 강도가 있다고 경고했을 때, 왜 생각이 있는 보통 사람처럼 바로 문을 잠그고 경찰을 부르지 않은 거지? 왜? 왜냐하면 그는 능력도 없고, 운도 없기 때문이었다.

그리고 그런 사람이었기에, 그의 문제는 바나나 뭉치처럼 커 나갔다. 처음엔 그 고지식한 머리가 다시 문제가 되고, 그러고는 프랭크 알파인을 고용하면서. 카프는 바보가 아니었기에, 안 좋은 상황의 신호를 보면 알아차렸다. 프랭크와 안면을 튼 그는 프랭크가 믿을 수 없는 떠돌이고 곧 문제를 일으킬 거라고 생각했다—거기에 대해 카프는 확신했다. 파리 떼가 들끓고 벌레 먹은 모리스 가게는 전일제 도우미에게 줄 임금의 절반도 벌지 못했다. 그러니 식료품점 주인이 몸이 나아진 후에도 점원을 계속 데리고 있는 건 바보 같은 사치였다. 카프는 곧 루이스로부터 안 좋은 상황에 대한 자신의 예측이 맞았음을 알았다. 프랭크가 자주 가장 좋은 술을, 당연히 현금으로 산다는 걸 발견했다―하지만 누구의 현금이지? 게다가 또 다른 낙오자인 샘 펄이 말하길, 점원은 이따금 2달러를 쓸모없는 말의 코에 붙이고, 말 콧바람에 돈을 날리곤 했다. 의심할 여지 없이 푼돈을 받는 사람이 이런 일을 한다는 건 오직 한 가지 의미였다―그가 훔치는 거였다. 누구한테 훔치는 걸까? 당연히 모리스 보버였다, 어쨌거나 아무것도 없는 그에게서―아니면 누구겠는가? 록펠러는 자기 돈 몇 백만 달러를 돌볼 줄 알지만, 모리스는 만일 10센트를 번다고 하면 찢어진 주머니에 그걸 넣기도 전에 잃어버릴 터였다. 고용주한테 훔치는 건 모든 점원의 습성이었다. 카프도 어렸을 때 자신의 고용주였던 반쯤 눈이 먼 신발 가게 주인에게서 몰래 돈을 훔쳤다. 그리고 루이스도 훔친다는 걸 알고 있었다. 하지만 루이스 때문에 신경이 쓰이지는 않았다. 어쨌거나 그는 아들이니까. 가게에서 일하고 있고, 언젠가는―아주 바로는 아니지만―가게를 물려받을 거였다. 또한 엄격한 경고와 부정기적인 재고 조사를 통해 그는 루이스의 도둑질을 최소한의 푼돈으로 유지했다. 낯선 사람이 돈을 훔치는 건 전혀 다른 문제였다―비열했다. 그 이탈리아인이 자신을 위해 일한다는 상상만 해도 카프는 소름이 돋았다.

그리고 불운은 식료품점 주인의 운명이었으니, 그 낯선 남자는 불운을 더 많이 퍼서 나르지 그 반대는 아닐 터였다. 왜냐하면 유대인 여자가 있는 곳에 유대인이 아닌 젊은 남자를 두는 건 항상 위험했기 때문이다. 그건 변함없는 법칙으로 발생하는 사실이었고, 만일 두 사람이 얘기하는 사이였다면, 카프는 모리스에게 기꺼이 그 사실을 설명해서 심각한 문제에서 그를 구해 줄 심사였다. 바로 역시나, **이** 문제가 있다는 사실을 지난주에 두 번이나 확인했었다. 한 번은 헬렌과 프랭크가 파크웨이 가로수 아래를 같이 걷는 걸 봤고, 다른 때는 차를 몰고 집에 가는 길에 동네 영화관을 지나면서, 두 사람이 영화가 끝난 후에 손잡고 나오는 모습을 봤다. 이후로 그는 정말로 걱정하면서 종종 그들에 대해 생각했다. 그리고 어떤 방식으로든 불운한 보버를 돕고 싶었다.

분명히 모리스는 편한 삶을 위해 프랭크를 데리고 있을 테고, 아마도 보버답게 등 뒤에서 무슨 일이 일어나는지 전혀 모르고 있을 것이다. 그러니 줄리어스 카프가 그의 딸에게 닥친 위험을 경고해야 한다. 요령 있게 무슨 일인지 그에게 설명할 작정이었다. 그러고는 루이스에 대해 좋은 말을 할 생각이었다. 그가 알기론 루이스는 오랫동안 헬렌을 좋아했지만, 그녀와 잘될 거라는 자신감이 없었다. 루이스를 밀어 넣고, 자신은 뒤로 물러서서 손톱을 물어뜯으며 지켜볼 생각이었다. 어떤 일들에는 도움이 필요한 법이다. 카프는 자신이 거의 1년 동안 몰래 생각하던 제안을 모리스에게 한다면, 아들이 헬렌에게 좀 더 쉽게 다가갈 수 있을 거라고 예측했다. 그는 확실한 현금과 다른 이점들을 들어 결혼 이후 루이스의 장래를 설명하고자 했다. 그러고는 자기 아들하고 진짜로 사귀는 일을 헬렌에게 권해 보라고 모리스에게 얘기할 생각이었다. 두 사람이 두 달 동안 같이 지내면—그동안 루이스는 헬렌에게 값비싸고 좋은 시간을 제공할 거고—그렇게 두 사람 관계가 잘 진행되면, 딸에게 좋을 뿐만 아니라 식료품점 주인에게도 좋을 거였다. 왜냐하면 그럴 경우에 카프가 모리스의 초라한 가게를 인수해 새로 고치고 확장한 후에 최신 장비와 물품을 구비한 셀프서비스 마켓으로 바꿀 것이기 때문이다. 코너에 있는 그의 세입자는 임대 기간이 끝나는 순간 없애 버리려고 했다—아까운 일이지만, 충분히 그럴 가치가 있었다. 그다음엔 현실적 조언을 주는 숨은 동업자인 자신을 둔 덕택에, 엄청난 재난이 생기지 않는 한 식료품점 주인은 노년에 괜찮은 수입을 가지게 될 터였다.

카프는 이 일에 가장 큰 문제는 헬렌이라는 사실을 직감했다. 그가 알기로 헬렌은 매우 독립적이었지만 가치 없는 여자애는 아니었다. 비록 전문직 남자랑 결혼할 것처럼 행동했지만—하지만 냇 펄하고 전혀 진도가 나가지 않았다. 성공하기 위해서 냇은 루이스 카프가 충분히 가진 게 필요하지, 가난한 여자가 필요한 게 아니었다. 그래서 그는 자신의 이익을 최우선으로 했고, 헬렌이 너무 가까워지면 부드럽게 밀어냈다. 이건 카프가 샘 펄에게서 알아낸 사실이었다. 반면에 루이스는 헬렌 같은 여자와 살 수 있었다. 그리고 헬렌은 독립적이고 똑똑하기에, 루이스에게 적합할 것이다. 주류 판매업자는 기회가 오면 그녀에게 솔직하고 엄하게 얘기할 거라고 다짐했다. 프랭크와 가질 수 있는 유일한 미래는 버림받은 사람의 미래이고, 심지어 그녀 아버지보다 더 가난한 상태로 그의 어리석은 운명을 같이할 거라고 찬찬히 설명할 생각이었다. 반면에 루이스와 함께라면 그녀는 원하는 것을 할 수 있고, 그 이상을 할 수도 있다. 시아버지를 믿으면 된다. 카프는 프랭크가 사라지기만 하면 그녀가 이성을 되찾고, 그가 제시하는 윤택한 삶의 소중함을 알아볼 거라 믿었다. 결혼 안 한 여자애에게 스물 서넛은 위험한 나이다. 그 나이에 그녀는 이제 더 젊어지진 않을 거다. 그 나이엔 심지어 유대인이 아닌 남자조차도 괜찮아 보이기도 한다.

　카프는 프랭크가 샘 펄 가게로 간 것을 확인하고, 모리스가 지금 가게 뒤편에 혼자 있는 것도 확인한 후에, 헛기침을 하고 식료품점 안으로 들어갔다. 뒤편에서 나와 누가 들어왔는지 보고서 모리스는 순간 복수했다는 승리감을 경험했다. 하지만 승리감은 곧바로 귀찮은 놈이 다시 또 나타났다는 짜증으로 이어졌다. 동시에 카프가 나쁜 소식 없이 온 적이 없었다는 불편한 기억이 떠올랐다. 그래서 그는 아무 말도 하지 않았다. 대신 불뚝 나온 배를 감추지도 못하고 얼굴에서 어리석음을 줄이지도 못하는, 비싼 스포츠 재킷과 개버딘 바지를 입은 주류 판매업자가 말하기를 기다렸다. 하지만 처음으로 카프의 활발한 혀가 말을 듣지 않았다. 그는 지난번 마지막으로 이곳에 왔던 일의 결과를 떠올리고는 난감해하면서, 모리스의 머리에 확연히 난 상처를 바라보았다.

측은한 마음에 식료품점 주인이 말했다. 그의 목소리는 예상했던 것보다 더 친근했다. "그래, 어떻게 지내, 카프?"

"고맙네. 나야 뭐 불평할 게 있겠나?" 밝아진 표정으로 그는 카운터 너머로 통통한 손을 내밀었고, 모리스는 의지와 상관없이 그의 손가락을 짓누르고 있는 커다란 다이아몬드 반지가 얼마일지 생각했다.

카프는 화해를 하자마자 모리스의 딸에 관한 안 좋은 소식을 내뱉는 게 부적절하다고 생각했기에, 뭔가 할 말이 있을까 고민하고는 말했다. "장사는 어때?"

모리스는 그가 물어봤으면 했다. "좋아, 매일 더 나아지고 있지."

카프가 눈썹을 찌푸렸다. 하지만 모리스의 매상이 자신이 가늠했던 것보다 더 나아졌을 수도 있음을 깨달았다. 그는 가끔 식료품점 창문으로 안을 들여다보면서, 보통 심하게 텅 빈 가게 대신에 한두 명의 손님을 발견했었다. 이제 몇 달 후에 안으로 들어오니, 가게는 더 잘 정돈되고, 선반에 상품들이 가득 쌓여 있었다. 그는 장사가 나아진 이유를 바로 알아챘다.

하지만 그가 조심스럽게 물었다. "어떻게 이럴 수 있지? 신문에 광고라도 하는 거 아냐?"

모리스는 서글픈 농담에 웃음을 지었다. 재치가 없다면 돈으로도 그걸 살 수는 없었다. "입소문이야." 그가 답했다. "그게 최고의 광고지."

"이게 다 소문 덕분이라고?"

"그건." 모리스가 당당하게 대답했다. "내가 장사에 활기를 가져오는 좋은 점원을 두고 있다는 소문이지. 겨울에 더 안 좋아지기는커녕 매일 더 나아지고 있어."

"점원이 이랬다고?" 카프가 생각에 잠겨 한쪽 엉덩이를 긁으며 말했다.

"손님들이 그 친구를 좋아해. 유대인이 아닌 사람이 유대인이 아닌 사람들을 끌어모으지."

"새 손님들?"

"새로든, 예전이든."

"뭐 다른 도움이 된 건 없나?"

"또 좀 도움이 되는 건 새 아파트가 12월에 생겼다는 사실이야."

"흠." 카프가 말했다. "또 없어?"

모리스가 어깨를 들썩였다. "내 생각에는 없는데. 듣기로는 슈미츠가 몸이 안 좋아서 예전처럼 서비스를 못 한다고 하던데. 그 사람한테 갔던 몇몇 손님이 되돌아왔지. 하지만 나한테 가장 중요한 조력자는 프랭크야."

카프는 놀랐다. 이 친구가 바로 자기 코앞에서 일어나는 일을 모르는 건가? 그는 바로 거기서 점원을 가게에서 영원히 몰아낼 천금의 기회를 포착했다. "프랭크 알파인이 자네 매상을 더 좋게 만든 게 아냐." 그가 단호히 말했다. "다른 이유가 있어."

모리스가 살짝 웃었다. 언제나 그렇듯이 현자는 모든 일의 이유를 다 안다 이거지.

하지만 카프는 물러서지 않았다. "그 친구가 여기서 얼마나 일했지?"

"언제 왔는지 자네도 알잖아. 11월이야."

"그리고 바로 장사가 잘되기 시작했어?"

"조금씩."

"이렇게 된 건 말이야." 카프가 흥분해서 얘기했다. "그 비유대인 남자가 와서가 아니야. 식료품 장사에 대해 그가 뭘 알겠어? 아무것도 모르지. 자네 가게가 잘되는 건 내 세입자인 슈미츠가 아파서 반나절 가게를 닫아야만 했기 때문이야. 그거 몰랐어?"

"그 사람이 아프다는 얘기는 들었지." 모리스가 답했다. 목구멍이 막히는 것 같았다. "하지만 배달부들이 그 사람 아버지가 와서 도와준다고 말했어."

"그건 맞아." 카프가 말했다. "하지만 12월 중순부터 매일 아침 치료를 받으러 병원에 갔어. 처음엔 아버지가 가게에 있었지만, 그러다 너무 지쳐서 결국 슈미츠는 7시가 아니라 9시, 아마도 10시까지 가게를 열지 않았고. 그리고 밤 10시에 가게를 닫지 않고 8시에 닫았어. 이런 식으로 지난달까지 유지했고, 하루 매출이 반 토막이 났지. 가게를 내놓았지만, 아무도 사려고 하지 않아. 어젠 가게를 아예 닫았고. 자네한테 아무도 얘기 안 했어?"

"손님이 말했는데." 모리스는 낙담하며 답했다. "그렇지만 난 그게 일시적인 일인 줄 알았어."

"그 사람 정말 아파." 카프가 심각하게 말했다. "가게를 다시 열지 않을 거야."

신이시여, 모리스가 생각했다. 몇 달 동안 그는 그 가게가 텅 비었을 때와 수리되는 동안 지켜봤지만, 개점한 이후로는 한 번도 샘 펄의 코너를 지나서 보러 간 적이 없었다. 그럴 용기가 없었다. 하지만 왜 아무도 두 달 이상 그 가게가 하루에 몇 시간을 닫았다고 말하지 않은 거지?—이다는, 헬렌은? 아마 두 사람도 그 앞을 지나가면서 문이 가끔 닫힌 걸 보지 못했을 수도 있다. 그와 마찬가지로 두 사람의 머릿속엔 모리스의 가게와 경쟁하는 그 가게는 항상 열려 있던 거였다.

"내 말은." 카프가 말을 이었다, "자네 점원이 장사에 도움이 되지 않았다는 건 아냐. 하지만 상황이 나아진 진짜 이유는 슈미츠가 가게를 내내 열지 못했고, 그의 손님들 일부가 여기로 왔기 때문이야. 당연히 프랭크는 자네한테 얘기하지 않았을 거고."

안 좋은 예감에 휩싸인 모리스는 주류업자가 하는 말을 깊게 생각했다. "슈미츠한테 무슨 일이 생긴 거야?"

"혈액이 안 좋은 병이라 지금 병원에 누워 있어."

"불쌍한 친구." 식료품점 주인이 한숨을 지었다. 희망과 부끄러움이 싸우는 가운데, 그가 물었다. "가게를 경매에 내놓을 건가?"

카프가 마음이 상했다. "경매라니 무슨 소리야? 좋은 가게라고. 슈미츠가 수요일에 노르웨이인 동업자 두 사람한테 가게를 팔았고, 그 사람들이 다음 주에 현대식으로 멋진 식료품점과 간이식당을 열 거야. 자네 장사가 어떻게 될지 알게 되겠지."

모리스는 눈이 침침해지면서 서서히 죽어 갔다.

카프는 자신이 점원을 향해 총을 쐈지만 식료품점 주인에게 상처를 입혔다는 사실을 깨닫고 참담해졌다. 그가 재빨리 말했다. "내가 어쩌겠어? 팔 기회가 있는데 그 사람한테 경매에 들어가라고 할 수는 없지."

식료품점 주인은 듣고 있지 않았다. 그는 강렬한 분노를 느끼며 프랭크에 대해, 자신이 속았다는 것에 대해 생각했다.

"들어 봐, 모리스." 카프가 서둘러 말했다. "자네 가게에 대해 내가 제안을 하나 하지. 우선 자네를 속인 그 이탈리아 놈을 쫓아내고, 그리고 헬렌한테 루이스랑……."

하지만 카운터 너머의 귀신이 자신이 가져온 소식에 대해 낯선 언어로 그를 저주하자, 카프는 모리스의 가게에서 뒷걸음쳐 나왔고 자신의 가게가 그를 삼켜 버렸다.

오래된 적들의 손에 험난한 밤을 지낸 모리스는 새벽 5시에 침대에서 도망쳐 가게로 왔다. 거기서 그는 힘겨운 하루를 독대했다. 식료품점 주인은 카프의 끔찍한 소식 때문에 밤새 힘들었다―왜 아무도 자신에게 독일인이 그렇게 아프다는 사실을 알려 주지 않았는지를 뜨거운 석탄처럼 이리저리 굴렸다―판매원들이나 브라이바트나 손님들이 왜 아무 말도 하지 않았을까? 어쩌면 슈미츠의 가게가 어제까지 매일 문을 연 걸 보고, 아무도 중요하게 생각하지 않았을 수도 있다. 물론 그가 아팠다. 하지만 누군가 이미 그 얘기를 했었고, 사람들이 아팠다가 다시 나아졌다고 생각했다면 그에게 왜 얘기하겠는가? 그 자신도 아

팔았지만, 동네에서 누가 자신에 대해 얘기했을까? 아마 아무도 말하지 않았을 거다. 사람마다 나름의 걱정거리가 있다. 식료품점 주인은 슈미츠가 가게를 팔았다는 소식에는 아무런 불만이 없었다—마치 돌덩이가 머리로 떨어지듯이, 곧바로 소식을 들었기 때문이다.

프랭크를 어떻게 할지의 문제에 관해서는, 이 상황에 대해 깊이 생각해 본 후에, 장사가 잘된 것에 대해 점원이 어떻게—마치 자기가 홀로 상황을 좋게 만든 것처럼—행동했는지 생각해 본 후에, 모리스는—카프가 소식을 알려 주었을 때 생각했던 것과는 달리—결국 프랭크가 자기 때문에 가게가 좋아졌다고 속인 건 아니라고 결론지었다. 식료품점 주인은 점원도 아마 자신처럼 그들 행운의 진정한 이유를 모를 수 있다고 생각했다. 적어도 낮에 나가서 동네의 다른 곳을 방문하고 잡담을 했으니, 그가 모르진 않았을 거였다—아마도 그는 알았을 거다. 하지만 모리스는 그가 몰랐을 거라고 생각했다. 아마도 자신이 그들을 도운 사람이라고 믿고 싶었기 때문이었을 거다. 어쩌면 그랬기에, 자신이 분명 봤어야만 하는 일을 보지 못할 정도로 눈이 멀고, 들어야만 하는 것을 듣지 못할 정도로 귀가 먹은 거였다. 가능한 일이었다.

처음의 혼란과 두려움이 지나간 후, 모리스는 가게를 팔겠다고 결심했다—그는 이미 8시 전에 두 명의 배달원에게 소식을 전해 달라고 부탁했다. 하지만 무슨 일이 있어도 프랭크를 내보내지 말고 반드시 곁에 둬야 했다. 그래서 노르웨이인 동업자가 가게를 다시 연 후에 지금 자신한테 온 슈미츠의 손님들을 재빠르게 되찾아가지 못하도록 최선을 다해야만 했다. 그는 프랭크가 도움이 되지 않았다는 걸 믿을 수가 없었다. 최근 행운의 유일한 원인이 독일인의 병이라고 대법원에서 판정한 것도 아니었다. 카프가 그렇다고 말했지만, 언제부터 카프가 신의 말을 대변했었나? 물론 프랭크가 장사를 도운 거다. 다만 그들이 생각했던 만큼이 아니었을 뿐이다. 이다가 여기에 대해서 아주 틀린 건 아니었다. 하지만 어쩌면 프랭크가 몇 사람을 붙잡았을 수도 있다. 식료품점 주인은 자신이 그랬다고 생각하지 않았다. 그는 다시 상황이 안 좋아지는 순간 혼자서 가게를 볼 기력도, 용기도 없었다. 세월은 그의 힘을 갉아먹었다.

프랭크는 아래로 내려와서 식료품점 주인이 제정신이 아닌 걸 바로 알아차렸다. 하지만 점원은 자신의 문제로 너무 어지러워 모리스에게 무슨 고민이 있는지 물어보지 않았다. 헬렌이 그의 방을 찾았던 후에, 그는 종종 자신을 절제해야 한다는 그녀의 말을 떠올렸고, 왜 그 말에 그처럼 마음이 움직였는지, 왜 그 말이 북을 두들기는 북채인 양 머릿속을 쾅쾅 두들겨 대는지 의아했다. 자기 절제라는 생각과 함께 그 말의 아름다움이 느껴졌다—자신이 원하는 방식으로 일을 할 수 있는, 원한다면 선한 일을 할 수 있는 사람의 아름다움이었다. 그리고 그 감정은 후회로 이어졌다—오래전부터 자신의 인성에 점진적인 누수가 일어나고 있었지만, 그걸 멈추려고 손가락도 까딱하지 않았다는 후회였다. 하지만 오늘 면도기로 굵은 수염을 자르면서, 모리스를 위해 일한 몇 달 동안 훔쳤던 140달러를 조금씩 전부 돌려주기로 결심했다. 그럴 목적으로 액수를 카드에 적어 신발 속에 숨겨 뒀었다.

단숨에 과거를 지우기 위해서, 그는 강도 짓에 대해 모리스에게 얘기할까 다시 한번 생각했다. 일주일 전에 그 말을 거의 입 밖에 내놓을 뻔했다. 심지어는 식료품점 주인의 이름을 크게 부르기도 했다. 하지만 모리스가 고개를 들자 프랭크는 고백이 쓸모없다고 느껴졌다. 그래서 아무 일도 아니라고 했다. 그는 자신이 걱정이 많은 양심을 갖고 태어났고, 그게 자신에게 아무런 도움이 되지 않았다고 생각했다. 하지만 가끔은 가슴속에 쓰라린 양심의 무게를 가졌다는 점이 좋았다. 적어도 그만큼 다른 사람과 다르다고 할 수 있기 때문이었다. 그 때문에 그는 바르게 살고 싶었고, 그러다 보면 헬렌에 대한 사랑을 제대로 쌓을 것이고, 그 사랑은 올바르게 나아갈 터였다.

하지만 자신이 고백하고 유대인이 두꺼운 귀로 그걸 듣는 상상을 하면, 여전히 생각조차 하기 싫었다. 왜 지금 견딜 수 있는 것보다 더 많은 문제를 만들지? 그러면 문제를 해결하고 좀 더 나은 삶을 살려는 그의 목표가 망쳐질 텐데? 지난 일은 지난 일이니 다 잊어버리자. 원치 않게 강도 짓에 참여했지만, 그는 모리스처럼 워드 미노그의 피해자에 가까웠다. 혼자였다면 그 짓을 하지 않았을 거다. 그걸로 자신이 한 일을 용서받을 수는 없지만, 적어도 자신의 진정함을 보여 줄 수는 있다. 그러니 모든 게 일종의 우연한 사고였다면 고백할 게 뭐가 있겠는가? 지난 일은 그냥 보내

버리자. 그는 과거를 통제할 수 없었다—단지 여기저기 광을 내고, 나머지에 대해선 입을 다물 수 있을 뿐이었다. 지금부터는 미래에만 집중할 생각이었다. 미래엔 지금껏 살아왔던 방식보다 좀 더 가치 있어 보이는 삶을 시작할 터였다.

시작하고 싶어 안달이 난 그는 지갑 안에 있는 걸 전부 현금 서랍에 넣기 위해 기다렸다. 모리스가 낮잠을 잘 때 할 수 있으리라 생각했다. 하지만 그때 이다가 뭔가 비뚤어진 이유로, 오늘 가게에서 할 일이 전혀 없는데도 내려와서 그와 함께 뒤편에 앉았다. 그녀는 무거운 얼굴을 하고, 힘이 없었다. 자주 한숨을 쉬었지만, 그의 모습을 참을 수 없다는 듯이 행동하면서도 아무 말도 하지 않았다. 그는 그 이유를 알았다. 헬렌이 그에게 얘기했었다. 그래서 마치 젖은 옷을 입고 있는데, 그녀가 벗지 못하게 하는 것처럼 불편했다. 하지만 최선은 입을 다물고 헬렌이 알아서 일을 해결하기를 기다리는 거였다.

이다는 자리를 뜨지 않았고, 그래서 돈을 넣고 싶은 욕구가 견딜 수 없을 정도로 커졌음에도 그러지 못했다. 가게에 사람이 들어올 때마다 이다는 자기가 나가겠다고 했다. 하지만 마지막으로 돌아온 다음에, 담배를 물고 소파에 누워 있던 프랭크에게 몸이 좋지 않은 것 같아 위로 올라가겠다고 했다.

"푹 쉬세요." 그가 앉으면서 말했다. 하지만 그녀는 대답 없이 마침내 떠났다. 그는 그녀가 위층에 있는 걸 확인하자마자 재빨리 가게로 들어갔다. 지갑에는 5달러짜리와 1달러짜리 지폐가 있었고, 그걸 모두 등록기에 넣으려고 계획했다. 그러면 주머니에 동전 몇 개만 남겠지만, 어쨌거나 내일이 봉급을 받는 날이었다. 6달러를 집어넣은 후에, 있을 법하지 않은 판매의 증거를 없애기 위해 '매상 없음'이라고 기록했다. 그 순간 프랭크는 자신이 한 일로 갑작스러운 기쁨을 느꼈고, 눈에 눈물이 고였다. 뒤편에서 그는 신발을 벗고 카드를 꺼내, 자신이 빚진 총액에서 6달러를 제했다. 그는 두세 달이면 전부 갚을 수 있을 거라 생각했다. 은행에 있는 돈을—80달러 정도였다—인출해 조금씩 돌려준다면 말이다. 그 돈을 다 돌려준 다음엔, 빚을 다 갚을 때까지 주급의 일부를 돌려줄 생각이었다. 문제는 돈을 돌려주면서 장사로 버는 것보다 더 많이 서랍에 넣는다고 아무도 의심하지 않게 만드는 일이었다.

자신이 한 일로 여전히 기분 좋은 상태일 때 헬렌이 전화를 했다.

"프랭크." 그녀가 말했다. "혼자예요? 아니면 잘못 걸었다고 하세요, 끊을 테니까."

"혼자예요."

"오늘 날씨 얼마나 좋은지 봤어요? 점심에 산책했는데 마치 봄이 온 것만 같아요."

"아직은 2월이에요. 너무 빨리 코트를 벗진 마세요."

"워싱턴 탄생일이 지나면 겨울은 힘을 잃죠. 이 멋진 공기 냄새를 맡고 있나요?"

"지금은 아니죠."

"밖에 나가서 볕을 쬐세요." 그녀가 말했다. "따뜻하고 정말 좋아요."

"왜 전화했어요?" 그가 물었다.

"전화할 이유가 있어야만 하나요?" 그녀가 부드럽게 말했다.

"절대로 아니죠."

"오늘 밤 냇 대신에 당신을 보면 좋았을 텐데 후회가 돼서 전화했어요."

"원하지 않으면 그 친구랑 만날 필요 없어요."

"그러는 게 좋을 걸요, 어머니 때문에요."

"다른 때로 약속을 바꿔요."

그녀는 잠시 생각한 후에 그냥 빨리 만나 버리는 게 좋겠다고 말했다.

"하고 싶은 대로 하세요."

"프랭크, 냇과 만난 후에 우리 만날 수 있을까요? 아마 11시 반이나 늦더라도 12시 정도에? 그때 나랑 볼래요?"

"그럼요, 근데 무슨 일이에요?"

"만나서 얘기해 줄게요." 그녀가 살짝 웃으며 얘기했다. "파크웨이에서 볼까요, 아니면 맨날 보던 라일락 나무 앞에서 볼까요?"

"아무 데나 당신 편한 곳이요. 공원도 괜찮아요."

"어머니가 쫓아온 후로 정말 거기로 가기 싫어요."

"자기야, 그건 걱정 말아요." 그가 말했다. "나한테 할 좋은 얘기가 있어요?"

"정말 좋은 얘기죠." 헬렌이 말했다.

그는 그게 무언지 알 것만 같았다. 그녀를 신부처럼 방으로 안고 올라갈 거고, 일이 끝나면 안고 내려와서 혼자 올라가게 할 생각이었다. 그러면 그녀 어머니는 그녀가 어디 있었는지 의심하지 않을 거다.

바로 그때 모리스가 가게로 들어왔고, 그는 전화를 끊었다.

식료품점 주인은 금전등록기 안의 돈을 확인했고, 만족스러운 총액을 보고 한숨을 쉬었다. 토요일까지 분명히 40달러에서 50달러를 벌어들일 거였다. 하지만 노르웨이인들이 가게를 열면 더 이상 그렇게 많이 벌 수 없을 듯했다.

모리스가 노란 성냥불 아래서 등록기를 살펴보는 걸 보고서 프랭크는 자신에게 전부 70센트 정도만 있다는 사실을 깨달았다. 그는 서랍에 6달러를 도로 넣기 전에 헬렌이 전화를 했더라면 좋았을 거라 생각했다. 만일 오늘 밤 비가 오면 공원에서 집으로 택시를 타고 와야 할 수도 있다. 어쩌면 그들이 그의 방에 가서 일을 한 후에 그녀가 배고파서 피자나 먹을 걸 원할지도 몰랐다. 어쨌거나 필요하다면 그녀에게 1달러를 빌릴 수 있었다. 혹은 루이스 카프에게 돈을 조금 빌려 달라고 할까 생각했지만, 그러고 싶지는 않았다.

모리스는 나가서 「포워드」를 사 왔고, 탁자에 신문을 펼쳤다. 하지만 그는 읽지 않았다. 자신이 미래를 얼마나 염려하는지 생각했다. 위층에 있는 동안 그는 침대에 누워서 경비를 줄이는 방법이 뭘까 생각했다. 매주 프랭크에게 주는 15달러를 생각했고, 그게 얼마나 큰돈인지 걱정했다. 그는 또한 점원이 헬렌에게 키스하는 모습을 생각했고, 이다의 경고도 떠올렸다. 그리고 이 모든 생각으로 신경이 곤두섰다. 프랭크에게 그만두라고 할까 심각하게 고민했지만, 결심을 내릴 수가 없었다. 오래전에 그를 해고했어야 한다고 후회했다.

프랭크는 헬렌에게 돈을 빌리지 않기로 결심했다—그건 좋아하는 여자한테 할 짓이 아니었다. 그는 등록기 서랍에 자신이 방금 넣은 돈에서 1달러를 빼는 게 더 낫겠다고 생각했다. 5달러만 갚고 1달러 지폐는 가지고 있지 않은 걸 후회했다.

모리스는 소파에 앉아 있는 점원을 슬쩍 쳐다봤다. 이발소 의자에 앉아 손님들이 식료품점에서 큰 봉투를 들고나오는 걸 보던 때를 떠올리면서, 그는 마음이 불안해졌다. 저 아이가 아직도 나한테 훔치고 있을까. 그 질문으로 두려움에 휩싸였다. 여러 번 자문했지만, 확신을 갖고 답한 적이 아직 없었기 때문이다.

그는 벽에 뚫린 창문으로 여자 한 명이 가게 안으로 들어오는 걸 봤다. 프랭크가 소파에서 일어났다. "내가 나갈게요, 모리스 씨."

모리스는 신문을 보며 애기했다. "어쨌거나 난 지하실에서 정리를 좀 할 거야."

"거기 뭐가 있는데요?"

"뭐가 있어."

프랭크가 카운터 뒤로 걸어갔을 때, 모리스는 지하실로 내려갔지만 거기서 머물지 않았다. 그는 몰래 계단을 올라와 복도 문 뒤에 숨었다. 나무 틈 사이로 여자가 확실히 보였고, 그녀가 주문하는 소리를 들었다. 그는 그녀가 상품을 주문하는 동안 상품 가격을 계산했다.

가격은 1달러 81센트였다. 프랭크가 돈을 기록했을 때, 식료품점 주인은 짧은 시간 동안 고통스럽게 참았다가 가게 안으로 들어갔다.

손님은 식료품 봉투를 안고 앞문으로 나가는 중이었다. 프랭크는 앞치마 아래, 바지 주머니에 손을 두고 있었다. 그는 놀란 표정으로 식료품점 주인을 바라보았다. 금전등록기에 등록된 총액은 81센트였다.

모리스는 속으로 신음했다.

프랭크는 부끄러움으로 긴장했지만 아무 일 없다는 듯이 행동했다. 그 때문에 모리스는 화가 났다. "매상은 1달러가 더 있었는데, 왜 1달러 적게 넣었어?"

점원은 긴 고통의 시간을 보낸 후에 엉겁결에 말했다. "그냥 실수예요, 모리스 씨."

"아니." 식료품점 주인은 소리쳤다. "복도 문 뒤에서 자네가 그 여자한테 얼마나 파는지 내가 다 들었어. 이전에도 같은 일을 여러 번 했다는 걸 내가 모른다고 생각하지 마."

프랭크는 아무 말도 할 수 없었다.

"1달러를 당장 내놔." 모리스가 떨리는 손을 내밀며 명령했다.

점원은 고통스러워하며 거짓말을 하려고 했다. "지금 실수하시는 거예요. 제가 등록기에서 받을 1달러가 있어요. 잔돈이 모자라서 제 돈으로 샘 펄한테 5센트 동전 20개를 받았어요. 그리고는 실수로 '매상 없음' 대신에 1달러를 등록했어요. 그래서 이런 식으로 돌려받은 거예요. 잘못한 건 없어요, 정말이에요."

"거짓말." 모리스가 소리쳤다. "혹시 필요할지 몰라 내가 동전

한 묶음을 남겨 뒀거든." 그는 카운터 뒤로 걸어가서 '매상 없음'을 누른 다음에 동전 묶음을 들어올렸다. "사실대로 말해."

프랭크는 생각했다. 나한테 이런 일이 생길 수는 없어, 난 이제 다른 사람이잖아.

"돈이 필요했어요, 모리스 씨." 그가 인정했다. "그건 정말 사실이에요. 내일 임금을 받은 후에 갚으면 된다고 생각했어요." 그가 바지 주머니에서 구겨진 1달러 지폐를 꺼내자 모리스가 그의 손에서 낚아채 갔다.

"훔치는 대신에 왜 1달러를 빌려 달라고 하지 않았지?"

점원은 식료품점 주인에게 빌린다는 생각을 전혀 해 본 적이 없음을 깨달았다. 이유는 간단했다. 그는 한 번도 빌린 적이 없었다. 그는 항상 훔쳤던 것이다.

"그 생각을 하지 못했어요. 실수예요."

"언제나 실수라고 하지." 식료품점 주인이 분노에 차서 말했다.

"제 삶이 다 그래요." 프랭크가 한숨을 쉬었다.

"내가 자네를 본 날부터 나한테 훔쳤잖아."

"인정해요." 프랭크가 말했다. "하지만 제발요, 모리스 씨. 맹세하는데 다시 갚아 나가고 있었어요. 오늘도 6달러를 다시 넣었어요. 그랬기 때문에 아저씨가 낮잠 자러 올라가고 지금까지 서랍에 돈이 많아진 겁니다. 아주머니한테 물어보세요, 아저씨가 위층에 있는 동안 2달러 이상 매상이 있었는지. 나머지는 제가 집어넣은 겁니다."

그는 신발을 벗고 자신이 가져간 돈을 얼마나 조심스럽게 기록했는지 모리스에게 보여 줄까 생각했다. 하지만 그러고 싶지 않았다. 액수가 너무 커서 식료품점 주인을 더 화나게 할 수 있었기 때문이다.

"자네가 집어넣었다고." 모리스가 소리쳤다. "하지만 그 돈은 내 거잖아. 여기에 도둑을 두고 싶지 않네." 그는 등록기에서 15달러를 꺼내 세었다. "여기, 자네 주급—마지막이야. 이제 가게에서 나가 주게."

그의 분노는 사라졌다. 그는 슬픔과 내일에 대한 두려움에 휩싸여 말했다.

"한 번 더 기회를 주세요." 프랭크가 애청했다. "모리스 씨, 제발요." 그의 얼굴은 메말랐고, 눈은 불안했고, 수염은 짙은 밤처럼 검었다.

모리스는 남자의 모습에 마음이 흔들렸지만, 헬렌을 생각했다. "안 돼."

프랭크는 상심한 백발의 유대인을 바라보았다. 그리고 그가 눈가의 눈물에도 마음을 바꾸지 않을 것을 확인하고는 옷걸이에 앞치마를 걸고 떠났다.

자정이 30분 넘은 시간에 가로등이 켜진 공원으로 서둘러 들어가는 헬렌에게 밤의 새로운 아름다움은 상실의 고통을 안겼다. 그날 아침 낡은 코트 아래 새 드레스를 입고 거리로 발을 내딛는 순간 향기로운 하루에 눈물이 났고, 그 순간 진정으로 프랭크와 사랑에 빠져 있다고 느꼈다. 미래가 어떻든 간에 그 순간 그녀가 느꼈던 안정감과 충족감을 막을 수 없었다. 몇 시간 후에 냇 펄과 술 한잔 하기 위해 길가의 술집에 잠시 들른 후에 그의 권유로 차를 몰고 롱아일랜드로 갔을 때, 그녀의 생각은 여전히 프랭크를 향했고, 그와 함께하고 싶은 마음을 참을 수 없었다.

냇은 여전히 냇이었다. 그는 오늘 밤 노력하며 매력을 발산했다. 그는 매력적으로 얘기했고, 매력적으로 상처를 주었다. 그녀와 만나지 않았던 몇 달 동안 변하지 않았고, 별빛이 반짝이는 해협이 내려다보이는 어두운 해변에 주차를 하고는 매력적인 몇 마디를 한 후에 팔로 그녀를 안았다. "헬렌, 어떻게 우리가 예전에 느꼈던 즐거움을 잊을 수 있지?"

그녀는 화가 나서 그를 밀쳤다. "그건 사라졌어. 난 잊었고. 네가 조금이라도 신사답다면, 냇, 너도 마찬가지로 잊어야 해. 두 번의 잠자리로 내 인생이 저당 잡힌 거야?"

"헬렌, 모르는 사람처럼 얘기하지 마. 제발 사람답게 살아."

"나도 사람이야, 제발 잊지 말라고."

"한때 우린 좋은 친구였잖아. 내가 바라는 건 다시 친구가 되는 거야."

"네가 말하는 친구 관계가 다른 의미라는 건 왜 말 안 해?"

"헬렌……."

"안 돼."

그가 운전석에 바로 앉았다. "젠장, 너 의심만 가득한 사람이 됐구나."

그녀가 말했다. "상황이 변했어. 너도 알잖아."

"누구 때문에 변한 거야?" 그가 퉁명스럽게 물었다. "듣기로 너랑 사귀는 그 이탈리아 놈 때문이야?"

그녀의 답은 차가웠다.

집에 오는 길에 그는 자기가 한 말을 도로 담으려고 했지만, 헬렌은 그저 짧은 인사만 했다. 그와 헤어지면서 그녀에게는 그날 밤 자신이 허비한 모든 것에 대한 아쉬움과 안도감이 남았다.

프랭크가 너무 오래 기다렸을까 걱정하면서 그녀는 불이 밝혀진 광장을 재빨리 지나 키 큰 라일락 수풀 사이의 자갈길을 따라 그들의 만남 장소로 향했다. 두 사람의 벤치로 다가서면서 그가 거기에 없을 거라는 예감에 불안했지만, 그 예감을 믿지 않았다. 그러고는 다른 사람들이 거기에 있는 걸 보고 고통스럽게 실망했다—정말이었다, 그가 없었다.

왔다가 벌써 떠난 건가? 그럴 리가 없었다. 전에는 그녀가 아무리 늦어도 항상 기다렸다. 게다가 뭔가 중요한 할 말이 있다고 했으니, 그를 사랑한다는 사실을 이제 그녀가 깨달았다는 말일 게 분명하니, 정말로 무슨 말인지 듣고 싶었을 거다. 그녀는 자리에 앉아, 그에게 무슨 사고가 난 건 아닌지 걱정했다.

보통 그들은 그곳에 단둘이 있었지만 2월의 따스한 늦은 밤이 짝들을 불러냈다. 헬렌의 대각선 쪽에 꽃봉오리가 피어오르는 나뭇가지로 그늘진 벤치에서, 젊은 연인들이 길게 키스하고 있었다. 그녀 왼쪽 벤치엔 아무도 없었지만, 그 너머에는 한 남자가 어두운 가로등 아래서 자고 있었다. 고양이 한 마리가 그의 그림자를 건드리고는 사라졌다. 남자는 신음하며 일어나서 헬렌을 슬쩍 보고는 하품한 후에 다시 잤다. 연인들은 마침내 서로에게서 떨어진 후에 조용히 자리를 떴다. 행복한 여자를 남자가 어색하게 쫓아갔다. 헬렌은 진심으로 그 여자를 부러워했고, 그건 하루를 마무리하며 갖기에는 끔찍한 감정이었다.

손목시계를 슬쩍 보며 그녀는 이미 한 시가 지난 걸 깨달았다. 그녀는 떨면서 일어났다가 마지막으로 5분만 기다리려고 다시 앉았다. 머리 위의 별들은 머나먼 시계추처럼 모여 있었다. 철저히 혼자였고, 봄 같은 밤의 아름다움에 안타까웠다. 그녀 손에서 그 아름다움이 허무하게 사라져 버렸다. 기대감에 지쳤고, 일어나지 않을 일을 기다리는 일에 지쳤다.

한 남자가 그녀 앞에 비틀대며 서 있었다. 몸집이 크고, 지저분하고, 위스키 냄새가 났다. 헬렌은 두려움에 반쯤 일어났다.

그가 모자챙을 건드리며 거친 목소리로 말했다. "겁내지 마, 헬렌. 개인적으로 난 괜찮은 남자야—경찰의 아들이니까. 나 기억하지, 아니야?—학교 같이 다닌 워드 미노그야. 우리 아버지가 한번은 여자애들 운동장에서 날 두들겨 팼잖아."

본 지 몇 년이 지났음에도 그녀는 워드를 알아봤다. 그가 여자애를 따라 화장실에 들어갔던 일을 기억해 냈다. 본능적으로 헬렌은 자신을 보호하기 위해 팔을 올렸다. 소리를 지르지 않도록 애썼다. 안 그러면 그가 자신을 붙잡을 것 같았다. 기다리다 결국 이런 일을 당하다니 정말 멍청해, 그녀는 그렇게 생각했다.

"기억나, 워드."

"좀 앉아도 될까?"

그녀는 망설였다. "그래."

헬렌은 가능한 한 최대로 그에게서 멀리 떨어져 앉았다. 그는 반쯤 정신이 나간 듯이 보였다. 만일 그가 무슨 일을 하려고 하면 그녀는 소리를 지르면서 달아날 생각이었다.

"어두운데 어떻게 날 알아봤어?" 그녀가 물어보면서 아무 일도 없다는 듯이 행동했다. 그러면서 주변을 몰래 살피며 어떻게 도망치는 게 최선인지 따져 봤다. 나무숲만 지나갈 수 있으면, 광장까지 수풀 사이의 길로 20피트만 가면 됐다. 광장에 가기만 하면 도움을 청할 수 있는 사람들이 근처에 있을 것이다.

신이시여, 제발 도와주세요. 그녀는 기도했다.

"최근에 널 두어 번 봤지." 워드가 천천히 가슴에 손을 비비면서 대답했다.

"어디서?"

"여기저기. 한번은 네 아버지 식료품점에서 나오는 걸 봤고, 넌 줄 알았지. 너 아직도 그대로야." 그가 웃었다.

"고마워, 어디 안 좋아?"

"가스 때문에 속이 쓰린 거랑 지긋지긋한 두통이 있지."

"원한다면 지갑에 아스피린이 있어."

"아니, 그거 먹으면 토해." 그녀는 그가 나무숲을 향해 눈을 돌리는 걸 봤다. 그녀는 더 불안해졌고, 자기를 건드리지만 않으면 지갑을 주겠다고 할까 생각했다.

"네 남자 친구는 어때, 프랭크 알파인 말이야." 워드가 음흉하

246

게 윙크하며 물었다.

그녀가 놀라서 말했다. "프랭크를 알아?"

"오래된 친구지." 그가 답했다. "널 찾는다고 여기 왔었어."

"그 사람—괜찮아?"

"그다지." 워드가 말했다. "집에 가야 한다고 하던데."

그녀가 일어났다. "나 지금 가 봐야 해."

하지만 그가 일어났다.

"안녕." 헬렌이 그에게서 뒷걸음쳤다.

"프랭크가 너한테 이 종이를 주라고 했어." 워드가 코트 주머니에 자신의 큰 손을 밀어 넣었다.

그녀는 그를 믿지 않았지만, 그가 앞으로 다가올 때까지 걸음을 멈췄다. 그는 놀라운 속도로 그녀를 붙잡고, 냄새나는 손으로 그녀가 소리 지르지 못하게 입을 막은 후에 나무숲으로 그녀를 끌고 갔다.

"난 그저 네가 그 이탈리아 놈에게 준 걸 원하는 거야." 워드가 거칠게 말했다.

그녀는 발로 차고, 할퀴고, 그의 손을 깨물어 벗어났다. 그는 그녀의 코트 옷깃을 붙잡았고, 옷깃이 찢어졌다. 그녀는 다시 비명을 지르면서 앞으로 달렸지만, 그가 덤벼들어 입을 팔로 막았다. 워드가 그녀를 강하게 나무로 밀쳤고, 그녀는 순간 숨을 쉴 수가 없었다. 그가 목을 꽉 잡고, 다른 손으로는 그녀의 코트를 제쳐 드레스 어깨 쪽을 찢어 브래지어를 드러냈다.

그녀는 반항을 하고 격렬하게 발길질을 하다, 무릎으로 그의 사타구니를 찼다. 그가 소리를 지르면서 그녀의 얼굴을 때렸다. 그녀는 몸에서 힘이 빠지는 걸 느끼면서 정신을 잃지 않으려고 애썼다. 소리를 질렀지만 아무런 소리도 들리지 않았다.

헬렌은 그의 몸이 떠는 걸 느꼈다. 내가 부끄러운 일을 당하는구나, 그녀는 생각했다. 하지만 이상하게도 그의 냄새나는 몸에서 자유로워지는 것 같았다. 마치 그가 오물이 담긴 깡통으로 녹아들고, 자신이 그걸 발로 차 버린 것만 같았다. 다리 힘이 빠졌고, 그녀는 바닥에 쓰러졌다. 여전히 그와 싸우고 있는 느낌이었지만, 정신을 잃는다고 생각했다.

어렴풋이 그녀는 주변에서 싸움이 일어나는 걸 인식했다. 때리는 소리를 들었고, 워드 미노그가 엄청난 고통에 소리를 지르며 비틀거리며 달아났다.

프랭크다, 그녀는 엄청난 기쁨을 느끼며 생각했다. 헬렌은 부드럽게 몸이 들리는 걸 느꼈고, 그의 품 안에 있음을 깨달았다. 안도감에 울었다. 그는 그녀의 눈과 입술에 입맞춤했고, 반쯤 드러난 가슴에 입을 맞췄다. 그녀는 두 손으로 그를 꼭 안았고, 울며 웃으며, 그를 사랑한다고 말하러 왔다고 중얼거렸다.

그가 그녀를 누이고, 두 사람은 어두운 나무 아래서 입맞춤했다. 그녀는 그의 입에서 위스키 맛을 느꼈고 순간 겁이 났다.

"사랑해요, 헬렌." 그가 낮은 목소리로 말하며 찢어진 드레스로 그녀의 가슴을 서툴게 가리려고 했다. 그러면서 그녀를 좀 더 깊은 어둠 속으로, 나무 밑에서 칠흑 같은 들판으로 이끌었다.

그들은 한겨울 얼어버린 땅에 무릎을 꿇고 앉았고, 헬렌은 절박하게 속삭였다. "자기야, 제발 나중에." 하지만 그는 자신의 굶주리고 열정적인 사랑과, 가슴 아픈 끝없는 기다림에 대해 얘기했다. 말을 하면서도 그는 자신이 닿을 수 없는, 그가 훔쳐보는 동안 영원히 욕실에 있는 그녀를 떠올렸다. 그래서 그는 키스로 그녀의 간청을 막았다…….

잠시 후, 그녀가 소리 질렀다. "개자식―포경도 안 한 개자식!"

*

　다음 날 아침 모리스가 가게 뒤편에 혼자 앉아 있을 때, 한 소년이 분홍색 광고지를 들고 와 카운터 위에 놓고 갔다. 식료품점 주인은 광고지를 집어 들고, 코너의 식료품점과 최신식 간이식당의 경영진 교체 소식과 월요일에 타스트와 페데르손이 재개장을 한다는 내용을 읽었다. 이어서 큰 활자로 그들이 첫 주에 내놓은 특별 할인 품목이 적혀 있었다. 노르웨이인들이 감수하려고 하는 손실을 떠안을 수 없었기에, 모리스가 대응할 생각조차 절대 못 할 할인이었다. 식료품점 주인은 가게의 보이지 않는 구멍에서 불어오는 찬바람을 맞고 서 있는 것만 같았다. 부엌에서 다리와 엉덩이를 가스 라디에이터에 기대고 있었음에도, 뼛속을 스미는 한기를 녹이는 데 한참이 걸렸다.

　아침 내내 그는 구겨진 광고지를 읽으며 혼잣말을 했다. 차가운 커피를 마시며 미래를 생각하고, 이따금 프랭크 알파인을 생각했다. 점원은 15달러 임금을 놔둔 채 어젯밤 사라졌다. 모리스는 그가 아침에 돈을 가지러 올 거라고 생각했지만, 시간이 흐르면서 오지 않을 걸 알았다. 어쩌면 훔친 돈의 일부를 갚으려고 남겨 둔 건지도 몰랐다. 하지만 그게 아닐 수도 있었다. 식료품점 주인은 프랭크에게 나가라고 한 일이 옳았는지 천 번을 물었다. 맞다, 그가 돈을 훔쳤다. 하지만 또 맞다, 그는 갚고 있었다. 등록기에 6달러를 집어넣고는 주머니에 단지 1페니만 있다는 걸 깨달았다는 이야기는 아마도 사실일 거다. 왜냐하면 모리스가 등록기 안의 돈을 세어 봤을 때, 장사가 안되는 오후 시간에 그가 낮잠 자는 동안 보통 벌던 것보다 많았기 때문이다. 점원은 불행한 사람이었다. 하지만 식료품점 주인은 그 일이 터져서 기쁘다가도 안타까웠다. 마침내 그를 내보내게 되어 기뻤다. 헬렌을 위해서라도 그래야만 했다. 이다와 자신의 마음의 평화를 위해서도. 그렇지만 그는 노르웨이인들이 가게를 열 때 점원 없이 혼자 있게 된 게 기쁘진 않았다.

이다가 잠을 설쳐 부은 눈을 하고 내려왔다. 그녀는 세상에 대해 하릴없는 분노가 생겼다. 헬렌은 어떻게 될 거지? 자신에게 그렇게 물으며 주먹으로 가슴을 쳤다. 하지만 모리스가 그녀의 불평을 듣기 위해 고개를 들자 말을 꺼내기가 두려웠다. 30분 후에 가게에 무언가 변화가 생긴 걸 감지하고, 그녀가 점원 생각을 해냈다.

"점원은 어디 갔어요?" 그녀가 물었다.

"떠났어." 모리스가 대답했다.

"어디로 갔어요?" 그녀가 놀라서 말했다.

"아주 떠났어."

그녀가 그를 쳐다봤다. "모리스, 무슨 일 있었어요? 뭐예요?"

"아무 일도 없었어." 그가 당황했다. "그만두라고 했어."

"왜요, 갑자기?"

"그 친구를 더는 여기 둘 수 없다고 한 건 당신이잖아?"

"그 사람을 처음 본 날부터 그랬죠. 하지만 당신이 항상 아니라고 했잖아요."

"이제 나도 동의하는 거야."

"가슴에서 돌덩이가 사라진 것 같네요." 하지만 그녀는 만족하지 못했다. "아직 집에서는 안 나간 건가요?"

"나도 몰라."

"내가 가서 위층 사람한테 물어볼게요."

"그냥 놔둬. 그 사람 나가면 알게 될 거야."

"언제 그만두라고 했어요?"

"어젯밤에."

"그럼 왜 어젯밤에 얘기 안 했어요?" 그녀가 화를 내며 물었다. "나한테는 저녁 일찍 영화관에 갔다고 했잖아요."

"정신이 좀 없었어."

"모리스." 그녀가 불안해하며 물었다. "뭐 다른 일이 있었어요? 헬렌한테……."

"아무 일도 없었어."

"그가 그만둔 걸 애도 알아요?"

"난 말 안 했어. 걔는 오늘 아침에 왜 그리 일찍 나간 거야?"

"일찍 나갔어요?"

"응."

"나도 몰라요." 이다는 불안했다.

그가 광고지를 꺼냈다. "이것 때문에 기분이 안 좋은 거야."

그녀가 슬쩍 보고는 이해하지 못했다.

"독일인." 그가 설명했다. "그 사람 가게가 팔렸어, 두 명의 노르웨이인한테."

그녀는 놀라서 숨이 막혔다. "언제요?"

"이번 주에. 슈미츠가 아프대. 지금 병원에 누워 있어."

"내가 말했잖아요." 이다가 말했다.

"당신이 나한테 그랬어?"

"베이 이스 미르.' 크리스마스 지나고 얘기했었잖아요—장사가 좀 나아졌을 때요. 그 독일인이 손님을 잃는다고 운전사들이 말했다고 했어요. 당신이 아니라고 했고, 프랭크가 장사를 도와줬다며. 유대인 아닌 사람이 유대인 아닌 사람들을 끌고 온다고 당신이 그랬죠. 내가 당신하고 말싸움할 힘이 있었겠어요?"

"그 사람이 아침에 가게를 닫는다고 했어?"

"누가 그래요? 그건 나도 몰랐어요."

"카프가 말했어."

"카프가 왔었어요?"

"좋은 소식을 전해 주러 목요일에 왔었지."

"무슨 좋은 소식이요?"

"슈미츠가 가게를 팔았다는 소식."

"그게 좋은 소식이에요?" 그녀가 물었다.

"그에겐 아마도. 나한텐 아니지만."

"왔었다고 얘기 안 했잖아요."

"지금 하잖아." 그가 짜증 내며 말했다. "슈미츠가 가게를 팔았고, 월요일엔 노르웨이인 두 명이 열 거야. 우리 매상은 다시 엉망이 되겠지. 우린 여기서 굶어 죽을 거야."

"대단한 도움이었네요." 그녀가 비꼬았다. "그 사람 내보내라고 할 때 왜 내 말을 안 들었어요?"

"듣기는 했어." 그가 힘없이 말했다.

그녀가 조용히 있다가 다시 물었다. "그러니까 슈미츠가 가게를 팔았다고 카프가 말하고, 프랭크를 나가라고 한 거예요?"

"다음 날에."

"신이 도우셨네요."

"다음 주에도 '신이 도우셨네요'라고 할지 보자고."

"이게 프랭크랑 무슨 상관이에요. 그 사람이 우릴 도왔던 건가요?"

"나도 몰라."

"당신은 모르죠." 그녀가 날카로운 목소리로 말했다. "우리 매상이 어디서 온 건지 알고 나서 그 사람을 내보냈다고 당신이 방금 얘기했잖아요."

"모르겠어." 그가 비참하게 말했다. "어디서 온 건지 모르겠어."

"그 사람한테서 온 건 아니었죠."

"어디서 온 거였는지, 더 이상 신경 안 써. 다음 주에 어디서

점원   255

올지가 걱정이지." 그는 노르웨이인들이 제공하는 특별 할인을 큰 소리로 읽었다.

그녀가 손이 하얘질 정도로 꽉 쥐었다. "모리스, 정말 가게를 팔아야만 해요."

"그럼 팔라고." 한숨을 쉬면서 모리스가 앞치마를 벗었다. "나 좀 쉴게."

"아직 11시 반밖에 안 됐어요."

"몸이 으슬으슬해." 그는 우울해 보였다.

"먼저 뭘 좀 드세요. 수프라도."

"누가 먹을 수 있겠어?"

"뜨거운 차를 마셔요."

"싫어."

"모리스." 그녀가 조용히 말했다. "너무 걱정 말아요. 뭔가 생기겠죠. 항상 먹고살기는 하잖아요."

그는 아무런 대꾸도 하지 않고 광고지를 조그만 정사각형으로 접어서 2층으로 갖고 갔다.

방은 차가웠다. 이다는 아래층으로 내려올 때 항상 라디에이터를 끄고 헬렌이 집에 오기 한 시간 전 늦은 오후에 다시 켰다. 모리스는 침실 라디에이터 마개를 열었지만, 주머니에 성냥이 없는 걸 깨달았다. 부엌에서 성냥을 가져왔다.

이불 아래서 그는 몸을 떨었다. 담요 두 장과 누비이불을 덮고 있었지만 여전히 떨렸다. 아픈 게 아닌가 생각했지만 이내 잠이 들었다. 잠이 오는 걸 느끼며 기뻤다. 비록 그러면 밤이 너무 빨리 왔지만. 하지만 잠을 자면 그게 밤이었다. 세상일이 그런 거다. 그날 밤 그는 길가에서 자신의 가게를 들여다보면서 타스트와 페데르손이—한 사람은 작은 금발 수염을 했고, 다른 사람은 반쯤 머리가 벗어져 불빛에 머리가 번쩍거렸다—**자신의** 카운터 뒤에서, **자신의** 금전등록기를 들여다보는 걸 봤다. 식료품점 주인은 서둘러 들어갔지만, 그들은 독일어로 얘기하면서 그가 떠들어 대는 이디시어에는 신경도 쓰지 않았다. 바로 그 순간 프랭크가 헬렌과 함께 뒤편에서 나왔다. 점원이 노래하듯이 이탈리아어를 했지만, 그는 욕을 알아들었다. 그가 점원의 얼굴을 때렸고, 두 사람은 맹렬히 바닥에서 싸웠다. 헬렌이 소리 없이 소리를 질렀다. 프랭크가 그를 강하게 바닥에 내던지고 그의 빈약한 가슴 위에 앉았다. 폐가 터질 것만 같았다. 소리를 지르려고 애썼지만, 목소리는 목구멍에 걸렸고, 아무도 도와주지 않았다. 그는 죽을 수도 있을 것 같았고, 그랬으면 좋겠다고 생각했다.

테시 푸소는 나무가 벼락을 맞아 쓰러지는 꿈을 꾸었다. 그녀는 누군가가 심하게 신음하는 소리를 듣는 꿈을 꾸었고, 놀라서 일어나 귀를 기울인 후에 다시 잠들었다. 프랭크 알파인은 긴 밤의 더러운 끝자락에, 신음하다가 소리를 지르며 깼다. 영원히 깨어 있다는 생각이 들었다. 그는 침대에서 벌떡 일어나 아래층으로 달려 내려가고 싶은 충동을 느꼈다. 그 순간 모리스가 자신을 쫓아냈다는 사실을 기억해 냈다. 흐릿하고 음울한 겨울 아침이었다. 닉은 일하러 갔고, 테시는 목욕 가운을 입고 부엌에 앉아 커피를 마시고 있었다. 그녀는 프랭크가 다시 우는 걸 들었지만, 순간 자신이 임신했다는 걸 깨닫고 그의 악몽에 대해 궁금해하는 것 말고는 별다른 일을 하지 않았다.

그는 침대에 누워 담요를 머리 위까지 덮어쓰고 생각을 막으려 했지만, 생각은 빠져나가 썩은 냄새를 냈다. 그가 덮으려고 하면 할수록 냄새는 더 심해졌다. 침대에서 쓰레기 냄새를 맡았지만 밖으로 나갈 수가 없었다. 자신이 바로 그 쓰레기였기 때문이다─그의 삐뚤어진 코 안에서 나는 냄새였다. 자신이 저지른 일은 고약한 냄새가 났다. 참을 수 없어서 그는 이불을 밀치고 옷을 입으려고 애썼지만 그럴 수 없었다. 자신의 맨발을 보기만 해도 토할 것만 같았다. 담배를 절실히 피우고 싶었지만, 손을 보기가 두려워 담뱃불을 붙일 수가 없었다. 눈을 감고 성냥을 켰다. 성냥에 코를 그슬렸다. 그는 불이 붙은 성냥을 맨발로 밟고서 고통에 춤을 췄다.

신이시여, 제가 무슨 일을 저지른 건가요? 도대체 제가 왜 그랬던 거죠? 제가 왜 그런 일을 저질렀죠?

그의 생각이 그를 죽이고 있었다. 생각을 견딜 수가 없었다. 그는 비뚤어진 침대 끝에 앉았고, 생각으로 가든 찬 머리가 손 안에서 터질 것만 같았다. 그는 도망가고 싶었다. 그의 일부는 이미 도주 중이었고, 그는 어디로 가는지 몰랐다. 그저 도망가고만 싶었다. 하지만 도망치면서도 그는 되돌아오고 싶었다. 다시 헬렌과 만나고 싶었고, 용서받고 싶었다. 지나친 요구를 하는 건 아니었다. 사람들은 사람들을 용서했다─아니면 누굴 용서하겠는가? 그녀가 듣기만 한다면 그는 설명할 수 있을 것이다. 설명은 자신이 상처 준 사람들에게 가까이 다가서는 방법이다. 마치 상처를 주면서 그들에게 자신을 사랑할 기회를 주는 것처럼. 그는 이렇게 말할 거다, 그녀를 기다리기 위해, 그녀가 무슨 말을 할지 듣기 위해 갔었다고. 그녀가 사랑한다고 말할 거라는 걸 안다고 생각했다. 그리고 그 말은 두 사람이 곧 같이 자리라는 거였다. 그 생각이 그의 머릿속에 자리 잡았고, 앉아서 그녀가 그 말을 하는 걸 듣기 위해 기다렸다. 동시에 그녀가 절대로 그러지 않을 거라는 사실, 그녀의 아버지가 그를 식료품점에서 내보낸 이유를 아는 순간 그녀를 잃을 거라는 사실에 고통스러워했다. 거기에 대해 그녀에게 무슨 말을 할 수 있겠는가? 그는 앉아서 몇 시간 동안 무슨 말을 할지 고민했고, 결국 배가 고파졌다. 자정에 그는 피자를 사 먹으러 나섰다가 대신 술집에 들렀다. 거기서 거울에 비친 자기 얼굴을 보고 그는 코가 찡할 정도의 역겨움을 느꼈다. 거울에 비친 사람에게 물었다. 도대체 어디 있어 본 거지? 항상 잘못된 일을 하는 걸 빼면 지금껏 무슨 일을 한 거야? 그가 공원에 돌아갔을 때, 워드 미노그가 그녀를 때리고 있었다. 그는 워드를 죽이려고 했다. 그리고 헬렌이 그의 품 안에서 울며 마침내 그를 사랑한다고 말하자, 모든 게 끝났고 이젠 그녀를 절대 다시 볼 수 없다는 절망감이 들었다. 그녀를 잃기 전에 사랑해야만 한다는 생각이 들었다. 그녀는 안 된다고, 그러지 말라고 했지만, 그녀가 자신을 사랑한다고 말하면서 동시에 그런 말을 한다는 걸 믿을 수가 없었다. 그가 생각했다, 일단 내가 시작하면 그녀도 날 따르겠지. 그래서 그는 그렇게 일을 저질렀다. 그는 자신의 사랑으로 그녀를 사랑했다. 그녀도 그 사실을 알아야만 했다. 화를 내면서 주먹으로 그의 얼굴을 때리고, 그를 욕하고, 그로부터, 그의 사죄로부터, 그의 애청으로부터, 그의 슬픔으로부터 도망치지 말았어야 했다.

아, 예수님, 제가 무슨 일을 한 거죠?

그는 신음했다. 행복한 결말을 얻는 대신 악취가 풍겼다. 그가 저지른 일을 뿌리째 제거할 수만 있다면, 두들겨 부숴 버리고자 했다. 하지만 이미 저질러진 일이었고, 되돌릴 수가 없었다. 그건 그가 더 이상 절대로 손을 댈 수 없는 곳에 있었다―그의 냄새 나는 머릿속이었다. 그의 생각이 영원히 그의 목을 죌 거였다. 그는 너무도 자주 실패했었다. 어디선가 멈춰 서서, 그가 가던 길을, 그의 운을, 그 자신을 변화시켜야만 했었다. 세상을 증오하는 걸 멈추고, 제대로 된 교육을 받고, 직장을 가지고, 좋은 여자를 얻어야만 했다. 의지력 없이 살아왔고, 매번 선한 의도와 반대로 행동했다. 강도 짓 한 걸 모리스에게 고백한 적이 있었던가? 해고되는 순간까지 금전등록기에서 돈을 훔치지 않았던가? 공원에서의 단 한 번의 끔찍한 행동으로 마지막 희망마저도, 그처럼 오랫동안 기다렸던 사랑마저도 끝내지 않았는가―미래의 기회마저? 자신의 못돼먹은 인생은 그를 이리저리 이끌었다. 그는 인생을 그 어느 곳으로도 이끌지 못했다. 바람이 불면 이리저리 굴러다녔고, 아무것도 가지지 못했다. 자신이 살아왔던 삶을 입증할 만한 경험조차 가지지 못했다. 경험이 있었다면 적어도 언제 시작하고 어디서 그만둘지를 알았을 거다. 그가 아는 거라곤 자신을 더 엉망으로 만드는 방법뿐이었다. 가치가 있을 거라고 몰래 생각했던 그 자아는, 그가 아무리 생각해 봐도, 죽은 쥐일 뿐이었다. 썩은 냄새가 진동했다.

이번에는 그의 비명에 테시가 겁이 났다. 프랭크는 도망치려고 일어났지만 이미 도망치지 않은 곳이 없었다. 탈출할 곳이 남지 않았다. 방이 줄어들었다. 침대가 그를 향해 날아다녔다. 그는 갇혀 버렸다—가슴이 아프고 울고 싶었지만, 그럴 수가 없었다. 스스로 목숨을 끊을 계획을 세웠지만, 바로 그 순간 엄청난 깨달음을 얻었다. 지금껏 아닌 것처럼 행동했었지만 그 자신이 정말로 엄격한 도덕성을 지닌 사람이라는 깨달음이었다.

이다는 한밤중에 깨어나 딸아이가 우는 소리를 들었다. 냇이 애한테 무슨 짓을 했구나, 순간 그렇게 생각했지만, 헬렌한테 가서 무슨 일인지 묻기가 부끄러웠다. 그녀는 그가 무지렁이처럼 행동했을 거라 추측했다—헬렌이 그 애를 그만 만난 것도 놀랍지 않았다. 밤새 그 법대생이랑 사귀라고 아이한테 종용했던 자신을 한탄했다. 기분이 안 좋은 상태로 잠이 들었다.

날이 새자 모리스가 가게로 갔다. 헬렌은 침대에서 겨우 나와서 빨개진 눈으로 앉아 코트 옷깃을 꿰맸다. 사무실 근처에 가서 재단사에게 옷을 맡겨 찢어진 곳이 보이지 않게 고칠 작정이었다. 새 드레스는 어쩔 도리가 없었다. 드레스를 가망이 없는 공처럼 돌돌 말아서, 옷장 맨 아래 서랍의 다른 것들 밑에 숨겼다. 월요일에 똑같은 옷을 사서 옷장에 걸어 놓을 생각이었다. 샤워를 하러 옷을 벗으며—몇 시간 동안 세 번째 샤워였다—그녀는 자신의 몸을 보고 울음을 터뜨렸다. 가까이한 남자들 모두가 그녀를 더럽혔다. 어떻게 그에게 여지를 줄 수 있었던 거지? 처음부터 그가 믿음직스럽지 않은 걸 알면서도 그를 믿었던 자신을 강렬히 증오했다. 어떻게 그런 사람하고 사랑에 빠지게 된 거지? 자신이 만들어 낸 환상에 대한 혐오감이 가슴 가득 차올랐다. 그가 될 수 없는 무언가로 그를 만든 거였다—부랑자나 다름없던 사람을 배울 수 있고, 전도유망하고, 친절하고, 선한 사람으로. 도대체 그녀의 지혜는, 본능적인 자기 보존의 감각은, 어디에 있었던 거지?

샤워를 하면서 그녀는 비누칠을 많이 했고, 울면서 씻었다. 그녀는 어머니가 깨기 전 7시에 옷을 입고 집을 나섰다. 뭔가를 먹기에는 속이 너무 안 좋았다. 잠으로 자신의 삶을 기꺼이 잊고 싶었지만, 집에 있을 용기가, 질문을 받을 용기가 없었다. 반나절 일하고 집에 돌아왔을 때 만일 그가 거기 있다면, 그에게 떠나라고 명령하거나 아니면 소리를 지르며 집에서 쫓아내겠다고 마음먹었다.

정비소에서 집으로 오던 닉이 복도에서 가스 냄새를 맡았다. 자기 방의 라디에이터를 검사했고, 둘 다 불이 붙어 있는 걸 확인했다. 그러고는 프랭크의 방문을 두드렸다.

잠시 후에 문이 살짝 열렸다.

"무슨 냄새 안 나?" 닉이 열린 틈 사이로 눈을 바라보며 말했다.

"네 일이나 신경 써."

"너 미쳤어? 집에 가스 냄새가 나잖아. 위험하다고."

"가스?" 프랭크가 문을 확 열었다. 그는 파자마를 입고 있었고, 초췌해 보였다.

"무슨 일이야? 아파?"

"가스 냄새가 어디서 나는데?"

"냄새나는 거 모르겠어?"

"감기가 심하게 걸렸어." 프랭크가 쉰 목소리로 말했다.

"아마도 지하실에서 나는 것 같아." 닉이 말했다.

두 사람은 계단을 뛰어 내려갔고, 그러자 냄새가 프랭크를 덮쳤다. 코를 찌르는 냄새는 뚫고 지나가야 할 정도로 짙었다.

"여기서 나는데." 닉이 말했다.

프랭크가 문을 두드렸다. "헬렌, 여기 가스가 새어 나오고 있어요. 문 열어, 헬렌." 그가 소리를 질렀다.

"어깨로 밀어." 닉이 외쳤다.

프랭크가 어깨로 문을 밀었다. 잠겨 있지 않았기에 그는 안쪽으로 넘어졌다. 닉이 재빨리 부엌 창문을 열었고, 그사이 프랭크는 맨발로 집 안을 돌아다녔다. 헬렌은 없었지만 침대에 누워 있는 모리스를 발견했다.

점원은 기침을 하며 식료품점 주인을 침대에서 끌어내고, 거실로 옮겨서 바닥에 뉘었다. 닉이 침실 라디에이터 마개를 닫고 창문을 다 열었다. 프랭크가 무릎을 꿇고 앉아서 몸을 숙이고, 모리스의 옆구리에 두 손을 붙이고 인공호흡을 했다.

테시가 놀라서 뛰어 들어왔고, 닉은 그녀에게 이다를 부르라고 소리쳤다.

이다가 비틀거리며 계단을 올라오면서 신음했다. "오, 신이시여. 오, 신이시여."

속옷은 푹 젖었고, 얼굴은 비트처럼 빨갛고, 입가에는 거품을 물고 바닥에 누워 있는 모리스를 보자마자 그녀는 날카롭게 비명을 질렀다.

헬렌이 멍하니 복도로 들어오다 어머니의 비명을 들었다. 가스 냄새를 맡았고, 누군가 죽었을 거라는 생각에 놀라서 계단을 뛰어올랐다.

파자마를 입은 프랭크가 자기 아버지 위로 몸을 숙이고 있는 모습을 보자, 그녀는 혐오감에 목이 메었다. 두려움과 증오에 차 소리를 질렀다.

프랭크는 그녀를 바라볼 수가 없었다. 그러기가 겁이 났다.

"눈이 방금 움직였어." 닉이 말했다.

모리스는 가슴에 엄청난 고통을 느끼며 깼다. 머리는 녹슨 금속처럼 느껴졌고, 입안은 끔찍하게 말랐고, 뱃속은 고통으로 그르렁댔다. 바닥에 겨울 속옷만 입고 누워 있는 자신이 부끄러웠다.

"모리스." 이다가 소리쳤다.

프랭크가 맨발에 파자마만 입고 있다는 사실에 부끄러워하며 일어났다.

"아빠, 아빠." 헬렌이 무릎을 꿇었다.

"당신 왜 그런 거예요?" 이다가 식료품점 주인의 귀에 대고 소리 질렀다.

"어떻게 된 거야?" 그가 숨을 헐떡였다.

"당신 왜 그런 거냐고요?" 그녀가 울었다.

"미쳤어?" 그가 투덜거렸다. "가스 불을 붙이는 걸 까먹었어. 실수야."

헬렌이 울음을 터뜨렸고, 입술이 부들거렸다. 프랭크는 고개를 돌려야만 했다.

"바람이 통해서 그나마 살아 계신 겁니다." 닉이 말했다. "방이 완전히 방풍이 되는 게 아니라 다행이었어요, 모리스 씨."

테시가 몸을 떨었다. "날이 추워요. 좀 덮어 줘요, 땀을 흘리시잖아요."

"침대에 뉘어 주게." 이다가 말했다.

프랭크와 닉이 식료품점 주인을 들어서 침대로 옮겼다. 이다와 헬렌은 담요와 누비이불로 그를 덮었다.

"고맙네." 모리스는 그들에게 말했다. 그가 프랭크를 쳐다봤다. 프랭크는 바닥을 바라봤다. "창문을 닫아요." 테시가 말했다. "냄새가 다 빠졌어요."

"조금만 더 기다려요." 프랭크가 말했다. 헬렌을 슬쩍 봤지만, 그녀는 등을 돌리고 있었다. 그녀는 아직도 울고 있었다.

"당신 왜 그랬어요?" 이다가 신음했다.

모리스가 한참 그녀를 쳐다보고는 눈을 감았다.

"쉬게 놔두세요." 닉이 조언했다.

"한 시간 동안은 불을 켜지 마세요." 프랭크가 이다에게 말했다.

테시가 창문을 하나만 남기고 다 닫았고, 그들은 자리를 떴다. 이다와 헬렌은 모리스와 함께 침실에 남았다.

프랭크는 헬렌의 방 앞에서 머뭇거렸지만, 그를 반기는 건 아무것도 없었다.

나중에 그는 옷을 입고 가게로 내려갔다. 장사는 활발했다. 이다가 내려와서, 그가 그러지 말라고 간청했음에도 가게 문을 닫았다.

그날 오후 모리스가 열이 나기 시작했고, 의사는 병원에 가야 한다고 말했다. 구급차가 와서 식료품점 주인을 데려갔고, 아내와 딸이 그와 동행했다.

위층 창가에서 프랭크는 그들이 떠나는 걸 지켜보았다.

일요일 아침까지 가게는 변함없이 굳게 닫혀 있었다. 겁이 나긴 했지만 프랭크는 이다의 방문을 두드려 열쇠를 달라고 할까 생각했다. 하지만 헬렌이 문을 열 수도 있었고, 문턱 너머로 그녀에게 무슨 말을 할지 몰랐기에, 대신 지하실로 내려가서 덤브웨이터를 타고 올라가 환기통에 난 작은 창문 사이로 간신히 가게 화장실로 들어갔다. 뒤편에서 점원은 면도를 하고 커피를 마셨다. 누군가가 나가라고 할 때까지 가게에 있을 생각이었다. 누가 그렇게 말한다고 해도 좀 더 머무를 거였다. 그게 바로 그에게 남은 유일한 희망이었다, 조금이라도 희망이 있다면 말이다. 앞문을 열고 그는 우유와 빵을 들여오고 장사할 준비를 했다. 등록기가 텅 비어 있었기에 그는 샘 펄에게 잔돈으로 5달러를 빌렸고, 자신이 번 돈으로 갚을 거라고 했다. 샘은 모리스가 어떤지 알고 싶었고 프랭크는 자기도 모른다고 대답했다.

8시 반이 조금 지난 시간, 이다와 그녀의 딸이 집을 나설 때 점원은 앞쪽 유리 창가에 서 있었다. 헬렌은 한 해 전의 꽃처럼 보였다. 그녀를 유심히 바라보며 그는 상실과 부끄러움과 후회로 가슴이 저렸다. 참기 힘든 공허감이 생겼다―어제 무언가 엄청난 걸 거의 가졌지만 오늘 그게 사라진 느낌, 그런 게 있었다는 걸 기억하는 비참함만이 남은 느낌이었다. 자신이 거의 가졌던 것을 생각하면 할수록 미칠 것만 같았다. 밖으로 뛰쳐나가서 그녀를 안으로 데리고 들어와, 그녀를 향한 자신의 사랑이 지닌 엄청난 가치를 알리고 싶었다. 하지만 아무 일도 하지 않았다. 숨은 건 아니었지만, 정확히 말하자면 나선 것도 아니었다. 그들은 곧바로 지하철을 타러 갔다.

나중에 그도 모리스를 보러 병원에 갈 생각이었다. 어느 병원인지 알면 바로―그들이 집에 돌아온 후에. 하지만 그들은 자정이 될 때까지 돌아오지 않았다. 가게는 닫혀 있었고 그는 방에서 그들을, 택시에서 내리는 두 개의 검은 형상을 보았다. 노르웨이인들이 개장한 월요일 아침 7시에 이다는 모리스 보버가 아파서 화요일이나 수요일까지 식료품점을 닫을 거라고 알리는 종이를 문에 붙이려고 내려왔다. 놀랍게도 프랭크 알파인이 앞치마를 두르고 카운터 뒤에 서 있었다. 그녀가 화를 내며 들어왔다.

프랭크는 모리스나 헬렌이, 둘 중 하나나 혹은 두 사람 모두가, 그가 저지른 잘못을 전부 그녀에게 말했을까 봐 긴장했다. 만일 그랬다면 가망이 없었기 때문이다.

"여길 어떻게 들어온 거죠?" 이다가 격노했다.

그는 환기통 창문을 통해서라고 답했다. "힘든 일이 있으시니, 열쇠 달라고 귀찮게 하지 않으려고 했어요."

그녀는 그에게 다시는 그런 식으로 들어오지 말라고 단호하게 경고했다. 그녀의 얼굴은 깊게 주름이 졌고, 눈은 지쳤고, 말은 신랄했다. 하지만 어떤 기적 같은 이유에서인지 자신이 한 일을 그녀가 모르고 있다는 걸 깨달았다.

프랭크는 바지에서 달러 지폐와 작은 잔돈 주머니 한 움큼을 꺼내 카운터에 올려놓았다. "어제 41달러를 벌었습니다."

"어제 여기 있었다고?"

"어떻게 들어왔는지 말씀드렸잖아요. 4시에서 6시 정도까지 갑자기 손님들이 많이 왔어요. 감자 샐러드가 다 팔렸어요."

그녀의 눈에 눈물이 고였다. 그는 모리스가 어떤지 물었다.

그녀는 젖은 눈을 손수건으로 훔쳤다. "모리스는 폐렴에 걸렸어요."

"아, 안됐네요. 제가 걱정한다고 전해 주세요. 어떻게 좀 나아지고 계세요?"

"그는 매우 아픈 사람이에요, 폐가 좋지 않죠."

"병원에 아저씨를 보러 갈까 생각해요."

"지금 말고요." 이다가 말했다.

"좀 나아지면요. 얼마나 거기에 계실 것 같으세요?"

"몰라요. 의사가 오늘 전화할 거예요."

"저기요, 아주머니." 프랭크가 말했다. "모리스 씨가 편찮으신 동안에는 가게 걱정하지 마시고, 저한테 맡기시는 게 어때요? 제가 뭘 바라는 게 없다는 거 아시잖아요."

"남편이 가게에서 나가라고 했잖아요."

그는 몰래 그녀의 표정을 살폈지만 비난의 흔적은 없었다.

"아주 오래 있지는 않을 겁니다." 그가 대답했다. "그런 걱정 은 하지 마세요. 모리스 씨가 나아질 때까지만 있을 겁니다. 가 진 돈은 전부 병원비에 들어가야 하잖아요. 아무것도 요구하지 않을게요."

"모리스가 왜 그만둬야 한다고 그랬어요?"

그의 심장이 철렁했다. 그녀가 아는 건가, 아닌 건가? 만일 안 다면, 실수라고 말할 거다. 등록기에서 1센트도 훔치지 않았다 고 했다. 카운터 위 그녀 눈앞에 있는 돈뭉치가 그 증거 아닌가? 하지만 그가 대답했다. "제가 헬렌 주위에 더 이상 어슬렁거리 는 걸 원하지 않으셨어요."

"맞아요, 그 애는 유대인 여자예요. 다른 사람을 찾으세요. 게 다가 슈미츠가 12월부터 아파서 아침하고 이른 저녁에 가게를 닫았었다는 걸 모리스도 알게 됐어요. 그게 우리 매상이 오른 이유였죠, 그쪽이 아니라."

그녀는 이어서 독일인이 가게를 팔았고, 두 명의 노르웨이인이 오늘 개장했다고 프랭크에게 알렸다.

프랭크가 얼굴을 붉혔다. "슈미츠가 아파서 가끔 가게를 닫았다는 건 알았습니다. 하지만 그 때문에 장사가 더 잘된 건 아니에요. 그렇게 된 건 매상을 올리려고 제가 정말 많이 노력했기 때문이에요. 그리고 장담컨대 가게를 이 상태로 똑같이 유지할 수 있을 겁니다. 근처에 두 명의 노르웨이인이 있든, 아니면 세 명의 그리스인이 있든 말이죠. 게다가 매상을 더 올릴 수 있다고 장담해요."

반쯤은 그를 믿고 싶은 마음이었지만, 그녀는 그럴 수가 없었다.

"기다려 봐요. 그쪽이 얼마나 똑똑한지 알게 될 거니까."

"그러니까 저한테 증명할 기회를 주세요. 보수를 주실 필요는 없어요. 방이랑 식사면 충분해요."

"도대체." 그녀가 짜증을 내며 물었다. "우리한테 원하는 게 뭐예요?"

"그냥 도우려는 겁니다. 모리스 씨한테 진 빚이 있거든요."

"그런 거 없어요. 가스 중독에서 구해 주었으니 오히려 남편이 그쪽한테 빚이 있죠."

"닉이 먼저 냄새를 맡았어요. 어쨌거나 아저씨가 제게 해 준 일들에 대한 빚이 있다고 저는 생각해요. 제가 성격이 원래 그래요. 고마운 일이 있으면 고마워해야만 하거든요."

"제발 헬렌을 귀찮게 하지 말아요. 당신한테 맞는 애가 아니에요."

"그럴게요."

그녀는 그를 내보내지 않았다. 이토록 가난한 사람에게 무슨 선택권이 있겠는가?

타스트와 페데르손은 봄꽃으로 만든 화환을 창문에 걸고 가게를 열었다. 그들의 분홍색 광고지는 꾸준히 손님을 끌었고, 프랭크는 할 일 없는 시간이 많아졌다. 낮에 단골 몇 명만이 식료품점으로 왔다. 밤에 노르웨이인들이 문을 닫으면, 식료품점이 갑자기 활기를 띠었지만, 프랭크가 11시쯤 줄을 당겨 창문의 불을 껐을 때 등록기에는 고작 15달러만 있었다. 그는 크게 걱정하지 않았다. 월요일은 어쨌거나 장사가 잘 안되는 날이었다. 게다가 기회가 생기면 누구나 특별 할인 상품을 살 권리가 있는 법이다. 노르웨이인들이 매상에 어떤 변화를 줄지, 두 주가 지나기 전에는 아무도 모를 거라고 그는 생각했다. 그때쯤엔 동네 사람들이 그들에게 익숙해지고 상황이 제자리로 돌아올 거다. 그 누구도 특별 할인 상품을 그렇게 싸게 매일 줄 수는 없다. 가게는 자선 단체가 아니었고, 그들이 공짜로 주는 걸 멈추는 순간 그는 서비스와 가격으로 그들과 경쟁할 거고, 손님들을 다시 끌어들일 터였다.

화요일도 역시 여느 때처럼 장사가 별로였다. 수요일엔 조금 나아졌지만 목요일에 다시 별로였다. 금요일은 좀 나았다. 토요일이 그 주에 가장 괜찮았다. 최근 토요일만큼 좋지는 않았지만. 한 주가 끝나자 식료품점은 최근 한 주 평균 수입에 비해 100달러 정도를 덜 벌었다. 이런 일이 일어날 거라 예측했기에

프랭크는 목요일에 30분 정도 가게를 닫고 전차를 타고 은행에
갔다. 저축 예금 계좌에서 25달러를 인출해서 등록기에 넣었다.
목요일에 5달러, 금요일에 10달러, 토요일에 10달러를. 그러면
매일 밤 장부에 매상을 적을 때 이다가 그리 우울해하지 않을 거
였다. 한 주에 75달러는 100달러만큼 나쁜 건 아니었다.

모리스는 병원에서 열흘을 머문 후에 나아졌고, 이다와 헬렌
은 그를 택시에 태워 집으로 데려와 회복하라고 침대에 눕혔다.
프랭크는 용기를 끌어모아 올라가서 그를 만나 이번엔 제대로,
정말 제대로 시작할까 생각했다. 먹음직한 갓 구운 제품을, 그
가 아는 바로는 아마도 식료품점 주인이 좋아하는 치즈 케이크
한 조각이나 사과 슈트루델을 가져다줄까 생각했다. 하지만 점
원은 여전히 너무 서두르는 걸까 봐 두려웠다. 케이크 살 돈이
어디서 났느냐고 모리스가 물어볼까 두려웠다. "이 도둑놈, 이
놈, 네가 여기 있는 이유는 단지 내가 아파서 위층에 있기 때문
이야."라고 소리 지를지도 몰랐다. 하지만 모리스가 그렇게 느
꼈다면 이다에게 프랭크가 한 일을 얘기했을 거였다. 이제 점원
은 그가 아무 말도 안 했다는 걸 확신했다. 그녀가 그의 귀를 붙
잡고 내동댕이칠 때까지 이렇게 오래 걸릴 리가 없었기 때문이
다. 그는 모리스가 그 일을 남에게 얘기하지 않았다는 사실에
대해 많이 생각해 봤다. 그건 자신이 상황을 잘못 파악했을 수
도 있다고 생각하는 사람이 취하는 방식이었다. 그건 시간이 지
나면 프랭크에 대해 그가 다른 시각을 가질 수도 있다는 뜻이었

다. 점원은 모리스가 회복한 후에도 자신을 계속 식료품점에 둘 만한 이유를 이것저것 만들어 보았다. 머물기 위해 프랭크는 무엇이든 약속할 작정이었다. "아저씨나 다른 어떤 사람에게서 또 훔치지 않을까 걱정하지 마세요, 모리스 씨. 제가 만일 그러면 전 그 자리에서 바로 쓰러져 죽을 겁니다." 그는 이 약속과, 그리고 가게를 계속 열어 둠으로써 모리스를 돕는다는 사실로, 자신의 진심을 모리스에게 납득시키기를 바랐다. 그렇지만 그를 보러 올라가기 전에 조금 더 기다리기로 했다.

헬렌도 그에 대해 아무에게도 말하지 않았고, 왜 그랬는지 이해하기는 어렵지 않았다. 그녀에게 저지른 잘못은 단 한 번도 그의 머릿속을 떠나지 않았다. 잘못을 하려던 건 아니었지만 결국 저지르고 말았다. 이제 그는 제대로 하려고 했다. 그녀가 원하는 건 무엇이든 하고, 만일 그녀가 아무것도 원하지 않으면 그는 자신이 해야만 하는 무언가를 하려고 했다. 그리고 자신의 의지로, 자신 말고는 그 누구의 도움도 받지 않고 그 일을 하려 했다. 그 일을 절제와 사랑으로 해낼 작정이었다.

이러는 내내 그는, 비록 마음은 그가 하고 싶은 말들로 무거워졌지만, 그녀의 모습을 얼핏 볼 뿐이었다. 그는 판유리 창문 너머로 그녀를 봤다─그녀는 바닷속에 있었다. 녹색 유리 너머로 그녀는 물에 빠진 듯했지만, 세상에, 그토록 아름다운 적이 없었다. 그녀를 향해 부드러운 연민을 느꼈고, 그녀를 그렇게 연민의 대상으로 만든 것이 부끄러웠다. 한번은 직장에서 돌아오다 그녀의 눈이 우연히 그의 눈과 마주치자 혐오감을 드러냈다.

이제 난 가망이 없군, 그는 생각했다. 이제 여기 들어와서 나한테 나가 죽으라고 하겠지. 하지만 그녀가 눈을 돌리는 순간, 그녀는 존재하지 않았다. 그처럼 그녀에게서 떨어져 있다는 사실이, 홀로 남아 그녀의 그림자에, 그녀가 남긴 꽃향기에 사과해야 한다는 사실이 고통스러웠다. 그 자신에게는 자신의 행동을 고백했지만, 그녀에게는 아니었다. 그게 바로 저주였다. 고백을 하지만 누가 들을 것인가? 가끔 울 것만 같았지만, 우는 게 너무도 아이 같다고 생각했다. 울고 싶지 않았고, 그래서 형편없이 울었다.

한번은 그녀를 복도에서 마주쳤다. 그가 입술을 움직이기도 전에 그녀는 사라졌다. 그는 그녀에 대한 사랑이 몰려오는 걸 느꼈다. 그는 그녀가 떠난 후에, 희망 없음이 그의 벌이라고 생각했다. 그는 벌이 엄중하면서 신속할 것이라고 기대했다. 대신 벌은 천천히 다가왔다―절대 도착하지는 않으면서도, 항상 거기 있었다.

그녀에게 다가갈 수가 없었다. 그 일은 그녀를 다른 세계로 데려갔고, 그곳에 들어갈 방도가 없었다.

어느 날 아침 일찍 그는 복도에 서서 그녀가 계단을 내려오기를 기다렸다.

"헬렌." 그가 이제 가게에서 쓰는 천 모자를 벗으면서 말했다. "내 마음은 슬픔으로 가득해요. 사죄하고 싶어요."

그녀의 입술이 떨렸다. "나한테 말 걸지 말아요." 그녀가 경멸 감에 북받친 목소리로 말했다. "당신 사과를 원하지 않아요. 당신을 보고 싶지 않고, 당신을 알고 싶지도 않아요. 아버지가 괜찮아지면 제발 바로 떠나요. 아버지랑 어머니를 도와줬으니, 그건 고마워요. 하지만 나한테는 아무런 도움이 안 돼요. 역겹다고요."

꽝 소리와 함께 문이 닫히며 그녀가 사라졌다.

그날 밤 그는 그녀의 창문 아래 눈밭에 서 있는 꿈을 꾸었다. 맨발이지만 춥지 않았다. 눈 속에서 오랫동안 기다린 터라 눈이 머리 위에 내려앉았고, 얼굴은 거의 얼어 버렸다. 하지만 그는 더 기다렸고, 마침내 불쌍함에 마음이 움직여 그녀가 창문을 열고 무언가를 던졌다. 그건 천천히 내려왔고, 그는 글자가 적힌 종이라고 생각했지만, 하얀 꽃이었다. 겨울에 보기엔 놀라운 꽃이었다. 그녀가 조금 열린 창 사이로 꽃을 던질 때, 그는 그저 그녀의 손가락만 봤다. 하지만 그녀 방의 불빛을 보았고, 심지어는 방의 온기도 느꼈다. 그러다 다시 봤을 때 창문은 얼음으로 봉해진 채, 굳게 닫혀 있었다. 꿈을 꾸면서도 그는 창문이 절대 열리지 않으리라는 걸 알았다. 그런 창문은 없었다. 꽃을 보려 손을 내려다보았고, 거기에 꽃이 없다는 걸 보기 전에 잠에서 깨었다.

다음 날 그는 계단 아래서 그녀를 기다렸다. 모자를 쓰지 않아 전구 불빛이 그의 머리 위에 내려앉았다.

그녀가 얼어붙은 얼굴을 돌린 채 내려왔다.

"헬렌, 그 무엇도 당신을 향한 내 사랑을 사라지게 할 수 없어요."

"당신 입에선 그건 더러운 말이에요."

"사람이 잘못을 했다고 해도, 그 때문에 영원히 고통받아야만 하나요?"

"개인적으로는 당신한테 무슨 일이 일어나든 관심 없어요."

그가 계단에서 기다릴 때마다 그녀는 한마디도 하지 않고, 마치 그가 존재하지 않는다는 듯이 지나쳤다. 사실 존재하지 않았다.

프랭크는 생각했다. 가게가 어두운 밤을 좀 날려 버릴 수만 있다면 난 죽어도 좋아. 그는 온갖 방식으로 버티려고 애썼다. 매상은 끔찍할 정도였다. 그는 식료품점이 얼마나 버틸지, 식료품점 주인과 그의 아내가 얼마나 오래 그에게 가게를 살리라고 할지 확신할 수 없었다. 가게가 망하면 모든 게 사라질 터였다. 하지만 가게를 유지하면 무슨 일이 일어날 가능성이 항상 남았다. 그리고 그런 일이 일어나면, 또 다른 무슨 일이 일어날 수도 있었다. 모리스가 내려올 때까지 가게를 지탱한다는 말은, 상황을 바꿀 시간이 그에게 적어도 두 주 정도 있다는 의미였다. 몇 주는 아무것도 아니었지만, 그가 해야만 하는 일을 하려면 몇 년이 필요하기에 그렇게 아무것도 아닌게 더 나았다.

타스트와 페데르손은 다음 주도 특별 할인을 이어 갔다. 그들은 하나에 이어 다른 무언가를 고안해 내 손님들이 계속 구매하게 만들었다. 프랭크의 손님들은 사라져 갔다. 일부는 이제 길에서 만나면 그에게 인사도 하지 않고 지나갔다. 한두 명은 창문에 걸린 그의 고통스러운 얼굴을 보지 않기 위해서, 전차 선로를 건너 거리 반대편으로 걸어갔다. 그는 은행에서 가진 돈을 모두 인출했고, 매주 수입을 조금 불렸다. 하지만 이다는 상황이 얼마나 좋지 않은지 알았다. 그녀는 낙담했고, 가게를 경매인에게 넘기는 얘기를 했다. 그 때문에 그는 미칠 것만 같았다.

좀 더 애를 써야만 했다.

그는 온갖 종류의 방법을 시도했다. 특별 할인 상품을 외상으로 주었고, 그렇게 상품의 절반을 팔았다. 하지만 그러자 노르웨이인들이 그걸 더 싸게 팔기 시작했고, 나머지 절반은 선반에 남겨졌다. 그는 이틀 밤 동안 밤새 가게를 열었지만 전기료를 낼 정도도 벌지 못했다. 할 수 있는 일이 거의 없자 그는 가게를 좀 고쳐야겠다는 생각이 들었다. 은행 계좌에서 5달러만 남기고 다 뽑아서 값싼 페인트 몇 통을 샀다. 그러고는 상품을 한쪽에서 다른 쪽으로 다 옮기고, 곰팡이 낀 벽지를 긁어내고 산뜻한 밝은 노란색으로 칠했다. 한쪽을 다 칠하고, 그는 긴 사다리를 빌려 천장을 조금씩 긁어낸 후에 하얀색 칠을 했다. 또한 선반 몇 개를 바꾸고 싸구려 잡화점 바니시로 단정하게 마감했다. 결국엔 이 모든 노력이 단 한 명의 손님도 끌지 못했다고 인정해야만 했다.

더 나빠지기가 불가능해 보였는데도, 가게는 더 나빠졌다.

"매상에 대해 모리스 씨한테 뭐라고 얘기하세요?" 프랭크가 이다에게 물었다.

"남편은 나한테 묻지 않고, 나도 남편한테 말 안 해요." 그녀는 힘이 없었다.

"지금은 어떠세요?"

"아직 약해요. 의사 말로는 폐가 종잇장 같대요. 뭘 읽거나 아니면 잠을 자죠. 가끔 라디오를 듣고."

"쉬게 내버려 두세요. 몸에 좋을 겁니다."

그녀가 다시 말했다. "아무런 소득도 없는데 왜 그리 열심히 일하는 거예요? 도대체 왜 떠나지 않는 거죠?"

사랑 때문이죠, 그렇게 말하고 싶었지만 자신이 없었다. "모리스 씨를 위해서죠."

하지만 그는 그녀를 속이지 못했다. 비록 덕분에 그들이 당장 길거리에 나앉지 않은 거지만, 그녀는 지금이라도 그에게 짐을 싸서 나가라고 말했을 거다. 헬렌이 더 이상 그를 신경 쓰지 않는다는 사실을 알지 못했다면 말이다. 아마도 무슨 멍청한 짓을 해서 헬렌의 관심 밖에 난 거였다. 어쩌면 아버지의 병환으로 헬렌이 좀 더 부모에게 신경을 쓰는 건지도. 그녀는 바보처럼 걱정했던 거였다. 하지만 이제는 헬렌이 그 나이에 남자들에게 별로 관심을 보이지 않기에 걱정했다. 냇이 전화했지만 헬렌은 전화기 근처에 가려고 하지도 않았다.

프랭크는 경비를 줄였다. 이다의 허락을 받고 전화를 없앴다. 헬렌이 가끔 전화를 받으러 내려올 수 있다고 생각했기에 정말 그러기 싫었다. 그는 또한 아래층 두 개의 라디에이터 중에 하나만 사용해서 가스 요금을 줄였다. 그는 앞쪽 걸 켜서 손님들이 춥지 않도록 했다. 하지만 부엌에 있는 건 더 이상 쓰지 않았다. 두꺼운 스웨터를 입었고, 앞치마 아래 조끼와 플란넬 셔츠를 걸쳤고, 머리에 모자를 썼다. 하지만 이다는 코트를 입고서도, 텅 빈 앞쪽이나 추운 뒤쪽을 더 이상 견딜 수 없을 때면 위층으로 도망쳤다. 어느 날 그녀는 부엌에 들어와서, 그가 점심으로 수프 접시에 담긴 찐 감자에 소금을 치는 모습을 보고 울음을 터뜨렸다.

그는 항상 헬렌을 생각했다. 그의 내면에서 무슨 일이 일어나는지 그녀가 어떻게 알 수 있을까? 그를 다시 본다고 해도 겉으로 똑같은 사내만 볼 거였다. 그가 밖을 내다볼 수는 있었지만, 누구도 안을 들여다볼 수가 없었다.

베티가 결혼했을 때 헬렌은 결혼식에 가지 않았다. 결혼식 전날 그녀는 곤란한 듯이 사과하며 몸이 안 좋다고 말했다―아버지의 병을 탓했다. 베티는 이해한다고 말하면서, 자기 오빠 때문일 거라고 생각했다. "다음번에." 그녀는 살짝 웃으면 말했지만, 헬렌은 그녀의 마음이 상한 걸 보고 기분이 좋지 않았다. 그녀는 냇이 있든 말든 예식과 잡담과 친지들을 대하는 것에 대해 다시 생각해 봤다―어쩌면 아직 갈 수 있을지 몰랐다. 하지만 마음을 돌릴 수가 없었다. 그녀는 결혼식에 맞지 않는 장식물이었다. 사람들은 그녀에게 "그런 얼굴로는 장례식에 가는 게 낫겠다"고 말할 것이다. 며칠 밤 진이 다 빠질 정도로 울었지만, 그녀의 기억은 머릿속에 견고하게 남아 있었다. 미친 거야, 어떻게 그런 남자를 사랑하게 된 거지? 어떻게 유대인이 아닌 사람, 아무런 가치도 없는 철저한 이방인과 결혼할 생각을 했지? 오직 신의 도움이 있었기에 엄청난 실수를 저지르지 않은 거였다. 그런 생각을 하다 보니 그녀는 결혼식에 대해 아무런 감정을 갖지 않게 되었다.

그녀의 수면은 고통스러웠다. 그녀는 매일 낮, 매일 밤을 두려워했다. 침대에 누울 때부터 새벽까지 얼마 되지 않는, 피곤하면서 무의식적인 시간만을 겨우 가질 뿐이었다. 금방 깨어날 거라고 꿈꾸었고, 실제로 금방 깨어났다. 잠에서 깨면 자신이 불쌍했고, 슬픔은 잠을 유발하기보다는 또 다른 슬픔만을 자아냈다. 정신은 끝없는 걱정을 찍어 냈다. 예를 들자면 아버지의 건강을 걱정했다. 아버지는 회복에 별 관심이 없었다. 가게는 예전과 같았다. 이다는 부엌에서 울며 속삭였다. "아빠한테 말하지 마." 하지만 조만간 말해야만 했다. 그녀는 세상 모든 식료품점을 저주했다. 그리고 아무도 만나지 않고 미래에 대해 아무런 계획을 만들지 않는 것을 걱정했다. 매일 아침 그녀는 잠 못 드는 날을 달력에서 지웠다. 신은 그런 날을 금하시기에.

헬렌은 4달러만 남기고 봉급을 전부 어머니에게 주었고, 그 돈이 등록기에 들어갔음에도, 그들은 언제나 경비를 지불할 현금이 부족했다. 어느 날 프랭크는 돈을 좀 벌 수 있는 방법을 떠올렸다. 스웨덴인 도장공인 칼에게 오래된 외상값을 받아 낼 생각이었다. 그는 그 도장공이 모리스에게 70달러 넘게 빚진 걸 알고 있었다. 매일 도장공을 기다렸지만, 칼은 오지 않았다.

어느 날 아침 프랭크는 창가에 서서 그가 포장된 병을 주머니에 넣고 카프의 가게에서 나오는 걸 보았다.

프랭크는 뛰쳐나가 칼에게 오래된 외상값 얘기를 했다. 장부에 적힌 돈을 조금이라도 갚아 달라고 부탁했다.

"그건 모리스와 나 사이에서 다 해결된 일이네." 도장공이 답했다. "자네의 그 더러운 코를 밀어 넣지 말라고."

"모리스 씨가 편찮으세요. 돈이 필요해요." 프랭크가 말했다.

칼이 점원을 밀치고 갈 길을 갔다.

프랭크는 화가 났다. "저 술주정뱅이한테 돈을 받아 내고야 말 거야."

이다가 가게에 있어서 프랭크는 금방 돌아오겠다고 말했다. 앞치마를 옷걸이에 걸고, 코트를 입고, 칼을 쫓아서 그의 집으로 갔다. 그는 주소를 알아낸 후에 식료품점으로 돌아왔다. 외상값을 갚으라고 했을 때 도장공의 태도에 여전히 화가 났다.

그날 저녁 그는 초라한 4층 임대 주택으로 돌아가서 삐걱거리는 계단을 올라 꼭대기 층으로 갔다. 검은 머리의 마른 여자가 힘없이 문을 열었다. 그녀의 얼굴에 익숙해지는 동안에도 그녀는 늙어 갔다. 그러고는 그녀가 젊지만 나이 든 것처럼 보인다는 사실을 깨달았다.

"도장공 칼의 부인이신가요?"

"그래요."

"그와 얘기할 수 있을까요?"

"일 얘기예요?" 그녀가 기대하며 물었다.

"아니요, 다른 일이에요."

그녀는 다시 늙어 보였다. "몇 달 동안 일이 없었어요."

"그냥 얘기를 하고 싶은 겁니다."

그녀는 부엌과 거실이 같이 있는, 커튼으로 반쯤 구분된 큰 방으로 그를 안내했다. 거실 쪽 중간에는 냄새나는 등유 난로가 있었다. 그 냄새가 양배추 요리의 불쾌한 냄새와 섞였다. 방에는 아이가 네 명 있었다. 열두 살 정도의 사내아이와 세 명의 더 어린 여자아이가 종이에 그림을 그리며 잘라 붙이기를 하고 있었다. 아이들은 프랭크를 쳐다봤지만 조용히 하던 일을 계속했다. 점원은 마음이 편하지 않았다. 창가에 서서 가로등이 켜진 스산한 거리를 내려다봤다. 이제 그는 도장공이 갚기만 한다면 외상값을 절반으로 깎아 줄 마음이었다.

도장공의 아내는 지글거리는 프라이팬을 냄비 뚜껑으로 덮고 침실로 들어갔다. 그녀는 돌아와서 남편이 자고 있다고 말했다.

"좀 더 기다리겠습니다." 프랭크가 말했다.

그녀는 다시 튀김 요리를 했다. 제일 나이 많은 여자아이가 식탁을 차렸고, 그들 모두 먹기 위해 앉았다. 그는 그들이 아버지 자리를 남겨 둔 것을 보았다. 그가 곧 방에서 기어 나오겠지. 어머니는 앉지 않았다. 그녀는 프랭크를 전혀 신경 쓰지 않고 종이 용기에 담긴 탈지 우유를 아이들 잔에 부었고, 그다음엔 밀가루를 묻혀 튀긴 소시지를 하나씩 주었다. 그녀는 또한 모두에게 소금에 절인 뜨거운 양배추를 포크로 가득 퍼서 주었다.

아이들은 허겁지겁 먹었고, 아무 말도 하지 않았다. 제일 나이 많은 여자아이가 프랭크를 쳐다봤고, 그가 쳐다보자 접시를 내려다봤다.

접시가 비자 아이가 말했다. "엄마, 좀 더 있어요?"

"그만 자." 도장공의 아내가 말했다.

프랭크는 난로 냄새로 머리가 심하게 아팠다.

"칼은 다른 때 보도록 하죠." 그가 말했다. 침에서 놋쇠 맛이 났다.

"남편이 일어나지 않아 죄송해요."

그는 가게로 뛰어갔다. 침대 매트리스 아래 마지막 3달러를 숨겨 뒀었다. 그는 지폐를 집어 들고 칼의 집으로 되돌아갔다. 하지만 가는 길에 워드 미노그와 마주쳤다. 그의 누런 얼굴은 쪼그라든 것만 같았다. 마치 시체 안치소에서 도망 나온 것처럼 보였다.

"널 찾고 있었어." 워드가 말했다. 그는 종이봉투에서 프랭크의 권총을 꺼냈다. "이게 너한테 얼마의 가치가 있을까?"

"젠장."

"몸이 안 좋아." 워드가 울먹였다.

프랭크는 3달러를 그에게 주었고 나중에 총을 하수구에 버렸다.

그는 유대인에 대한 짧은 역사책을 읽었다. 도서관 서가에서 그 책을 여러 번 보았지만 한 번도 꺼내 본 적이 없었다. 하지만 어느 날 그는 궁금증을 채우려고 책을 대출했다. 앞부분은 관심을 갖고 읽었지만, 십자군과 종교 재판 이후 유대인들이 고통을 겪는 시기에 이르자 억지로 노력해야만 읽을 수 있었다. 유혈이 낭자한 부분은 대충 봤지만, 그들의 문명과 업적에 관한 부분은 천천히 읽었다. 또한 게토에 대해서도 읽었다. 그곳에서 반쯤 굶은 수염 난 죄수들은 왜 자신들이 선택받은 민족인지를 이해하려고 애쓰면서 일생을 보냈다. 그는 이유를 찾아보려고 했지만 실패했다. 책을 끝낼 수가 없었다. 그래서 도서관에 반납했다.

그는 어떤 날 저녁에는 노르웨이인들을 훔쳐봤다. 앞치마를 벗고 코너를 돌아가 샘 펄의 건물 복도 계단에 서서, 거리 건너편의 식료품점과 최신식 간이식당을 바라보았다. 창문은 온갖 종류의 반짝거리는 통조림으로 가득했다. 가게 안은 대낮처럼 불이 켜져 있었다. 선반은 맛있어 보이는 물건들로 꽉 차 있었다. 그걸 보면서 그는 배가 고팠다. 그리고 항상 손님들이 안에 있었다. 대체로 텅텅 비어 있는 그의 가게와 달리. 가끔 동업자들이 문을 닫고 집에 가면, 프랭크는 그들 가게로 가서 창문을 통해 컴컴한 가게 안을, 마치 그곳에서 본 것을 통해 행운의 비밀을 배워 자신의 운명과 인생을 바꾸려는 듯이 들여다보았다.

어느 날 밤 가게 문을 닫은 후에 그는 오래 산책을 하고, 예전에 한두 번 간 적이 있는 24시간 가게인 '커피 팟'에 들어갔다.

프랭크는 주인에게 밤에 일할 사람이 필요한지 물었다.

"커피랑 간단한 음식하고 설거지를 좀 하면서 카운터를 볼 사람이 필요한데." 주인이 대답했다.

"제가 바로 그 사람입니다." 프랭크가 말했다.

일은 저녁 10시부터 아침 6시까지였고, 35달러를 주었다. 아침에 집에 가서 프랭크는 식료품점을 열었다. 한 주의 일을 마친 후에, 매상으로 기록하지 않고 35달러를 금전등록기에 넣었다. 이 돈과 헬렌의 봉급은 그들이 파산하는 걸 막았다.

점원은 낮에 가게 뒤편의 소파에서 잤다. 누군가가 앞문으로 들어올 때 그를 깨울 버저를 설치했다. 잠이 모자라서 괴롭진 않았다.

그는 후회로 가득 찬 감옥에서 살았다. 자신이 좋은 일을 엉망으로 만들었다는 후회였고, 그 생각은 시간이 꽤 지났음에도 가슴에 새로운 고통을 주었다. 밤에 공원에서 벌어지는 그의 꿈들은 전부 좋지 않았다. 쓰레기 냄새가 코를 찔렀다. 신음하며 삶을 이어 갔고, 입에는 말할 수 없는 단어들이 차올랐다. 그는 아침마다 창가에 서서 헬렌이 일하러 가는 걸 지켜보았다. 그녀가 집에 올 때도 그는 같은 장소에 있었다. 살짝 안짱다리인 그녀는 문 쪽으로 걸어왔고, 아래로 향한 눈은 그의 존재를 보지 못했다. 백만 가지 말들이, 그중 일부는 엄청난 말들이, 가슴속에서 올라와 목이 메었다. 매일 그 말들이 죽어 갔다. 그는 끊임없이 탈출을 생각했지만, 그건 그가 언제나 했던 거였다―도망치는 일. 이번에는 떠나지 않을 작정이었다. 그가 죽어야 끝내낼 수 있을 터였다. 벽이 안으로 무너지면 삽으로 그를 파내야 했을 것이다.

한번은 지하실에서 송판을 하나 발견했다. 그는 톱으로 한 조각을 잘라 내고, 잭나이프로 무언가를 새기기 시작했다. 놀랍게도 그건 날아가는 새였다. 약간 균형이 맞지 않는 모습이었지만 묘한 아름다움이 느껴졌다. 그걸 헬렌에게 줄까 생각했지만 너무 엉성한 것 같았다―그가 난생처음 만든 거였다. 그래서 그는 다른 걸 시도했다. 그녀를 위해 꽃을 새기기 시작했고, 피어나는 장미가 되었다. 완성되었을 때 장미는 꽃잎이 열리는 모양이 섬세하면서도 진짜 꽃처럼 단단했다. 그는 빨간색으로 칠해서 줄까 생각했지만, 그러지 않기로 결정했다. 나무 꽃을 가게에서 쓰는 종이로 포장해서, 헬렌의 이름을 겉에 쓰고, 그녀가 직장에서 집에 오기 몇 분 전에 테이프로 꾸러미를 현관의 우편함 옆에 붙였다. 그녀가 들어오는 걸 보았고, 계단을 올라가는 소리를 들었다. 현관을 보고 그녀가 꽃을 가져간 것을 알았다.

나무 꽃은 헬렌에게 자신의 불행을 떠올리게 했다. 그녀는 그러지 말아야 한다는 걸 알면서도 점원을 사랑했던 자신을 증오하며 살았다. 나 자신의 곤경을 벗어나기 위해 사랑에 빠진 거였어, 그녀는 그렇게 생각했다. 그 어느 때보다 자신이 환경의 피해자인 것처럼 느껴졌다—나쁜 꿈속에 있는 것처럼. 아래에는 악몽 같은 가게가 있고, 가게 안에는 무자비하고 교활한 점원이 있었다. 그에게 집에서 나가라고 했어야 하지만, 그녀는 이기적인 이유로 그러지 않았다.

프랭크는 아침에 길가 쓰레기통에 쓰레기를 버리면서 바닥에 있는 나무 꽃을 보았다.

*

 모리스는 병원에서 돌아온 날에 바로 바지를 입고 가게로 내려갈 마음이었다. 하지만 의사는 그의 폐 소리를 듣고, 털이 무성한 손가락으로 모리스의 가슴을 두들기며 말했다. "잘 회복하고 계십니다. 뭐가 그리 급하세요?" 이다에게 그는 따로 말했다. "휴식을 취해야 합니다. 가능하면이 아니라 반드시요." 그녀가 놀라는 걸 보고 그가 설명했다. "예순 살은 열여섯 살이 아닙니다." 모리스는 잠시 언쟁을 벌인 후에 침대에 누웠고, 그 이후에는 언제 다시 가게에 발을 들여놓을지 신경 쓰지 않았다. 그의 회복은 더디었다.

 머뭇거리면서도 봄은 오고 있었다. 적어도 낮에는 볕이 조금 더 들었다. 침실 창문 사이로 볕이 들어왔다. 하지만 찬바람이 거리에서 웅 소리를 냈고, 침대에서 그는 소름이 돋았다. 그리고 가끔 햇볕이 반나절 쨍하고 비춘 후에 하늘이 어두워지고는 눈발이 날렸다. 그는 우울한 기분에 휩싸여 몇 시간이고 소년

시절을 그리며 보냈다. 초록의 평원을 떠올렸다. 소년은 달음박질하던 곳을 절대 잊지 않는 법이다. 아버지, 어머니, 하나뿐인 누이, 그는 이들을 긴 세월 동안 보지 못했다, 고텐니유.' 울부짖는 바람이 그를 불렀다…….

아래 거리에서 펄럭이는 차양이 가게에 대한 그의 걱정을 일깨웠다. 오랫동안 이다에게 아래층에 무슨 일이 있는지 묻지 않았지만, 생각하지 않아도 그는 알고 있었다. 뼛속 깊이 알았다. 주의 깊게 생각해 보면서 그는 등록기가 거의 울리지 않았던 것이 기억났고, 다시 알게 된 것이다. 그는 아래층의 깊은 침묵을 들었다. 소리 없는 비석이 병약한 대지를 짓누르는 묘지에서 무슨 다른 소리가 들리겠는가? 죽음의 냄새가 바닥의 틈을 타고 스며 올라왔다. 그는 이다가 왜 아래층에 내려가기를 꺼리며 이곳에서 할 일을 찾는지 이해했다. 심장이 돌덩이인 비유대인이 아니면 누가 그런 곳에서 지낼 수 있겠는가? 가게의 운명이 그의 머릿속에서 검은 깃털을 한 새처럼 희미하게 떠다녔다. 하지만 그가 원기를 다소 회복하자마자, 새는 빛나는 눈을 가지게 되었고, 끝도 없이 그를 걱정시켰다. 어느 날 아침 베개에 기대어 앉아 「포워드」를 훑어보다가, 너무도 비참한 생각이 들어 땀이 나며 심장이 불규칙하게 뛰기 시작했다. 모리스는 이불을 걷어내고 구부정하게 침대에서 일어나 서둘러 옷을 입기 시작했다.

이다가 곧바로 침실로 들어왔다. "뭐 하는 거예요, 모리스? 환자가?"

"내려가 봐야겠어."

"누가 당신이 필요하대요? 거긴 아무것도 없어요. 좀 더 쉬세요."

그는 침대로 돌아가 거기서 살고 싶은 탐욕스러운 욕망에 힘들었지만 걱정을 잠재울 수가 없었다.

"가야만 해."

그녀가 그러지 말라고 애원했지만 그는 듣지 않았다.

"그 사람이 요새 얼마나 벌어?" 모리스가 바지에 혁대를 채우면서 물었다.

"별로 없어요. 한 75달러 정도."

"한 주에?"

"아니면 뭐요?"

끔찍했지만 그는 그보다 더 안 좋을 것이라 걱정했었다. 가게를 구할 계획으로 머릿속에 웅 소리가 났다. 아래층에 내려가기만 하면 상황을 개선할 수 있으리라 생각했다. 그의 두려움은 자신이 여기 있기 때문에, 자기가 필요한 곳에 있지 않기 때문에 생긴 거였다.

"가게를 종일 열어?"

"아침부터 저녁까지요─왜 그런지는 모르지만."

"여기 왜 남아 있는 거야?" 그가 갑작스레 짜증이 나서 물었다.

"그냥 그런 거죠." 이다가 모르겠다는 몸짓을 했다.

"보수는 얼마나 주고 있어?"

"아무것도 안 줘요. 그 사람이 원하지 않는다고 하네요."

"그럼 원하는 게 뭔데─내 피를 원하는 건가?"

"당신을 돕고 싶은 거라고 하던데요."

그가 혼잣말로 뭐라고 투덜거렸다. "당신 가끔 감시를 하긴 해?"

"왜 그 사람을 감시해야 하죠?" 그녀가 걱정스레 말했다. "당신한테 뭐 훔치기라도 했어요?"

"그 사람이 여기 있는 걸 원치 않아. 헬렌 주변에 있는 걸 원하지 않는다고."

"헬렌은 그 사람한테 말도 걸지 않아요."

그가 이다를 쳐다봤다. "무슨 일이 있었는데?"

"가서 애한테 물어봐요. 걘과는 무슨 일이 있었는데요? 걘 당신 같아요, 나한테 아무 얘기도 하지 않아요."

"그 사람 오늘 내보내. 여기 있는 걸 원치 않아."

"모리스." 그녀가 망설이며 말했다. "그 사람이 당신한테 정말 도움이 돼요, 날 믿어요. 당신이 힘을 좀 회복할 때까지 한 주만 더 있게 하자고요."

"안 돼." 모리스는 스웨터 단추를 채우고, 아내의 만류에도 아래층으로 비틀거리며 내려갔다.

프랭크는 그가 오는 소리를 듣고 얼어 버렸다.

점원은 몇 주 동안 식료품점 주인이 침대에서 일어나는 순간을 두려워했다. 하지만 이상하게도 그 순간이 기다려지기도 했다. 그는 모리스가 마음을 누그리고 자신을 머물게 할 이야기를 구상하면서 수많은 헛된 시간을 보냈다. 이렇게 말하려고 계획했다. "강도 짓을 해서 번 돈을 쓰기보다는 제가 차라리 굶지 않왔나요? 그래서 등록기에 다시 돈을 넣으려고 하지 않았나요? 실제로 그렇게 했고요. 살아남으려고 빵이랑 우유를 훔쳤다는 건 인정하지만요." 하지만 그 이야기에 대한 확신이 없었다. 또한 식료품점에서 장시간 일한 사실, 가게에서 오랫동안 꾸준히 일했던 사실을 강조할 수도 있었다. 하지만 그러는 내내 자신이 그에게서 훔쳤다는 사실이 그의 주장을 망쳤다. 모리스가 가스를 가득 마신 다음에 자신이 그를 구했다고 말할 수도 있었지만, 그를 구한 건 자신뿐만 아니라 닉이기도 했다. 점원은 식료품점 주인에게 제대로 호소할 방법이 없다고 느꼈다—그가 가진 신용을 모두 써 버렸다는 느낌이었다. 하지만 그때 이상하면서도 흥분되는 아이디어가 떠올랐다. 불가능하지만 가능한 비장의 술수가 생각났다. 만일 그가 강도질을 같이했던 사실을 마침내 진심으로 고백하면, 그걸 얘기함으로써 모리스가 자신의 본성을 진정으로 이해하게 될지도 모른다고 생각했다. 그리고 자신의 과거를 극복하기 위한 그의 엄청난 노력에 대한 동정심을 가질지도. 식료품점 주인은 점원이 겪은 고충을 이해하고 그가 자신을 위해 오랫동안 일한 의미를 알게 되면 그를 머물게 할지 몰랐다. 그렇게 되기만 하면 그는 관련된 사람들과 모든 걸 제대로 돌려놓을 기회를 가질 수 있었다. 그 계획을 고민하면서 프랭크는 그것이 자신을 구원하기보다는 나락으로 몰고 갈 터무니없는 기회임을 깨달았다. 하지만 모리스가 계속 나가라고 하면 시도해야 한다고 생각했다. 그다음에 잃을 게 뭐가 있겠는가? 하지만 식료품점 주인에게 자신이 한 일을 고백하고 용서받는 모습을, 그러면서 자신이 얻을 안도감을 상상해 봤지만 그는 그럴 수가 없었다. 모리스의 딸에게 한 짓을 숨기고 있는 한, 그의 늦은 고백은 완전하지도 만족스럽지도 않을 것이기 때문이다. 그 일에 대해 절대로 얘기할 수 없다는 것을 알기에, 자신이 무슨 말을 하더라도 말하지 못한 혐오스러운 무언가가 언제나 남을 테고, 고백해야만 할 더 많은 죄가 있다는 사실을 알 뿐이었다. 그리고 그 사실 때문에 극도로 우울해졌다.

프랭크는 카운터 뒤 금전등록기 옆에 서서, 주머니칼로 손톱을 자르고 있었다. 식료품점 주인이 얼굴은 창백하고 피부가 축 늘어지고, 목은 셔츠 칼라 안에서 울렁거리고, 눈은 어둡고 친근함이 사라진 상태로 복도 쪽 문을 통해 가게로 들어왔다.

점원은 모자로 인사를 하고 금전등록기로부터 떨어졌다.

"다시 보니 기쁘네요, 모리스 씨." 그는 모리스가 위층에 있는 내내 한 번도 찾아보지 않은 걸 후회하며 말했다. 모리스는 차갑게 고개를 끄덕이고 뒤편으로 들어갔다. 프랭크가 그를 뒤따랐고, 한쪽 무릎을 바닥에 대고 라디에이터를 켰다.

"여기가 꽤 추워요, 그러니 불을 켜는 게 좋겠네요. 가스 요금을 아끼려고 꺼 놓았거든요."

"프랭크." 모리스가 단호하게 말했다. "내가 폐에 가스를 잔뜩 들이마셨을 때 도와준 거 고맙네. 내가 아팠을 때 가게를 봐 준 것도 고맙고. 하지만 이제는 자네가 떠날 때야."

"모리스 씨." 프랭크는 마음이 무거웠다. "지난번 이후로 단 1센트도 훔치지 않았다고 맹세해요. 사실이 아니라면 신께서

이 자리에서 절 죽여도 좋아요."

"자네를 내보내는 이유는 그게 아니야." 모리스가 답했다.

"그럼 왜 그러시는 거죠?" 점원이 얼굴을 붉히며 물었다.

"자네도 알잖아." 식료품점 주인의 눈이 아래로 향했다.

"모리스 씨." 프랭크가 고통스러운 시간을 보낸 후에 말을 꺼냈다. "아저씨께 긴히 할 말이 있어요. 전에 얘기하려고 했지만 용기가 나지 않았어요. 모리스 씨, 제가 한때 했던 일로 지금의 저에게 뭐라 하지 마세요, 전 이제 변화된 사람이니까요. 사실 제가 그날 밤 강도 짓을 했던 사람 가운데 한 명입니다. 신께 맹세컨대 여기 들어오자마자 그러기 싫었어요. 하지만 빠져나갈 수가 없었죠. 아저씨께 얘기하려고 했어요—그게 바로 제가 여기 온 첫 번째 이유예요. 그리고 기회가 생기자마자 제 몫의 돈을 등록기에 다시 넣었어요—하지만 얘기할 용기가 없었어요. 아저씨 눈을 마주칠 수가 없었죠. 지금도 얘기를 하니 토할 것만 같아요. 하지만 아저씨한테 말하는 이유는, 그 일로 인해 얼마나 저 자신이 고통받았는지 아셨으면 해서입니다. 그리고 아저씨 머리 다친 건 정말 죄송해요. 비록 제가 한 건 아니지만요. 정말 아셔야 할 건 예전의 제가 아니라는 사실이에요. 아저씨한테는 그렇게 보일 수 있겠지만, 제 마음속에 무슨 일이 일어나는지 보실 수만 있다면 제가 변했다는 걸 아실 겁니다. 이제 절 믿으셔도 됩니다. 맹세해요. 그게 바로 저를 곁에 두고 아저씨를 도울 수 있게 해 달라고 부탁드리는 이유예요."

말을 끝내고 점원은 순간 엄청난 위안을 경험했다—나무에 가득한 새들이 갑자기 노래를 부르는 느낌이었다. 하지만 모리스가 힘겨운 눈초리를 하고 말하자 노래는 멈췄다. "그거, 이미 알고 있었어. 나한테 새로운 얘기를 하는 게 아니야."

점원이 신음했다. "어떻게 그걸 아세요?"

"위에서 침대에 누워 있으면서 알아냈지. 한번은 자네가 날 때리는 악몽을 꾸었고, 그때 기억했지……."

"하지만 제가 때린 게 아니에요." 점원이 울컥하며 끼어들었다. "저는 아저씨한테 물을 준 사람이에요, 기억나세요?"

"기억하지. 자네 손을 기억하네. 자네 눈도 기억하고. 형사가 나한테 강도 짓을 하지 않은 그 강도를 데리고 온 날 자네 눈을 보고 자네가 무슨 잘못을 했다는 걸 짐작했지. 그러고는 복도 문 뒤에서 자네가 1달러를 훔쳐서 주머니에 넣는 걸 봤을 때 자네를 어디선가 봤다고 생각했는데, 그게 어디인지는 몰랐어. 가스 중독에서 나를 구해 주던 날에 거의 알아봤고. 그러고는 침대에 누워서 내 걱정과 가게에서 어떻게 내가 인생을 허비했는지를 빼고는 아무런 생각도 하지 않으면서, 자네가 처음 가게에 왔던 때를 기억했지. 이 탁자에 우리가 앉았을 때 자네가 그랬지, 인생에서 잘못을 저질렀다고. 그걸 기억하자마자 나 자신에게 말했지. '프랭크가 나한테 강도 짓을 한 사람이구나.'"

"모리스 씨." 프랭크가 쉰 목소리로 말했다. "죄송해요."

모리스는 너무도 불행해 말을 꺼낼 수가 없었다. 점원이 불쌍하기는 했지만 죄를 고백한 범죄자를 곁에 두고 싶지 않았다. 그가 개과천선했다고 해도 이곳에 남아서 무슨 소용이 있겠는가—먹을 걸 축내는 또 하나의 입, 죽음을 목도하는 또 하나의 눈.

"헬렌한테 제가 뭘 했는지 말씀하셨어요?" 프랭크가 한숨을 지었다.

"헬렌은 자네한테 관심이 없어."

"마지막 기회를 주세요, 모리스 씨." 점원이 애청했다.

"내 머리를 때린 반유대주의자는 누구지?"

"워드 미노그요." 프랭크가 잠시 후에 말했다. "걔 지금 아파요."

"아." 모리스가 한숨을 지었다. "아버지가 불쌍하군."

"우리는 카프를 노렸어요, 아저씨가 아니라. 제발 한 달만 더 있게 해 주세요. 식비를 낼게요, 방세도요."

"내가 돈을 안 주면 무슨 돈으로 내겠다는 거지? 내 빚으로?"

"가게를 닫은 후에 밤에 간단한 일을 해요. 몇 달러를 받아요."

"안 돼." 식료품점 주인이 말했다.

"모리스 씨, 아저씨는 제 도움이 필요하세요. 상황이 얼마나 안 좋은지 모르시잖아요."

하지만 식료품점 주인은 점원에 대해 마음을 정했고, 그를 데리고 있지 않을 작정이었다.

프랭크는 앞치마를 옷걸이에 걸고 가게를 떠났다. 나중에 그는 여행 가방을 사서 자신의 몇 가지 물품을 챙겼다. 그는 닉의 라디오를 돌려주면서 테시에게 작별 인사를 했다.

"프랭크, 이제 어디로 가려고요?"

"저도 모르겠네요."

"돌아올 건가요?"

"몰라요. 닉한테 인사 전해 주세요."

떠나기 전에 프랭크는 헬렌에게 쪽지를 남겼다. 다시 한번 그녀에게 저지른 일에 대해 사죄한다고 적었다. 그녀가 자신이 만난 사람 중에 가장 좋은 사람이었다고 썼다. 그는 자신의 인생을 망쳐 버린 거였다. 헬렌은 쪽지를 읽으며 울었지만 답장할 생각은 없었다.

모리스는 프랭크가 가게를 개선하려고 했던 일이 좋았지만, 결국 장사에 거의 영향을 주지 않았음을 바로 깨달았다. 매상은 끔찍했다. 그리고 프랭크가 가 버리자 수입은 불가능할 정도로 줄어들었다. 지난주보다 끔찍하게도 10달러가 줄었다. 최악의 상태인 가게를 봤었다고 생각했지만, 이제는 거의 정신을 잃을 정도였다.

"우리가 뭘 해야 하지?" 그가 아내와 딸에게 간절하게 물었다. 세 사람은 어느 일요일 저녁 난방을 끈 가게 뒤편에서 코트를 입고 모였다.

"다른 방법 있겠어요?" 이다가 말했다. "바로 경매에 내놓으세요."

"포기해야 한다고 해도 가장 좋은 건 가게를 파는 거야." 모리스가 주장했다. "가게를 팔 수만 있다면 집값으로 돈을 좀 받을 수 있을지 몰라. 그러면 빚을 갚고, 어쩌면 2천 달러 정도 남겠지. 그렇지만 경매에 넘기면 집을 어떻게 팔아?"

"우리가 팔려고 내놔도 누가 사겠어요?" 이다가 짜증을 냈다.

"파산을 하지 않고 가게를 경매에 내놓을 수는 없나요?" 헬렌이 물었다.

"경매에 내놓으면 우린 아무것도 갖지 못하게 된단다. 그리고 가게가 빈 후에 임대가 되지 않으면, 집을 사려는 사람이 아무도 없을 거고. 동네에 이미 내놓은 데가 두 군데나 있어. 내가 가게를 경매에 내놓은 걸 알면, 도매상들이 나더러 파산 신고를 하라고 할 거야. 집도 뺏어 갈 거고. 하지만 가게를 팔면, 더 높은 가격에 집을 내놓을 수 있을지도 몰라."

"아무도 안 산다니까요." 이다가 말했다. "팔 때라고 내가 말했지만, 당신이 듣지 않았죠."

"만일 집이랑 가게를 판다고 가정한다면 말이죠." 헬렌이 물었다. "그다음에는 어떻게 하실 건데요?"

"어쩌면 작은 가게, 아마도 과자 가게 같은 걸 찾을 수 있을 거야. 동업자만 찾을 수 있다면 괜찮은 동네에 가게를 낼 수 있을 거야."

이다가 신음했다. "난 싸구려 과자는 안 팔 거예요. 게다가 동업자는 이미 있었잖아요, 죽어도 싼 사람 같으니."

"일자리를 찾아보실 수는 없을까요?" 헬렌이 말했다.

"내 나이 사람한테 누가 일을 주겠니?" 모리스가 물었다.

"사업하는 사람들 좀 아시잖아요." 그녀가 대답했다. "어쩌면 그중에 슈퍼마켓 계산대 일자리를 줄 만한 사람이 있지 않을까요?"

"너는 네 아버지가 하지정맥류가 있는 다리로 하루 종일 서 있으면 좋겠니?" 이다가 물었다.

"그래도 텅 빈 가게 뒤편에서 이 냉골에 앉아 있는 것보다 낫죠."

"그러니 우리가 뭘 해야 하지?" 모리스가 질문했지만 아무도 대답하지 않았다.

위층에서 이다는 헬렌에게 그녀가 결혼한다면 상황이 좀 나아질 거라고 했다.

"누구하고 내가 결혼할까요, 엄마?"

"루이스 카프." 이다가 말했다.

다음 날 저녁에 그녀는 카프가 주류 가게에 혼자 있을 때 가서 자신들의 문제에 대해 얘기했다. 주류 판매상은 속으로 쾌재를 불렀다.

이다가 말했다. "작년 11월에 포돌스키라는 이름을 가진 사람을 우리한테 보내려고 한 거 기억하세요? 식료품 사업에 관심 있다는 이민자 말이에요."

"네, 여기 오겠다고 말했지만 기침감기에 걸렸죠."

"그 사람 다른 곳에 가게 샀나요?"

"아직 아니요." 카프가 조심스럽게 말했다.

"여전히 사고 싶어 하나요?"

"어쩌면요. 하지만 어떻게 내가 그 사람한테 아주머니 가게 같은 곳을 추천할 수 있겠어요?"

"그 사람한테 가게를 추천하지 마세요, 가격을 추천하세요. 모리스는 이제 현금 2천 달러에 팔 생각이에요. 그 사람이 집도 원하면, 그것도 좋은 가격에 줄 거고요. 그 이민자는 젊잖아요. 가게를 손보면 비유대인들하고 좋은 경쟁이 될 거예요."

"조만간 그 사람한테 전화를 해 볼게요." 카프가 말했다. 그는 가볍게 헬렌에 대해 물어봤다. "분명히 조만간 결혼하겠죠?"

이다가 바라는 방향으로 대화가 이어졌다. "루이스한테 너무 부끄러워하지 말라고 하세요. 헬렌이 외로워해요. 누구하고라도 연애를 할 거예요."

카프는 기침이 나는 걸 주먹으로 가렸다. "요새 그쪽 점원을 못 보네. 왜죠?" 그는 아무 일 아니라는 듯이 말했다. 지금 하려는 일이 얼마나 큰일인지 알기에 조심스럽게 행동했다.

"프랭크는." 이다가 엄숙하게 말했다. "더 이상 우리와 일하지 않아. 모리스가 나가라고 했고, 지난주에 떠났죠."

카프가 수북한 눈썹을 치켜올렸다. "어쩌면." 그가 천천히 말했다. "전화해서 포돌스키한테 내일 저녁에 한번 와 보라고 할 수 있을 겁니다. 그 사람 낮에는 일을 해서요."

"아침이 제일 좋아요. 그때는 모리스의 단골들이 오거든요."

"그 사람한테 수요일 아침에 휴가를 내라고 하죠." 카프가 말했다.

나중에 그는 루이스에게 이다가 헬렌에 대해 말한 걸 전했다. 하지만 루이스는 손톱을 깎다가 고개를 들어 그녀가 자기한테 맞지 않는다고 말했다.

"주머니에 돈만 있으면 어떤 여자라도 다 너한테 맞아." 카프가 말했다.

"걔는 아니에요."

"두고 보자."

　다음 날 오후 카프는 모리스 가게로 와서, 마치 두 사람이 가장 친근한 친구인 양 얘기하며, 식료품점 주인에게 조언했다. "포돌스키가 여기를 좀 둘러보게 하더라도 너무 오래 있게 하지는 마. 그리고 장사에 대해서는 입을 다물고. 그 사람한테 뭘 팔 생각은 말고. 그 사람이 여기서 마무리하면 우리 가게에 올 거고, 그때 내가 뭐가 뭔지 설명할게."

　모리스는 감정을 숨기고 고개를 끄덕였다. 그는 자신이 무너지기 전에 가게에서, 카프에게서 멀어져야겠다고 생각했다. 내키지 않았지만 그는 주류업자가 제안하는 대로 하겠다고 답했다.

　수요일 이른 아침에 포돌스키가 도착했다. 수줍음 많은 젊은 남자로 말안장 아래 까는 담요로 만든 것처럼 보이는 두꺼운 녹색 양복을 입고 왔다. 그는 작은 이국적인 모자를 쓰고 느슨한 우산을 들고 있었다. 얼굴은 순진했고 눈은 선의로 빛났다.

　모리스는 자신이 하려는 일이 마음에 걸리면서도, 이다가 긴장하면서 기다리고 있는 가게 뒤편으로 포돌스키를 이끌었다. 하지만 이민자는 인사를 하고는 가게 안에 있겠다고 했다. 그는 앞문 한쪽 구석으로 갔고, 그 무엇으로도 그를 끌어낼 수가 없었다. 다행히도 손님 몇 명이 들어왔고, 포돌스키는 모리스가 전문가처럼 그들을 대하는 모습을 주의 깊게 살펴봤다.

　가게에 아무도 없을 때 식료품점 주인은 카운터 뒤에서 잡담을 나누려고 했지만, 포돌스키는 헛기침을 여러 번 하고는 별

말을 하지 않았다. 불쌍한 이민자에 대한 연민, 그가 살아오면서 분명히 견뎌 내야 했을 것에 대한 연민, 힘겹게 몇 달러 벌기 위해 피를 흘렸던 사람에 대한 연민이 북받쳐 오른 모리스는 계획된 거짓을 더 이상 참지 못했다. 그래서 카운터 뒤에서 나와 포돌스키의 코트 옷깃을 붙잡고, 가게는 망해 가지만 건강과 힘이 있는 사내라면 현대적 방식과 약간의 현금으로 얼마 지나지 않아 재건할 수 있을 거라고, 적당한 수입을 낼 수 있을 거라고 진심으로 말했다.

이다가 부엌에서 날 선 목소리로 감자 까는 데 식료품점 주인이 필요하다고 불렀다. 하지만 모리스는 괴로움의 바다에서 허우적댈 때까지 계속 외쳤다. 그러다가 카프의 경고가 생각났고, 비록 그 어느 때보다 주류 판매업자가 나쁜 놈이라고 느꼈음에도 갑자기 하던 얘기를 멈췄다. 하지만 그 이민자에게서 떨어지기 전에 말했다. "2천 달러에 내놓았지만, 현금이면 1,500이나 1,600달러에 가게를 가질 수도 있어요. 집은 나중에 얘기하도록 하고요. 합리적으로 들리지 않아요?"

"왜 아니겠어요?" 포돌스키가 중얼거렸지만 이내 다시 입을 다물었다.

모리스가 부엌으로 되돌아왔다. 이다는 그가 마치 살인을 저지른 듯이 쳐다봤지만 아무 말도 하지 않았다. 두세 명이 들어왔지만, 10시 반 이후에는 손님의 메마른 흐름이 멈췄다. 이다는 불안한 마음에 포돌스키를 가게 밖으로 데려가려고 했지만 그는 자리를 뜨지 않았다. 그녀가 가게 뒤편으로 와서 차 한잔

하라고 권했다. 하지만 그는 예의 바르게 거절했다. 그가 오지 않아서 지금쯤 카프가 걱정할 거라고 그녀가 말했다. 포돌스키는 고개를 끄덕이고는 자리를 지켰다. 그가 우산을 천으로 단단히 맸다. 할 말이 더 없자 그녀는 그에게 샐러드 조리법을 남겨 주겠다고 갑작스레 약속했다. 그가 지나치게 고마워하는 바람에 그녀는 놀랐다.

10시 반부터 12시까지 아무도 가게에 오지 않았다. 모리스는 지하실로 내려가 숨었다. 이다는 뒤편에 멍하니 앉아 있었다. 포돌스키는 구석에서 기다렸다. 아무도 그가 검은 우산을 들고 몰래 식료품점에서 나가는 모습을 보지 못했다.

목요일 아침에 모리스는 구둣솔에 침을 뱉고 구두에 광을 냈다. 정장 차림이었다. 복도 벨을 눌러 이다를 내려오게 한 다음 모자를 쓰고 코트를 입었다. 낡았지만 좀처럼 입지 않아서 말끔했다. 옷을 입고 나서 그는 '매상 없음'을 누르고, 머뭇거리며 쿼터* 여덟 개를 챙겼다.

그는 옛 동업자인 찰리 소벨로프를 보러 갈 생각이었다. 몇 년 전, 눈이 사시였지만 영리했던 음모꾼인 찰리가 주머니에 고작 천 달러만 들고 식료품점 주인에게 왔다. 모리스가 4천 달러를 투자해서 찰리가 마음에 두고 있던 식료품점을 인수해 동업하자고 했다. 식료품점 주인은 찰리의 조바심과 창백한 사시가 마음에 들지 않았다. 한쪽 눈이 보는 걸 다른 눈은 회피했다. 하지만 그는 찰리의 꾸준한 열정에 설득당했고, 두 사람은 가게를 인수했다. 좋은 가게야, 모리스는 그렇게 생각하며 만족했다. 하지만 야간 학교에서 회계를 배운 찰리는 자기가 장부를 다루겠다고 했고, 모리스는 이다의 경고에도 불구하고 동의했다. 장부가 눈앞에 있어서 항상 검사할 수 있기 때문이라고 주장했다. 하지만 찰리는 속일 만한 바보의 냄새를 맡는 재능이 있었다. 모리스는 가게를 산 지 2년이 지난 후에 사업이 망할 때까지 장부를 한 번도 보지 않았다.

놀란 식료품점 주인은 상심했고, 무슨 일인지 이해하지 못했다. 하지만 찰리는 재난이 발생할 수밖에 없었다는 걸 숫자로 증명했다. 간접비가 너무 많았고—두 사람이 너무 많은 임금을 가져갔던 거였다—찰리는 자기 실수라고 인정했다. 게다가 상품 가격이 올라가면서 수익이 줄었다. 모리스는 자신의 동업자가 몰래 속이고, 조작하고, 느슨하게 널려 있는 걸 다 훔쳤다는 걸 지금은 깨달았다. 그들은 가게를 비참한 가격에 팔았고, 모리스는 한 푼도 없이 얼빠진 상태로 남았다. 반면 찰리는 짧은 시간에 가게를 다시 사서 상품을 채울 현금을 마련하였고, 점차로 가게를 잘나가는 셀프서비스 사업으로 발전시켰다. 몇 년 동안 두 사람은 만나지 않았지만, 모리스가 알 수 없는 이유로 그 옛 동업자는 지난 4, 5년 동안 마이애미에서 겨울을 보내고 돌아올 때마다 식료품점 주인을 찾아왔고, 두 사람은 가게 뒤편에 앉았다. 그는 눈을 굴리고 반지 낀 손가락들로 탁자를 두들기며, 자신들이 젊었던 시절을 얘기했다. 세월이 흐르며, 비록 이다는 여전히 그를 참지 못했지만, 모리스는 그에 대한 증오심을 잃어 갔다. 그리고 이제 식료품점 주인은 두려움이 깊어지자 찰리 소벨로프에게 도움이든 일자리든 그 무엇이라도 구하고자 결심했다.

이다가 내려와, 모자를 쓰고 코트를 입고 문가에 우울하게 서 있는 모리스를 보고 놀랐다. "모리스, 어디 가려고요?"

"내 무덤에 가는 거야." 식료품점 주인이 말했다.

그가 잔뜩 긴장한 걸 보고 그녀가 가슴에 손을 얹으며 소리쳤다. "어디 가는 거냐고요, 말해 봐요."

그가 문을 열었다. "일자리를 찾으러 가."

"돌아와요." 그녀가 화를 내며 소리쳤다. "누가 당신한테 주겠어요?"

하지만 그는 그녀가 무슨 말을 할지 알기에 그전에 거리로 나왔다.

카프의 가게를 재빨리 지나면서 루이스가 카운터 앞에 다섯 명의 손님—모두 주정뱅이였다—을 두고 왕성한 술장사를 하는 모습을 보았다. 정작 **그는** 네 시간 동안 2쿼트의 우유만 팔았을 뿐이다. 부끄럽게도 그는 주류 가게가 불타 버리기를 바랐다.

골목 끝에서 방향을 정해야 한다는 압박감이 밀려오자, 그는 발길을 멈췄다. 그는 이 공간이 그처럼 많은 방향을 제시하는지 기억하지 못했다. 그는 별 기쁨 없이 결정했다. 바람이 좀 불긴 했지만 날씨는 나쁘지 않았다—더 좋을 거라 했지만. 자연에 대한 사랑은 그에게 별로 남지 않았다. 날씨가 유대인에게 해 준 건 아무것도 없었다. 3월의 바람이 그를 재촉하며 어깨를 콕콕 찔렀다. 그는 중량도 없이, 통제도 없이, 등 뒤에서 불어오는 움직임의 희생자가 된 것만 같았다. 바람, 걱정, 빚, 카프, 강도, 실패의 희생자. 어디를 가는 게 아니라 어디론가 밀리는 거였다. 그는 피해자의 의지, 의지라고 할 수 없는 의지를 가졌다.

"무엇을 위해서 내가 그리 열심히 일했던 거지? 내 젊음은 어디로 갔을까, 어디로 간 거지?"

세월은 소득도 연민도 없이 흘러갔다. 누구를 탓할 수 있겠는가? 운명이 피해를 주지 않을 때면 그가 스스로 피해를 일으켰다. 옳은 일은 옳은 선택을 하는 것이지만, 그는 틀린 선택을 했다. 옳을 때도 틀렸다. 그 이유를 이해하자면 교육이 필요했지만 그는 교육받지 못했다. 그가 아는 거라곤 자신이 더 좋은 걸 원한다는 거지만, 이렇게 세월이 지나도 어떻게 그걸 얻는지 알지 못했다. 행운은 선물이었다. 카프는 그걸 받았고, 친구 몇 명이 그랬다. 이미 손주가 있는 부자 친구들. 그동안 그를 닮은 그의 불쌍한 딸은, 이제 스스로 그렇게 되려는 게 아니라면, 노처녀가 될 운명이었다. 삶은 초라했고, 세상은 더 안 좋아졌다. 미국은 너무 복잡해졌다. 혼자서는 아무 일도 하지 못한다. 가게, 우울함, 걱정이 너무 많았다. 그는 무엇을 피해 여기에 온 건가?

지하철에는 사람이 많았고, 그는 임신한 여자가 내리면서 자기 자리에 앉으라고 손짓할 때까지 조용히 서 있었다. 자리에 앉는 것이 부끄러웠지만 아무도 움직이지 않았기에 앉았다. 잠시 후에 편안해지기 시작했고, 이렇게 지하철을 타는 일에 만족할 수도 있겠다는 생각이 들었다. 지금 가는 곳에 절대 가지 않는 거라면. 하지만 그는 그곳에 가는 길이었다. 그는 머틀가에서 나직하게 신음하며 열차에서 내렸다.

소벨로프의 셀프서비스 마켓에 도착한 모리스는, 이미 알 마커스로부터 가게의 확장에 대해 들었지만, 그 크기에 놀랐다. 찰리는 옆의 건물을 사서 가게 사이의 벽을 허문 다음에 뒷마당 쪽으로 75퍼센트 정도 확장해서 원래 공간을 세 배로 늘렸다. 그 결과는 수많은 진열대와 식료품으로 가득 찬 선반들이 들어선 거대한 마켓이 되었다. 슈퍼마켓에는 사람들이 많았고, 모리스가 반쯤은 두려운 마음으로 창문 안을 봤을 때, 백화점 같았다. 한때 소유했던 것을 잘 돌봤으면 이 모든 것의 일부가 지금쯤 자신의 것이 됐을 거였기에, 그는 가슴이 쓰라렸다. 그는 찰리 소벨로프의 부정한 재산을 부러워하지 않으려고 했다. 하지만 약간의 돈으로 헬렌에게 해 줄 수 있는 일들을 생각하는 순간, 자신이 아무것도 없다는 것에 대한 후회가 깊어졌다.

그는 과일 진열대 근처에 서서 바쁜 광경을 만족스럽게 지켜보는 주인인 찰리를 훔쳐봤다. 그는 회색 중절모자를 쓰고 파란색 서지 정장을 입었지만, 단추를 채우지 않은 정장 상의 안에는 실크 셔츠 위에 허리 앞치마를 둘러매고 돌아다니며 감독했다. 식료품점 주인은 창문으로 들여다보다가, 자기도 모르게 문을 열고 긴 복도 절반을 걸어 찰리가 서 있는 곳으로 갔다.

그는 말을 꺼내려고 했지만 그럴 수가 없었다. 긴 침묵 후에, 마침내 주인이 바쁘다고 하면서, 그러니 말하라고 했다.

"찰리, 자네 말이야." 식료품점 주인이 말을 던졌다. "나한테 맞는 일자리가 있을까? 계산원이나 뭐 그런 거 혹시 있을까? 내가 장사가 잘되지 않아서 경매에 내놓을 거거든."

찰리는 여전히 그를 똑바로 쳐다보지 못하면서도 웃었다. "상근 계산원이 이미 다섯 명 있기는 하지만, 자네를 시간제로 쓸 수는 있을 것 같아. 아래층 로커에 코트를 벗어 놓고 오면 내가 무슨 일을 해야 할지 알려 줄게."

모리스는 가슴에 빨간색으로 '소벨로프의 셀프서비스'라고 박힌 하얀 면 재킷을 걸치는 자신을 보았다. 그는 계산대에서 매일 몇 시간 동안 서서 포장하고, 계산하고, 찰리의 거대한 크롬 등록기에 현금을 채워 넣는 일을 할 터였다. 마칠 때가 되면 주인이 와서 돈을 검산할 것이다.

"자네 1달러 부족해, 모리스." 찰리가 작은 소리로 웃으며 말했다. "하지만 그냥 넘어가자고."

"아니야." 모리스는 자신도 모르게 말했다. "1달러가 부족하다면, 내가 1달러를 내겠네."

그는 바지 주머니에서 쿼터를 꺼내 네 개를 센 후에, 옛 동업자의 손바닥에 떨어뜨렸다. 그러고는 그만두겠다고 선언하고, 풀 먹인 재킷을 벗어 걸어 놓고, 자신의 코트를 입고 당당하게 문으로 걸어갔다. 그러고는 창가에 있던 자신과 합류한 후에 바로 자리를 떴다.

모리스는 6번가를 따라 돌아다니는 말 없는 남자들 무리의 끝자락에 매달렸다. 취업 대행사 문 앞에 멈춰선 그는 칠판에 분필로 적힌 일자리 목록을 무표정하게 읽었다. 요리사와 제빵사와 웨이터와 배달원과 수리공을 위한 자리가 있었다. 가끔 한 남자가 사람들로부터 몰래 몸을 빼고 대행사로 들어가곤 했다. 모리스는 그들을 따라 44번가로 갔고, 그곳에서 카페테리아의 스팀카운터‘의 카운터 볼 사람을 구하는 공고를 찾았다. 그는 좁은 계단으로 한 층 올라가서 담배 냄새가 나는 방으로 들어갔다. 식료품점 주인은 불편한 자세로 서 있었고, 마침내 얼굴이 큰 대행사 사장이 앉아 있던 뚜껑 달린 책상 너머로 고개를 들었다.

"무슨 일을 찾으시나요, 선생님?"

"카운터 보는 사람이요." 모리스가 말했다.

"경험은 있으신가요?"

"30년 있습니다."

사장이 웃었다. "그쪽이 최고겠지만 그 사람들은 일주일에 20달러를 줄 애를 찾고 있어요."

"저 같은 경험을 가진 사람에게 맞는 일이 있을까요?"

"샌드위치 고기를 얇고 깔끔하게 자를 수 있나요?"

"최고로요."

"다음 주에 오세요, 그쪽에게 맞는 자리가 있을 수도 있겠네요."

식료품점 주인은 사람들을 따라 걸었다. 47번가에서 그는 유대인 식당의 웨이터 자리를 신청했지만, 그 자리는 채워져 있었다. 대행사가 공지에서 지우는 걸 까먹은 거였다.

"그러면 저한테 맞는 다른 게 있나요?" 모리스가 관리인에게 물었다.

"무슨 일을 하시는데요?"

"가게를 운영했었죠, 식료품점과 간이식당이요."

"그런데 왜 웨이터 자리를 문의하신 거죠?"

"카운터 일자리는 아예 안 보여서요."

"몇 살이시죠?"

"55세입니다."

"55세분을 보는 건 정말 드문 일인데요." 관리인이 말했다. 모리스가 발길을 돌렸을 때 남자는 담배를 권했지만, 식료품점 주인은 기침 때문에 담배를 못 피운다고 말했다.

50번가에서 그는 어두운 계단을 올라가 긴 방의 맨 끝에 있는 나무 벤치에 앉았다.

대행사 사장은 넓은 등과 뚱뚱한 엉덩이를 가진 남자였고, 통통한 손가락으로 불 꺼진 시가를 쥐고 있었으며, 의자에 무거운 다리를 올리고 낮은 목소리로 회색 모자를 쓴 두 명의 필리핀인에게 말하고 있었다.

벤치에 앉아 있는 모리스를 보고 그가 소리쳤다. "아저씨, 무슨 일이요?"

"아무것도 아닙니다. 지쳐서 앉아 있는 겁니다."

"집에 가세요." 사장이 말했다.

그는 아래층으로 내려가 오토맷*의 접시가 놓인 탁자에서 커피를 마셨다.

아메리카.

모리스는 버스를 타고 브레이바트가 사는 이스트 13번가에 갔다. 행상이 집에 있기를 바랐지만 아들인 히미만 있었다. 아들은 부엌에 앉아 우유와 콘플레이크를 먹으면서 만화책을 읽고 있었다.

"아빠는 언제 집에 오시니?" 모리스가 물었다.

"7시쯤에요, 어쩌면 8시." 히미가 중얼거렸다.

모리스는 앉아서 쉬었다. 히미는 계속 먹으면서 만화책을 읽었다. 아이의 눈은 크고 불안해 보였다.

"너 몇 살이니?"

"열네 살이요."

식료품점 주인은 일어났다. 주머니에서 2쿼터를 찾아 탁자 위에 올려놓았다. "착한 아이가 되렴. 네 아버진 널 사랑한단다."

그는 유니언 스퀘어에서 지하철을 타고 브롱크스로 갔다. 거기엔 알 마커스가 사는 아파트가 있었다. 그는 알이 자신에게 뭔가를 찾아 줄 거라 믿었다. 사소한 일, 아마 야간 경비원 자리도 괜찮을 거다.

집의 벨을 누르자, 옷을 잘 입었지만 슬픈 눈을 한 여자가 문을 열었다.

"죄송하지만." 모리스가 말했다. "제 이름은 보버입니다. 알 마커스의 오래된 고객이죠. 마커스를 보러 왔어요."

"저는 마골리스 부인입니다. 처제예요."

"집에 없으면 기다리죠."

"오래 기다리셔야 될 겁니다." 그녀가 말했다. "사람들이 어제 형부를 병원으로 데려갔어요."

이유를 알았지만 그는 안 물어볼 수가 없었다.

"이미 죽었는데도 계속 살아갈 수 있는 건가요?"

식료품점 주인이 추운 해 질 녘에 집으로 돌아왔고, 이다는 그를 보자마자 울기 시작했다.

"내가 뭐라고 했어요."

그날 밤 이다가 불쌍한 발을 물에 담그려고 올라간 후에, 모리스는 가게에 혼자 있다가 갑자기 헤비 스위트크림을 향한 참을 수 없는 식탐이 생겼다. 어렸을 때 먹던 리치밀크에 적신 빵 맛이 기억났다. 그는 죄를 짓는 듯이 몰래 냉장고에서 반 파인트 병의 휘핑크림을 꺼내 오래된 흰 빵하고 같이 들고 가게 뒤로 갔다. 크림을 접시에 부은 다음에 빵을 적시고, 크림에 젖은 빵을 탐욕스럽게 먹었다.

가게 안에서 난 소리에 그가 놀랐다. 그는 크림과 빵을 가스레인지에 숨겼다.

카운터에는 낡은 모자를 쓰고 발목까지 내려오는 긴 코트를 입은 비쩍 마른 남자가 서 있었다. 코가 길었고, 목은 가늘었고, 마른 턱에는 붉은 수염이 조금 있었다.

"어 굿 샤보스." 허수아비가 말했다.

"어 굿 샤보스." 비록 샤보스가 하루 남았지만, 모리스가 대답했다.

"여기선 흙을 덮지 않은 묘지 냄새가 나는군요." 비쩍 마르고 간교해 보이는 작은 눈을 가진 낯선 이가 말했다.

"장사가 잘 안돼요."

남자는 입술에 침을 묻히고 속삭였다. "버험 있어요—화재 버험?"

모리스는 겁이 났다. "당신 무슨 꿍꿍이야?"

"얼마나?"

"얼마나 뭐?"

"영리한 사람은 한 마디를 듣고 두 마디를 이해하지. 버험은 얼마나 들었나요?"

"가게로는 2천 달러."

"허."

"집은 5천 달러."

"아쉬운 일이네요. 만 달러는 됐어야 하는데."

"이런 집에 만 달러나 필요하겠어요?"

"아무도 모르죠."

"지금 원하는 게 뭔가요?" 모리스가 짜증을 냈다.

남자는 마르고 빨간 털이 난 손을 비볐다. "제작자가 무얼 원하죠?"

"무슨 제작자요? 당신 뭘 만드는 거요?"

그가 음흉하게 어깨를 들썩였다. "전 먹고살 거를 만들죠." 제작자가 소리 없이 말했다. "전 화재를 만들죠."

모리스가 한 걸음 물러섰다.

제작자는 눈을 아래로 향한 채 기다렸다. "우리는 가난한 사람들이죠." 그가 중얼거렸다.

"나한테 원하는 게 뭡니까?"

"우리는 가난한 사람들이죠." 제작자가 미안하다는 듯이 말했다. "신은 가난한 사람을 사랑하시지만 부자를 도우시죠. 버험 회사는 부자죠. 그 사람들은 당신 돈을 가져가지만 뭘 돌려주죠? 아무것도 돌려주지 않죠. 버험 회사 걱정은 하지 마세요."

그가 화재를 제안했다. 재빠르고, 안전하고, 경제적으로 불을 낼 거였다—보험금을 받을 수 있다고 장담했다.

코트 주머니에서 그는 셀룰로이드 조각을 꺼냈다. "이게 뭔지 알아요?"

모리스는 그걸 쳐다보면서 대답하지 않기로 했다.

"셀룰로이드죠." 제작자가 속삭였다. 그는 커다란 노란색 성냥을 켜서 셀룰로이드에 불을 붙였다. 곧바로 불이 붙었다. 그는 1초간 들고 있다가 카운터에 떨어뜨렸고, 거기서 셀룰로이드는 곧바로 다 타 버렸다. 그는 "후" 하고 바람을 불어 다 날려 버렸다. 매캐한 냄새만이 공기 중에 떠돌아다녔다.

"마술이죠." 그가 쉰 목소리로 말했다. "재도 안 남아요. 그게 바로 종이나 천 조각 말고 셀룰로이를 쓰는 이유죠. 한 조각을 금이 간 구멍에 집어넣고 1분도 안 돼서 불이 나요. 그리고 소방관이랑 버험 조사관이 오면 그 사람들이 뭘 찾겠어요?—아무것도 못 찾죠. 아무것도 없으니 그 사람들이 현금을 지불하죠—가게엔 2천 달러, 집은 5천 달러." 미소가 그의 얼굴 위로 기어갔다.

모리스가 몸서리를 쳤다. "당신 나보고 보험금 타라고 내 가게랑 집에 화재를 내라는 거요?"

"내가 바라는 것은." 제작자가 음흉하게 말했다. "그게 당신이 바라는 거겠죠?"

식료품점 주인은 아무 말도 하지 않았다.

"가세요." 제작자가 설득하려 했다. "가족하고 같이 차 타고 코니랜드로. 돌아왔을 땐 일이 다 끝나 있을 겁니다. 비용은—5백 달러입니다." 그가 가볍게 손가락에서 먼지를 털어 냈다.

"위층에 두 사람이 살아요." 식료품점 주인이 중얼거렸다.

"그 사람들 언제 나가죠?"

"가끔 영화 보러 가죠, 금요일 밤에." 그의 목소리는 힘이 없었고, 자신이 왜 낯선 사람에게 비밀을 말하는지 몰랐다.

"그럼 금요일 밤으로 하시죠. 난 까다롭지 않아요."

"하지만 누가 5백 달러나 있겠어요?"

제작자가 실망한 표정을 지었다. 그가 깊은 한숨을 쉬었다. "그럼 2백 달러로 하겠습니다. 전 일을 잘합니다. 그쪽은 6천, 7천 달러를 받을 거고요. 그다음에 남은 3백 달러를 주면 됩니다."

하지만 모리스는 결심했다. "불가능합니다."

"가격이 마음에 들지 않나요?"

"화재가 마음에 들지 않아요. 속임수를 좋아하지 않습니다."

제작자는 30분을 더 설득하고 마지못해 떠났다.

다음 날 저녁 문 앞에 차 한 대가 섰고, 식료품점 주인은 파티 복장을 한 닉과 테시가 차를 타고 가는 걸 지켜보았다. 20분 후에 이다와 헬렌이 영화를 보러 가려고 내려왔다. 헬렌이 어머니한테 같이 가자고 했고, 이다는 딸이 얼마나 불안해하는지 알기에 그러겠다고 했다. 집에 아무도 없다는 사실을 깨달았을 때 모리스는 갑자기 가슴이 뛰었다.

10분 후에 그는 계단을 올라가서 작은 방에 있던 탈취제 냄새 나는 트렁크를 뒤져 한때 입었던 셀룰로이드 목 칼라를 찾았다. 이다가 아무것도 버리지 않았는데도 찾지 못했다. 그는 헬렌의 책상 서랍을 뒤지다 네거티브 필름이 가득 담긴 봉투를 발견했다. 학교에 다니던 소녀 시절 사진을 놔두고 모리스는 그가 모르는 수영복 입은 소년들 사진을 꺼냈다. 서둘러 내려가서 성냥을 찾은 후에 지하실로 갔다. 그는 불을 지피기에 양철통이 좋을 거라고 생각했지만 대신 환기구로 정했다. 불길은 곧바로 올라가 화장실의 열린 창문을 통해 가게 안으로 퍼질 거였다. 온몸에 소름이 돋았다. 불을 낸 후에 복도에서 기다리면 될 거라고 생각했다. 불이 잘 붙으면 거리로 뛰어나가 경고등을 울릴 거였다. 나중에 자신이 소파에서 깜박 잠이 들었고 연기를 맡고 깼다고 말할 작정이었다. 소방차가 올 때쯤 집은 심하게 피해를 입었을 테고, 호스와 도끼가 나머지 일을 할 거였다.

모리스는 셀룰로이드 조각을 덤웨이터 안 나무판 사이의 틈으로 끼워 넣었다. 손이 떨렸고, 성냥불을 필름에 가져가면서 자신에게 속삭였다. 그때 정신이 멍해지는 냄새를 내며 불꽃이 갑자기 타올랐고 곧바로 덤웨이터 벽을 타고 올라갔다. 모리스는 최면에 걸린 듯이 쳐다보다가 갑자기 끔찍한 비명을 질렀다. 불이 붙은 필름을 미친 듯이 두들겨 대면서 지하실 바닥에 내팽개쳤다. 덤웨이터 안의 불을 끌 만한 것을 찾다가 그는 앞치마 밑단에 불이 붙은 걸 발견했다. 양손으로 불길을 두들겼고, 그러자 스웨터 소매에 불이 붙었다. 그는 울면서 신의 자비를 구했고, 갑자기 누군가가 뒤에서 그를 잡아당겨 바닥에 내팽개쳤다.

프랭크 알파인이 코트로 식료품점 주인의 불타는 옷을 덮었다. 그리고 신발로 덤웨이터 안의 불을 껐다.

모리스는 신음했다.

"세상에." 프랭크가 애청했다. "저를 다시 받아 주세요."

하지만 식료품점 주인은 그에게 집에서 나가라고 명령했다.

*

　토요일 새벽 1시쯤, 카프의 가게가 불타기 시작했다.

　이른 저녁에 워드 미노그가 프랭크의 방문을 두드렸고, 테시로부터 점원이 이사 갔다는 말을 들었다.

　"어디로?"

　"몰라요. 보버 씨한테 물어보세요." 워드를 보내 버리고 싶어 하며 테시가 말했다.

　아래층에서 워드는 식료품점 창문을 들여다보고, 모리스를 보자마자 재빨리 물러났다. 최근 알코올만 들어가면 구토가 나왔지만 술에 대한 갈증으로 죽을 것만 같았다. 구토를 참고 두 모금만 마신다면 괜찮아질 거라고 생각했다. 하지만 주머니에 있는 돈은 10센트뿐이었다. 그래서 그는 카프의 가게로 가서 아무 술이나 조금만 외상으로 달라고 애청했다.

　"너한텐 하수도 물도 외상으로 줄 생각 없어." 루이스가 말했다.

　워드는 카운터에서 와인 병을 집어 루이스의 머리를 향해 던졌다. 그가 피했지만 와인 병이 진열대에 있던 병들을 깨뜨렸다. 루이스가 살인이라고 외치며 거리로 뛰어나가자 워드는 위스키 병을 훔쳐서 가게를 나와 골목 어귀로 뛰었다. 그가 정육점을 지나자마자 팔에서 병이 빠져나와 도로에 부딪쳐 깨졌다. 워드는 괴로워하며 뒤를 돌아봤지만 계속 달렸다.

경찰이 왔을 때 워드는 이미 사라진 후였다. 그날 밤 미노그 형사는 저녁을 먹은 후에 추운 거리를 돌아다니다 얼의 술집에서 아들이 서서 맥주를 마시는 걸 보았다. 형사가 쪽문으로 들어갔지만, 워드는 거울로 그를 보고 앞문으로 뛰쳐나갔다. 그는 숨이 차올랐지만, 엄청난 공포감에 휩싸여 석탄 야적장으로 뛰어갔다. 아버지가 뒤따라오는 소리를 듣고, 워드는 하역장 앞의 녹슨 쇠사슬을 뛰어넘어 자갈밭을 지나 야적장 뒤편으로 달렸다. 그런 다음 서둘러서 창고 안의 트럭 밑으로 숨었다.

형사는 욕을 하며 어둠 속에서 15분 동안 아들을 찾았다. 그러고는 권총을 꺼내 창고를 향해 한 발을 쐈다. 죽을 수도 있겠다는 생각에 워드가 트럭 밑에서 기어 나와 아버지의 품으로 달려갔다.

형사에게 제발 때리지 말라고 애걸하고, 당뇨가 있어 괴저병에 걸릴 수 있다고 소리쳤지만, 아버지는 워드가 쓰러질 때까지 곤봉으로 무자비하게 때렸다.

형사가 아들을 향해 몸을 숙여 소리 질렀다. "절대 이 동네에 얼씬거리지 말라고 했지. 이게 마지막 경고다. 혹시라도 내 눈에 또 띄면 죽을 줄 알아." 그는 코트에서 먼지를 털어 내고 석탄 야적장을 떠났다.

워드는 자갈밭에 누워 있었다. 코에서 피가 흘렀지만 곧 멈췄다. 일어나자마자 너무 어지러워 울었다. 비틀거리며 창고로 들어가 석탄 트럭의 운전석에서 잘 생각으로 올라갔다. 하지만 담배를 피우자 구토감이 몰아쳤다. 워드는 꽁초를 던지고 구토감이 사라지기를 기다렸다. 그게 사라지자 갈증이 다시 몰려왔다. 선탁 야적장 울타리를 넘어서 그 너머의 낮은 울타리를 몇 개만 넘으면 카프네 가게의 뒷마당에 갈 수 있었다. 이전에 그곳을 살펴봤기에 주류 가게 뒤편 창문에 철창이 있는 걸 알고 있었다. 하지만 녹슨 철창은 낡아서 느슨했다. 기력만 찾는다면 철창을 힘으로 벌릴 수 있을 거라고 생각했다.

그는 천천히 석탄 야적장 울타리를 넘고, 더 천천히 다른 울타리를 넘어, 마침내 잡초가 무성한 카프네 가게의 뒷마당에 도착했다. 자정 후에 주류 가게는 문을 닫았고, 안에서 아무런 불빛도 나오지 않았다. 깜깜한 식료품점 위의 보버네 창문 하나에 불이 켜져 있었다. 그러니 조심하지 않으면 유대인이 소리를 들을 터였다.

그는 10분 간격으로 두 번 철창을 구부리려고 했지만 실패했다. 세 번째로 몸이 덜덜거릴 때까지 힘을 주면서 안쪽에 있는 두 개를 천천히 구부렸다. 창문은 잠겨 있지 않았다. 워드가 창문 아래로 손을 집어넣어, 소리가 나지 않게 조심스럽게 열었다. 창문이 열리자 그는 구부러진 철창 사이로 몸을 밀어 넣고 꿈틀거리며 주류 가게 뒤편으로 들어갔다. 도난경보기를 달기엔 카프가 너무 구두쇠라는 걸 알기에, 안에서는 살짝 웃으면서 멋대로 돌아다녔다. 뒤편의 상품 중에 워드는 세 종류의 위스키를 맛보고 뱉었다. 억지로 진 삼분의 일 병을 들이마셨다. 2분이 지나자 상처와 고통이 잊히고, 자기 자신에 대한 슬픔이 사라졌다. 그는 아침에 루이스가 바닥에 굴러다니는 빈 병을 보며 우스꽝스러운 표정을 짓는 걸 상상하면서 낄낄댔다. 금전등록기가 떠올라, 워드는 비틀거리며 앞쪽으로 가서 등록기를 열었다. 텅 비어 있었다. 그는 화가 나서 위스키 병을 등록기에 내리쳐 깼다. 구토감에 숨이 막혔고, 꺽 소리를 내며 카프의 카운터 위에 토했다. 상태가 좀 나아지자 그는 가로등 불빛을 받으며 위스키 병들을 금전등록기에 내리쳐 깨기 시작했다.

마이크 파파도폴루스는 주류 가게 앞쪽 바로 위에 침실이 있었기에 소리를 듣고 잠에서 깼다. 5분 후에 그는 뭔가 잘못되었다는 생각에 일어나서 옷을 입었다. 워드는 그사이에 선반에 있던 병을 다 깼고, 갑자기 담배가 피우고 싶어졌다. 성냥불을 켜는 데 2분이 걸렸고, 불이 꽁초에 닿았다. 그는 불길이 잠시 얼굴 앞에서 타오르는 동안, 즐겁게 연기를 맡았다. 그러고는 성냥을 흔들어 댄 후에 어깨 너머로 던졌다. 성냥은 여전히 불에 타면서 술 웅덩이가 생긴 곳에 떨어졌다. 불이 갑자기 확 올라왔다. 워드는 몸이 불타는 나무처럼 되자, 소리를 지르며 손을 휘둘러 댔다. 뒤편으로 달려가서 창문으로 나가려고 했지만 철창 사이에 끼어 버렸고, 결국 힘이 빠져 죽었다.

연기 냄새를 맡고 마이크가 단박에 내려왔고, 가게에 불이 난 걸 보고 코너의 가게로 뛰어가 경보기를 울렸다. 그가 다시 달려올 때 주류 가게의 판유리 창문이 폭발했고, 맹렬한 불길이 가게를 태웠다. 마이크는 자기 어머니와 2층의 세입자들을 집에서 탈출시킨 다음에 보버네 복도로 가서 옆 건물에 불이 났다고 외쳤다. 다들 일어났다―헬렌은 창문이 깨졌을 때 책을 읽고 있었고, 곧바로 닉과 테시를 불렀다. 그들은 스웨터와 코트를 둘러 입고 집을 나와 길 건너편에 섰다. 지나가는 사람들과 함께, 한때 잘나가던 카프의 가게를 불이 파괴하고 집을 집어삼키는 광경을 구경했다. 소방관들이 굵은 물줄기를 뿌려 댔음에도 불구하고 불길은 알코올 때문에 지붕까지 타 올라갔고, 마침내 불이 꺼졌을 때 카프의 건물은 속이 드러나고 물이 떨어지는 껍질만 남았다.

소방관들이 갈고리로 불에 탄 가구를 끄집어내어 길가에 옮겨 놓기 시작하자 사람들이 다들 조용해졌다. 이다는 낮게 신음하며 눈을 감고, 지하실에서 찾은 모리스의 타 버린 스웨터와 털이 타 버린 그의 손을 떠올렸다. 안경이 없으면 아무것도 보지 못하는 샘 펄은 혼자 중얼거렸다. 냇은 모자도 안 쓰고 파자마 위에 코트를 입었고, 헬렌 쪽으로 조금씩 다가서다 결국 그녀 옆에 섰다. 모리스는 가슴이 찢어지는 감정과 싸웠다.

차 한 대가 다가와서 구멍가게 너머에 정차했다. 카프가 루이스와 같이 내렸고, 두 사람은 호스가 여기저기 펼쳐진 거리를 건너 가게로 왔다. 카프가 사라져 버린 자신의 작업장을 차마 볼 수 없다는 듯이 바라보고, 비록 대부분이 보험에 들었지만, 비틀거리며 앞으로 걷다 쓰러졌다. 루이스가 소리를 지르며 그를 깨우려 했다. 소방관 두 명이 괴로워하는 주류 판매업자를 그의 차로 옮겼고, 루이스가 미친 듯이 운전해서 집으로 갔다.

그 후에 모리스는 잠을 잘 수가 없었다. 침실 창가에서 겨울 속옷 차림으로, 인도에 쌓인 불타고 부서진 가구를 내려다보았다. 꽁꽁 언 손으로 식료품점 주인은 가슴속의 생생한 고통을 후벼 팠다. 자신에 대해 참을 수 없는 증오가 올라왔다. 그는 카프에게 이 일이 일어나기를 바랐다—바로 이런 일을. 그의 고통은 끔찍했다.

3월의 마지막 일요일 오전 8시에 날은 흐렸고 하늘에는 눈발이 날렸다. 겨울이 여전히 내 얼굴에 침을 뱉는구먼, 지친 식료품점 주인은 생각했다. 그는 굵고 축축한 눈발이 바닥에 닿으며 녹는 걸 바라봤다. 눈이 오기에는 너무 따뜻하군, 그가 생각했다. 내일은 4월이 오겠네. 그는 상처와 옆구리에 생긴 빈 공간, 그리고 밖으로 나가 주류 가게가 있던 곳으로 가면 그가 빠질 것만 같은 땅 구멍을 느끼면서 일어났다. 하지만 대지는 그를 지탱했고, 이상한 감정은 잦아들었다. 카프의 손해를 애석해할 필요가 없다고 생각하면서 그 감정은 사라졌다. 그의 재산은 그가 너무 고통받지 않게 할 거다. 고통은 가난한 이의 몫이었다. 카프의 세입자들에게 화재는 비극이었고, 젊은 나이에 죽은 워드 미노그에게도 그랬다. 어쩌면 그 형사에게도 그럴 거다. 하지만 줄리어스 카프에게는 아니었다. 화재는 모리스에게 쓸모 있었을 거였고, 카프가 그걸 공짜로 얻었다. 가진 사람에게 모든 게 가는 법이다.

식료품점 주인이 이런 생각을 하고 있을 때, 주류 판매업자가 분명 잠을 설친 밤의 희생자 같은 모습을 하고 눈을 맞으며 나타나 식료품점으로 들어왔다. 그는 어울리지 않는 작은 깃털을 끈에 꽂은 좁은 챙의 모자를 쓰고, 더블 코트를 입고 있었다. 하지만 스타일을 갖춘 모습에도 그의 눈 밑은 검게 변했고 우울함으로 가득했으며, 얼굴빛은 창백했고, 입술은 파랬다. 어젯밤에 인도에 부딪친 이마에는 반창고가 붙어 있었다—불행한 사람, 가게를 잃는 건 그에게 일어날 수 있는 최악의 일이었다. 자신의 것이 될 수 있었던 돈이 사라지고 있다는 생각을 참을 수가 없었다. 카프는 당황한 듯이, 아픈 듯이 보였다. 식료품점 주인은 다시 부끄러움을 느끼며, 차를 마시자고 그를 뒤편으로 이끌었다. 역시 일찍 일어났던 이다는 그를 위해 호들갑을 떨었다.

카프는 뜨거운 차를 한두 모금 마셨다. 하지만 컵을 내려놓은 후에는 접시에서 다시 들어 올릴 힘도 없었다. 불안한 침묵이 흐른 후에 그가 말했다. "모리스, 자네 집을 사고 싶네. 가게도." 그가 떨리는 숨을 깊게 쉬었다.

이다가 숨죽인 비명을 질렀다. 모리스는 정신이 멍해졌다.

"왜? 장사가 정말 안되는데."

"그렇게까지 안되는 건 아니죠." 이다가 소리 질렀다.

"식료품 사업에 관심이 있는 게 아니야." 카프가 우울하게 답했다. "위치에 관심이 있는 거지. 옆집이잖아." 그가 말했다. 하지만 더 이상 말할 수가 없었다.

그들은 이해했다.

그는 집과 가게를 다시 지으려면 몇 달이 걸릴 거라고 설명했다. 하지만 만일 모리스의 가게를 사면 몇 주 안에 새로 고치고, 색칠하고, 상품을 채울 수가 있었고, 그러면 손실을 최소한으로 할 수 있었다.

모리스는 자신의 귀를 믿을 수가 없었다. 그는 흥분했고, 방금 꿈을 꿨던 거라고 누군가 말할까 봐 두려웠다. 아니면 카프가, 그 뚱뚱한 물고기가 뚱뚱한 새로 변해 "날 믿지 마."라고 날카롭게 소리 지르며 날아가 버릴까 두려웠다. 혹은 다른 방식으로 가슴을 찢고 마음을 바꿀까 두려웠다.

그래서 그는 희망을 억누르고 입을 꾹 다물었다. 하지만 카프가 얼마를 원하는지 물었을 때 식료품점 주인은 준비된 가격이 있었다. "집은 9천 달러—계약금으로 3천, 그만큼이 내 자산이거든—그리고 가게는 현금 2,500달러야." 결국 아무리 좋지 않아도 식료품점은 여전히 장사가 됐고, 냉장고만 해도 9백 달러를 지불했었다. 불안해하면서도 그는 빚을 갚은 후에 현금으로 5,500달러가 수중에 있다면 새로운 사업을 찾아보기에 충분하다는 계산을 했다. 이다의 놀란 표정을 보면서 그는 자신의 용기에 놀랐고, 분명 카프가 면전에서 웃으며 더 낮은 가격을 제시할 거라 생각했다—그리고 어쨌거나 그 가격에 응할 거였다. 하지만 주류 판매업자는 힘없이 고개를 끄덕였다. "가게로 2,500달러를 주겠네. 상품하고 가구를 경매해서 얻은 돈 말고."

"이제 자네 가게네." 모리스가 답했다.

카프는 조건을 더 얘기할 수가 없었다. "내 변호사가 계약서를 작성할 거야."

식료품점을 나선 후에 주류업자는 회오리치는 눈 속으로 사라졌다. 이다가 기쁨에 울었고, 반면 모리스는 여전히 놀란 채, 자신의 운명이 변했다는 사실에 대해 생각했다. 카프도 마찬가지였다. 어떤 의미에서 카프는 잃어버린 것을 찾은 거였다. 과거에 카프가 그에게 가져다준 불행을 보상하는 것만 같았다. 어제까지도 그는 모든 일이 오늘 제자리로 돌아올 거라고 믿지 못했다.

봄눈이 모리스에게 깊은 감동을 주었다. 그는 눈이 내리는 걸 보면서 어린 시절의 모습을 보았고, 잊었다고 생각했던 일들을 기억해 냈다. 아침 내내 그는 이리저리 휘날리는 눈을 바라보며 자신에 대해 생각했다. 눈을 맞고 뛰어가며, 눈이 쌓인 나무 위로 날아가는 지빠귀를 향해 소리 지르던 소년을.

"눈을 치울까 해." 그가 점심때 이다에게 말했다.

"가서 잠이나 좀 주무세요."

"손님들한테 좋지 않잖아."

"무슨 손님이요―누가 손님이 필요하대요?"

"눈이 너무 많이 와서 사람들이 걸어 다닐 수가 없잖아." 그가 주장했다.

"기다려요, 내일이면 다 녹아요."

"일요일이잖아. 비유대인들이 교회 가면서 보기 좋지 않을 거야."

그녀의 목소리가 날카로웠다. "모리스, 폐렴 걸리려고 하는 거예요?"

"봄이잖아." 그가 중얼거렸다.

"겨울이에요."

"모자 쓰고 코트도 입을게."

"발이 다 젖을 거라고요. 덧신 장화도 없잖아요."

"5분이면 돼."

"안 돼요." 그녀가 단호하게 말했다.

나중에, 그가 생각했다.

오후 내내 눈이 부드럽게 내렸고 밤이 되자 6인치 정도 쌓였다. 눈이 그쳤을 때 바람이 불었고 거리에 눈발이 날아다녔다. 그는 앞쪽 창에서 쳐다봤다.

이다가 하루 종일 그를 따라다녔다. 늦게까지 그는 나가지 않았다. 문을 닫은 후에 그는 쉬지 않고 앉아서 종이에 긴 목록을 써 나갔고, 결국 이다가 참을성을 잃었다.

"당신 왜 이렇게 늦게까지 있는 거예요?"

"경매업자를 위해 재고를 알아보는 거야."

"그건 카프가 할 일이에요."

"내가 도와줘야 해, 카프는 가격을 모른다고."

가게 매매에 대한 말이 그녀를 안심시켰다. "바로 올라오세요." 그녀가 하품을 했다.

그는 그녀가 잠이 들었다고 느껴질 때까지 기다렸다. 그러고는 삽을 찾으러 지하실로 갔다. 모자를 쓰고 낡은 장갑을 끼고 거리로 나섰다. 놀랍게도 바람이 차가운 재킷처럼 그를 감싸며 앞치마를 시끄럽게 펄럭거렸다. 3월의 끝자락에 좀 더 온화한 밤을 기대했었다. 놀라움이 머릿속에서 아른거렸지만 삽질을 하니 몸이 따뜻해졌다. 비록 검은색이 하얗게 되어 지켜보기가 그다지 힘들지 않았음에도, 그는 카프의 불타 버린 구멍에 등을 돌렸다.

한 삽 가득 눈을 퍼 올려서 찻길로 던졌다. 눈은 공중에서 먼지로 변해 하얗게 빙글빙글 돌며 사라졌다.

그는 미국에 처음 왔을 때 힘들었던 겨울을 떠올렸다. 15년쯤 지나자 겨울은 온화해졌지만 이제 다시 힘들어졌다. 힘든 인생이었지만, 이제 신의 도움으로 좀 더 편안한 시간을 보낼 거였다.

그는 눈을 한 삽 더 퍼서 찻길에 던졌다. "더 나은 인생을 위해." 그가 중얼거렸다.

닉과 테시가 어디 갔다가 집으로 돌아왔다.

"최소한 뭐 따뜻한 거라도 걸치세요, 보버 씨." 테시가 조언했다.

"거의 끝나 가." 모리스가 힘주며 말했다.

"아저씨 건강인데 스스로 챙기셔야죠." 닉이 말했다.

2층 창문이 확 열렸다. 이다가 플란넬 잠옷을 입고, 머리를 풀고 서 있었다.

"당신 미쳤어요?" 그녀가 식료품점 주인에게 소리쳤다.

"끝났어." 그가 대답했다.

"코트도 안 입고—당신 미쳤어요?"

"10분밖에 안 걸렸어."

닉과 테시가 집 안으로 들어갔다.

"지금 당장 올라와요." 이다가 소리쳤다.

"끝났다니까." 모리스가 소리 질렀다. 그는 화를 담아 마지막으로 눈을 삽으로 퍼 하수구에 버렸다. 갓길에 조금 더 치워야 할 곳이 있었지만, 아내가 잔소리를 하자 너무 피곤해져 그걸 치울 수가 없었다.

모리스는 젖은 삽을 질질 끌고 가게 안으로 들어갔다. 온기가 머리를 때렸다. 현기증에 순간 공포를 느꼈지만, 레몬이 들어간 뜨거운 차 한 잔을 마시고 나니 안정되었다.

차를 마시는 동안 눈이 다시 오기 시작했다. 그는 수천 개의 눈송이가 창문을 밀어 대는 걸 보았다. 마치 유리를 뚫고 부엌까지 눈을 뿌리려는 것만 같았다. 눈은 움직이는 커튼처럼 보였고, 눈송이들은 서로를 건드리지 않고 하나하나 밝게 빛났다.

이다가 바닥을 강하게 두들기자 마침내 문을 닫고 2층으로 갔다.

그녀는 목욕 가운을 입고 헬렌과 거실에 앉아 있었고, 눈은 분노로 어두웠다. "당신이 뭐 애들이에요? 눈이 오면 밖에 나가야만 하는 거예요? 다 큰 어른이 무슨 짓이에요?"

"모자를 썼다고. 내가 뭐, 휴지 조각이라도 되나?"

"당신, 폐렴에 걸렸다고요." 그녀가 소리 질렀다.

"엄마, 소리 좀 낮추세요." 헬렌이 말했다. "위층에서 다 듣겠어요."

"세상에, 누가 네 아빠한테 눈을 치우라고 하냐?"

"22년 동안 코에 가게 냄새가 났어. 폐에 신선한 공기를 좀 넣고 싶었던 거야."

"꽁꽁 언 날씨에는 아니죠."

"내일이면 4월이야."

"어쨌거나." 헬렌이 말했다. "조심하세요, 아빠."

"4월에 무슨 겨울이 있겠냐?"

"와서 자요." 이다가 발소리를 크게 내며 자러 갔다.

그는 헬렌과 같이 소파에 앉았다. 그날 아침 카프의 방문에 대해 듣고 난 후에 그녀는 우울함이 사라졌고, 다시 행복한 소녀처럼 보였다. 그는 슬픈 마음으로 그녀가 얼마나 예쁜지 생각했다. 그는 그녀에게 무언가를 주고 싶었ㅡ오직 좋은 것만을.

"집이랑 가게 파는 거, 넌 기분이 어떠니?"

"제 기분이 어떤지는 아시잖아요."

"그래도 말해 보렴."

"상쾌해요."

"네가 바라는 것처럼 더 나은 동네로 이사 갈 거야. 난 더 나은 일자리를 찾을 거고. 넌 봉급을 챙길 수 있을 거야."

그녀가 그를 보고 웃었다.

"네가 작은 아기였을 때가 기억나는구나." 모리스가 말했다.

그녀가 그의 손에 입을 맞추었다.

"내가 제일 원하는 건 네가 행복해지는 거란다."

"그렇게 될 거예요." 그녀의 눈이 촉촉해졌다. "아빠, 제가 아빠에게 드리고 싶은 그 좋은 걸 모두 아시기만 한다면.”

“다 주었단다.”

“더 나은 걸 드릴 거예요.”

“눈 오는 거 봐라.” 모리스가 말했다.

두 사람은 미닫이 창문 너머 눈을 바라봤고, 이내 모리스는 잘 자라는 말을 하고 일어났다.

“주무세요.” 헬렌이 말했다.

하지만 그는 불안해하며, 거의 낙담한 채로 침대에 누웠다. 할 일이 정말 많았고, 바꿔야 하고 익숙해져야 할 것들이 많았다. 내일은 카프가 보증금을 가져오는 날이다. 화요일엔 경매업자가 와서 상품하고 가구를 살펴볼 거다. 수요일엔 경매를 할 거고. 목요일엔 거의 한 세대 만에 처음으로, 그는 일할 곳이 없을 거다. 정말 오랜 시간, 그처럼 긴 시간에 한 장소에 있었고, 그는 다른 곳에 익숙해져야 한다는 생각이 싫었다. 동네를 좋아하지 않았음에도 이곳을 떠나기 싫었다. 그는 새 가게를 찾고, 재 보고, 사야만 한다는 게 불편했다. 그는 가게 위에 사는 걸 좋아했지만, 헬렌은 작은 아파트에 사는 걸 원했다. 그러니 작은 아파트에서 살 거였다. 가게를 찾은 후에, 그는 두 사람에게 살 곳을 찾아보게 할 작정이었다. 하지만 가게는 그가 봐야만 한다. 그가 가장 두려운 것은 같은 실수를 다시 저질러 또 감옥에 정착하는 거였다. 그럴까 봐 걱정이 심해졌다. 주인은 왜 팔려는 거지? 그가 정직한 사람일까, 아니면 속으론 도둑놈일까? 그리고 자신이 가게를 사면 장사가 잘될까 아니면 안될까? 시절이 계속 괜찮을까? 먹고살 수 있을까? 이런 생각들로 그는 진이 빠졌다. 그는 자신의 불쌍한 심장이 무자비한 미래와 경쟁을 벌이는 듯 했다.

그는 깊이 잠들었다고 느꼈지만, 두 시간 후 뜨거운 땀에 푹 젖은 채 잠에서 깼다. 하지만 발은 얼어 있었고, 계속 그런 생각을 한다면 오한이 올 거라는 걸 알았다. 그러고는 오른쪽 어깨가 아파 오기 시작했고, 깊게 숨을 쉬려고 하면 왼쪽 몸이 고통스러웠다. 자신이 아프다는 걸 깨달았고 처절하게 낙담했다. 어둠 속에 누워서, 눈을 치웠던 게 얼마나 어리석은 일인지를 생각하지 않으려고 애썼다. 감기에 걸린 게 분명했다. 걸리지 않을 거라고 생각했다. 22년 후에 몇 분의 자유를 누릴 자격이 있다고 생각했었다. 이제 그의 계획은 연기되어야만 했다. 비록 이다가 카프와의 계약을 마무리하고 경매업자와 거래를 할 수 있어도 말이다. 조금씩 그는 자신이 감기—어쩌면 독감—에 걸렸다는 사실을 받아들였다. 그는 아내를 깨워 의사를 부를까 생각했지만, 전화기도 없이 누구를 부를 수 있겠는가? 만일 헬렌이 옷을 입고 샘 펄의 전화를 쓴다면, 그게 얼마나 부끄러운 일인가? 그 집의 벨을 울려서 온 가족을 깨운다면? 또한 소중한 잠을 자고 있는 의사를 깨운다면? 진료를 한 후에 "선생님, 뭐 그리 난리죠? 독감에 걸린 겁니다. 그러니 좀 누워 계세요."라고 말할 텐데? 그런 조언 때문에 잠옷을 입은 의사를 부를 필요는 없었다. 아침까지 몇 시간 더 기다릴 수 있었다. 모리스는 잠이 들었지만, 자면서 열로 잠이 깨는 걸 느꼈다. 머리가 뻣뻣해져서 잠에서 깼다. 어쩌면 폐렴에 걸린 건가? 잠시 후에 좀 더 안정이 되었다. 아팠지만, 그에게 아픈 건 새롭지 않았다. 어쩌면 눈을 치우지 않았더라도 상관없이 아팠을지도 몰랐다. 지난 며칠동안 몸이 좋지 않았다―두통으로 다리에 힘이 풀렸다. 하지만이미 일어난 일을 어쩔 수 없다고 생각하려고 해도 자신이 아프다는 사실에 그는 엄청나게 기분이 상했다. 그러니까 그가 거리의 눈을 치웠다고 하자, 하지만 4월에 꼭 눈이 왔어야만 했나? 그리고 눈이 왔다 하더라도, 그가 밖에 발을 내딛자마자 아팠어야만 했나? 그가 한 모든 일이 필연적인 무언가로 변한다는 사실에 그는 하릴없이 화가 났다.

그는 에프라임이 나오는 꿈을 꿨다. 꿈이 시작했을 때 분명히 아버지를 닮은 갈색 눈을 보고 아이를 알아봤다. 에프라임은 모리스의 낡은 모자의 윗부분을 잘라 만든, 단추와 반짝이는 핀으로 장식된 비니를 쓰고 있었다. 하지만 나머지는 넝마였다. 어떤 이유에서인지 다른 모습을 기대하지 않았음에도, 그 외양과 아이가 배고파 보이는 모습이 식료품점 주인을 놀라게 했다.

"내가 하루에 세 번 먹게 해 주었잖아, 에프라임." 그가 설명했다. "그런데 왜 아버지를 그렇게 일찍 떠나야만 했니?"

에프라임은 너무 부끄러워 대답하지 못했다. 하지만 모리스는 아이에 대한 넘치는 사랑으로―아이는 그 나이치고는 참 작았다―인생의 좋은 시작을 약속했다.

"걱정하지 마, 대학 교육을 잘 받게 해 줄게."

에프라임이―성인이 되어―비웃으며 고개를 돌렸다.

"내 약속하마……."

아이는 웃음을 남기며 사라졌다.

"제발 살아 있어." 아버지가 아이를 향해 소리쳤다.

잠에서 깬다는 느낌에 식료품점 주인은 다시 꿈속으로 돌아가려고 애썼지만, 꿈은 가볍게 그를 피했다. 그의 눈가가 젖었다. 그는 슬픔 속에 자신의 인생을 생각했다. 가족을 제대로 부양하지 못했다. 가난한 자의 불명예. 이다가 옆에서 자고 있었다. 그는 그녀를 깨워 사과하고 싶었다. 그는 헬렌을 생각했다. 애가 노처녀가 된다면 처참한 기분일 거다. 프랭크를 생각하며 그는 작게 신음했다. 후회가 밀려왔다. 내 인생을 바쳐 아무것도 이루지 못했구나. 그 진실이 천둥처럼 몰려왔다.

눈이 아직도 내리나?

모리스는 3일 후에 병원에서 죽었고, 이후에 퀸스에 있는 거대한―몇 마일이나 이어졌다―묘지에 묻혔다. 미국에 왔을 때부터 그는 장례 조합 일원이었고, 장례식은 식료품점 주인이 젊었을 때 살았던 로어 이스트 사이드에 위치한 조합 장례식장에서 열렸다. 정오에 예배당의 대기실에서는 잿빛 얼굴로 애도하며 매 순간 정신을 잃을 것만 같은 이다가 등 높은 태피스트리 의자에 앉아서 고개를 앞뒤로 흔들었다. 그녀 옆에는, 울어서 눈이 붉어진 헬렌이 지쳐서 앉아 있었다. 동향인과 옛 친구들이 유대인 조간신문에 나온 장례 공지를 보고 찾아와, 그녀에게 키스하기 위해 몸을 숙이고, 그녀 손에 진한 눈물을 흘리며 큰 소리로 슬퍼했다. 그들은 죽은 이와 마주한 접이의자에 앉아서 낮은 소리로 얘기했다. 프랭크는 어색하게 모자를 쓰고, 장례식장 구석에 잠시 서 있었다. 사람들이 많아지자 그는 두껍고 노란 벽 조명으로 어둡게 밝혀진 길고 좁은 예배당에 이미 자리를 잡은 몇 안 되는 조문객 사이에 앉았다. 줄지은 벤치는 어둡고 무거웠다. 예배당 앞쪽, 금속 지지대 위에는 식료품점 주인의 평범한 나무관이 놓여 있었다.

오후 1시에 백발의 장례사가 힘겹게 숨을 쉬며 아내와 딸을 맨 앞줄 왼편으로, 관에서 그다지 멀지 않은 곳으로 인도했다. 조문객들 사이에서 곡성이 들리기 시작했다. 식료품점 주인의 옛 친구들과 먼 친척, 장례 조합에서 알던 이들, 그리고 한두 명의 고객들로 예배당이 반쯤 찼다. 전구 행상인 브레이바트는 슬픔에 얼이 빠져서, 오른쪽 벽에 기대앉아 있었다. 얼굴이 커지고 통통해진 찰리 소벨로프는, 플로리다 햇볕에 그을린 피부와 사시 눈을 하고 나타났다. 멋을 내고 그를 따라온 아내는 이다를 쳐다보며 앉았다. 펄 가족 모두가 왔다. 베티는 새신랑과 같이 왔고, 냇은 진지한 표정으로 헬렌을 걱정했고, 검은 스컬캡*을 쓰고 있었다. 몇 줄 뒤에 루이스 카프가 낯선 사람 사이에서 혼자서 불안해하며 있었다. 또한 모리스에게 20년 동안 빵과 롤을 팔았던 제빵사인 위트지크도 있었다. 그리고 이발사인 지아놀라 씨, 닉과 테시 푸소가 있었고, 그들 뒤에 프랭크 알파인이 앉았다. 수염 난 랍비가 옆문으로 예배당에 들어오자, 프랭크는

334

모자를 벗었지만 재빨리 다시 썼다.

조합 총무가 앞으로 나왔다. 머리숱이 얼마 없는 부드러운 목소리를 가진 남자로 안경은 벽 조명에 반사되어 빛났고, 손으로 쓴 종이를 보며 모리스 보버에 대한 찬사와 그의 죽음에 대한 애도사를 읽었다. 그가 고인을 볼 수 있다고 말하자, 장례사와 운전사 모자를 쓴 그의 조수가 관 뚜껑을 열었고, 몇 사람이 앞으로 다가왔다. 헬렌은 아버지의 창백하고 볼연지를 한 얼굴과 탈리스'로 싸인 머리와 조금 비틀어진 얇은 입술을 보며 한참을 울었다.

이다는 시신을 보며 두 손을 치켜들고 이디시어로 외쳤다. "모리스, 왜 내 말을 듣지 않았어요? 당신은 가고 나는 이 세상에 홀로 아이와 함께 남겨졌어요. 왜 그랬어요?"

그녀가 갑자기 심하게 울었고, 헬렌과 숨을 헐떡이는 장례사가 그녀를 제자리로 정중히 모셨다. 자리로 와서 그녀는 눈물 젖은 얼굴을 딸의 어깨에 묻었다. 프랭크는 마지막으로 나갔다. 그는 탈리스가 조금 올라간 부분에서 식료품점 주인의 머리 상처를 볼 수 있었다. 하지만 그거 말고는 모리스처럼 보이지 않았다. 상실감이 느껴졌지만 예전부터 가졌던 감정이었다.

다음으로 뾰족한 검은 수염을 한 뚱뚱한 랍비가 기도했다. 그는 낡은 중절모자를 쓰고 갈색 바지 위에 색이 바랜 검은 프록코트를 입고, 둥글납작한 신발을 신고 관 옆의 연단에 서 있었다. 히브리어로 기도한 후에, 조문객들이 자리에 앉자, 슬픔에 가득 찬 목소리로 죽은 이에 대해 얘기했다.

"여러분, 저는 지금 관에 누워 있는 이 선량한 식료품점 주인을 만나는 기쁨을 한 번도 갖지 못했습니다. 그는 제가 가지 않는 동네에 살았습니다. 그럼에도 저는 오늘 아침에 그를 알던 사람들과 얘기하며, 그를 알지 못했다는 사실이 안타까웠습니다. 그와 같은 사람과는 즐겁게 얘기했을 겁니다. 저는 사랑하는 남편을 잃은 아내분과 얘기했습니다. 이제 자신을 지도해 줄 아버지가 없는 불쌍하고 사랑스러운 따님, 헬렌과 얘기했습니다. 그들과 얘기했고, 또한 동향인들과 옛 친구들과 얘기했습니다. 이분들 모두가 제게 똑같은 말을 했습니다. 모리스 보버는, 너무 일찍 돌아가신 그는—그는 사람들이 인도로 지나갈 수 있게 가게 앞의 눈을 치우다가 두 번째 폐렴에 걸렸습니다—그 누구보다 정직한 사람이라고 말했습니다. 그런 분을 제 삶에서 뵙지 못했다는 사실이 안타깝습니다. 만일 제가 어디선가 그를 만났다면, 어쩌면 그가 유대인 지역을 방문했을 때—어쩌면 신년제나 유월제에—만났다면, 저는 이렇게 말했을 겁니다. '신의 은총이 그대에게, 모리스 보버.' 그의 사랑하는 딸인 헬렌은 기억합니다. 자신이 어린 소녀였을 때, 아버지가 눈을 맞으며 두 블록을 뛰어가 불쌍한 이탈리아계 여인에게 그녀가 카운터에서 까먹고 안 가져간 5센트를 되돌려 준 걸 기억합니다. 누가 한겨울에 모자나 코트도 없이, 발을 감쌀 장화도 없이, 눈 속에 두 블록을 뛰어가 손님이 까먹은 5센트를 돌려줍니까? 그 여자가 다음 날 올 때까지 기다릴 수 없었을까요? 모리스 보버는 그럴 수 없었습니다. 고인의 명복을 빕니다. 그는 그 불쌍한 여자가 걱정하는 걸 원치 않았죠. 그래서 그녀를 쫓아 눈 속을 뛰어 갔던 겁니다. 이게 바로 이 식료품점 주인을 존경하는 친구들이 이처럼 많은 이유입니다."

랍비는 잠시 멈추고 문상객들의 머리 위를 쳐다보았다.

"그는 또한 매우 성실한 일꾼, 한 번도 일을 쉰 적이 없는 사람 이었습니다. 그가 어둠 속에 일어나 추위에 옷을 입은 아침이 얼마나 되는지, 저는 셀 수가 없습니다. 그다음에 그는 아래층 으로 내려가 하루 종일 식료품점에 있었습니다. 그는 장시간 일 했습니다. 매일 아침 6시에 가게를 열었고, 매일 저녁 10시, 어 쩔 땐 더 늦게 닫았습니다. 하루에 열다섯, 열여섯 시간, 일주일 에 7일을 가게에 있었습니다. 식구를 먹여 살리려고요. 그의 사 랑하는 아내인 이다는 매일 아침 계단을 내려가는 그의 발소리 를 절대 잊지 못할 거라고 말했습니다. 그리고 밤이 되면 그는 너무나 지쳐 올라와 몇 시간 자고 다음 날 다시 가게를 열었습니 다. 이런 삶이 가게에서 22년간 계속되었죠. 매일매일, 그가 너 무 아프던 며칠을 제외하고는. 그리고 그가 이처럼 열심히 힘겹 게 일했기 때문에 그의 집에는, 그의 식탁엔, 항상 먹을 것이 있 었습니다. 정직했을 뿐만 아니라 그는 이처럼 훌륭한 가장이었 습니다."

랍비는 기도서를 내려다봤고, 그리고 다시 눈을 들었다.

"유대인이 죽을 때, 누가 그 사람이 유대인인지 묻습니까? 그 는 유대인입니다. 우리는 묻지 않습니다. 유대인이 되는 방법은 여러 가지가 있습니다. 그래서 누군가 저한테 와서 '랍비, 만약에 비유대인들하고 같이 살고 일하며 그들에게 우리는 먹지 않는 돼지고기와 트레이페*를 팔고, 20년 동안 한 번도 회당에 오지 않은 사람이 있다면, 그런 사람이 유대인인가요?'라고 묻는다면 그에게 저는 이렇게 말할 겁니다. '그렇지, 모리스 보버는 내게 진정한 유대인이네. 왜냐하면 그가 유대인의 경험을 기억하며, 그 안에 살았기 때문이지. 그리고 유대인의 심장을 지니고 살았기 때문이야.' 아마도 우리의 형식적 전통을 기준으로 하면 아니겠죠. 거기에 대해 그를 대신해 변명하지 않겠습니다. 하지만 그는 우리 삶의 정신에 진심이었습니다. 자기 자신에게 원하는 것을 타인을 위해 원하는 정신이죠. 그는 신이 시나이에서 모세에게 하사하여 사람들에게 가져가라고 하셨던 율법을 따랐습니다. 그는 고통받았고, 참아 냈고, 그러면서도 희망을 가졌습니다. 누가 저한테 말했을까요? 저는 그냥 압니다. 자기 자신을 위해 그는 아주 조금만 원했습니다, 아무것도 원하지 않았죠. 하지만 사랑하는 아이는 자신보다 더 나은 삶을 살길 원했죠. 그러한 이유로 그는 유대인이었습니다. 우리의 자애로운 신께서 당신의 불쌍한 자식들에게 그보다 무엇을 더 바라실까요? 그러니 신께서 아내분을 돌보고, 위로하고, 보호하시길 기도합시다. 그리고 아버지를 잃은 아이에게 아버지가 주고 싶어 했던 것을 주시도록 기도합시다. '야스카달 비이스카다시 슈메이, 라보. 볼모 디브로……'"

조문객들은 일어나서 랍비와 함께 기도했다.

헬렌은 슬프면서도 불안해졌다. 랍비가 좀 심하셨어, 그녀가 생각했다. 아빠가 정직했다고 말하긴 했지만, 세상에 이제 살아 계시지 않는다면 그런 정직함이 무슨 소용이 있을까? 맞아, 그 불쌍한 여자에게 5센트를 주려고 아빠는 뛰어가셨다. 하지만 자신의 것을 빼앗아 가는 사기꾼들을 믿으셨지. 불쌍한 아빠, 천성이 정직하셨기에 다른 사람들이 천성적으로 정직하지 않다는 걸 믿지 않으셨다. 그래서 당신이 그토록 열심히 일해서 얻은 것들을 지켜 내지 못하셨다. 어떤 의미에서는, 가진 것보다 더 내주셨던 거다. 성인(聖人)이라서 그런 건 아니었다. 어떤 면에서는 나약하셨고, 진짜로 유일한 힘이라고 할 건 착한 본성과 이해심뿐이었다. 그래도 아빠는 무엇이 선한지 아셨다. 그리고 아빠를 존경하는 친구들이 많았다고 내가 말한 건 아니었다. 그건 랍비가 지어낸 말이었다. 사람들이 아빠를 좋아하기는 했지만, 그런 가게에서 평생을 보낸 사람을 누가 존경하겠는가? 가게에 당신을 묻어 버린 거였다. 자신이 갖지 못한 게 무언지 알 만큼 상상력이 없으셨다. 스스로 피해자가 되신 거였다. 좀 더 용기만 있었다면, 좀 더 많은 일을 성취하셨을 거다.

헬렌은 돌아가신 아버지의 영혼에 평화가 오기를 빌었다.

이다는 젖은 손수건을 눈에 대면서 생각했다. 우리가 먹고살아야 한다는 게 뭐 어때서? 먹기만 한다면 누구 돈으로 먹는지 신경 쓰지 않는 법이다―내 돈인지 아니면 도매상 돈인지. 남편이 돈을 벌면 고지서가 생겼다. 그리고 돈을 더 벌면 고지서가 더 생겼다. 내일 거리로 쫓겨날까 항상 걱정하고 싶은 사람은 없다. 가끔 그녀는 순간의 평화를 바랐다. 하지만 어쩌면 이게

다 내 잘못인지도, 남편이 제약사가 되는 걸 내가 막았으니까.

그녀는 식료품점 주인에 대한 자신의 판단이, 비록 그를 사랑했음에도 혹독했기에 울었다. 헬렌은 반드시 전문직 남자랑 결혼시켜야지, 그녀는 그렇게 생각했다.

기도가 끝나자 랍비는 옆문을 통해 예배당 밖으로 나갔다. 그리고 관은 조합 회원들과 장례사의 조수 어깨에 들려 밖으로 옮겨지고, 운구차에 실렸다. 예배당 안의 사람들이 한 줄로 나와 집으로 갔지만, 프랭크 알파인은 장례식장에 홀로 앉아 있었다.

그는 고통이 상품이나 다름없다고 생각했다. 내가 장담하는데, 유대인들은 그걸로 정장을 만들 수 있을 거야. 그리고 또 웃기는 점은 사람들이 생각하는 것보다 세상에 유대인들이 더 많다는 사실이지.

묘지는 봄이었다. 무덤 몇 개만 빼고는 눈이 다 녹아 있었다. 식료품점 주인의 관을 따르던 몇 안 되는 조문객들은 코트 때문에 더워했다. 묘비가 모여 있는 조합 장지에서, 두 명의 무덤 파는 사람이 땅에 새 구덩이를 파 놓았고, 삽을 들고 뒤에 서 있었다. 비어 있는 무덤 위에서 랍비가―가까이서 보니 백발의 수염이 무성했다―기도를 했고, 헬렌은 운구자들이 들고 있는 관에 머리를 기대었다.

"잘 가세요, 아빠."

그다음에 무덤 파는 사람들이 무덤 바닥으로 관을 내리자, 랍비는 그 위에서 큰 소리로 기도했다.

"천천히…… 천천히."

이다는 샘 펄과 조합 총무에게 기댄 채 주체를 못 하고 울었다. 몸을 숙이고 무덤을 향해 외쳤다. "모리스, 헬렌을 돌봐 주세요, 내 말 들려요, 모리스?"

랍비가 가호를 빈 후에 삽으로 첫 흙을 뿌렸다.

"천천히."

그러자 무덤 파는 사람들이 무덤 주위의 무른 흙을 밀어 넣기 시작했고, 흙이 관에 떨어지자 조문객들이 큰 소리로 울었다.

헬렌이 장미를 던졌다.

프랭크는 무덤가에 가까이 서 있다가, 꽃이 어디에 떨어지는지 보려고 몸을 숙였다. 균형을 잃었고, 팔을 휘둘렀지만 결국 떨어져 관 위에 섰다.

헬렌이 고개를 돌렸다.

이다는 통곡했다.

"당장 거기서 나와." 냇 펄이 말했다.

프랭크가 무덤 파는 사람들에게 도움을 받아 서둘러 무덤에서 나왔다. 그는 생각했다. 내가 장례식을 망쳤구나. 그는 자기를 품어 준 세상이 가엾게 느껴졌다.

마침내 관이 흙으로 덮였고, 무덤이 다 메워져 평평하게 되었다.

랍비가 마지막으로 짧은 카디시'를 낭송했다. 냇이 헬렌의 팔을 잡고 데리고 갔다.

그녀는 슬퍼하며, 한 번 뒤돌아본 후에, 그와 함께 갔다.

이다와 헬렌이 묘지에서 돌아왔을 때 루이스 카프가 어두운 골목에서 기다리고 있었다.

"이렇게 슬픈 상황에 두 분을 귀찮게 해서 죄송합니다." 그가 손에 모자를 들고 말했다. "하지만 저희 아버지가 왜 장례식에 오지 못하셨는지 알려 드리고 싶었어요. 아버지가 편찮으셔서, 앞으로 여섯 주 정도 누워 계셔야만 해요. 며칠 전 불났을 때 기절하셨는데, 나중에 심장마비였다는 걸 알게 됐어요. 아직 살아 계신 게 다행이에요."

"베이 이스 미르." 이다가 중얼거렸다.

"의사 말이 당장 은퇴하셔야 한다고 하네요." 루이스가 어깨를 들썩였다. "그래서 아버지는 더 이상 아주머니 집을 사고 싶지 않으세요." 그리고 덧붙였다. "저는 주류 관련해서 세일즈맨 자리를 얻었고요."

그가 두 사람에게 인사하고 떠났다.

"네 아버지가 죽어서 다행이다." 이다가 말했다.

힘겹게 계단을 올라가면서 두 사람은 가게 안에서 등록기의 둔탁한 벨 소리를 들었고, 식료품점 주인이 식료품점 주인의 관에서 춤을 췄던 사람임을 알았다.

*

프랭크는 가게 뒤편에서 살았다. 옷장을 사서 그 안에 옷을 걸었고, 소파에서 코트를 덮고 잤다. 그는 어머니와 딸이 위층에서 나오지 않던 한 주의 애도 기간 동안 가게를 돌봤다. 열려 있기에 가게는 간신히 살아 있었지만, 그 이상으로는 모든 게 불안했다. 매주 그가 35달러를 등록기에 넣지 않았다면 가게를 닫아야만 했을 것이다. 액수가 적은 고지서를 그가 갚는 걸 보고서, 도매상들이 외상으로 물건을 줬다. 모리스가 죽어서 애석하다는 말을 전하러 사람들이 왔다. 한 남자는 식료품점 주인이 자신에게 외상을 주었던 유일한 상점 주인이라고 말했다. 그는 모리스에게 빚졌던 11달러를 프랭크에게 갚았다. 궁금해하는 사람들에게 프랭크는 아내분을 위해 장사를 하는 거라고 설명했다. 사람들은 그의 말에 수긍했다.

그는 이다에게 매주 방값으로 12달러를 주었고, 상황이 나아지면 더 주겠다고 약속했다. 그럴 때가 오면 그가 그녀로부터 가게를 살지도 모른다고 말했다. 하지만 그러려면 보증금으로 줄 돈이 없었기에 조금씩 할부로 사야 할 거라고 했다. 그녀는 대답하지 않았다. 그녀는 미래를 걱정했고, 굶게 될까 봐 두려웠다. 그녀는 그가 주는 방세와 닉의 방세 그리고 헬렌의 봉급으로 살았다. 이다는 이제 군복에 견장을 실로 꿰매는 소일을 했다. 모리스의 동향인인 에이브 루빈이 월요일 아침마다 차로 군복을 한 포대 가져왔다. 그걸로 한 달에 28달러에서 30달러 정도가 들어왔다. 그녀는 가게에 거의 내려가지 않았다. 그녀에게 얘기하려면, 프랭크가 위층에 올라와서 문을 두드려야만 했다. 한번은 어떤 사람이 루빈에게 소개받아 식료품점을 보러 왔고, 프랭크는 걱정했다. 하지만 남자는 곧바로 떠났다.

그는 미래를 위해, 용서받기 위해 살았다. 어느 날 아침 계단에서 헬렌에게 말했다. "모든 게 달라졌어요. 난 예전의 나와 같은 사람이 아니에요."

"언제나." 그녀가 답했다. "당신은 내가 잊고 싶어 하는 모든 걸 떠올리게 해요."

"당신이 제게 읽으라고 주었던 그 책들." 그가 말했다. "당신은 그 책들을 이해하기는 한 건가요?"

헬렌이 악몽에서 깼다. 꿈에서 그녀는 계단에서 기다리는 프랭크를 피하기 위해 집을 떠나야만 했다. 하지만 그는 노란색 등 아래서, 음탕한 모자를 만지작거리며 서 있었다. 그녀가 다가가자 그의 입술이 "사랑합니다."라고 말하려고 했다.

"그 말을 하면 비명을 지를 거예요."

그녀는 소리를 질렀고, 잠에서 깼다.

7시 15분 전에 그녀는 침대에서 겨우 일어나 자명종이 울리기 전에 끄고, 잠옷을 벗었다. 자신의 몸을 바라보자 굴욕감이 느껴졌다. 그녀는 쓸모없는 몸뚱이라고 생각했다. 그녀는 다시 처녀가 되고 싶었고, 동시에 엄마가 되고 싶었다.

이다는 평생 두 사람이 사용했지만 이제 절반이 비어 버린 침대에서 여전히 잠들어 있었다. 헬렌은 머리를 빗고, 씻고, 커피를 올렸다. 부엌 창가에 서서 그녀는 뒷마당의 꽃을 바라보고, 도망칠 수 없는 무덤 속의 아버지를 생각하며 슬퍼했다. 내가 아버지에게 무엇을 주었지? 아버지의 불쌍한 인생이 조금이라도 나아지게 해 주었던가? 그녀는 모리스를, 그의 타협과 포기를 생각하며 울었다. 그녀는 자기 자신을 위해 뭔가를 해야만 한다고, 무언가 의미 있는 일을 해야만 한다고 생각했다. 아니면 아버지처럼 될 것이기 때문이다. 오직 사람으로서 가치를 키우는 것만이 모리스의 삶을 의미 있게 만들 것이다. 그녀가 그의 자식이라는 의미에서 말이다. 그녀가 생각했다. 어떻게든 반드시 학위를 따야만 해. 몇 년이 걸리겠지—하지만 그게 유일한 방법이었다.

프랭크는 복도에서 그녀를 기다리는 일을 그만두었다. 어느 날 아침 그녀가 소리 질렀다. "왜 당신 멋대로 하는 거예요?" 그는 자신의 참회가 망치질 같았을 거라는 사실을 깨닫고 물러섰다. 하지만 그는 할 수 있으면, 가게 창문을 덮은 화장지 틈 사이로 그녀를 바라봤다. 그녀의 갸름한 몸매와 작고 봉긋한 가슴과 가냘프고 둥근 엉덩이와 흥분시키는 약간 굽은 다리를 난생처음 보는 것처럼 바라봤다. 그녀는 언제나 외로워 보였다. 그는 그녀를 위해 자신이 도대체 무엇을 할 수 있을까 생각해 봤고, 그가 생각할 수 있는 거라곤 그녀에게 필요 없는 것, 결국 쓰레기통에 버려질 것을 주는 일뿐이었다.

그녀를 위해 무언가를 한다는 생각은 그의 다른 생각만큼이나 쓸모없어 보였다. 그러던 어느 날, 화장지를 조금 더 벌려서 그녀가 무표정하게 집에 들어오는 모습을 보며, 그는 목 뒤의 털이 설 정도로 엄청난 생각을 했다. 그가 할 수 있는 최고의 일은 그녀가 항상 원하던 대학 교육을 받도록 도와주는 것임을 깨달았다. 그보다 그녀가 더 바라는 일은 없었다. 하지만 만일 그녀가 동의한다고 해도—그는 머릿속에서 매 순간 가능성이 없다고 생각했다—훔치지 않고서야 어디서 그 돈을 마련할 것인가? 이 계획에 대해 생각하면 할수록 그는 더 흥분했고, 결국 그게 불가능할지도 모른다는 가능성을 더 이상 용납할 수 없었다.

그는 헬렌이 한때 그에게 썼던 쪽지를 지갑에 넣고 다녔다. 만일 닉과 테시가 영화관에 가면 그녀가 올라오겠다는 쪽지였고, 그는 그걸 자주 읽었다.

어느 날 그는 또 다른 생각이 떠올랐다. 창문에 광고문을 붙였다. "따뜻한 샌드위치와 따뜻한 수프 포장 판매." 그는 간단한 요리를 만들던 경험을 식료품점을 위해 쓸 수 있겠다고 생각했다. 이 새로운 소식을 알리는 전단을 인쇄한 후에, 아이에게 1달러를 주고 노동자들이 다니는 곳에서 돌리라고 시켰다. 그는 소년을 몇 블록 따라가서 종이를 하수구에 버리지 않는지 확인했다. 일주일이 되지 않아 몇 명의 새 손님이 점심과 저녁 시간에왔다. 그들은 이 동네에서 처음으로 따뜻한 포장 음식을 살 수있는 거라고 했다. 프랭크는 거기에 더해서, 도서관의 요리책에서 따온 조리법으로 라비올리와 라자냐를 일주일에 한 번씩 만들어 보았다. 가스 스토브로 작은 피자를 구워 봤고, 한 조각을 25센트에 팔았다. 파스타와 피자가 따뜻한 샌드위치보다 더 잘팔렸다. 사람들이 그걸 사러 왔다. 그는 식료품점에 탁자를 한두 개 놓을까 생각했지만 자리가 없었다. 그래서 음식은 전부포장이어야만 했다.

그에게 또 다른 행운이 찾아왔다. 우유 배달원이 와서, 두 노르웨이인이 손님들 앞에서 서로에게 소리를 지르며 싸웠다고알려줬다. 그들은 자기들이 예상했던 것보다 수입을 올리지 못했다고 한다. 가게는 한 사람에게는 괜찮았지만, 두 사람에겐아니었다. 그래서 두 사람은 상대방 지분을 사고 싶어 했다. 신경이 날카로운 페데르손은 싸움을 견딜 수가 없었고, 결국 타스트가 5월 말에 그의 지분을 사서 가게를 혼자 소유했다. 하지만그는 오랫동안 일하는 것만으로 다리가 너무 아프다는 사실을깨달았다. 아내가 저녁 시간에 도와주러 왔다. 하지만 타스트는매일 밤 모두가 자유롭게 집에 있는 시간에 가족과 떨어져 있어야 한다는 사실을 참을 수 없었다. 그래서 그는 거의 10시까지 프랭크와 경쟁하는 것을 멈추기로 결정하고, 7시 반에 가게를 닫았다. 밤에 이렇게 두어 시간을 혼자서 장사하는 것이 프랭크에게 도움이 되었다. 그는 직장에서 늦게 집에 오는 손님들 중 일부를 되찾았고, 늦은 시간에 다음 날 아침을 위해 무언가가 필요한 주부들도 되찾았다. 그리고 프랭크는 영업이 끝난 타스트의 가게를 창문으로 들여다보며, 그가 더 이상 특별 할인을 많이 하지 않는 걸 확인했다.

7월에 날씨가 뜨거워졌다. 사람들은 요리를 덜 했고, 간이식당을 이용하고 통조림 제품과 병 음료를 더 먹었다. 그는 맥주를 많이 팔았다. 파스타와 피자도 꽤 잘 나갔다. 그는 타스트가 피자를 만들려고 했지만 밀가루 맛이 너무 난다는 소문을 들었다. 또 프랭크는 통조림 수프를 사용하는 대신 자신만의 미네스트로네를 만들었고, 사람들이 모두 칭찬했다. 요리하는 데 시간이 걸렸지만 수익은 더 높았다. 그리고 그가 새롭게 파는 것들로 인해 다른 상품도 팔렸다. 이제 그는 이다에게 방세와 가게 사용료로 한 달에 90달러를 지불했다. 그녀는 견장으로 돈을 더 벌었고, 그래서 굶을 거라는 생각을 그렇게 자주 하지는 않았다.

"왜 나한테 이렇게 많이 줘요?" 그가 돈을 90달러까지 올렸을 때 그녀가 물었다.

"어쩌면 헬렌이 봉급 일부를 가질 수 있지 않을까요?" 그가 제안했다.

"헬렌은 당신한테 더 이상 관심이 없어요." 그녀가 단호하게 말했다.

그는 아무런 대꾸도 하지 않았다.

하지만 프랭크는 그날 밤 저녁을 먹은 후에—그는 햄과 달걀을 먹었고 이제 시가를 피웠다—탁자를 치우고 앉아서, 만일 헬렌이 직장을 그만두고 교육에 시간을 전부 투자한다면, 그녀를 대학에 보내는 데 얼마나 들지 계산해 봤다. 자신이 수집한 대학 안내서에서 본 수업료를 계산했을 때, 자신이 그럴 능력이 없다는 사실을 알았다. 마음이 무거워졌다. 나중에 만일 그녀가 학비가 없는 대학에 간다면 성공할지도 모른다고 생각했다. 그녀에게 경비로 쓸 돈을 충분히 주고, 동시에 그게 얼마든지 간에 그녀가 지금 어머니에게 주는 돈을 대신할 수 있을 거다. 그렇게 하면 자신이 힘들어지겠지만, 반드시 그래야만 한다고 생각했다. 그게 그의 유일한 희망이었다. 다른 방법을 생각해 볼 수가 없었다. 그가 자신을 위해 원하는 것은 오직 그녀가 되돌려줄 수 없는 무언가를 그녀에게 주는 특권이었다.

진짜 중요한, 흥분되지만 두려운 일은, 그녀에게 고백하는 거였다. 그가 하려는 일에 대해 말해야 했다. 항상 그걸 말할 생각이었지만 그러기가 너무도 어려웠다. 그녀에게 말을 하는 일은, 그들에게 벌어진 일이 있은 후에는 불가능하게만 보였다—위험과 수치심과 육체적 고통을 유발하기에. 대화를 시작할 만한 놀라운 말은 무얼까? 영원히 그녀를 설득하지 못할 거라 절망했다. 그녀는 그를 멀리했고, 그에게 나쁜 일을 당했고, 그에게 아무런 감정이 없었다. 뭔가 있다면, 그건 혐오감뿐이었다. 그는 이젠 언급조차 못 하는 난리를 초래한 자신을 저주했다.

8월의 어느 날 밤, 그녀가 냇 펄과 함께 직장에서 집으로 오는 것을 본 후에, 프랭크는 아무런 행동도 못 하는 비참함이 지긋지긋해서 행동에 나서기로 했다. 그는 카운터 뒤에 서서 맥주병들을 여자 손님의 시장바구니에 쌓는 순간, 헬렌이 책 몇 권을 안고 지나가는 모습을 보았다. 그녀는 붉은색에 검은 테두리가 있는, 새로 산 여름 드레스를 입고 있었고, 그녀의 모습에 그는 새롭게 갈구했다. 여름 내내 그녀는 밤에 홀로 동네를 돌아다니며, 외로움을 걸어서 없애려고 했다. 그는 다가서서 그녀를 따라갈 유혹을 느꼈지만, 새로운 생각이 떠오르기 전까지는 그녀가 도망치지 않게 무슨 말을 할지 아예 몰랐다. 서둘러 손님을 가게에서 내보낸 후, 그는 씻고, 머리를 뒤로 빗고, 재빨리 산뜻한 스포츠 셔츠로 갈아입었다. 가게 문을 잠그고 헬렌이 사라진 방향으로 뛰어갔다. 직전까지 더운 날씨였지만, 이제는 시원하고 고요했다. 하늘은 황금빛 녹색이었다. 다만 빛 아래는 어두웠다. 한 블록을 달린 후에 그가 뭔가를 기억해 내고 터덜터덜 가게로 돌아왔다. 그는 뒤편에 앉아 귀에서 심장이 요동치는 소리를 들었다. 10분 후에 그는 가게 창문의 등을 켰다. 지친 나방 한 마리가 전구로 날아들었다. 그녀가 책들 사이에서 얼마나 오래 서성일 줄 알기에, 그는 면도를 했다. 그러고는 다시 앞문을 잠근 후에, 도서관 쪽으로 갔다. 그녀가 나올 때까지 거리 반대편에서 기다리려고 했다. 거리를 건너 집에 돌아오는 그녀를 따라잡을 작정이었다. 그녀가 심지어 그를 보기도 전에 그는 할 말을 하고 끝낼 거다. 좋아요 혹은 안 돼요, 그녀가 말할 거다. 그리고 만일 안 된다고 하면, 그는 내일 가게를 닫고 사라질 생각이었다.

그가 도서관 가까이에서 고개를 들었고, 그때 그녀를 보았다. 그녀는 반 블록 정도 떨어져 있었고 그를 향해 걸어왔다. 그는 어느 쪽으로 갈지 몰라 그 자리에 서 있었다. 그처럼 사랑스럽게 보이는 그녀를 마주하게 된다는 것을 두려워하면서, 그녀가 지나갈 때 다리를 다친 개처럼 서 있었다. 왔던 길을 뛰어서 되돌아갈 생각을 했지만, 그녀는 그를 보고 방향을 틀어 서둘러 갔다. 그래서 오래된 습관을 되살려, 그녀를 쫓아갔다. 그리고 그녀가 차마 피하기도 전에 그녀의 팔을 건드렸다. 두 사람은 몸을 떨었다. 그녀가 경멸감을 끌어모으기도 전에, 그는 오랫동안 참았던 말을 토해 냈지만 이젠 자신이 말하는 걸 들으며 서 있을 수조차 없었다.

그가 제안하는 게 무엇인지 깨달았을 때, 헬렌의 심장이 심하게 뛰었다. 그가 쫓아와 말하리라는 건 알고 있었다. 하지만 천 년이 지나도 그가 **이런** 말을 할 거라고는 추측하지 못했을 것이다. 그녀는 그라는 존재가 처한 상황을 떠올리며, 자신을 계속 놀라게 하는 그의 능력, 신만이 알 법한 수를 내놓는 능력에 충격을 받았다. 그의 지치지 않는 힘이 신비롭고 무서웠다. 왜냐하면 워드 미노그의 죽음 이후에, 자신의 분노가 잦아드는 걸 느꼈기 때문이다. 공원에서의 경험에 대한 기억을 혐오하면서도, 그날 밤 자신이 얼마나 프랭크와 잠자리를 하고 싶어 했는지를, 그리고 워드 미노그가 자신을 건드리지만 않았어도 그랬으리라는 사실을 기억해 냈다. 워드 미노그가 없었다면 폭력도 없었을 것이다. 그녀는 그를 원했었다. 그가 침대에서 자신의 굶주렸던 기회를 노렸다면 그녀도 열정적으로 반응했을 것이다. 나에 대한 증오를 회피하려고 그를 증오하고 있구나, 그렇게 그녀는 생각했다.

하지만 그의 제안에 대한 그녀의 대답은 단호한 거절이었다. 직접적으로 그에게 빚을 질 가능성, 또 다른 속박, 역겨운 일이 생길 가능성을 막기 위해서 그녀는 잔인하다 싶을 정도로 딱 잘라 말했다.

"생각조차 할 수 없어요."

그는 이렇게까지 할 수 있다는 것, 그녀의 옆에서 걷는다는 것만으로 놀랐다―단지 계절이 다른 밤이었고, 그녀의 여름 얼굴은 겨울 얼굴보다 더 부드러워 보였고, 몸은 좀 더 여성적이었다. 하지만 이 모든 것이 모여 상실로 이어졌고, 그녀를 원하면 원할수록 그는 더 많이 상실했다.

"당신 아버지를 위해서." 그가 말했다. "당신을 위한 게 아니라면, 아버지를 위해서요."

"우리 아버지가 무슨 상관이 있는 거죠?"

"그분 가게잖아요. 아버지가 원했던 것처럼 그 가게로 당신이 대학에 가는 걸 돕게 해 주세요."

"당신 없이도 그럴 수 있어요. 당신 도움을 원치 않아요."

"모리스 씨는 저한테 큰 도움을 주었어요. 그분께 보답할 수는 없지만 당신에겐 할 수 있어요. 게다가 그날 밤 내가 제정신이 아니었기 때문에……."

"정말, 그날 일은 말하지 마세요."

그는 말하지 않고 입을 다물었다. 두 사람은 침묵한 채로 걸었다. 그들이 공원에 왔다는 사실에 그녀는 소름이 돋았다. 서둘러 그녀는 다른 길로 갔다.

그가 그녀를 따라잡았다. "3년 안에 졸업할 수 있을 거예요. 비용은 전혀 걱정할 필요 없어요. 원하는 만큼 공부할 수 있다고요."

"도대체 뭘 바라기에 이렇게까지 하는 건가요―미덕을 발휘하고 싶은 거예요?"

"왜 그러는지 이미 얘기했잖아요―모리스 씨에게 빚진 게 있어요."

"뭘요? 당신을 냄새나는 가게에 들여서 죄수로 만든 것에 대해서요?"

더 이상 그가 무슨 말을 할 수 있겠는가? 비참한 마음에 그녀 아버지에게 자신이 한 짓을 떠올렸다. 언젠가는 그녀에게 고백하는 상상을 종종 해 왔지만, 지금은 아니었다. 그렇지만 그걸 말하고 싶은 욕망이 그를 압도했다. 그는 맹렬히 그걸 피하려고 애썼다. 목이 아팠고, 토가 나왔다. 그는 이를 꽉 물었지만, 말이

덩어리로, 막힌 걸 뚫고 나오는 물줄기처럼 치밀어 올랐다.

그가 고통스럽게 말했다. "그때 강도 짓을 한 사람이 저예요. 미노그랑 저요. 카프가 도망친 후에 워드가 아버님을 골랐죠. 하지만 워드하고 같이 갔으니 제 잘못이기도 해요."

그녀가 소리 질렀고 계속해서 질렀을 수도 있다. 하지만 낯선 사람들이 쳐다보고 있었다.

"헬렌, 맹세컨대······."

"당신 범죄자야. 어떻게 그렇게 착한 사람을 때릴 수가 있죠? 아버지가 당신에게 무슨 잘못을 했나요?"

"제가 때린 게 아니에요. 워드가 그랬죠. 전 마실 물을 드렸어요. 제가 해를 입히고 싶지 않다는 걸 아셨죠. 그 후에, 제가 잘못한 것을 바로잡기 위해서 아버지 밑에서 일하러 왔고요. 제발요, 헬렌. 저를 좀 이해해 주세요."

일그러진 얼굴을 하고 헬렌이 그에게서 도망쳤다.

"아버님한테 고백했어요." 그가 도망가는 그녀에게 소리쳤다.

그는 여름과 가을 동안 잘 버텼다. 하지만 크리스마스 이후에 장사가 잘 안됐고, 야간에 하는 일의 봉급이 5달러 올랐음에도 비용을 메꾸기가 불가능하다는 걸 깨달았다. 페니 하나하나가 달처럼 커 보였다. 한번은 카운터 뒤에 떨어뜨린 25센트 동전을 찾느라 한 시간을 허비했다. 느슨한 바닥 나무판을 뜯어냈고, 모리스가 오랜 기간에 걸쳐 잃어버렸던 동전들을 찾고서 기뻐했다. 녹색 때가 긴 더러운 동전들은 전부 모아 3달러가 넘었다.

옷이 다 해졌지만 자신을 위해서는 최소한의 생필품만 샀다. 구멍을 더 이상 실로 기울 수 없게 된 내복은 버리고 없이 지냈다. 빨래는 싱크대에서 했고, 부엌에 걸어 말렸다. 원칙적으로 중개인과 도매상에겐 바로바로 돈을 주었지만, 겨울 내내 그들을 기다리게 만들었다. 파산할 거라고 위협하며 한 사람을 물리쳤다. 또 한 사람에게는 다음 날 주겠다고 약속했다. 가장 중요한 판매원에게는 2달러를 주며 그의 회사 사람들을 안심시키게 했다. 그렇게 그는 버텼다. 하지만 그는 이다에게 방값 주는 건 절대로 거르지 않았다. 헬렌이 가을에 야간 대학으로 돌아갔기 때문에, 돈을 주는 것이 중요했다. 만일 그가 이다에게 90달러를 주지 않으면, 헬렌은 자신이 필요한 걸 살 돈이 충분하지 않을 터였다.

그는 항상 피곤했다. 척추가 고양이 꼬리처럼 비틀어진 듯이 아팠다. 커피 팟을 쉬는 밤에는 움직이지 않고 자면서, 잠자는 꿈을 꾸었다. 커피 팟에 손님이 없는 시간에는 카운터에서 팔에 머리를 기대어 앉았고, 식료품점에서는 낮에 기회 될 때마다 선잠을 잤다. 다른 소리는 몰라도 버저 소리는 그를 깨우리라 믿었다. 잠에서 깼을 때 눈은 따갑고 눈물이 고였으며, 머리는 구멍이 숭숭 뚫린 납 같았다. 점점 말라 갔고, 목은 가늘어졌고, 광대뼈가 툭 튀어나왔고, 비뚤어진 코는 날카로웠다. 계속된 하품에 젖은 눈으로 삶을 바라보았다. 위장이 쓰라릴 때까지 블랙커피를 마셨다. 밤에 그는 아무것도 하지 않았다—글을 조금 읽었다. 아니면 뒤편에 불을 끄고 앉아 담배를 피우며 라디오에서 나오는 블루스 음악을 들었다.

그에게 다른 걱정이 생겼다. 헬렌 주위에 냇이 더 어슬렁거리는 걸 보았다. 법대생은 일주일에 두 번씩 차로 그녀를 직장에서 집으로 데려왔다. 이따금 주말에 그들은 밤에 드라이브를 했다. 냇이 문 앞에서 경적을 울리면 그녀가 보란 듯이 차려입고 웃으며 나왔고, 두 사람 모두 프랭크를 신경 쓰지 않았다. 그리고 그녀는 위층에 전화를 새로 놓았고, 그는 일주일에 한두 번씩 전화 울리는 소리를 들었다. 전화는 그를 놀라게 했고, 냇을 시기하게 만들었다. 한번은 커피 팟을 쉬는 날에, 프랭크는 헬렌과 누군가가 복도로 들어오는 순간에 갑자기 잠에서 깼다. 그는 가게에 몰래 들어가 옆문으로 두 사람이 속삭이는 걸 엿들었다. 그리고 그들은 조용해졌다. 그는 그들이 키스하는 상상을 했다. 이후에 몇 시간 동안 그는 다시 잠들 수가 없었다. 그녀를 너무도 원했다. 그다음 주에 문틈으로 들으며, 그녀가 키스하는 사내가 냇이라는 걸 알아냈다. 질투로 몸이 삭는 듯했다.

그녀는 절대 가게로 들어오지 않았다. 그녀를 보려면 앞 창문가에 서 있어야만 했다.

"세상에." 그가 말했다. "뭣 때문에 내가 이 고생을 하는 거지?" 그는 자신에게 수많은 불행한 답들을 내놨고, 그중 최고는 이러는 동안엔 다른 나쁜 일을 하지 않으리라는 거였다.

하지만 그러고는 절대로 다시 하지 않을 거라고 다짐했던 일들을 하기 시작했다. 그는 그다음에 무슨 일을 할까 두려워하면서도 그 일들을 했다. 그는 환풍구에 올라가 욕실에 있는 헬렌을 몰래 훔쳐봤다. 두 번, 그는 그녀가 옷 벗는 걸 봤다. 그녀를, 자신이 잠시 지냈던 그 육체를 아플 정도로 원했다. 그러면서도 그녀가 자신을 사랑했다는 이유로 그녀를 증오했다. 왜냐하면 한때 가졌지만 이제는 가지지 못하는 걸 욕망하는 일은 고문이기 때문이었다. 그는 다시는 그녀를 몰래 훔쳐보지 않겠노라고 스스로 맹세했다. 하지만 그는 또 그랬다. 그리고 가게에서 손님을 속이기 시작했다. 그들이 저울을 보지 않을 때 무게를 속여 팔았다. 두어 번 지갑에 얼마나 있는지 전혀 모르는 나이 든 여자에게 잔돈을 덜 주었다.

그러던 어느 날 아무런 이유도 없이, 비록 그 이유가 익숙하게 느껴졌지만, 그는 환풍구에 올라가 헬렌을 훔쳐보는 일을 그만두었고 가게에서 정직해졌다.

1월 어느 날 밤에 헬렌은 길가에서 전차를 기다리고 있었다. 같은 반의 여자애와 함께 공부를 했고, 그러고는 음반을 좀 들었다. 그래서 생각했던 것보다 좀 늦게 나섰다. 전차가 오지 않자, 추운 날씨에도 집에 걸어갈까 생각했다. 바로 그때 그녀는 누군가 자신을 쳐다본다는 느낌이 들었다. 자신이 서 있는 곳 뒤에 있는 가게 안을 바라보며, 그녀는 팔에 머리를 기대고 있는 종업원을 제외하고는 아무도 없는 걸 확인했다. 그를 관찰하며 자신이 왜 이상한 느낌이 드는지 알아내려고 할 때, 남자가 졸린 머리를 들었고, 그녀는 놀랍게도 그가 프랭크 알파인이라는 사실을 깨달았다. 그는 슬픔과 회한을 느끼며 뼈가 앙상한 얼굴에 불타는 눈으로 창문에 비친 자기 모습을 바라보고 술에 취한 듯 다시 잠들었다. 그가 그녀를 보지 못했다는 걸 깨닫는 데 한참이 걸렸다. 순간적으로 그녀는 오래된 비참함이 돌아온다고 느꼈지만, 겨울밤은 청명하고 아름다워 보였다.

전차가 왔을 때 그녀는 뒤편에 앉았다. 생각으로 머리가 무거웠다. 프랭크가 밤에 다른 곳에서 일한다고 이다가 말한 걸 기억해 냈다. 하지만 그 소식은 그녀에게 아무런 의미가 없었다. 이제 그곳에서 과로로 힘이 없고, 마르고, 불행한 그를 보았기에 그녀에게 짐이 생겼다. 누구를 위해 그가 일하는지가 분명했기 때문이다. 그가 그들을 먹여 살리고 있었던 거였다. 그 덕분에 그녀가 밤에 학교 다니기에 충분한 돈이 있었던 거다.

침대에서 반쯤 잠이 든 채 그녀는 자신을 바라보는 그를 바라봤다. 그가 변했다는 사실을 깨달았다. 사실이야, 그는 같은 사람이 아니야, 그녀는 자신에게 그렇게 말했다. 이제는 나도 그 사실을 인정해야만 해. 그녀는 그가 행한 나쁜 일들 때문에 그를 경멸했다. 이유나 결과를 이해하려 하지 않고, 악에도 끝이 있고 선의 시작이 있을 수 있다는 점을 인정하지 않았다.

그게 사람들이 이상한 이유였다―똑같아 보이면서도 다를 수 있었다. 그는 미천하고 더러운 존재였다. 하지만 그 안의 무언가가―그녀가 규정할 수 없는 무언가, 어쩌면 그가 잊었지만 되살려 낸 기억이나 이상일지도―그를 다른 사람으로 변화시켰다. 더 이상 예전의 그가 아니었다. 더 빨리 그걸 인식했어야 했다. 그가 내게 한 일은 잘못이었어, 그녀가 생각했다. 하지만 진심으로 변했기 때문에 나한테 빚진 건 없어.

다음 주 어느 날 아침 직장에 가면서 헬렌은 서류 가방을 들고 식료품점에 들어와, 창문 화장지 뒤에 숨어서 그녀를 보고 있는 프랭크를 발견했다. 그는 부끄러워했고, 그녀는 그의 표정에 이상하게 마음이 움직였다.

"우리를 도와줘서 고맙다고 말하러 왔어요." 그녀가 설명했다.

"저한테 고마워하지 말아요." 그가 말했다.

"우리에게 빚진 건 아무것도 없어요."

"그냥 제 방식일 뿐이에요."

두 사람은 침묵했고, 그러자 그는 그녀가 주간 대학을 가는 게 어떠냐고 얘기했다. 밤에 가는 것보다 훨씬 더 만족해할 거라고 했다.

"아뇨, 괜찮아요." 헬렌이 얼굴을 붉히며 말했다. "그럴 생각이 없어요. 특히 그쪽이 그렇게 힘들게 일하고 있는데."

"더 힘든 건 아니에요."

"아뇨, 제발요."

"어쩌면 가게가 더 나아질 수도 있어요. 그러면 내가 여기서 버는 것만으로도 그럴 수 있을 거예요."

"그러지 않았으면 좋겠어요."

"한번 생각해 보세요." 프랭크가 말했다.

그녀가 망설이다 그래 보겠다고 답했다.

그는 자기가 아직도 그녀와 사귈 가능성이 있는지 묻고 싶었지만 나중까지 기다리기로 결심했다.

나가기 전에 헬렌은 서류 가방을 무릎 위에 놓고 고리를 열어 가죽 장정을 한 책을 꺼냈다. "그쪽이 준 셰익스피어를 여전히 보고 있다고 알려 주고 싶었어요."

그는 그녀가 코너를 돌아가는 걸 바라보았다. 서류 가방에 책을 넣어 가지고 다니는 예쁘게 생긴 소녀를. 그녀는 굽이 없는 신발을 신었기에 다리가 좀 더 굽어 보였고, 무슨 이유에서인지 그는 그게 만족스러웠다.

다음 날 저녁 그는 옆문으로 엿듣다가 복도에서 다투는 소리를 들었다. 끼어들어 그녀를 돕고 싶었지만 참았다. 그는 냇이 뭔가 심한 말을 하는 걸 들었고, 그러자 헬렌이 그의 뺨을 때렸다. 그러고는 그녀가 뛰어 올라가는 소리를 들었다.

"나쁜 년." 냇이 그녀를 향해 소리 질렀다.

3월 중순 어느 아침에 식료품점 주인은 전날 밤 커피 팟을 쉬는 날이었기에 깊은 잠에 빠져 있었다. 바로 그때 그는 앞문을 두드리는 소리에 깼다. 3센트 롤을 원하는 폴란드 여자였다. 요즘엔 조금 늦게 왔지만 여전히 너무 일찍 왔다. 신경 쓰지 말자, 그가 생각했다. 난 잠이 필요해. 하지만 몇 분 후에 그는 불안해졌고 옷을 입기 시작했다. 장사는 여전히 그렇게 좋지 않았다. 프랭크는 깨진 거울 앞에서 얼굴을 씻었다. 덥수룩한 머리는 이발이 필요했지만 한 주 더 기다려도 괜찮았다. 턱수염을 기를까 생각했지만 무서워하는 손님이 있을까 걱정했다. 그래서 콧수염만 길렀다. 2주 동안 자라도록 내버려 두었고, 빨간 털이 많아서 놀랐다. 그는 가끔 자기 어머니가 빨간 머리였을까 궁금했다.

문을 열고 그가 그녀를 들였다. 폴란드 여자는 추위에 너무 기다리게 했다고 그에게 불평했다. 그가 그녀에게 롤을 잘라 주었고, 3센트 매상을 올렸다.

7시에 창가에 서서 그는 닉을 보았다. 아기가 생긴 그는 복도를 나와 코너를 뛰어 돌아갔다. 프랭크는 종이 뒤에 숨었고, 곧 그가 타스트의 가게에서 산 식료품점 봉투를 안고 돌아오는 걸 보았다. 닉이 복도에 숨었고 프랭크는 기분이 좋지 않았다.

"여기를 식당으로 만들어야지."

부엌 바닥에 걸레질을 하고 가게를 빗자루로 쓸고 나자, 브레이바트가 무거운 상자를 끌고 나타났다. 전구 상자를 바닥에 내려놓으며 판매상은 모자를 벗고 누레진 손수건으로 이마의 땀을 닦았다.

"별일 없죠?" 프랭크가 물었다.

"힘들지."

브레이바트는 프랭크가 만들어 준 레몬차를 마시면서 「포워드」를 읽었다. 한 10분 뒤에 그는 신문을 작고 두꺼운 사각형으로 접어서 코트 주머니에 넣었다. 그런 다음 근질거리는 어깨에 전구를 메고 떠났다.

프랭크는 아침 내내 단 여섯 명의 손님을 받았다. 불안해지지 않으려고 그는 읽던 책을 꺼냈다. 성경이었고, 어떤 부분은 자기가 쓸 수도 있을 거라고 가끔 생각했다.

읽으면서 그는 이런 생각에 기분이 좋아졌다. 그는 성 프란체스코가 갈색 누더기를 입고 숲에서 춤추며 나오는 걸 상상했다. 비쩍 마른 새 두어 마리가 그의 머리 위를 날아다녔다. 성 프란체스코는 식료품점 앞에 멈춰서 쓰레기통에 손을 넣어 목각 장미를 꺼냈다. 그가 장미를 공중으로 던지자 진짜 장미로 변했고, 그는 손으로 그걸 잡았다. 인사를 하면서 그가 집에서 막 나선 헬렌에게 장미를 주었다. "어린 소녀여, 여기 어린 소녀를 위한 장미를 받으세요." 그녀는 장미를, 프랭크 알파인의 사랑과 기원이 담긴 장미였음에도 받았다.

4월의 어느 날 프랭크는 병원에 가서 포경 수술을 받았다. 이틀 동안 그는 다리 사이의 고통으로 힘겹게 돌아다녔다. 고통은 그에게 분노와 영감을 주었다. 파스카'가 지난 후에 그는 유대인이 되었다.

8 **파운드** pound. 1파운드=약 453그램.

11 **파인트** pint. 1파인트=약 0.47리터.

12 **슈멀츠** schmerz. 고통(독일어).

14 **란츠라이트** land sleit. 동향인.

　파르누세 parnusseh. 삶.

　퓨림 축일 Purim. 페르시아의 권력자 하만의 유대인 학살 계획이
깨진 날을 기념하는 유대인 축제일. 그레고리력으로는 2월에서
3월 사이다.

28 **데어 오일렘 이즈 고일렘** Der oilem iz a goilem. 사람들은 다 바
보야.

31 **피트** feet. 1피트=약 30센티미터.

35 **게쉐프트** Geschäft. 일이나 장사를 의미하는 독일어로 여기서는
'가게'를 뜻한다.

51 **A&P** 미국의 슈퍼마켓 체인점.

65 **라인골드 양** 바그너의 〈라인의 황금〉 제목에 빗대어 꿈을 좇는 사
람이라는 뜻으로 이야기하고 있다.

91 **마일** mile. 1마일=약 1.6킬로미터.

101 **온스** ounce. 1온스=약 28그램.

111 **덤웨이터** dumbwaiter. 음식이나 작은 짐을 나르는 조그만 승강기.

122 **포그롬** pogrom. 19세기에서 20세기 초에 제정 러시아에서 일어난 유대인에 대한 조직적인 탄압과 학살을 이르던 말.

125 **쿼트** quart. 1갤런의 4분의 1. 1쿼트=약 0.95리터.

197 **바르미츠바** Bar mitzvah. 유대교 성년식.

254 **베이 이스 미르** vey is mir. 세상에나.

288 **고텐니유** gottenyu. 신이시여.

302 **쿼터** quarter. 미국 달러의 4분의 1에 해당하는 화폐 단위. 주화로 25센트에 해당함.

308 **스팀카운터** Steam Counter. 음식을 따뜻하고 촉촉하게 유지하기 위해 증기가 나오는 진열대

309 **오토맷** Automat. 자동판매기로 음식과 음료를 팔던 식당.

311 **어 굿 샤보스** A gut shabbos. 좋은 주말입니다.

334 **스컬캡** skull cap. 머리에 꼭 맞는, 테가 없는 작고 둥근 모자. 유대인 남자, 성직자들이 많이 쓴다.

335 **탈리스** tallith. 유대인 남자가 아침 예배 때 어깨에 걸치는 겉옷.

338 **트레이페** trayfe. 유대교에서 부정한 음식.
야스카달 비이스카다시 슈메이, 라보. 볼모 디브로 Yaskadal v'yiskadash shmey, rabo. B'olmo divro: 신의 이름을 받들어 거룩하게 하소서.

341 **카디시** Kaddish. 유대교에서 예배가 끝났을 때 드리는 송영. 사망한 근친을 위해 드리는 기도.

362 **파스카** Pascha. 이스라엘 민족의 이집트 탈출을 기념하는 유대교 축제일.

모두가 윤리적으로 사는 방법

이동신(서울대학교 영어영문학과 교수)

1. "모두가 유대인입니다": 보편적 유대성

"모두가 유대인입니다. 비록 그걸 아는 사람은 드물지만." 버
나드 맬러머드의 유명한 말이고, 어쩌면 그의 작품 세계를 설명
하는 말일 수도 있다. 적어도 미국의 유대인 작가를 연구한 알
렌 굿만은 그렇게 생각하며, 자신의 책에서 맬러머드에 대한 장
의 제목으로 "모두가 유대인입니다"를 택한다. 종종 "가장 유대
인적인 유대인 작가"라고 칭송받는다는 점에서 별 문제없이 넘
어갈 수도 있는 말이다. 하지만 실상은 그렇지 않다. 우선 맬러
머드 자신이 "유대인 작가"로 불리는 것을 탐탁하게 여기지 않
았다. 그는 자신과 자신의 작품이 특정한 범주로 제한되는 것을
경계했기에 미국 작가 혹은 현대 작가로 불리기를 원했다. 그의
작품을 봐도 역시 문제점이 드러난다. 첫 소설이자 가장 미국적
인 운동이라고 할 수 있는 야구에 대한 내용을 다루는 『내추럴』

만 해도 특별히 눈에 띄는 유대인이 등장하지 않는다. 오히려 작품에서 백인 주인공인 로이 홉스는 기독교의 성배 신화를 떠올리게 하는 여정을 경험한다. 단편소설인 「천사 레빈」에서는 유대인인 모리스가 천사 레빈을 만나지만, 그가 흑인이기에 유대교 천사라고 믿지 못한다. 유대교를 믿지 않거나 유대 관습을 따르지 않는 인물이 많은 작품에 등장하고, 그들은 종종 뉴욕이나 다른 대도시에 살기에 유대인이 아닌 이들에 둘러싸여 있다. "어디를 가나 유대인이 있어"라고 하지만 사실 맬러머드의 작품에서는 어디를 가나 비유대인이 더 많다고 할 수 있다. 그리고 『점원』에서도 마찬가지로 이탈리아인인 프랭크가 스스로 유대인이 되겠다고 선택하기까지 한다.

작가와 작품을 보면 "모두가 유대인입니다"라는 말은 받아들이기 힘들어 보인다. 적어도 한 가지 예외적 가능성을 무시한다면 그렇다. 그리고 이 가능성에 맬러머드 작품의 의의가 담겨 있다. 바로 유대인이 의미를 폭넓게, 어쩌면 은유적으로 고려하는 가능성이다. 유대인을 인종적, 종교적 혹은 관습적 기준으로 정하지 않고, 좀 더 보편적인 기준으로 정의한다는 뜻이다. 어떤 기준이 그런 보편성을 갖고 있을까? 그리고 작품에서 인물들은 왜 그 기준을 따르는 것일까? 마지막으로, 그처럼 보편적이라면 굳이 '유대'라는 말을 덧붙일 필요가 있을까? 맬러머드의 작품을 읽으면 이런 질문들을 계속해서 고민하게 된다. 독자마다 나름의 답을 가질 수 있지만 비평가들의 생각을 간략히 정리하면 다음과 같다. 그처럼 보편적인 기준은 윤리적 기준이다.

작품의 인물들은 힘겨운 삶을 살고 있고, 이들에게는 경제적이나 정치적, 심지어는 종교적 탈출로가 주어지지 않는 듯하다. 윤리적 기준은 자신의 정체성에 있어서 그들에게 거의 유일한 선택지로 남는다. 물론 세상에는 다양한 윤리적 기준이 있다. 하지만 유대인의 윤리적 기준이 그처럼 유일한 선택지로 다가오는 이유는, 다시 말해 그처럼 보편적인 기준으로 등장하는 이유는 바로 유대인의 경험 때문이다.

제2차 세계 대전 후에 유대인의 경험이라는 말은 특별한 의미를 갖는다. 제2차 세계 대전과 유대인을 언급만 해도 누구나 그들이 겪은 너무도 끔찍한 경험을 떠올리게 된다. 그렇기에 홀로코스트는 특정한 민족 혹은 종교 집단에 대한 특정한 국가의 폭력이 아니라 '인류에 대한 범죄'라고 말한다. 다시 말해서 유대인의 경험은 직접 박해를 받은 유대인들의 트라우마가 아니라 인류 전체가 공유하는 트라우마이고, 직접 박해를 가한 나치 정권의 범죄일 뿐만 아니라 그런 일이 일어나는 동안 그것을 방조했거나 그런 일이 일어날 수 있는 역사적 조건을 만드는데 동참했던 인류의 문명(적어도 서구 문명) 전반이 공유하는 죄의식을 가리킨다. 하지만 사실 유대인의 경험은 홀로코스트에 국한되지 않는다. 2천 년 넘게 지속했던 유대인의 디아스포라의 역사에서, 나라를 잃고 떠돌며 슈테틀 혹은 게토에서 모여 살며 받았던 박해에서, 홀로코스트 이전에 몇 차례에 걸쳐 진행됐던 포그롬으로 알려진 유대인 대학살에서, 그리고 그 세월 동안 언제 어디서나 그들을 따라다녔던 반유대주의에서도 비슷한 경험을 찾을 수 있다. 결국 홀로코스트가 유대인의 경험을 20세기 후반의 현대인 사이에서 보편화시켰다면, 유대인의 역사는 그 경험을 인류 역사에서 보편적인 무언가로 한층 더 확장한다.

유대인의 경험은 20세기 후반 현대인의, 더 나아가 인류의 경험으로 보편성을 가지게 되었다. 물론 그렇다고 유대인의 모든 경험이 그런 보편성을 부여받은 것은 아니고, 모든 이가 보편성에 동의했다는 의미도 아니다. 하지만 적어도 어느 정도 보편성에 동감한 이들이 트라우마와 죄의식을 공유하는데서 그친 것은 아니었다. 그들은 또한 유대인들이 그러한 경험에도 불구하고 유지하는, 어쩌면 그 경험을 바탕으로 만들어진 삶의 태도에 관심을 가졌다. 무엇이 그들을 하나의 공동체로 유지하고, 그들에게 공동체적 삶을 살도록 하는가? 유대인만의 관습이나 유대교 혹은 민족적 특징이라고 답할 수 있겠지만, 그보다는 좀 더 확장된 무언가가 현대인들의 관심을 끌었다. 유대교에 뿌리를 두고 있지만 유대인의 경험을 통해 좀 더 보편화된 윤리가 바로 그것이다. 신과 나의 관계에 근거해 자아보다 타자를 우선시하는 윤리적 기준을 제시한 두 명의 유대인 학자, 즉 마르틴 부버와 에마뉘엘 레비나스가 제2차 세계 대전 이후 윤리학의 변화에 지대한 영향을 준 것은 결코 우연이 아니다. 이른바 타자의 윤리학이라고 알려진 이들의 윤리학은 트라우마와 죄의식으로 자아에 대한 믿음이 사라진 현대인에게 타자라는 신비로운 존재의 중요성을 깨닫게 해 주었다.

타자의 윤리학에 대한 관심, 혹은 윤리학까지는 아니더라도

제2차 세계 대전 이후에 상처받고 파편화된 인간 사회에서 타자와의 관계를 통해 삶을 재건하고자 하는 바람은 유대 문학에 대한 관심으로 이어졌다. 부버나 레비나스와 같은 철학자의 논의가 학자들의 관심을 받았지만, 접근성의 측면에서 유대 문학이 부상한 것은 자연스럽다. 맬러머드를 포함해 수많은 유대인 작가가, 비록 그들이 유대인 작가라는 명칭을 받아들이든 아니든, 비록 그들의 작품이 유대인을 다루든 아니든, 적어도 유대인으로서 직간접적으로 유대인 경험을 다루기 시작했다. 물론 미국 내에서도 유대인 작가들이 갑자기 등장한 것은 아니었지만, 전후 시대의 작가들이 받은 관심의 폭은 가히 폭발적이었다. 그래서 이들의 등장은 이른바 '유대 문학의 르네상스'로 알려지게 되었다. 이전의 미국 문학사에서 중요한 두 번의 중흥기, 즉 남북 전쟁 전후에 등장한 랄프 왈도 에머슨, 너새니얼 호손, 허먼 멜빌, 월트 휘트먼 등을 주축으로 진행된 '아메리칸 르네상스'와 제1차 세계 대전 이후에 랭스턴 휴즈, 조라 닐 허스턴, 클로드 맥케이 등을 주축으로 형성된 '할렘 르네상스'와 견줄 만한 문학사적 전환이 이루어진 것이다. 무엇보다 1976년 노벨문학상을 수상한 솔 벨로를 포함해 맬러머드, 필립 로스, 노먼 메일러 등의 유대인 작가들이 대표적인 현대 작가로 20세기 후반 내내 인정받아 왔다는 점은 그들 각각의 작품성을 반영한 것이기도 하지만, 그들이 공동으로 재현하는 정체성의 고민과 윤리적 교훈이 어느 정도 보편성을 가졌다는 의미라고 할 수 있다. 거꾸로 말하면 20세기 후반 현대인들은 유대인 작가들의 작품에서 현실에서 사라진 보편성의 가능성을 찾은 것이다.

21세기의 현대인은 어떨까? "모두가 유대인입니다"라는 말과 비슷한 구호들이 특정한 상황과 경험을 반영하여 만들어졌고, 이제는 문학보다 훨씬 더 전파력이 높은 소셜 미디어를 통해 순식간에 전해지고 있다. 2012년 자경단에게 살해당한 흑인 소년인 트레이본 마틴을 지지하며 "나는 트레이본 마틴이다"라는 구호가 미국 전역에 퍼졌고, 2015년에는 이슬람을 풍자했다는 이유로 테러를 당한 언론사인 샤를리 에브도를 지지하며 "나는 샤를리다"라는 구호가 유행했다. 이런 구호들이 그처럼 급속도로 퍼진다는 사실은 그 구호에 담긴 무언가가 그만큼 보편적이라는 생각을 하게끔 한다. 하지만 실상은 그렇지 못하다. 구호가 퍼지는 만큼이나 반대의 목소리도 많아져 오히려 사회는 더 파편화되고 상처받는다. 보편성의 수단은 늘어났지만, 보편성의 가능성은 너무도 줄어들어 더 이상 불가능한 것처럼 느껴질 때도 있다. 정말로 그런 것일까? 이제 우리는 그 어떤 경험으로도 보편성을 가지는 것은 둘째 치고 바라는 것조차 힘든 것일까? 이런 질문을 던지며 맬러머드 작품을 읽는다면 과거에 대한 향수 이상의 무언가를 느끼게 될 것이다.

2. 타자에서 찾는 보편적 윤리

『점원』이 전하는 윤리적 기준이 있다면 그 누구보다도 식료품점 주인인 모리스 보버에게서 그 기준을 찾을 만하다. 유대인 윤리학자인 마르틴 부버를 떠오르게 하는 이름을 가진 보버는 빵을 사러 기다리는 폴란드계 여인을 위해 새벽부터 일어나고, 손님들에게 절대로 속여 팔지 않고, 더 크고 신식의 식료품점을 자신의 가게 바로 건너편에 열 수 있게 세를 내어준 이웃인 카프의 불행을 바라자마자 후회하며 고통스러워하고, 노숙자나 다름없던 프랭크를 점원으로 받아들일 뿐만 아니라 나중에 자신에게 강도 짓을 한 사람임을 짐작하면서도 용서하고자 한다. 삶의 행동 하나하나가 엄격한 잣대를 따르는 것처럼 보이는 모리스의 윤리성은 결국 그가 죽고 나서 랍비에 의해 인정받는다. 장례식에서 랍비는 이렇게 말한다.

유대인이 되는 방법은 여러 가지가 있습니다. 그래서 누군가 저한테 와서 '랍비, 만약에 비유대인들하고 같이 살고 일하며 그들에게 우리는 먹지 않는 돼지고기와 트레이페를 팔고, 20년 동안 한 번도 회당에 오지 않은 사람이 있다면, 그런 사람이 유대인인가요?'라고 묻는다면 그에게 저는 이렇게 말할 겁니다. '그렇지, 모리스 보버는 내게 진정한 유대인이네. 왜냐하면 그가 유대인의 경험을 기억하며, 그 안에서 살았기 때문이지. 그리고 유대인의 심장을 지니고 살았기 때문이야.' 아마도 우리의 형식적 전통을 기준으로 하면 아니겠죠. 거기에 대해 그를 대신해 변명하지 않겠습니다. 하지만 그는 우리의 삶의 정신에 진심이었습니다. 자기 자신에게 원하는 것을 타인을 위해 원하는 정신이죠.

비록 유대교인으로서 율법을 철저히 따르지는 못했지만, 그
럼에도 불구하고 랍비는 모리스를 진정한 유대인이라고 말한
다. 그 이유는 바로 모리스가 윤리적 기준을 엄격히 따랐기 때
문이다.

모리스에게 윤리적 기준이 있고, 그가 그 기준을 엄격히 따르
는 삶을 살았다는 점은 부인할 수 없다. 그렇기에 그를 윤리적
이라고 할 수 있고, 랍비는 그런 삶이 바로 진정한 유대인의 삶
이라고 칭송한다. 하지만 그의 윤리적 기준에는 보편성이 없
어 보인다. 그의 윤리성을 의심하는 사람은 없지만 그렇다고 굳
이 그 기준에 따라 삶을 바꾸고자 하는 사람도 없다. 아내는 윤
리적이기에 모리스가 피해를 보고 건강을 해친다고 때마다 불
평한다. 아버지를 존경하고 사랑하는 딸이지만, 헬렌은 아버지
처럼 살고 싶어 하지는 않는다. 가족의 반응이 이러하니 이웃이
나 손님 혹은 모르는 사람들은 더 그렇다. 부자 이웃인 카프는
모리스의 윤리적 삶을 때로는 존중하고, 때로는 비웃는다. 종
종 방문하는 브라이바트와 같은 판매상은 별다른 감흥 없이 모
리스와의 관계를 이어간다. 사실 대부분이 그렇다. 아주 오랫동
안 한자리에서 변함없이 윤리적인 태도로 장사를 해 왔지만 누
군가가 그의 윤리적 기준을 따른다는 표시는 없다. 오히려 개인
적으로 아무리 윤리적이었다 하더라도 유대인이라는 이유 하
나로 모리스가 강도 짓을 당하는 장면으로 작품은 시작하고, 그

누구의 삶도 바꾸지 못한 채 끝이 난다.

단 한 사람 예외가 있다. 바로 강도 짓에 참여한 탓에 반은 죄책감에 반은 갈 곳이 없어 점원으로 모리스의 식료품점에 머물게 된 프랭크 알파인이다. 이탈리아계인 프랭크는 별다른 이유 없이 유대인이 싫었기에 선뜻 강도 짓을 한다. 그러고는 다친 모리스를 도와서 가게를 돌보기 시작한다. 처음에는 나름 점원 일이 할 만하다고 생각하지만, 점차 깨닫는 점은 모리스의 가게는 감옥과도 같다는 사실이다. 한번 발을 들이면 빠져나오기 힘든 곳, 상황이 더 나아질 가능성이 희박하고 결국 죽어서야 나올 수 있는 곳. 가게는 무덤과도 같은 감옥이고 다른 사람들은 프랭크에게 어서 도망치라고 조언한다. 그럼에도 불구하고 프랭크는 떠나지 않는다. 더 정확히 말하자면 모리스가 쫓아내는데도 기어코 되돌아온다. 왜일까? 헬렌에 대한 사랑일 수도 있다. 아니면 갈 곳이 없어서일 수도 있다. 하지만 작품을 읽다 보면 그런 이유는 부차적으로 보인다. 그가 떠나지 못하는 이유는 바로 모리스 때문이다. 이해하기도 힘들고 아무도 따르지 않는 듯이 보이는 모리스의 윤리성이 바로 프랭크를 붙잡는 것이다.

비유대인인 프랭크가 보기에 모리스의 삶에는 특별한 무언가가 있다. 유대인이라서 그런 것이라고 이해하려 하지만 모리스는 자신이 아는 유대인처럼 살지 않는다. 안식일에도 가게를 열고, 돼지고기도 먹고, 공회당에 가는 법도 없다. 그렇지만 자신이 알던 비유대인과는 분명 다른 삶을 살고 있다. 아니면 이 감옥 같은 가게에서 왜 벗어날 생각을 하지 않는 것이지? 파산할

위기에 항상 처해 있으면서도 왜 남들처럼 교활하게 장사를 해서 돈을 벌 생각을 하지 않는 것이지? 장사를 하면서도 어째서 돈을 버는 것보다 손님을 위해서 희생하는 일을 더 자연스러워하는 것이지? 모리스를 보면서 프랭크는 이런 의문을 가진다. 모리스가 수완이 없는 가게 주인인 이유도 있겠지만 프랭크는 다른 가능성이 있다고 생각한다. 그래서 그는 모리스에게 묻는다.

"하지만 모리스 씨, 설명해 주세요, 도대체 유대인은 왜 그리 심하게 고통받아야 하는 거죠? 제가 보기엔 고통받는 걸 좋아하는 것만 같아요, 그런가요?"

"자네는 고통받는 걸 좋아해? 그 사람들은 유대인이기 때문에 고통받는 거야."

"그게 바로 제 말이라니까요. 그 사람들이 필요 이상으로 고통을 받고 있다고요."

"살아 있다면 고통받을 수밖에 없어. 어떤 사람은 좀 더 고통을 받지만, 그들이 원해서는 아니야. 하지만 내 생각엔, 유대인이 율법을 위해 고통받지 않는다면 그 사람은 쓸데없이 고통받는 거야."

"모리스 씨, 아저씨는 무엇을 위해서 고통을 받으세요?" 프랭크가 말했다.

"난 자네를 위해서 고통을 받지." 모리스가 조용히 말했다.

프랭크가 칼을 탁자에 내려놓았다. 입이 욱신거렸다. "무슨 말씀이세요?"

"내 말은 자네가 나를 위해 고통받는다는 뜻이야."

모리스의 답에는 타자에 대한 무한할 정도의 신뢰와 책임이
담겨 있다. 비록 그런 신뢰를 저버리고 배신하는 타자가 종종
있다고 해도 모리스에게 그들은 타자 전반을 의미하지 않는다.
타자는 몇 가지 구체적 예로 소진되는 것이 아니고, 그렇기에
타자에 대한 모리스의 윤리는 끝나지 않는다.

타자에게 무한정 열려 있는 모리스의 윤리는 타자가 있는 한
언제나 확장될 준비가 되어 있다. 모리스의 윤리라고 했지만 역
설적이게도 모리스가 있고 없고는 중요하지 않다. 타자에 의
해 시작하고, 타자로 인해 지속되고, 타자를 통해 확장될 것이
기 때문이다. 모리스와의 윤리적 관계를 맺기 위해서는 그런 타
자가 되어야만 한다. 프랭크의 고민은 바로 타자가 되지 못하는
자신에서 비롯된다. 강도 짓을 했던 자신, 모리스 몰래 돈을 조
금씩 훔쳤던 자신, 헬렌을 겁탈하는 끔찍한 일을 저지른 자신,
미래에 대해 거짓말만 일삼는 자신. 프랭크의 고통은 모두 자신
에게서 시작하고, 자신을 벗어나지 못하는 한 고통은 사라질 수
가 없다. 심지어는 자신이 "자기 절제"를 하는 사람이라고 나름
대로 위안받는 순간에도 여전히 자신으로부터의 고통에서 자
유롭지 않다. 자신이 더 절제된 사람, 더 나은 사람이 된다고 해
도 여전히 자기 자신이기에 제자리로 돌아오는 것이다. 모리스
의 윤리는 그에게 해답을 제시한다. 타자가 되라고 암시하는 것

이다. 타자가 되고자 노력함으로써 모리스의 윤리가 옳았음을 확인하며 그에게 진 죄와 그가 베풀어 준 도움에 진정으로, 즉 모리스가 바라는 방식으로 화답할 수 있다. 더욱 중요하게는 자기 자신의 기준이 아닌 모리스의 윤리에 반응하여 삶을 살아감으로써, 프랭크는 모리스를 진정한 타자로 승화시킨다.

프랭크와 모리스가 타자의 윤리적 관계로 엮인다고 해서, 모리스가 엄청나게 고귀하고 모든 이가 본받아야 할 사람이라는 의미는 아니다. 게다가 프랭크가 이 관계로 인해서 갑자기 그간의 잘못이 다 사라지고 윤리적인 인물이 된다는 것은 더더욱 아니다. 서로에게 타자가 됨으로써 두 사람은 개인의 성격, 행동, 배경, 지위 등으로 이해하고 파악할 수 있는, 즉 소위 개인의 정체성을 규정하는 기준에 따라 설명할 수 있는 사람 이상이 된다. 모리스의 윤리성은 그가 가족을 아끼는 아버지이자 남편이라서, 항상 한결같은 이웃이라서, 혹은 유대인임을 잊지 않아서 생긴 것이라 정의할 수는 없다. 더군다나 그가 돈에 욕심이 없는 식료품점 주인이기 때문도 아니다. 이 모든 것의 총합으로도 설명할 수 없고, 그렇기에 이를 하나하나 따라 한다고 해도 프랭크가 가질 수 없는 윤리성이다. 이 모든 총합 이상의 무엇이고, 모리스가 모리스답기에 혹은 프랭크가 모리스답게 산다고 가능한 것이 아니다. 자아를 넘어서 신비로운 무엇인가가, 그것이 인간성이든 신성이든 아니면 다른 무엇이든 알 수 없는 무엇인가가 상대에게 있다는 의미다. 그렇기에 그 상대는 알 수 없지만 분명히 한 명의 개인보다는 훨씬 더 존중하고 존중받아야만 할 타자가 된다.

　작품을 읽고 나면 의문이 든다. 모리스가 정말 그런 타자였을까? 프랭크가 이제 정말 그런 타자가 될 수 있을까? 객관적으로 그리고 현실적으로 따져 보면 아닐 것만 같다. 그럼에도 아주 조금은 그럴 수도 있겠다는 느낌이 든다. 어쩌면 그랬으면 좋겠다는 바람일 수도 있다. 프랭크도 아마 확신이 아니라 그런 바람으로 모리스의 가게에 머무르고, 이제 그가 사라진 가게를 지키고 있을 것이다. 모리스도 마찬가지로 그런 바람으로 프랭크를 점원으로 두고, 그의 잘못이 드러나 쫓아낼 때도 마음으로 안타까워했을 것이다. 역설적으로 들릴 수 있지만 프랭크의 바람으로 모리스는 타자가 되고, 모리스의 바람으로 프랭크는 타자가 되고자 한다. 상대가 누구든지, 어떤 잘못을 했든지, 혹은 어떤 실패를 했든지 상관없이 그에 대한 바람은 그를 변화시키고 나를 변화시킨다. 그렇기에 그게 꼭 모리스일 필요도 없고 프랭크에서 끝날 필요도 없다. 바람은 누구나 가질 수 있기에. 맬러머드의 『점원』은 우리에게 말한다. 윤리의 보편성은 그 보편성을 바람으로써 가능하다고.

판본 소개

본 번역본은 2003년 Farrar, Strauss and Giroux에서 출간된 페이퍼백 판본을 사용하였다.

1914   4월 26일 뉴욕의 브루클린에서 러시아계 유대인 이민자 부모인 맥스 맬러머드와 버사 맬러머드 사이에서 출생.

1928~1934   에라스무스 홀 고등학교 수학.

1936   뉴욕시립대학교에서 학사 학위 취득.

1942   콜롬비아대학교에서 토마스 하디에 대한 논문으로 석사 학위 취득.

1943   단편소설을 출간하기 시작.

1945   이탈리아계 미국인이자 천주교도인 앤 드 치아라와 결혼. 두 명의 자녀 폴(1947)과 제나(1952)를 가짐.

1949~1961   오리건주립대학교에서 작문 과목을 가르침.

1952   첫 번째 소설인 『내추럴(*The Natural*)』 출간. 소설은 1984년에 영화화되었음.

1957   『점원(*The Assistant*)』 출간. 소설은 전미도서상 최종 후보로 선정.

1958   소설집 『마술통(*The Magic Barrel*)』 출간. 전미도서상 수상.

1961   자전적인 소설인 『새로운 인생(*A New Life*)』 출간.

1961   베닝턴대학교에서 창작을 가르치기 시작.

1963   소설집 『최고의 백치(*Idiots First*)』 출간.

1966   『수선공(*The Fixer*)』 출간. 소설은 전미도서상과 퓰리처상을 수상.

1967	미국 예술과학 아카데미 회원 추대.
1969	피델만을 주인공으로 한 소설집인『피델만의 그림들(*Pictures of Fidelman: An Exhibition*)』출간.
1971	『세입자들(*The Tenants*)』출간
1973	소설집『렘브란트의 모자(*Rembrandt's Hat*)』출간.
1979	『더빈의 인생(*Dubin's Life*)』출간
1982	마지막 소설인『신의 은총(*God's Grace*)』출간
1983	소설집『버나드 맬러머드의 단편소설들(*The Stories of Bernard Malamud*)』출간.
1986	3월 18일, 맨해튼에서 사망.

새롭게 을유세계문학전집을 펴내며

을유문화사는 이미 지난 1959년부터 국내 최초로 세계문학전집을 출간한 바 있습니다. 이번에 을유세계문학전집을 완전히 새롭게 마련하게 된 것은 우리가 직면한 문화적 상황에 적극적으로 대응하기 위해서입니다. 새로운 을유세계문학전집은 세계문학의 역할이 그 어느 때보다 중요해졌다는 인식에서 출발했습니다. 오늘날 세계에서 타자에 대한 이해는 우리의 안전과 행복에 직결되고 있습니다. 세계문학은 지구상의 다양한 문화들이 평등하게 소통하고, 이질적인 구성원들이 평화롭게 공존할 수 있는 문화적인 힘을 길러 줍니다.

을유세계문학전집은 세계문학을 통해 우리가 이런 힘을 길러 나가야 한다는 믿음으로 만들어졌습니다. 지난 5년간 이를 준비하기 위해 많은 노력을 기울였습니다. 세계 각국의 다양한 삶의 방식과 문화적 성취가 살아 있는 작품들, 새로운 번역이 필요한 고전들과 새롭게 소개해야 할 우리 시대의 작품들을 선정했습니다. 우리나라 최고의 역자들이 이들 작품 속 한 문장 한 문장의 숨결을 생생히 전하기 위해 심혈을 기울였습니다. 또한 역자들은 단순히 번역만 한 것이 아니라 다른 작품의 번역을 꼼꼼히 검토해 주었습니다. 을유세계문학전집은 번역된 작품 하나하나가 정본(定本)으로 인정받고 대우받을 수 있도록 최선을 다했습니다. 세계문학이 여러 경계를 넘어 우리 사회 안에서 주어진 소임을 하게 되기를 바라며 을유세계문학전집을 내놓습니다.

을유세계문학전집 편집위원단(가나다 순)
김월회(서울대 중문과 교수)
김헌(서울대 인문학연구원 교수)
박종소(서울대 노문과 교수)
손영주(서울대 영문과 교수)
신정환(한국외대 스페인어통번역학과 교수)
정지용(성균관대 프랑스어문학과 교수)
최윤영(서울대 독문과 교수)

을유세계문학전집

을유세계문학전집은 계속 출간됩니다.

을유세계문학전집 연표